En

Das Buch

Der Enkel eines wohlhabenden Bauunternehmers kontaktiert das Team von Enna Andersen. Sein Großvater ist drei Jahre zuvor offiziell an Herzversagen gestorben, dabei galt er als kerngesund. Die Ermittlungen schlagen nach kurzer Zeit hohe Wellen: Ennas Familie wird massiv bedroht und muss erst einmal in Sicherheit gebracht werden.

Wer ist Ennas mächtiger Gegenspieler, der alles daransetzt, die Ermittlungen zu stoppen? War jemand aus der Familie am Tod des Unternehmers beteiligt? Die Arbeit an dem Fall wird zu einer großen Belastungsprobe für das Cold-Case-Team.

Die Autorin

Anna Johannsen lebt seit ihrer Kindheit in Nordfriesland. Sie liebt die Landschaft und Menschen der Region, besonders verbunden ist sie den nordfriesischen Inseln, auf denen die Krimireihe »Die Inselkommissarin« spielt. Mit Begeisterung schreibt sie auch an ihrer Reihe um die alleinerziehende Kommissarin Enna Andersen. Beide Reihen werden parallel veröffentlicht.

ANNA
JOHANNSEN

Enna Andersen und der trauernde Enkel

KRIMINALROMAN

Deutsche Erstveröffentlichung bei
Edition M, Amazon Media EU S.à r.l.
38, avenue John F. Kennedy, L-1855 Luxembourg
Juni 2021

Umschlaggestaltung: semper smile, München, www.sempersmile.de
Umschlagmotiv: © Nejron Photo/Shutterstock;
© Stephen Rees/Shutterstock; © caesart/Shutterstock;
© javarman/Shutterstock; © DR pics24/Getty Images
Lektorat: Lektorat Kanut Kirches
Lektorat und Korrektorat: Rotkel Textwerkstatt
Gedruckt durch:
Amazon Distribution GmbH, Amazonstraße 1, 04347 Leipzig /
Canon Deutschland Business Services GmbH, Ferdinand-Jühlke-Str. 7,
99095 Erfurt /
CPI books GmbH, Birkstraße 10, 25917 Leck

ISBN 978-2-49670-593-5

www.edition-m-verlag.de

Eins

Enna Andersen klappte den Ordner zu. Sie lehnte sich auf dem Schreibtischstuhl zurück und schloss die Augen. War es das wert gewesen?

Sie hatte lange gezögert, bevor sie die Gerichtsakte gelesen hatte. Roland Grothe, der verurteilte Mörder ihrer Eltern, war vor wenigen Monaten nach zweiundzwanzig Jahren aus der Haft entlassen worden. Enna stand auf, öffnete ihr Bürofenster und atmete tief die warme Herbstluft ein. Nach einem durchwachsenen Sommer hatte der Oktober mit Temperaturen bis zu zwanzig Grad gestartet, und Enna hoffte, dass sich das Wetter noch eine Weile halten würde. Sie schloss das Fenster und ging zurück zum Schreibtisch. In dem Sitz ihrer kleinen LKA-Einheit, die in einem historischen Oldenburger Stadthaus untergebracht war, herrschte Stille. Ihre Kollegen Pia Sims und Jan Paulsen hatten sich freigenommen. In den nächsten Tagen würden sie die Ermittlungsakten des nach acht Jahren wieder aufgenommenen Falles auf den aktuellen Stand bringen und sie anschließend dem Staatsanwalt übergeben. Anfang der kommenden Woche würden sie entscheiden, welchen Cold Case sie als Nächstes prüfen würden.

Ihre Gedanken wanderten zurück zu der Akte und dem Mord an ihren Eltern. Zweiundzwanzig Jahre. Enna war dreizehn gewesen, hatte in der Nacht, in der ihre Eltern ermordet wurden, bei einer Freundin übernachtet und war von dort aus zur Schule gefahren. Als sie am Nachmittag nach Hause gekommen war, hatte sie das Absperrband der Polizei schon von Weitem gesehen. Sie hatte ihre Tasche fallen lassen und war auf das Haus zugelaufen. Ein uniformierter Polizist hatte sie aufgehalten, nach ihrem Namen gefragt und sie dann zu einem der am Straßenrand stehenden Autos geführt.

Ennas Blick fiel auf ihr Handy. Sie griff gedankenverloren danach und wählte.

»Enna!«, hörte sie eine tiefe Männerstimme. »Wie geht es dir?«

Sie hatte Aaron Bernard vor einigen Monaten kennengelernt. Er war Grothes Anwalt und vertrat sein Wiederaufnahmeverfahren. Bernard hatte Enna in Oldenburg aufgesucht, um ihre Unterstützung zu erbitten. Zunächst hatte sie ihn schroff zurückgewiesen, aber zwei Tage später waren sie sich zufällig in einem Café begegnet und ins Gespräch gekommen.

»Hallo, Aaron. Alles gut.«

Zwei Wochen nach Bernards Besuch in Oldenburg hatte Enna ihn angerufen. Weitere lange Telefonate folgten, bis Enna ihm das Du angeboten hatte. Der Fall Grothe war in den Gesprächen bisher kein Thema gewesen, weder Aaron noch Enna hatten es angesprochen.

»Ich habe die Akte gelesen«, flüsterte Enna.

»Oh«, sagte Aaron und schwieg.

»Vielleicht hätte ich das lieber bleiben lassen sollen.«

Aaron Bernard seufzte leise. »Tut mir leid, Enna. Ich hätte sie dir nie dalassen dürfen. Mir ist inzwischen klar, wie schwierig das für dich sein muss.« Enna hatte Aaron Bernard nach dem Abend im Café angeboten, ihn zum Bremer Flughafen zu fahren. Später hatte Enna die Akte unter dem Sitz gefunden.

»Schon gut. Niemand hat mich gezwungen, das zu lesen.«

»Wie geht es Elias?«, fragte Aaron.

Enna war froh, dass er das Thema wechselte. Elias, ihr fünfjähriger Sohn, musste inzwischen im Kindergarten sein. Es sei denn, er hatte Alina, ihr polnisches Au-pair-Mädchen, wieder einmal dazu überredet, mit ihm die Lego-Eisenbahn aufzubauen und später zum Kindergarten zu gehen.

»Er hat erst vor ein paar Tagen nach dir gefragt«, antwortete Enna. »Du scheinst im Sommer einen ziemlichen Eindruck bei ihm hinterlassen zu haben.«

Aaron lachte. »Schwindelst du mich gerade an?«

»Ganz sicher nicht. Ab und an fragt Elias wirklich, wann du wieder nach Oldenburg kommst. Ich habe ihm gesagt, dass Frankfurt ziemlich weit weg ist.«

»Na ja, viereinhalb Stunden mit dem Zug sind keine Weltreise«, sagte Aaron. »Und wie der Zufall es will, habe ich nächste Woche einen Termin in Bremen. So, wie es aussieht, schaffe ich es abends nicht mehr zurück nach Hause. Und da dachte ich an dieses schöne Hotel in Oldenburg. Eventuell seid ihr beide ja sogar da und ich könnte …«

Enna lächelte. Sie hatte schon eine Weile darauf gewartet, dass Aaron diesen Vorschlag machte. Sei es auf dem Weg zu einem Termin oder auch ein rein privater Besuch in Oldenburg. »Elias würde sich sicher freuen, dich zu sehen.«

»Klingt doch schon mal vielversprechend«, sagte Aaron. »Sag mal, mir ist vor Kurzem so eine Spielzeugdrohne in die Hände gekommen. Du hast doch nichts dagegen, wenn ich sie mitbringe? Ein kleines Geschenk sozusagen.«

»Wenn sie wirklich klein ist.«

»So mittelklein, würde ich sagen.«

Enna seufzte. »Dachte ich mir doch.« Sie zögerte, bevor sie schließlich hinzufügte: »Ich würde mich übrigens auch freuen, wenn du zufällig in Oldenburg ein Hotel finden solltest.« Sie hielt den Atem an. Hatte sie das gerade wirklich gesagt? Aber warum eigentlich nicht? Aaron war nach den zahlreichen Telefongesprächen ein guter Bekannter für sie geworden. Vielleicht sogar ein Freund. Nicht mehr, aber auch nicht weniger.

»Nächste Woche Dienstag. Hast du mir nicht von diesem urigen Café in der Innenstadt erzählt? Ich denke, dass ich am späteren Nachmittag in Oldenburg sein könnte.«

Enna wusste, dass von Bremen aus stündlich Züge nach Frankfurt fuhren und es von daher keinen zwingenden Grund gab, in Oldenburg zu übernachten. Sah Aaron Bernard in ihrer Freundschaft doch mehr als sie? Er wusste um den Unfalltod ihres Mannes, der gerade erst eineinhalb Jahre zurücklag. Sie suchte keinen neuen Partner, nicht jetzt und auch nicht in absehbarer Zukunft.

»Das Lokal hat leider geschlossen. Sie renovieren.«

»Dann finden wir ein anderes«, schlug Aaron vor.

»Ich überlege mir was«, sagte Enna schnell. Sie hatte spontan daran gedacht, sich bei ihr zu Hause zu treffen, wagte aber nicht, es laut auszusprechen.

»Das freut mich. Sag, können wir heute Abend weitertelefonieren? Ein Mandant von mir sitzt im Wartezimmer und ich möchte nicht allzu unhöflich sein.«

»Warum sagst du das nicht gleich? Und ja, ich bin heute Abend zu Hause.«

»Wunderbar. Ich melde mich.«

Enna legte ihr Handy auf den Schreibtisch, griff nach der Grothe-Akte, die immer noch auf dem Tisch lag, und legte sie in die unterste Schublade. Nicht zum ersten Mal in den letzten Monaten musste sie an die Konsequenzen einer erfolgreichen

Wiederaufnahme denken. Wenn Grothe nicht der Mörder war, gab es jemanden, der seit zweiundzwanzig Jahren frei herumlief und der ihre Eltern brutal ermordet hatte.

Als Strafverteidiger war ihr Vater regelmäßig mit Kriminellen in Kontakt gekommen. Von daher hatte es nahegelegen, dass die Ermittler als Erstes seine Mandanten unter die Lupe nahmen. Einer von ihnen hatte die besondere Aufmerksamkeit der Ermittler geweckt: Roland Grothe, ein Kleinkrimineller, der während seiner Bewährungszeit bei einem Einbruch überrascht und von Ennas Vater verteidigt worden war. Als sich abzeichnete, dass Grothe zu einer längeren Haftstrafe verurteilt werden würde, hatte er Ennas Vater im Gerichtssaal beschuldigt, mit dem Staatsanwalt gemeinsame Sache zu machen, und sich einen neuen Anwalt genommen. Grothe war vernommen worden, hatte aber abgestritten, jemals im Haus von Ennas Eltern gewesen zu sein, und konnte ein Alibi präsentieren. Nachdem seine Fingerabdrücke im Haus gefunden worden waren und sein Alibi geplatzt war, kam Grothe in Untersuchungshaft. In seiner Wohnung fanden die Ermittler ein Sweatshirt und eine Hose, die mehrfach gewaschen worden waren. Die hellroten Flecken wiesen auf Blutrückstände hin, konnten aber nicht mehr analysiert werden. Trotzdem spielten die Kleidungsstücke im Prozess eine Rolle. Alles sprach für Grothe als Täter: Er war nachweislich im Haus von Ennas Eltern gewesen, er hatte sich in den zahlreichen Vernehmungen immer wieder in Widersprüche verwickelt und ein Zeuge sagte aus, dass Grothe Ennas Vater gedroht und über Rache gesprochen habe. Nach einer Woche gestand er die Tat, widerrief die Aussage, als an die Stelle des Pflichtverteidigers ein neuer Strafverteidiger getreten war. Nach achtwöchiger Prozessdauer wurde Grothe wegen des Doppelmords zu lebenslanger Haft mit anschließender Sicherheitsverwahrung verurteilt. Der Indizienprozess war landesweit von den Medien begleitet worden, die Grothe fast durchgängig als skrupellosen Gewohnheitsverbrecher brandmarkten.

Enna schob die trüben Gedanken zur Seite und zog einen Ordner aus dem Stapel. In einer halben Stunde würde der erste Bewerber für eine Assistentenstelle vorsprechen, die ihr vor über einem Monat bewilligt worden war. Nach der internen LKA-Ausschreibung, bei der sich niemand auf die Stelle beworben hatte, standen nun externe Bewerbungen an. Sie überflog die Bewerbung, griff zum nächsten Ordner und verglich beide Profile. Formal schienen der Mann und die Frau, die sich auf die Stelle beworben hatten, die gleiche Qualifikation zu haben. Die Frage würde sein, wer besser ins Team passte.

Jens Lange machte seinem Namen alle Ehre. Als er ins Büro trat, musste er den Kopf leicht einziehen, um nicht an der oberen Türzarge anzustoßen. Er lächelte Enna selbstbewusst an, bevor er auf dem Besucherstuhl vor ihrem Schreibtisch Platz nahm.

Enna ging mit ihm seinen Lebenslauf durch, stellte einige Fragen und bat ihn schließlich darum, etwas von sich zu erzählen. Jens Lange hatte bisher in der Verwaltung der Osnabrücker Polizeidirektion gearbeitet und auch mehrfach für längere Zeit Kolleginnen in verschiedenen Kommissariaten vertreten.

»Die Zuarbeit für die Ermittler hat mir gefallen. Ich beherrsche natürlich auch fehlerfrei und blind das Zehnfingersystem und alle üblichen Office-Programme, kann organisieren und hervorragenden Kaffee und Tee kochen.«

»Warum Oldenburg?«

Jens Lange lächelte. »Eine neue Stadt, mindestens so übersichtlich wie Osnabrück, eine neue Herausforderung, ein kleines Team, Altfälle, die viel Aktenarbeit auf der Suche nach der Nadel im Heuhaufen erfordern. Ich habe Ihre Fälle in der Presse verfolgt und war gleich fasziniert.«

»Warum Oldenburg?«

»Darf ich ehrlich sein?«, fragte Jens Lange.

»Auf jeden Fall.«

»Ich bin heute zum ersten Mal in dieser Stadt. Da ich vorhin noch etwas Zeit hatte, bin ich durch die Fußgängerzone gelaufen. Das ist alles. Vielleicht werde ich diese Stadt irgendwann mal lieben und mich hier wohlfühlen, aber im Moment geht es mir ausschließlich um diese Stelle. Alles andere kommt an dritter oder vierter Stelle.«

»Vielleicht ist die Arbeit nicht so, wie Sie es sich vorstellen«, sagte Enna.

»Das glaube ich nicht. Außerdem bin ich verdammt hart im Nehmen. Und ich stehe immer wieder auf und fange von vorne an. Und das mit noch mehr Elan als zuvor.«

Jens Lange war weder nervös, noch schien ihn die Situation anderweitig zu belasten. Er wirkte vollkommen ehrlich und gleichzeitig sympathisch. Mit seinen neunundzwanzig Jahren würde er gut ins Team passen und zusätzlich die Parität zwischen den Geschlechtern herstellen. Zwei Stunden zuvor hatte Enna mit einer weiteren Bewerberin, einer vierzigjährigen Frau, gesprochen, die keinen guten Eindruck auf sie gemacht hatte. Eine der ersten Fragen war die nach den Überstunden gewesen, eine weitere, ob sie ein eigenes Büro haben würde.

»Wann können Sie anfangen?«, fragte Enna und schien Jens Lange mit ihrer Frage zum ersten Mal in Erstaunen versetzt zu haben. Er zog eine Augenbraue hoch, doch schließlich lächelte er. »Jederzeit!«

Zwei

Enna schloss die schwere Holztür auf und betrat das über hundert Jahre alte Haus. Eichendielen, hohe Decken und Kassettentüren aus Massivholz strömten den typischen Duft alter Gemäuer und damit den Charme aus, den Enna so liebte. Die Oldenburger Hundehütte mit ihren knapp hundertvierzig Quadratmetern war das Reich ihrer kleinen LKA-Einheit. Im Erdgeschoss saßen die drei Ermittler, Jens Lange würde im ersten Stock ein kleines Büro beziehen, das direkt neben dem Vernehmungsraum lag.

Enna rief ein »Hallo« in den Flur hinein. Niemand antwortete, sie war offensichtlich heute Morgen die Erste. Sie steuerte die kleine Teeküche an und stellte die Kaffeemaschine an. Dann fuhr sie ihren Laptop hoch.

Wenige Minuten später hörte Enna, wie die Haustür aufgeschlossen wurde. Pia Sims, die junge Kommissarin im Team, klopfte an den Rahmen von Ennas geöffneter Bürotür.

»Guten Morgen!«, flötete sie und setzte sich auf den Besucherstuhl vor Ennas Schreibtisch. »Oder bist du gerade im Stress?«

»Hallo, Pia! Ich hatte dich noch gar nicht erwartet.« Enna hatte gleich bemerkt, dass ihrer Kollegin etwas auf dem Herzen lag. Sie vermutete, dass Pia aus diesem Grund früher als üblich ins Büro gekommen war.

»Wir haben doch letzte Woche den Fall abgeschlossen ...« Pia hielt inne und fuhr sich mit der Hand durch ihre kurzen blonden Haare. Sie schien zu überlegen, wie sie ihr Anliegen vorbringen sollte.

»Ja?«, fragte Enna.

»Wir haben ja noch keinen neuen Fall und ich dachte ... Also, es ist so. Ich habe einen guten Freund, dessen Großvater vor etwas über drei Jahren tot aufgefunden wurde. Er, also mein Freund, ist fest davon überzeugt, dass es kein natürlicher Tod war. Er hat alles unternommen, ist aber bei den zuständigen Kollegen auf Granit gestoßen.«

»Suizid?«

»Auf der Sterbeurkunde stand Herzversagen.« Pia setzte sich aufrecht auf dem Stuhl hin. »Ja, ich weiß, das gehört eigentlich nicht in unseren Aufgabenbereich. Die Ermittlungen sind abgeschlossen und die Ärzte haben eine natürliche Todesursache attestiert.«

»Aber?«

»Bens Opa war kerngesund. Okay, fünfundsiebzig Jahre sind schon ein gewisses Alter, aber er war sportlich, hatte weder etwas mit dem Herzen noch sonstige Vorerkrankungen. Ben, also Benjamin Thaysen, ist sich sicher, dass etwas an der ganzen Sache nicht stimmt.«

»Drei Jahre ist das jetzt her?«, fragte Enna. »Warum kommt er erst jetzt?«

»Ben war zu der Zeit in Lateinamerika und ist nur wegen der Beerdigung zurückgekommen. Gleich darauf musste er direkt zurück. Seit einem Jahr ist er wieder in Deutschland.«

Enna wiegte den Kopf hin und her. »Immerhin ein Jahr. Und es ist ein abgeschlossener Fall. Ich brauche dir nicht zu erzählen, dass wir da nichts zu suchen haben. Die Kollegen vor

Ort würden uns in der Luft zerreißen. Und ehrlich gesagt, ich könnte es ihnen nicht einmal verübeln.«

Pia warf ihr einen verzagten Blick zu. »Willst du dir nicht erst mal die ganze Geschichte anhören? Ben wartet draußen, ich könnte ihn …«

»Pia!«, unterbrach Enna sie. »Das ist nicht unser Fall und wird es auch nicht werden.«

Die Haustür wurde geöffnet und schwere Schritte waren auf dem Flur zu hören. Jan Paulsen schaute ins Zimmer hinein. »Störe ich?«

»Nein«, sagte Pia, bevor Enna antworten konnte. »Komm doch rein.«

Paulsen stellte seine Tasche im Flur ab und betrat das Zimmer. »Schlechte Stimmung? Was ist los?«

Pia erklärte ihm ihr Anliegen. Paulsen hörte aufmerksam zu und nickte schließlich. »Nicht unsere Baustelle, würde ich mal sagen.« Er grinste breit. »Aber lustig wäre es schon, wenn wir …«

»Paulsen!«, fiel Enna ihm ins Wort. »Mit welcher Begründung sollten wir ermitteln? Wir kommen in Teufels Küche, wenn wir in abgeschlossenen Fällen herumfuhrwerken.«

»Wofür haben wir den heißen Draht zur Generalstaatsanwaltschaft? Das wäre jetzt doch mal eine gute Gelegenheit, Vitamin B einzusetzen.«

Jan Paulsen spielte auf Pias Onkel an, der als Generalstaatsanwalt ein waches Auge auf seine Nichte hatte und ihr den vermeintlich ruhigen Schreibtischjob in der Einheit »vermittelt« hatte. Pia vermied es nach Möglichkeit, ihn um Hilfe zu bitten, um nicht in seiner Schuld zu stehen.

»Verdammt, Paulsen!«, maulte Pia. »Dumme Idee.«

»Warum? Das ist der einzige offizielle Weg, um einen abgeschlossenen Fall wieder aufzurollen. Wenn du es nicht machen willst, kann dein Freund ja vielleicht bei deinem Onkel auflaufen.«

»Und ich gebe ihm ein Empfehlungsschreiben, oder was?«

»Lasst gut sein, Leute«, ging Enna dazwischen. Im Gegensatz zu Pia war ihr klar, dass Paulsen, der fast doppelt so alt wie seine junge Kollegin war, es durchaus gut gemeint hatte. »Ich schlage vor, dass dein Freund gleich zu uns in die Besprechung kommt und uns erklärt, warum seiner Meinung nach sein Großvater nicht eines natürlichen Todes gestorben ist. Ich denke, eine halbe Stunde reicht. Wenn wirklich was dran ist, reiche ich den Fall bei der zuständigen Staatsanwaltschaft ein, und wenn von denen grünes Licht kommt, sehen wir weiter.«

Ben Thaysen, ein hochgewachsener junger Mann Ende zwanzig mit brünetten Haaren, Jeans, weißem Hemd und abgetragenem Jackett, saß zunächst nervös in der Runde der Ermittler, wurde aber mit jedem ausgesprochenen Satz sicherer.

Sein Großvater väterlicherseits war ein erfolgreicher Unternehmer gewesen, der sich auch mit fünfundsiebzig Jahren noch nicht zur Ruhe gesetzt hatte. Seine Firma, ein europaweit agierendes Bauunternehmen mit Sitz in Oldenburg, wurde von Bens Vater und drei weiteren Geschäftsführern geleitet. Der Senior Curt Thaysen hatte als Mehrheitsgesellschafter bis zu seinem Tod viele Fäden weiter in der Hand gehabt. Wichtige Entscheidungen hatte er immer noch alleine getroffen – auch gegen den Willen seines Sohnes und der gesamten Geschäftsleitung. Seit dem Tod seiner Frau im Jahr 2012 hatte Curt Thaysen überwiegend in dem kleinen ostfriesischen Küstenort Greetsiel gelebt.

Enna schaute auf die Uhr. Ben Thaysen hatte in den letzten fünfzehn Minuten seinen Großvater skizziert, ohne auf sein eigentliches Anliegen zu kommen. »Vielleicht können Sie jetzt dazu kommen, warum Ihr Großvater Ihrer Meinung nach keines natürlichen Todes gestorben ist«, warf Enna ein.

Ben Thaysen zuckte leicht zusammen. »Ja, natürlich. Deshalb bin ich ja hier.« Er holte tief Luft. »Also, mein Großvater wollte aussteigen.« Ben Thaysen sah in die Runde und schien auf eine Reaktion zu warten. Schließlich zog er einen Laptop aus der Aktentasche, die er mitgebracht hatte, und legte ihn auf den Tisch. »Den habe ich im Haus gefunden.«

»Im ehemaligen Haus seines Großvaters«, fügte Pia schnell hinzu. »Das hat Ben nämlich geerbt.«

»Genau«, sagte Ben Thaysen. »Ich wohne dort nicht, habe es aber bisher auch nicht verkauft oder vermietet. Ich konnte es einfach nicht.« Er tippte mit dem Zeigefinger auf den Laptop. »Der hier lag auf dem Dachboden unter den Dielen. Also hat mein Großvater ihn dort wohl versteckt.«

»Das mag sein«, sagte Enna. »Vielleicht könnten Sie etwas konkreter werden?«

Ben Thaysen nickte. »Entschuldigung, Sie haben recht.« Er schaute wieder auf den Laptop. »Ich habe ihn vor drei Monaten gefunden, aber er ist passwortgeschützt, und da ich kein großer Experte in solchen Sachen bin …« Er hielt inne. »Um es kurz zu machen: Ein Freund hat jetzt für mich das Passwort geknackt. Es war mein Geburtsdatum.«

Pia räusperte sich leise. »Ben hat auf dem Rechner Notizen für ein Buchmanuskript gefunden und den Entwurf eines Briefes.« Ihr Freund reichte ihr ein Blatt Papier. »Der Brief ist an Ben gerichtet, aber nie abgeschickt worden. Am besten lese ich ihn vor.«

Ohne auf die Zustimmung ihrer Kollegen zu warten, begann Pia zu lesen.

»Lieber Benjamin, ich schreibe dir heute, weil sich in naher Zukunft etwas ereignen wird, was auch dein Leben betreffen wird. Ich werde das machen, was du von mir schon seit geraumer Zeit einforderst: Ich werde einen klaren Strich ziehen und dies nicht nur für mich alleine, sondern in aller Öffentlichkeit. Ich bin dabei – und ich bitte dich, diese Information absolut für dich zu behalten –, ein Buch über mein Leben zu schreiben. Dabei werde ich kein Blatt vor den Mund nehmen. Du ahnst sicher, dass dieses Buch reichlich Staub aufwirbeln und manchen meiner früheren Geschäftspartner große Schwierigkeiten bereiten wird. Du weißt, dass in unserer Branche mit harten Bandagen gekämpft wird, aber häufig hat das nicht gereicht. Um uns durchzusetzen, mussten wir, musste ich, das Gesetz brechen. Du würdest es Bestechung oder Korruption nennen, ich habe es seinerzeit als kleine Motivationshilfe angesehen. Heute kann ich es so klar und deutlich aussprechen, in den vielen Jahren zuvor habe ich immer wieder Ausflüchte gefunden und mich damit beruhigt, dass letztlich alle Beteiligten das Spiel mitmachten und selbst die Gesetzeshüter kein großes Interesse an einer Aufklärung hatten.«

Pia sah auf. »Das ist doch wirklich eindeutig, oder?«

»Steht da noch mehr drin?«, fragte Paulsen.

Pia nickte und las weiter vor. »Wie gesagt, ich werde Staub aufwirbeln und mir viele Feinde machen. Sei aber unbesorgt, es droht mir zumindest keine Anklage oder Haft. Die Taten sind alle verjährt und werden von daher kein juristisches Nachspiel für mich haben. Was aber nicht heißt, dass nicht einige Köpfe in der Branche rollen werden. Ich habe Alexander schon vor einigen Jahren gebeten, sich aus Geschäften herauszuhalten, die nicht voll und ganz legal sind. Aber du weißt, dass mein Verhältnis zu deinem Vater nicht das beste ist, und ich bin mir nicht sicher, ob er meinem Rat gefolgt ist.

Lieber Benjamin, ich will dir auch nicht verschweigen, dass ich mich in letzter Zeit bedroht fühle. Aber du musst dir keine Sorgen um mich machen. Ich habe Vorkehrungen getroffen und weiß mich zu schützen. Sollte mir dennoch etwas passieren, suche auf dem Dachboden meines Greetsieler Hauses nach einem Laptop. Er ist unter den Dielen versteckt. Mit der beiliegenden Zeichnung findest du das Gerät leicht. Das Passwort ist dein Geburtstag. Im Ordner ›Manuskript‹ findest du meine Aufzeichnungen.«

Pia legte das Blatt auf den Tisch. »Der Brief hört hier auf, ohne Gruß oder Verabschiedung. Wir, also Ben und ich, vermuten, dass er noch nicht beendet war und Bens Großvater daran weiterschreiben wollte, es aber nicht mehr geschafft hat. Allerdings ist der Brief zum letzten Mal fünf Monate vor seinem Tod abgespeichert worden. Wir nehmen aber an, dass das Datum auf dem Computer nicht korrekt eingestellt war.«

Enna nickte. »Okay! Und was geben die Aufzeichnungen her?«

Ben Thaysen fuhr sich mit der Hand durch die Haare. »Ich habe sie gelesen und das eine oder andere auch verstanden. Aber ich bin Sozialarbeiter und kein Betriebswirtschaftler. Dort stehen viele Namen, mit Datum und Orten versehen, mit denen ich nichts anfangen kann. Dann gibt es noch viele Daten und kurze Szenen aus seinem Leben. Das Buch sollte ja wohl eine Autobiografie werden, die sein ganzes Leben umfasst. Wenn ich das richtig sehe, war er noch ziemlich am Anfang seiner Arbeiten.«

Enna beugte sich vor. »Können wir den Laptop hierbehalten?«

Ben Thaysen warf Pia einen fragenden Blick zu. Sie nickte ihm aufmunternd zu.

»Ja, natürlich.« Er zog einen Zettel aus der Tasche. »Das Passwort habe ich hier noch einmal notiert.«

Enna stand auf und reichte Ben Thaysen die Hand. Er schlug zögernd ein.

»Wir besprechen das hier in der Runde und melden uns dann bei Ihnen. Pia hat ja sicherlich Ihre Kontaktdaten.«

Pia Sims war inzwischen auch aufgestanden. »Ich bringe dich noch raus«, sagte sie und dirigierte Ben Thaysen aus dem Besprechungszimmer.

Enna seufzte leise. »Was meinst du, Paulsen?«

Paulsen zuckte mit den Schultern. »Das kann alles heiße Luft sein – oder eine richtig fette Sache.«

»Das ist mir auch klar. Ich will deine Einschätzung hören!«

»Wenn wir wirklich einen Ansatzpunkt finden ... warum nicht?«

Paulsen lehnte sich zurück auf dem Stuhl, der bei seiner Körpergröße und seinem Gewicht gefährlich knarrte. Enna vermutete, dass er wie sie davon ausging, dass Pia auf eine Ablehnung des Falles sehr emotional reagieren würde.

Die junge Kommissarin kehrte ins Besprechungszimmer zurück. »Und?«

»Wer hat Curt Thaysen seinerzeit tot aufgefunden?«, fragte Enna.

»Das war die Putzfrau«, sagte Pia, die sich nicht wieder gesetzt hatte. »Sie hat den Rettungswagen gerufen. Der Notarzt hat daraufhin den Tod festgestellt und unsere Kollegen vor Ort alarmiert.«

»Ist er obduziert worden?«, fragte Enna.

Pia atmete tief durch. »Ja, hier in Oldenburg. Aber da muss was schiefgelaufen sein. Bens Großvater war kerngesund. Da stirbt man nicht einfach so ohne Grund.«

Enna seufzte. »Der Gerichtsmediziner hat also nichts gefunden.«

»Ich sag doch, da muss geschlampt worden sein.«

»Pia!«, dröhnte Paulsens Bass durch den Raum. »Wo ist da unser Ansatzpunkt? Sollen wir den Mann exhumieren lassen? Welcher Richter soll uns dafür einen Beschluss geben? Mal ganz davon abgesehen, dass er schon drei Jahre unter der Erde liegt.«

Pia sah mit verzagter Miene zwischen ihren beiden Kollegen hin und her. »Wir sind Bens letzte Hoffnung. Wenn es so einfach wäre, hätten die Kollegen vor Ort den Fall längst wieder aufgenommen.«

»Jetzt setz dich erst mal wieder«, sagte Enna und wartete, bis Pia ihrer Aufforderung nachgekommen war. »Was schlägst du vor?«

Pia beugte sich leicht nach vorne. »Wir brauchen die Akten der Gerichtsmedizin. Die zeigen wir einem unabhängigen Gutachter. Gleichzeitig befragen wir den damals zuständigen Mediziner und klären die Umstände der Obduktion. Vielleicht ist da ja etwas verwechselt worden. Mit dem Oldenburger Hausarzt von Curt Thaysen habe ich schon gesprochen. Natürlich zusammen mit Ben.«

»Und?«, fragte Paulsen, bevor Enna etwas sagen konnte.

»Curt Thaysen war trotz seiner fünfundsiebzig Jahre kerngesund. Weder hatte er etwas mit dem Herzen noch zu hohen oder zu niedrigen Blutdruck. Er joggte jeden Tag seine zehn Kilometer, hatte keine Vorerkrankungen oder andere relevante Alterserscheinungen. Dr. Hansen würde uns darüber auch sofort ein Gutachten schreiben. Er hat schon damals nicht verstanden, warum es keine zweite Obduktion gab, obwohl er sich dafür eingesetzt hat.«

Enna legte den Kopf in den Nacken und überlegte. Die Chancen der Wiederaufnahme des Falles schätzte sie auf eins zu einer Million. Jede Stunde Arbeitszeit, die sie daran verschwendeten, wäre anderswo besser investiert. Trotzdem wollte sie Pia, die in den letzten Monaten zu einem unverzichtbaren Bestandteil ihres Teams geworden war, nicht vor den Kopf stoßen. Sie musste einen Kompromiss finden. »Du hast zwei Tage. Und geh verdammt vorsichtig vor. Wir haben keinen offiziellen Auftrag und kommen in Teufels Küche, wenn das jemand in den falschen Hals bekommt.«

»Okay!«, sagte Pia sichtlich erleichtert. »Und ich bekomme Rückendeckung von dir?«

»Soweit es irgendwie geht«, antwortete Enna und sah aus dem Augenwinkel, dass Paulsen kaum merklich den Kopf schüttelte.

Drei

Bis weit in den Nachmittag hinein beschäftigten sich Enna und Paulsen mit den Ermittlungsakten des letzten Falles.

Enna streckte sich im Sitzen. Sie hoffte, dass Jens Lange ihnen in Zukunft einige dieser Arbeiten abnehmen würde. Sie hatte in der Runde der Kollegen nur kurz erwähnt, dass der *Neue* am nächsten Montag anfangen würde und dass er ihrer Ansicht nach gut ins Team passte. Pia hatte nicht reagiert, Paulsen hatte zustimmend genickt.

Enna stand auf und schlenderte in die Teeküche. Als sie gerade Wasser in die Kaffeemaschine füllte, trat Paulsen zu ihr.

»Pause?«

»Ja, eine halbe Stunde noch, dann verschwinde ich. Hast du was von Pia gehört?«

»Nein.«

»Ich hätte sie deiner Meinung nach nicht alleine mit der Sache lassen sollen?«

»Deine Entscheidung. Ich fürchte nur, sie wird mit dem Kopf voran gegen die dickste Mauer laufen, die sie findet. Wem nützt das?«

Enna löffelte Kaffeepulver in den Filter, schloss den Deckel und stellte die Maschine an. Schließlich wandte sie sich Paulsen zu. »Das war ein Kompromiss. Schon damit lehne ich mich weit aus dem Fenster. Hätte ich es ganz abschmettern sollen?«

Paulsen zuckte mit den Schultern. »Keine Ahnung. Ich weiß auch nicht, was in Pia gefahren ist. Ist sie mit dem Typen zusammen?«

»Das wirst du sie wohl selbst fragen müssen.« Enna deutete auf die Kanne, in die inzwischen duftender schwarzer Kaffee getropft war. »Auch eine Tasse?«, fragte sie und füllte anschließend zwei Tassen.

»Wann werden wir endlich in deine neue Wohnung eingeladen?«, fragte Enna schmunzelnd.

»Ich brauche noch ein paar Möbel und so. Die alten Sachen aus Osnabrück habe ich entsorgt.« Jan Paulsen war von seinem ehemaligen Chef aus Osnabrück strafversetzt worden und hatte in Oldenburg lange in einer heruntergekommenen Pension gelebt. Vor vier Wochen hatte er ein kleines Apartment gemietet, von dem Enna und Pia bisher nur einige Fotos auf Paulsens Handy gesehen hatten. »Ich habe aber einiges bestellt. Wird nächste Woche geliefert.«

»Klingt doch gut. Ich bringe auch eine Flasche Wein mit«, sagte Enna, griff nach ihrer Tasse und verabschiedete sich in ihr Büro.

Enna schloss die Haustür auf und hörte im nächsten Augenblick Elias' trippelnde Schritte. Er rannte mit ausgebreiteten Armen auf sie zu und sie hob ihn lachend hoch.

»Wie war dein Tag, mein Schatz?«, fragte Enna und drehte sich mit ihrem Sohn einmal um die eigene Achse.

»Lukas ist krank. Ich konnte gar nicht mit ihm spielen.« Lukas war Elias' bester Freund.

»Ja, seine Mama hat mir schon eine Nachricht geschrieben.« Enna küsste Elias auf die Stirn und setzte ihn wieder ab. »Wahrscheinlich kommt er morgen wieder.«

Enna richtete sich auf und nickte Alina zu, die sich inzwischen zu ihnen gesellt hatte. »Was haltet ihr von einem kleinen Ausflug?«

Elias war begeistert, Alina ließ sich von dem kleinen Jungen mitreißen. Kurz darauf saßen sie im Auto und fuhren zu einem nahe gelegenen Waldgebiet, in dem sie gerne spazieren gingen.

Elias lief voraus und suchte nach geeigneten Ästen, die gerade und nicht zu dünn waren.

»Alles gut bei dir?«, fragte Enna die ungewohnt schweigsame Alina.

»Ja«, antwortete die junge Frau nach kurzem Zögern.

»Du bist seit dem Wochenende so zurückhaltend. Was ist los?«, versuchte Enna es ein zweites Mal.

Alina schaute auf Elias, der gerade aus dem Wald auf den Weg lief und ihnen beiden zuwinkte.

»Du hast doch was, oder?«

»Es hat nichts mit euch zu tun, mit Elias oder dir. Mir gefällt es hier in Oldenburg. Ich fühle mich richtig wohl. Wie sagt man das noch auf Deutsch?«

»Pudelwohl?«

Alina lächelte. »Ja, pudelwohl. Komisches Wort.«

Sie gingen schweigend weiter. Elias drängte sich zwischen sie und erzählte von seinem Tag im Kindergarten. Er hatte mit einem Mädchen aus seiner Gruppe im Sandkasten gespielt und war begeistert davon, wie gut sie Tunnel bauen konnte. Schließlich lief er wieder nach vorne und war außer Hörweite.

»Hast du dich mit Pia gestritten?«, unternahm Enna einen weiteren Versuch, Alina zum Reden zu bringen.

Alina und Pia hatten sich in den letzten Monaten angefreundet. Pia hatte sie an Wochenenden mit in verschiedene Klubs genommen, sie waren zusammen mit Pias Freunden essen gegangen oder hatten kleine Ausflüge unternommen.

»Du weißt ja, dass ich katholisch bin«, sagte Alina. »Nicht so wie meine Eltern, aber ich glaube schon an Gott.«

»Ja, natürlich weiß ich das«, sagte Enna, der nicht klar war, auf was Alina hinauswollte.

»Pia ist nicht mehr in der Kirche«, fuhr Alina fort und sah sie gleich darauf verlegen an. »Das ist kein Problem für mich. Überhaupt nicht.«

Um ein Haar wäre Enna ein »Aber?« herausgerutscht.

»Letztes Wochenende habe ich ja bei Pia in der Wohnung geschlafen. Ich wollte euch nicht stören. Es war schon so spät.«

»Ich weiß«, sagte Enna. »Ich glaube aber nicht, dass wir aufgewacht wären.«

Alina wiegte den Kopf hin und her. »Ich hatte etwas getrunken.«

Enna wagte nicht, Alina direkt zu fragen, was bei Pia vorgefallen war. Sie befürchtete, dass die junge Frau dann weder antworten noch ihr später erzählen würde, was ihr auf der Seele lag.

Elias kam zurück, in der Hand eine Blume. Er wollte wissen, was das für eine Pflanze sei, aber weder Enna noch Alina erkannten das Gewächs. Schließlich zog Enna ihr Handy aus der Tasche und fotografierte das Fundstück. »Wir schauen zu Hause im Internet nach. Ist das in Ordnung, kleiner Mann?«

»Ich bin nicht klein, Mama«, rief er ihr zu und verschwand wieder.

Alina sah ihm nach. »Wenn ich mal Kinder bekomme, sollen sie so wie Elias sein.«

»Ich fürchte, da hat man wenig Einfluss drauf«, sagte Enna lächelnd. Sie blieb stehen und sah Alina an. »Und du hast doch noch sehr viel Zeit, um Kinder zu bekommen.«

War Alina schwanger? Aber was sollte das mit Pia zu tun haben? Hatte sie über sie einen Mann kennengelernt? Sollte sie Alina direkt fragen oder lieber warten, bis sie sich ihr anvertraute?

»Meinst du?«, fragte Alina, die ebenfalls stehen geblieben war.

»Mit Ende zwanzig das erste Kind zu bekommen ist doch inzwischen absolut üblich. Mehr noch, manche Frauen warten sogar noch zehn Jahre länger.«

»Oder bekommen nie ein Kind«, fügte Alina hinzu.

Sie gingen weiter, weil Elias ihnen etwas zurief, was sie aufgrund der Entfernung nicht verstehen konnten.

»Hast du denn einen Freund?«, fragte Enna mit zurückhaltender Stimme.

Alina antwortete nicht und lief auf Elias zu, der sie zu sich gewinkt hatte.

»Du solltest dir nicht so viele Gedanken machen«, sagte Aaron Bernard, als sie ihm abends am Telefon von dem Gespräch mit Alina erzählt hatte. »Wenn sie wirklich schwanger wäre, hätte sie dir das gesagt. Ihr habt doch quasi ein Mutter-Tochter-Verhältnis. Wahrscheinlich ist es etwas vollkommen Harmloses und du machst dir umsonst Sorgen.«

Enna atmete tief durch. »Mag sein. Seit …« Sie wollte gerade von Simons Unfalltod sprechen, brach aber gleich wieder ab. Ihr kam es falsch vor, mit Aaron darüber zu reden.

»Ich habe übrigens das Hotelzimmer gebucht. Wenn ihr immer noch Lust habt, können wir uns gerne treffen.«

»Ich habe Elias schon erzählt, dass du wahrscheinlich kommst. Er freut sich riesig.«

»Du auch?«, fragte Aaron mit gedämpfter Stimme.

Enna schluckte. So direkt hatte Aaron sie noch nie auf ihre Gefühle angesprochen. Oder übertrieb sie schon wieder ihre Vorsicht? Weder flirtete er mit ihr, noch machte er ihr unangemessene Komplimente.

»Doch«, sagte sie nach einer kurzen Pause. »Natürlich freue ich mich, dass wir uns wiedersehen. Die ersten Begegnungen waren ja …« Sie stutzte. Ihr fiel kein geeignetes Wort ein.

»Du meinst, sie standen nicht unter einem guten Stern«, sagte Aaron.

Enna seufzte. »Ja, so könnte man es formulieren. Dein Mandat für … diesen Mann hängt immer wie eine dunkle Wolke über unseren Gesprächen. Nicht dass du mich jetzt falsch verstehst, Aaron. Ich war es schließlich, die dich nach deinem Besuch hier in Oldenburg angerufen hat.«

»Ich verstehe, was du meinst. Soll ich lieber doch nicht in Oldenburg übernach…«

»Doch«, unterbrach Enna ihn. »So war das nicht gemeint. Wir freuen uns. Und du hast mich nie dazu gedrängt, die Akte zu lesen oder sonst was in der Richtung zu tun. Vergiss einfach, was ich gesagt habe.«

»Okay«, sagte Aaron. »Dann werde ich kommen.«

Aaron klang erleichtert, und Enna schob alle Gedanken, die sie sich bisher über ihre Freundschaft gemacht hatte, zur Seite.

VIER

Enna traf am nächsten Morgen zeitgleich mit Pia beim Büro ein.

»Hast du ein paar Minuten für mich?«, fragte die junge Kommissarin. Ihre Stimme klang aufgeregt, sie sprach schnell und eine Nuance zu laut.

»Sicher. Komm doch mit zu mir.«

»Paulsen kommt auch gleich. Ich habe ihn angerufen.«

»Okay.« Enna betrat ihr Büro, öffnete das Fenster und legte ihre Aktentasche ab. »Hast du etwas gefunden?«

Bevor Pia antworten konnte, hörten sie, wie die Eingangstür geöffnet wurde und jemand den Flur entlangging.

»Wir sind hier, Paulsen«, rief Pia ihm zu.

Als der Kollege sich zu ihnen gesetzt hatte, zog Pia eine Mappe aus ihrer Tasche. »Der Obduktionsbericht. Ich habe ihn gestern bekommen und bereits mit Dr. Hansen durchgesprochen.«

»Thaysens Hausarzt?«, fragte Paulsen.

Pia nickte. »Und jetzt haltet euch fest. Blut und Urin sind nicht toxikologisch untersucht worden. Und auch sonst scheint in der Hinsicht nichts unternommen worden zu sein. Mageninhalt, Gewebeuntersuchung und so weiter.«

»Du hast den Bericht legal bekommen?«, fragte Enna.

»Ja, verdammt! Die zuständige Staatsanwaltschaft hat ihn mir geschickt.« Pias Stimme klang schrill. Sie schien es selbst bemerkt zu haben, atmete einmal tief durch, bevor sie fortfuhr. »Und bevor ihr weiterfragt, ja, mein Onkel war nicht ganz unbeteiligt.« Sie hob hektisch die Hände. »Was sollte ich machen?«

Paulsen beugte sich leicht vor. »Schon gut, Pia. Also, es fehlt was?«

»Hansen hat während seiner Ausbildung eine Weile in der Gerichtsmedizin gearbeitet. Das ist zwar schon ewig her, aber er sagt, dass in einem solchen Fall, also wenn weder äußere noch innere Faktoren zu finden sind, die den Tod verursacht haben, nach Giftstoffen gesucht wird. Unter anderem sind Blut- und Urinuntersuchung dabei sozusagen Standard. Er hat von einem …« Pia schaute auf ihre Notizen. »… ›General-Unknown-Screening‹ gesprochen. Das umfasst wohl alle möglichen Untersuchungen auf Giftstoffe.«

»Im Bericht fehlen also die Laborwerte«, sagte Enna. »Sind sie auch nirgends erwähnt worden?«

»Nein, natürlich nicht«, entgegnete Pia genervt.

»Und was ist die Todesursache?«, fragte Paulsen mit ruhiger Stimme.

»Herzversagen. Der Gerichtsmediziner geht von einem natürlichen Tod aus. Das ist dort mit vielen medizinischen Fachbegriffen erklärt. Hansen meinte, das sei der übliche Sprachgebrauch, wenn einfach nichts zu finden ist.«

Enna räusperte sich leise. »Okay, dann gibt es jetzt zwei Szenarien. Entweder sind die Untersuchungen gemacht worden, aber im Bericht nicht berücksichtigt worden. Dann werden sie sich finden lassen.«

»Oder?«, fragte Paulsen.

»Die zweite Möglichkeit wäre, dass sie, aus welchem Grund auch immer, nie gemacht wurden. Und dann finden wir nie heraus, ob Thaysen vielleicht vergiftet wurde.« Enna sah, dass Pia unruhig auf dem Stuhl hin und her rutschte und zum wiederholten Mal auf ihre Uhr schaute. Sie hob fragend eine Augenbraue.

»Na ja, ich dachte, wir gehen dem nach, und habe bei Professor Witt einen Termin gemacht. Er ist der Leiter der Gerichtsmedizin.«

»Wann?«, fragte Enna.

»In einer halben Stunde. Weit ist es ja nicht.« Sie senkte den Blick. »Ich habe uns beide dort angemeldet.«

Enna stand auf. »Dann hoffe ich mal, dass du den Obduktionsbericht gut gelesen hast. Ich nämlich nicht.«

Professor Witts Sekretärin schüttelte den Kopf. »Ich habe hier keinen Termin vermerkt. Und der Professor ist auch noch nicht im Haus. Tut mir leid.«

»Den können Sie auch noch nicht haben«, sagte Pia, der man ansah, wie viel Mühe es ihr bereitete, ruhig und sachlich zu bleiben. »Er wurde gestern am späten Nachmittag mit Professor Witt persönlich ausgemacht.«

Die Sekretärin zog die Augenbrauen zusammen.

Schritte waren zu hören. Enna drehte sich um und sah einen kleinen Mann Anfang sechzig auf sie zugehen. Zwei Meter vor ihnen blieb er stehen. »Sind Sie die Damen vom LKA?«

Als Enna nickte, reichte er ihr die Hand.

»Witt. Kommen Sie doch bitte mit in mein Büro.« Er wandte sich zu seiner Sekretärin um. »Guten Morgen, Amelie. Könnten Sie uns etwas zu trinken bringen?«

Der Gerichtsmediziner bot Enna und Pia einen Platz in der Sitzecke seines Büros an und setzte sich zu ihnen.

Professor Witt sah Enna auffordernd an. »Mein Freund Hans hat erwähnt, dass es um den Thaysen-Fall geht?«

Enna reichte ihm eine ihrer Visitenkarten. »Meine Einheit arbeitet seit letztem Frühjahr an Altfällen in der Region. In diesem Zusammenhang untersuchen wir auch den Tod von Curt Thaysen neu. Seinerzeit ist er hier bei Ihnen obduziert worden.«

»Absolut richtig. Ich habe damals sogar die Obduktion durchgeführt, assistiert vom Kollegen Hagenbach. Leider musste ich gleich anschließend zu einer Vortragsreihe in die USA, von daher hat Hagenbach die Sache zu Ende gebracht.«

»Ist Ihnen bei der Obduktion etwas Besonderes aufgefallen?«, fragte Pia.

»Sie müssen Hans' Nichte sein«, sagte Witt lächelnd. »Er hat mir schon viel von Ihnen erzählt. Natürlich nur Gutes. Aber um auf Ihre Frage zurückzukommen: Es gab keine äußeren Verletzungen oder Hinweise auf Fremdeinwirkung.« Er zeigte auf die Akte, die Pia vor sich auf den Tisch gelegt hatte. »Ich gehe davon aus, dass das der Obduktionsbericht ist.«

»Ja, den haben wir über die Staatsanwaltschaft angefordert«, sagte Pia.

»Dann sollten Sie ja informiert sein.« Er strich sich mehrfach mit dem Zeigefinger über den Nasenrücken. »Es sah alles nach einem akuten Myokardinfarkt aus …« Er hielt kurz inne. »Also nach einem Herzinfarkt. Wenn ich mich richtig entsinne, standen aber noch Untersuchungen aus.«

»Hatten Sie einen Verdacht?«, fragte Pia nach vorne gebeugt.

»Das ist jetzt drei Jahre her, junge Dame. Ich vermute, dass der Befund nicht so eindeutig war, wie ich ihn gerne gehabt hätte.« Professor Witt schloss kurz die Augen und wirkte, als würde er intensiv nachdenken. »Ja, jetzt erinnere ich mich. Ich habe einen frischen Einstich an einer ungewöhnlichen Stelle gefunden. Aber das sollte sich alles im Obduktionsbericht finden.«

»Nein«, sagte Pia. »Davon steht hier kein Wort.«

Der Professor sah sie erstaunt an. »Sind Sie sicher? Geben Sie mal her.«

Pia schob ihm den Bericht über den Tisch, Witt blätterte eine Weile darin herum, schien einzelne Passagen durchzulesen und blickte schließlich kopfschüttelnd auf. »Sie haben recht.«

»Es fehlen auch diverse Untersuchungsergebnisse. Zum Beispiel die vom Blut und Urin«, sagte Pia.

Wieder blätterte Professor Witt die Akte durch. »Die müssen aber da sein. Ich habe sie damals vor meiner Abreise in Auftrag gegeben. Und nicht nur das! Ich hatte ein gesamtes Screening vorgesehen. Das volle Programm. Hagenbach war selbstverständlich informiert. Die Ergebnisse werden sich hier im Haus finden.« Er griff zum Telefon und sprach eine Weile mit jemandem und bat darum, sofort informiert zu werden, wenn sich die Untersuchungsergebnisse gefunden hätten.

Witt legte auf. »In ein paar Minuten haben wir die Daten.«

In diesem Augenblick betrat Witts Sekretärin das Büro und stellte ein Tablett mit einer Auswahl an kalten Getränken auf den Tisch. Der Professor bedankte sich und nahm drei Gläser aus einer kleinen Vitrine. »Bedienen Sie sich.«

Dann wechselte er das Thema.

»Ich habe übrigens von Ihren Ermittlungserfolgen in der Zeitung gelesen«, sagte der Gerichtsmediziner. »Sie scheinen sehr gute Arbeit zu leisten.« Er wandte sich an Pia und lächelte. »Ihr Onkel erzählt mir jedes Mal von seiner tüchtigen Nichte. Er ist mächtig stolz auf Sie.«

Witts Telefon klingelte. Er nahm ab und hörte eine Weile zu. »Hundertprozentig sicher?«, fragte er schließlich mit verärgerter Stimme und legte kurz darauf auf.

Der Gerichtsmediziner wandte sich leise stöhnend an Enna. »Es gibt keine Ergebnisse. So, wie es aussieht, sind sämtliche Proben vom Mageninhalt bis zum Blut und Urin tatsächlich nie ins Labor geschickt worden. Selbst die zahlreichen

Gewebeproben scheinen dort nie angekommen zu sein.« Professor Witt starrte fassungslos auf den Obduktionsbericht.

»Arbeitet Dr. Hagenbach noch hier im Haus?«, fragte Enna.

Witt schüttelte langsam den Kopf. »Nein. Er hat uns vor über zwei Jahren verlassen.« Er öffnete den Bericht und blätterte ihn ein weiteres Mal durch. »Ich habe mich immer hundertprozentig auf den Kollegen verlassen können.« Er atmete schwer aus. »Meine Vortragsreihe dauerte damals fast drei Wochen. Ich muss gestehen, dass ich mich nach meiner Rückkehr nicht mehr um den Fall gekümmert habe. Aber ich möchte betonen: Der Kollege war fachlich absolut in der Lage, die Obduktion zu dokumentieren und die notwendigen Schlüsse zu ziehen.«

»Was er aber nicht gemacht hat«, sagte Pia mit leicht bissigem Unterton. »Oder sehe ich da was falsch?«

»Wissen Sie, wo Dr. Hagenbach inzwischen arbeitet?«, fragte Enna, bevor Professor Witt reagieren konnte.

»Der Kollege hat das Fach gewechselt. Hagenbach hat die Hausarztpraxis seines Vaters übernommen. Soweit ich mich erinnere, war das ein kleiner Ort in der Nähe von Emden. Aber Sie werden das sicher leicht herausfinden.«

»Darf ich noch einmal fragen, wie hoch Sie damals die Wahrscheinlichkeit einer Vergiftung eingeschätzt haben?«, fragte Enna. Professor Witt hatte inzwischen zum dritten Mal auf seine Armbanduhr geschaut.

»Wenn ein Verdacht bei der Obduktion aufkommt, unabhängig von der Art des Verdachts, gehen wir dem natürlich nach. Genau das war hier der Fall. Es geht nicht darum, eine Wahrscheinlichkeit zu bestimmen, sondern die Ursache zu finden.« Er seufzte leise. »Was in diesem Fall wohl nicht getan wurde.«

Professor Witt sah ein weiteres Mal auf die Uhr. »Meine Damen, ich stehe Ihnen gerne Rede und Antwort, aber die Kollegen warten schon eine Weile auf mich.« Er erhob sich.

Pia ließ sich in den Autositz fallen. »Und jetzt? ›Es tut mir schrecklich leid, dass wir geschlampt haben. Das kann schon mal passieren.‹« Sie hatte Witts Stimme imitiert und schlug jetzt mit der flachen Hand auf das Armaturenbrett. »Das ist doch nicht sein Ernst, oder?«

»Pia, wir brauchen den Mann noch, wenn wir wirklich den Fall wieder aufnehmen wollen. Meinst du, die Staatsanwaltschaft gibt uns grünes Licht, ohne dass wir mit klaren Fakten auftauchen?«

»Keine Ahnung!«

Zehn Minuten später saßen sie zusammen mit Paulsen im Besprechungszimmer.

»Ist doch schon mal was«, kommentierte Paulsen Ennas Bericht.

»Wir brauchen mehr«, sagte Enna.

Paulsen nickte. »Was ist mit dem Laptop? Bisher hat ihn nur der Enkel durchgesehen. Vielleicht ist da noch mehr drauf.«

Pia sprang auf. »Gebt mir eine Stunde.«

Aus der einen Stunde wurden zwei, bevor Pia die Runde wieder zusammenrief. Enna sah ihr an, dass sie etwas gefunden hatte.

»Tut mir leid, dass es etwas länger gedauert hat«, sagte Pia, die ihren Laptop an den Beamer angeschlossen hatte. An der weißen Wand erschien eine Dateistruktur. »Das konnte Ben nicht finden, weil es gelöscht war. Ich musste die Daten durch eine spezielle Software sichtbar machen. Nicht alle Dateien konnten komplett wiederhergestellt werden, aber ich denke, wir haben ausreichend Material.«

Pia öffnete den Ordner und klickte die erste Datei an. Auf dem Bildschirm erschien eine Seite, die offensichtlich eingescannt worden war.

Wir wissen, was du vorhast! Lass die Vergangenheit ruhen!

»Das ist das erste Schreiben«, erklärte Pia. »Zumindest ist es als erstes abgespeichert worden. Alle übrigens vor dem nicht beendeten Brief an Ben.«

»Gibt es weitere?«, fragte Paulsen.

Pia nickte, schloss die Datei und öffnete die nächste.

Wir wissen, wo dein Enkel Benjamin sich aufhält. Soll ihm etwas zustoßen? Ein tödlicher Unfall mit dem Wagen oder ein Überfall? Lass die Vergangenheit Vergangenheit sein!

»Wenn ihr genau hinschaut, seht ihr die Falzlinien«, sagte Pia. »Curt Thaysen wird die Schreiben mit der Post bekommen haben.«

»Warum hat er sie eingescannt?«, fragte Paulsen. »Hat dein Freund im Haus diese oder ähnliche Schreiben im Original gefunden?«

»Nein, das hätte er mir sicher gesagt. Aber ich habe noch mehr. Wie gesagt, in der Reihenfolge des Speicherdatums.«

Erkennst du den Mann auf dem Foto?

Pia klickte auf die nächste Datei. Ein Foto von Ben Thaysen, das vermutlich mit einem Teleobjektiv geschossen worden war. Ben stand vor einer Wellblechhütte und schien mit einem älteren Mann zu sprechen. Das Foto war leicht verwackelt und unter schlechten Lichtverhältnissen aufgenommen.

»Das wurde in Honduras aufgenommen«, sagte Pia. »Ben hat dort bei einem Hilfsprojekt gearbeitet.«

»Erstaunlich!«, warf Enna ein. »Wie sind die an das Foto gekommen? Wir müssen deinen Freund danach fragen, ob es jemand in seinem Umfeld gemacht haben könnte und es dann auf Facebook und Co gelandet ist.«

»Habe ich schon gemacht. Ben schließt das aus. Er kennt das Foto nicht.«

»Ups! Dann haben wir es wohl mit einem mächtigen Gegner zu tun«, sagte Paulsen. »Gibt es weitere dieser Schreiben?«

Pia klickte eine neue Datei an. »Ich überspringe drei Scans, die so ähnlich sind wie der mit dem Foto von Ben. Dort sind allerdings andere Familienmitglieder fotografiert worden. Ben hat mir bestätigt, dass die abgebildeten Personen die sind, die in den Schreiben benannt werden.«

> Wer nicht hören will, muss fühlen. Ruf deine Schwester an und frag nach dem Hund deiner Enkelin. Dies ist die allerletzte Warnung.

Pia schloss den Laptop. »Ben hat mir bestätigt, dass der Hund vergiftet wurde. Zeitlich kommt das mit dem Schreiben beziehungsweise der Speicherung der Datei hin.«

Enna stand auf. »Ich brauche Ausdrucke der Schreiben und Fotos und ein Protokoll von dir. Über unser Gespräch mit Professor Witt habe ich bereits ein Protokoll geschrieben. Bist du in einer halben Stunde damit fertig?«

Fünf

Am frühen Nachmittag saß das Team wieder zusammen. Enna hatte über eine Stunde beim Staatsanwalt verbracht, bis sie ihm die Zustimmung abgerungen hatte, die Ermittlungsakte wieder zu öffnen und das LKA-Team mit dem Fall zu beauftragen.

Enna stand am Flipchart und schrieb *Curt Thaysen* in die Mitte des Blattes. »Die Ermittlungsakten habe ich aus Norden angefordert.«

Pia hob einen Stapel Papier hoch. »Schon da und ausgedruckt. Ich habe es einmal überflogen und gehe später alles im Detail durch.«

Enna nickte und notierte über dem Namen *Greetsiel* und ganz unten auf der Seite *Oldenburg*. »Wir fangen absolut bei null an. Es gibt quasi keine Vorermittlung in Richtung Tötungsdelikt, an die wir anknüpfen können. Als ersten Schritt schlage ich die ausführliche Befragung von Benjamin Thaysen vor. Im Weiteren …«

»Da möchte ich dabei sein«, unterbrach Pia Enna.

Enna trat an den Besprechungstisch und setzte sich zu ihren Kollegen. »Das halte ich für keine gute Idee, Pia. Du bist in gewisser Weise emotional verstrickt.«

»Was denn? Soll ich hier im Büro sitzen und das Telefon bedienen?«

»Natürlich nicht«, antwortete Enna. »Aber wir brauchen Distanz bei unseren Ermittlungen und du scheinst Ben viel zu nahezustehen, als dass es keine Auswirkungen auf eine Befragung hätte.«

Paulsen räusperte sich leise. »Enna hat recht. Es ist besser, wenn jemand anders mit dem jungen Mann spricht.«

Pia nickte, schien aber nicht überzeugt zu sein.

»Dr. Hagenbach war nicht schwer zu finden«, sagte Enna. »Wollt ihr beide ihn morgen befragen? Er hat die Praxis in Hinte, das liegt direkt an der Stadtgrenze zu Emden Richtung Greetsiel. Ich habe uns für morgen um zehn Uhr angemeldet.«

»Machen wir«, sagte Paulsen.

»Anschließend könntet ihr nach Pewsum weiterfahren. Von dort ist der Rettungswagen angefordert worden. Der Notarzt kam aus Emden. Ob er noch da arbeitet, müssen wir erst recherchieren.«

Pia hob den Arm. »Mache ich. Wenn wir schon nach Emden fahren, sollten wir auch gleich mit ihm reden.«

»Ich werde Benjamin Thaysen hier befragen und anschließend mit ihm nach Greetsiel fahren, wo wir uns dann alle treffen. Wir müssen das Haus noch einmal gründlich durchsuchen.«

Sie gingen die Fragen durch, die Paulsen und Pia Dr. Hagenbach stellen würden, und verteilten Rechercheaufgaben zu Curt Thaysens Umfeld.

Am nächsten Vormittag öffnete Enna Benjamin Thaysen die Tür und bat ihn in ihr Büro.

»Pia hat Ihnen ja sicher bereits mitgeteilt, dass wir die Ermittlungen wieder aufnehmen.«

»Ja, natürlich. Und ich möchte mich herzlich dafür bedanken, dass Sie sich dafür eingesetzt haben. Es bedeutet mir sehr viel, dass der Tod meines Großvaters genauer untersucht wird.«

»Das ist unsere Aufgabe. Dafür müssen Sie mir nicht danken.« Enna hielt kurz inne und fragte, ob er etwas dagegen habe, dass sie das Gespräch aufzeichne. Er willigte ein.

Enna legte ihm das Foto vor, das Pia auf dem Laptop wiederhergestellt hatte. »Sie sind absolut sicher, dass diese Aufnahme nicht von jemandem in Ihrem Umfeld gemacht worden ist?«

»Ich habe mir das Foto noch einmal angeschaut und mit anderen verglichen. Mir ist auch inzwischen wieder eingefallen, wo ich da genau war. Wir waren zu zweit dort. Melanie und ich.« Er zeigte aufs Foto. »Melanie ist kaum zu erkennen. Sie steht dort hinten im Schatten hinter der Frau.«

»Danke.« Enna zeigte ihm die zwei weiteren Fotos. Auf einem war ein etwa zwölfjähriges Mädchen mit einem Rucksack zu sehen. Im Hintergrund war das Alte Gymnasium in Oldenburg zu sehen. »Sie erkennen das Mädchen auf dem Foto?«

»Das ist meine Cousine Lena, die Tochter meiner Tante.«

»Und dieses?« Das dritte Foto zeigte einen etwa fünfzehnjährigen Jungen, der durch die Oldenburger Innenstadt ging.

»Mein Cousin Jacob. Er ist der Bruder von Lena. Er und Lena sind inzwischen älter. Es kommt hin, dass diese Fotos vor ungefähr drei Jahren gemacht wurden. Pia hatte mir die Aufnahmen ja schon geschickt.« Er stutzte. »Und die haben Sie auf dem Laptop meines Großvaters gefunden? In welchem Zusammenhang? Hat das was mit seinem Tod zu tun?«

»Das können wir im Moment noch nicht sagen«, sagte Enna. »Und über die Zusammenhänge darf ich Sie noch nicht informieren.«

Benjamin Thaysen warf ihr einen erstaunten Blick zu, schwieg aber.

»Sie haben uns vorgestern erzählt, dass Sie ein sehr enges Verhältnis zu Ihrem Großvater hatten«, fuhr Enna fort. »Ich würde gerne mehr darüber wissen und ebenso über Ihre restliche Familie. Zumindest, soweit Sie darüber Auskunft geben möchten.«

Benjamin Thaysen nickte nachdenklich. »Ich weiß durchaus, was ich hier gerade mache und dass es sein kann, dass meine Familie Anteil am Tod meines Großvaters hat, wenn nicht sogar dafür verantwortlich ist. Ich habe da lange drüber nachgedacht, als ich die Daten auf dem Laptop gefunden habe, und mich für diesen Schritt entschieden. Sie brauchen also keine Rücksicht auf meine Familie zu nehmen. Die würden das im umgekehrten Fall auch nicht tun.«

Enna war erstaunt über Benjamin Thaysens klare Aussage. Ihm schien bewusst zu sein, dass er mit den erneuten Ermittlungen eventuell eine Lawine ins Rollen gebracht hatte, die auch seine Familie erfassen konnte. »Im Moment sieht es nicht nach einer Familienangelegenheit aus, aber ausschließen kann ich es natürlich nicht.«

»Das weiß ich.« Benjamin Thaysen schluckte schwer. »Machen wir also weiter. Sie wollten etwas zu meinem Großvater wissen und zum Rest der Familie. Ich versuche es mal.« Er holte tief Luft und schloss kurz die Augen. »Mein Großvater war ein Patriarch, wie er im Buche steht. Er war es, der die Firma von einem einfachen Maurerbetrieb mit zwei Gesellen zu einer Baugesellschaft mit Tochtergesellschaften in ganz Deutschland und Europa gemacht hat. Der jährliche Umsatz beträgt meines Wissens aktuell mehr als zwei Milliarden Euro. Oldenburg ist inzwischen quasi nur noch Sitz der Firmenleitung.« Er hielt kurz inne und fuhr fort: »Patriarch klingt jetzt sehr positiv. Ein alter Herr, der gutmütig, aber streng über seine Schäfchen wacht und nur das Beste für sie will. Ich fürchte, das trifft auf meinen Großvater nicht zu. Er war ein stahlharter Geschäftsmann, der sich mit aller Macht am Markt durchgesetzt hat. Egal was es gekostet hat. Erst als meine Oma starb, ist langsam ein Prozess des Umdenkens ins Laufen gekommen.« Er hob die Hände. »Vielleicht hatte ich auch meinen Anteil daran. Ich habe nächtelang mit meinem Großvater diskutiert und es hat lange gedauert, bis er mir überhaupt richtig zugehört hat. Mein Vater würde sagen, ich bin aus der Art geschlagen. Er verachtet das, was ich mache. Und er lacht mich aus für das geringe Gehalt, für das ich arbeite.«

Enna stellte Fragen und ließ sich über eine Stunde die Familiengeschichte der Thaysens erzählen. Benjamin Thaysen hatte sich gegen den Rat seiner Eltern für den Studiengang Sozialarbeit entschieden. Als sein Vater ihn finanziell nicht unterstützen wollte, sprang Curt Thaysen ein. In den Folgejahren war Benjamin regelmäßig bei seinem Großvater zu Besuch, sie diskutierten, stritten sich und versöhnten sich wieder. Als Benjamin sich nach dem Studium für die Arbeit in Honduras entschied, brach sein Vater endgültig mit ihm. Curt Thaysen hingegen flog für eine Woche nach Lateinamerika und ließ sich von Benjamin das soziale Projekt zeigen. Anfangs war er skeptisch, aber mit jedem weiteren Tag verstand Curt Thaysen mehr, warum sein Enkel sich für diese Arbeit entschieden hatte. Zurück in Deutschland entschloss er sich, seinem Enkel zu helfen.

»Ich war schon vollkommen überrascht, dass mich mein Großvater in Honduras besucht hat. Und noch erstaunter war ich, als er mir ankündigte, dass er das Projekt finanziell unterstützen würde. Wir sind uns in Honduras nähergekommen als je zuvor.«

»Was hat Ihr Vater dazu gesagt?«, fragte Enna.

»Ich glaube nicht, dass ihn das interessiert hätte. Allenfalls hat er dem Geld nachgeweint, das Großvater für das Projekt zur Verfügung gestellt hat. Das war für die Firma aber nicht mal

Portokasse, und von daher denke ich nicht, dass es ihm überhaupt aufgefallen ist.«

»Sie sagten vorhin, dass Vater und Sohn zunehmend unterschiedlicher Meinung in geschäftlichen Dingen gewesen seien. Wie muss ich mir das konkret vorstellen?«

»Curt wollte die Firma umstrukturieren. Er hatte vor, Wohnungen zu bauen, die Menschen sich leisten können. Das sollte eine Art genossenschaftliches Projekt werden. Von allen Mieten sollte ein wesentlicher Teil der Genossenschaft zugutekommen, um so nach einer relativ kurzen Zeit die gesamte Anlage in Gemeinschaftseigentum zu überführen. Für die Thaysen AG wäre das letztlich wohl ein Verlustgeschäft gewesen. So haben es zumindest mein Vater und der Rest der Familie gesehen. Großvater wollte es trotzdem durchsetzen, egal was passieren würde. Dazu ist es dann aber ja nicht mehr gekommen.«

»Wie groß war das Streitpotenzial dieses Projekts?«, fragte Enna.

»Ich weiß schon, auf was Sie hinauswollen.« Er fuhr sich mit der Hand durch die Haare. »Geld genug wäre meiner Meinung nach da gewesen. Aber dieses Projekt war tatsächlich der Auslöser, weshalb sich Curt und mein Vater endgültig zerstritten haben. Mein Vater war der Ansicht, dass dieses Projekt die Firma finanziell ruiniert hätte. Wie gesagt, das war Unsinn, aber vielleicht hatte er auch Angst, dass Großvater es nicht bei diesem einzelnen Bauprojekt belassen würde.«

Ben hielt inne und schien zu überlegen.

»Dieses Buch, das mein Großvater schreiben wollte – wie es aussieht, ist es ja nicht lange geheim geblieben. Fragen Sie mich jetzt nicht, wer davon erfahren haben könnte. Selbst ich habe nichts davon gewusst. Zumindest nicht konkret. Im Nachhinein fällt mir schon die ein oder andere Bemerkung ein, die mein Großvater gemacht hat und an der ich hätte merken können, dass da was im Busch ist.« Er seufzte schwer. »Ich war wohl zu sehr mit meinen eigenen Projekten beschäftigt, als dass ich für seine ein Ohr gehabt hätte.«

»Ich denke, er hätte Ihnen irgendwann davon erzählt«, sagte Enna. »Hatte Ihr Großvater nach dem Tod seiner Frau eine neue Beziehung?«

Benjamin Thaysen zuckte mit den Schultern. »Ich weiß es schlichtweg nicht. Nach dem Tod meiner Oma war Curt für viele Monate unfähig, etwas anderes zu machen, als zu trauern. Erst langsam ist er wieder ins Leben zurückgekommen. Ich habe im Haus Damenwäsche gefunden, die eindeutig einer jüngeren Frau gehört. Ich habe natürlich keine Ahnung, woher die stammt ...«

Enna fragte weiter nach dem Greetsieler Umfeld von Curt Thaysen. Ben erzählte von Bent Friedrich, einem Freund seines Großvaters, der weiter in Greetsiel wohnte und mit dem er lange auf der Beerdigung gesprochen hatte.

»Das ist ein pensionierter Kapitän, mit dem mein Großvater eng befreundet war. Als ich mit ihm sprach, hatte ich das Gefühl, dass er auch nicht an einen natürlichen Tod glaubt.«

Enna notierte den Namen und fragte weiter: »Sie haben also das Haus Ihres Großvaters geerbt?«

»Ich nenne das immer so, aber er hatte es mir schon zu Lebzeiten überschrieben. Großvater hatte natürlich ein lebenslanges Wohnrecht, aber letztlich hat es mir gehört. Das ist irgendeine Steuersache.«

»Haben Sie auch noch etwas geerbt? Klassisch geerbt?«

»Ja, zehn Prozent der Anteile an der Firma. Eigentlich hatte ich mit Curt besprochen, dass ich die nicht will. Er wollte das dann rückgängig machen, aber er ist wohl nicht mehr dazu gekommen oder hat vielleicht auch seine Meinung geändert. Ich weiß es nicht.«

»Welche Mehrheitsverhältnisse bestehen jetzt nach dem Tod Ihres Großvaters?«

»Ich halte zehn Prozent, die ich allerdings schon vor dem Tod meines Großvaters übertragen bekommen habe, meine Tante hält fünfunddreißig und mein Vater den Rest.«

»Also hält Ihr Vater die Mehrheit an der Firma.«

»Ja, aber soweit ich weiß, war das immer so geplant. Großvater wollte nicht, dass es zu einem Patt kommt.«

»Ich vermute, dass das Testament bei einem Notar hinterlegt war?«

»Brauchen Sie den Namen der Kanzlei?«

Enna nickte.

»Den muss ich erst raussuchen. Ich weiß nur noch, dass es hier in Oldenburg war.«

Enna fragte nach weiteren Freunden und guten Bekannten von Curt Thaysen und notierte sich die Namen. Nach einer weiteren halben Stunde brachen sie nach Greetsiel auf.

Enna fuhr auf die Autobahn Richtung Leer auf und beschleunigte. Bis zur Höhe von Bad Zwischenahn, einem Luftkurort unweit von Oldenburg, schwiegen sie.

Benjamin Thaysen zeigte auf das Navi, auf dem das Zwischenahner Meer zu sehen war, der drittgrößte Binnensee Niedersachsens. »Direkt am Seeufer hatte mein Großvater ein großes Anwesen. Jetzt wohnen meine Eltern dort.«

»Sie sind nicht häufig bei Ihren Eltern?«

»Nein, in der Villa am See war ich schon Jahre nicht mehr. Meine Mutter hat mich zwei- oder dreimal in meiner Oldenburger Wohnung besucht. Meinen Vater habe ich seit der Beerdigung nicht mehr gesehen.«

Unwillkürlich musste Enna an ihre Eltern denken. Was würde sie dafür geben, wenn die beiden noch leben würden.

Ben schien Ennas Gedanken erraten zu haben. »Pia hat mir erzählt, dass Ihre Eltern schon vor langer Zeit umgekommen sind. Das tut mir leid.«

»Danke«, sagte Enna reflexartig. »Wie lange kennen Sie Pia schon?«

Ben zog seine Augenbrauen zusammen. Er schien von der Frage überrascht zu sein. »Seit einem halben Jahr ungefähr. Das klingt jetzt nicht lang, aber wir haben viel zusammen gemacht.« Er stutzte und warf ihr einen Blick zu, den sie nicht deuten konnte. »Sie wollen wissen, ob wir beide ein Paar sind?«, fragte er.

»Nein, das war eigentlich nicht meine Frage«, sagte Enna, obwohl sie sich selbst nicht ganz sicher war, ob ihr Unterbewusstsein ihr einen Streich gespielt hatte.

Er zögerte einen Moment zu lange mit seiner Antwort. »Wir sind kein Paar«, sagte er schließlich. »Darüber müssen Sie sich keine Gedanken machen. Wir sind …« Er malte mit den Fingern Anführungszeichen in die Luft. »… *nur* gute Freunde.«

Freunde – gute Freunde – keine Gedanken machen. Enna seufzte innerlich und fragte sich, warum sie die so auf der Hand liegenden Hinweise nicht schon früher richtig gedeutet hatte.

»Es ging wirklich nicht darum«, beteuerte Enna. »Pia hätte uns informiert, wenn sie mit Ihnen eine Beziehung hätte.«

Dieses Mal zögerte Benjamin Thaysen. »Ja, sie ist sehr streng mit sich selbst, und ihre Kollegen sind ihr sehr wichtig.«

»Zu wichtig, meinen Sie?«

Enna sah aus dem Augenwinkel, wie er lächelte. »Ja, vielleicht könnte man das so sagen.«

Sie schwiegen eine Weile, fuhren an Leer vorbei und auf Emden zu. Rechts und links der Autobahn grasten Kühe, der Blick über die Weiden reichte bis zum Horizont. Enna genoss diesen Anblick, der Ruhe und Gelassenheit ausstrahlte. Sie liebte die ostfriesische Landschaft und hatte nach

Simons Tod darüber nachgedacht, an die Nordseeküste zu ziehen. Nur die Verantwortung für Elias, den sie nicht aus der Kindergartengruppe reißen wollte und der im nächsten Jahr gemeinsam mit seinen Freunden in dieselbe Schule gehen würde, hatte sie davon abgehalten, in die Einsamkeit zu ziehen.

Kurz hinter Emden fuhren sie von der Autobahn ab Richtung Hinte. Die restlichen fünfzehn Kilometer würden sie über Land fahren. Enna verringerte die Geschwindigkeit.

»Wir sind bald in Greetsiel«, sagte sie.

»Ich weiß. Diese Straße hier ist für mich ein wenig wie Nach-Hause-Fahren.«

Enna nickte und schwieg.

Sechs

Sie passierten Dörfer und Bauernhöfe, fuhren an vom Wind zur Seite gedrückten Bäumen entlang, überholten langsam fahrende Trecker und schlichen hinter Lkws her. Schließlich kamen die Greetsieler Zwillingsmühlen in Sicht, zwei alte Windmühlen, die im Abstand von nicht einmal hundert Metern hintereinanderstehen.

Sie fuhren am alten Hafen vorbei in Richtung Naturschutzgebiet Leyhörn. Zweihundert Meter hinter dem Ortsschild bogen sie rechts ab in einen Feldweg, der nach weiteren fünfzig Metern endete. Außer Sichtweite des ehemaligen Bauernhauses waren drei Parkplätze eingerichtet. Paulsen und Pia, mit denen Enna vor Abfahrt nach Greetsiel kurz telefoniert hatte, schienen noch nicht eingetroffen zu sein.

»Stellen wir das Auto hier ab oder fahren wir direkt vor?«, fragte Enna.

»Wir können auch die letzten Meter zu Fuß gehen. Großvater mochte es nicht, wenn Fahrzeuge auf dem Hof standen.«

Sie gingen auf ein eisernes Tor zu, Ben schloss auf. Das Dach des alten, lang gestreckten Bauernhauses war im hinteren Bereich weit nach unten gezogen. Das ehemalige Scheunentor an der Stirnseite war zu einem großen Fenster umgebaut worden, an dessen Längsseiten die typischen kleinen Stallfenster mit Metallrahmen durch moderne Holzfenster in gleicher Größe und Form ersetzt worden waren. Beim vorderen Teil des alten Hofes endete das Dach weiter oben, die Sprossenfenster waren hier größer. Das war ursprünglich der Wohntrakt gewesen.

»Die Eingangstür befindet sich auf der anderen Seite«, sagte Benjamin und ging voraus. Enna folgte ihm über einen mit alten Steinen gepflasterten Weg ums Haus. An der Stirnseite deutete Benjamin auf eine schwere Holztür.

Enna stutzte. Stand die Tür offen? Sie hielt Benjamin Thaysen zurück, legte ihren Zeigefinger auf die Lippen als Zeichen, dass er leise sein sollte, und eilte an ihm vorbei auf die Tür zu. Sie stand wenige Zentimeter auf, war aber, soweit Enna sehen konnte, unversehrt.

»Hat noch jemand Schlüssel zum Haus?«, flüsterte Enna.

Ben, der Enna gefolgt war, schüttelte den Kopf. »Einbrecher?«

»Bleiben Sie hier stehen. Ich gehe rein. Wenn jemand rauskommt, greifen Sie nicht ein. Ist das klar?« Er nickte und drückte sich an die Mauer zwischen zwei Fenstern.

Enna öffnete vorsichtig die Tür, die Hand auf dem Holster. Sie lauschte in den Flur hinein.

Stille.

Enna arbeitete sich Schritt für Schritt vor, legte immer wieder kurze Pausen ein, um zu horchen. Zwischen dem ehemaligen Wohnhaus und den Ställen war eine Tür eingebaut, auf die Enna jetzt zuging. Sie öffnete sie vorsichtig und hörte fast gleichzeitig das Geräusch. Jemand hatte etwas auf den Fliesenboden fallen lassen. Sie zog ihre Waffe und öffnete mit einer schnellen Bewegung die Tür. Sie schaute hastig nach links und rechts und glitt schließlich in einen weiteren Flur hinein. An jeder Seite befanden sich zwei Türen. Als Enna die erste öffnen wollte, wurde sie von außen aufgeschoben. Sie wich zurück und ging hinter der sich jetzt öffnenden Tür in Deckung.

Mit angehaltenem Atem wartete Enna, bis sich die Person auf ihrer Höhe befand und keine weiteren Schritte mehr zu hören waren. Sie stieß die Tür zu und rief gleichzeitig: »Polizei! Langsam umdrehen!« Der Mann blieb stehen und schien für einen Moment in eine Schockstarre gefallen zu sein. Schließlich wandte er sich langsam um und hob die Arme, als er Ennas Waffe sah.

»Hinknien! Sofort!«

Der Mann, maskiert, dunkelhaarig, sportliche Figur, ganz in Schwarz gekleidet, ging auf die Knie.

»Hände auf den Rücken!«

Nachdem der Mann ihrem Befehl gefolgt war, kam Enna vorsichtig näher. Sie ließ die Waffe ins Holster gleiten und griff nach den Handschellen. Mit einem schnellen Griff hatte sie den einen Arm des Mannes fixiert und wollte gerade die andere Seite einklinken lassen, als sie hinter sich ein Geräusch hörte. Blitzartig drehte sie sich um und spürte im gleichen Moment den Schlag, der sie am Hals traf. Sie ließ sich intuitiv zur Seite fallen. Der zweite Mann holte mit dem Fuß aus und trat zu. Ein stechender Schmerz durchfuhr Enna. Sie schrie auf, krümmte sich zusammen und sah aus dem Augenwinkel, wie der eine Mann dem anderen aufhalf und sie gemeinsam aus dem Flur zur Haustür stürmten.

Mühsam richtete sich Enna auf, tastete nach der Waffe und atmete erleichtert auf. Als sie auf beiden Beinen stand, drehte sich der Flur vor ihren Augen. Sie hielt sich an der Wand fest und stolperte nach vorne zur Tür. Mit jedem Schritt wurde sie sicherer und erreichte aufrecht stehend die Haustür. Mit gezogener Waffe trat sie ins Freie und sah sich nach Benjamin Thaysen um. Da hörte sie ein Motorrad aufheulen.

»Benjamin!«, rief Enna mit leicht panischer Stimme, als sie ihn am Boden liegend auf der Längsseite des Hauses fand.

Er richtete sich auf. »Mir ist nichts passiert.« Er regte sich und stand auf. »Ich habe versucht, einen von diesen Typen aufzuhalten, aber der andere hat mich von hinten niedergeschlagen.« Er rieb sich den Ellbogen und schien jetzt erst Ennas Blessuren zu bemerken. »Ist Ihnen was passiert? Sie bluten am Kopf.«

»Es geht schon wieder.« Enna griff nach ihrem Handy und wählte die Kurzwahl von Pias Anschluss.

»Ja? Seid ihr schon da?«, fragte Pia Sims.

»Hier ist eingebrochen worden. Ich habe die Typen nicht erwischt. Wo seid ihr?«

»Zwischen Hinte und Eilsum. Warum?«

»Wenn euch ein Motorrad entgegenkommt, schreibt die Nummer auf. So, wie es sich anhörte, muss es eine schwere Maschine gewesen sein.«

»Bist du verletzt?«

»Alles gut. Kannst du die Kollegen in Aurich informieren? Wir brauchen die Spurensicherung.«

»Mache ich! Bis gleich.«

Enna ließ das Handy in ihre Tasche gleiten und sah kopfschüttelnd zu Benjamin Thaysen, der immer noch mit schmerzverzerrtem Gesicht vor ihr stand. »Warum sind Sie nicht in Deckung gegangen? Das hätte schlimm enden können.«

Er zuckte mit den Schultern. »Seit ich in Honduras war, habe ich keine Angst mehr. Was meinen Sie, was ich dort alles erlebt habe.«

Eine Viertelstunde später hielt Paulsen auf dem Parkplatz vor dem Haus, er und Pia sprangen aus dem Auto und liefen auf das alte Bauernhaus zu.

Pia sah entsetzt auf das Pflaster an Benjamin Thaysens Kopf. »Geht es dir gut?« Er nickte.

Paulsen stand inzwischen neben Enna. »Und dir?«

»Alles in Ordnung«, antwortete Enna. »Mit dem zweiten Einbrecher habe ich nicht gerechnet. Ich war einfach nicht vorsichtig genug. Ist euch ein Motorrad entgegengekommen?«

»Nein«, sagte Pia. »Überhaupt keins. Die müssen die Küste hoch über die Straße nach Pewsum gefahren sein.« Sie hob entschuldigend die Hände. »In Hinte und Emden haben die Befragungen länger gedauert, als wir dachten. Beim Rettungswagen-Team wollten wir auf der Rückfahrt vorbeischauen.«

»Wäre ja auch zu einfach gewesen«, murmelte Enna. »Und die Spurensicherung?«

»War nicht so einfach, die Kollegen zu überzeugen«, antwortete Pia. »Sie sollten sich aber in Bewegung gesetzt haben.«

Paulsen ging einen Schritt auf die Haustür zu und sah in den Flur hinein. »Was haben die gesucht?«

»Das sollten wir später besprechen«, sagte Enna. »Wir brauchen hier nicht alle auf die Kollegen der Kriminaltechnik zu warten. Ihr könnt in Pewsum die Rettungssanitäter befragen und anschließend zurückfahren.«

Pia wollte etwas einwenden, Paulsen hielt sie aber mit einem Blick zurück. »Ist in Ordnung«, sagte er, nickte Enna zu und zog Pia mit zum Parkplatz.

»Haben Sie den Mann erkannt, Benjamin?«, fragte Enna, als ihre Kollegen vom Hof gefahren waren.

»Ich könnte nicht einmal sagen, ob es ein Mann oder eine Frau gewesen ist. Nein, ich habe keinen blassen Schimmer, was das für eine Aktion war. Und warum jetzt? Curt ist seit drei Jahren …« Er schaute sie erschrocken an. »Sie meinen, diese Menschen – wer auch immer es ist – haben mitbekommen, dass ich zur Polizei gegangen bin? Aber niemand weiß davon und es ist erst ein paar Tage …« Benjamin Thaysen verstummte.

»Pia hat uns gesagt, dass Sie schon seit Wochen versuchen, bei der Polizei Gehör zu finden. Das ist offensichtlich nicht unbemerkt geblieben.«

»Aber außer Pia habe ich da niemandem von erzählt. Und bei Ihren Kollegen …« Er stockte. »Meine Mutter. Ich habe meiner Mutter gegenüber angedeutet, dass Curt an einem Buch geschrieben hat.«

»Hat sie nachgefragt, woher Sie das wissen?«

Ben nickte. »Ja, das hat sie. Ich habe aber ausweichend geantwortet. Ich weiß nicht mehr, was ich genau gesagt habe, aber ganz sicher nicht, dass ich Curts Laptop gefunden habe.« Er stöhnte leise. »Ich weiß, das hat vielleicht schon gereicht. Wenn meine Mutter es weitererzählt hat, dann kann es schnell an die falschen Ohren gelangt sein.«

»Ich hoffe, dass wir die Einbrecher noch rechtzeitig überrascht haben und sie nichts mitnehmen konnten.«

Eineinhalb Stunden später hatten die Kriminaltechniker mögliche Spuren gesichert und gaben das Haus frei. Enna ging mit Benjamin Thaysen Raum für Raum durch, ohne dass er sagen konnte, ob etwas entwendet wurde. In der Bibliothek waren mehr als die Hälfte aller Bücher aus den Regalen gerissen und auf den Boden geworfen worden. Enna vermutete, dass die Einbrecher zwischen den Seiten nach Dokumenten gesucht hatten.

»Was für ein Durcheinander«, sagte Ben mit Blick auf die Bücher.

»Einen Laptop haben die beiden hier sicher nicht gesucht.« Enna nahm eines der verbliebenen Bücher aus dem Regal, blätterte es durch und stellte es wieder hin.

»Soll ich Ihnen helfen?«, fragte Benjamin Thaysen und griff, als Enna seine Frage bejaht hatte, nach einem Buch.

Nach gefühlt Hunderten von Büchern zog Enna das letzte aus dem Regal und schlug es auf. Treffer! In der Mitte war in eine ganze Anzahl von Seiten ein Loch geschnitten, um ein Versteck zu erhalten. Sie nahm den Schlüssel heraus und hielt ihn hoch.

»Wie originell«, murmelte Benjamin Thaysen. »Warum hat Curt ihn nicht auch unter den Dielen versteckt?«

Enna reichte ihm den Schlüssel. »Wissen Sie, wofür der sein könnte?«

»Nach einem Haus- oder Wohnungsschlüssel sieht er nicht aus. Eher wie von einem Bankschließfach.«

Enna drehte den Schlüssel um. »Fragt sich nur, von welcher Bank.« Ihr Blick fiel auf das Buch, das noch aufgeschlagen auf dem Tisch lag. »Sie waren vorhin erstaunt über das Versteck?«

Benjamin Thaysen zeigte auf die am Boden liegenden Bücher. »Kann ich die wieder reinstellen?«

Er schien nur schwer damit umgehen zu können, dass jemand ins Haus seines Großvaters eingebrochen war. Vorsichtig hob er jedes einzelne Buch auf und stellte es zurück ins Bücherregal.

»Das Versteck sieht ganz und gar nicht nach Curt aus. Bei den Dielen dachte ich schon, dass es doch zu einfach gewesen ist, aber das hier …« Er zeigte auf das herausgeschnittene Schlüsselfach. »Das ist doch wie in einem schlechten Krimi.«

»Die Menschen handeln gerade unter Druck nicht immer logisch. Vielleicht sollte es nur ein Zwischenversteck sein.«

Benjamin Thaysen zog die Augenbrauen zusammen. »Zwischenversteck? Auch das ist nicht Curts Art gewesen. ›Nägel mit Köpfen‹ war immer sein Leitspruch. Der Schlüssel muss eine andere Bedeutung haben.«

»Wenn es der Schlüssel für ein Bankschließfach ist, werden wir das herausfinden. Und dann sehen wir weiter.«

Er nickte. »Bringen wir das hier erst mal in Ordnung.«

In der Küche des Hauses schienen die Einbrecher nicht gewesen zu sein. Weder waren hier Schränke aufgerissen worden, noch gab es andere Hinweise, dass der Raum durchsucht worden war. Sie gingen ein Zimmer nach dem anderen durch, bis sie schließlich beim Schlafzimmer ankamen. Die Türen des Einbauschranks standen weit offen. Auch hier lag der Inhalt auf dem Boden verstreut.

Ben durchwühlte die Kleidungsstücke, die noch im Schrank lagen. »Ich suche den Damenslip und die anderen Sachen.«

Doch auch auf dem Boden wurde er nicht fündig. Er wischte sich mit der Hand den Schweiß von der Stirn. »Nichts! Aber die Sachen waren da. Und soweit ich das beurteilen kann, war es eine teure Marke. Sie lagen hier im Schrank, hundertprozentig. Ich habe das doch nicht geträumt.«

»Ist denn, nachdem Sie die Wäsche gefunden haben, noch jemand im Haus gewesen?«, fragte Enna.

»Nein, definitiv nicht. Nur ich habe die Schlüssel.«

»Wie lange ist das jetzt her?«

»Ungefähr zwei Wochen. Nachdem mein Freund das Passwort für den Laptop herausgefunden und ich die Dateien darauf entdeckt hatte, bin ich noch mal ins Haus, um nach weiteren verborgenen Hinweisen zu suchen. Ja, das war vor fast genau zwei Wochen.«

Sieben

Am frühen Nachmittag versiegelte Enna das Haus. Sie hatten keine weiteren Schlüssel gefunden und auch keinerlei Hinweise auf ein Bankschließfach. In Oldenburg setzte Enna Benjamin Thaysen vor seiner Wohnung ab und fuhr direkt zum Büro.

Pia empfing sie an der Tür des alten Hauses. »Und? Wie ist es gelaufen?«

»Wir setzen uns gleich zusammen. Dann berichte ich. Kannst du etwas zum Essen besorgen? Ich habe wahnsinnigen Hunger.«

Eine halbe Stunde später saßen sie in der Küche und aßen Pizza. Als Enna von dem Schlüsselfund berichtete, erklärte sich Pia sofort bereit, die Bankrecherche zu übernehmen.

»Was hältst du von der verschwundenen Damenwäsche?«, fragte Paulsen, als sie die leeren Pizzakartons zur Seite gelegt hatten. »Warum sollten diese Kerle gerade die mitgenommen haben?«

»Das ist eine gute Frage«, sagte Enna. »Haben sie danach gesucht? Und wenn ja, warum? Oder ist sie ihnen zufällig in die Hände gefallen und sie wussten, von wem sie ist?«

»Auf jeden Fall spielt die Frau eine Rolle in dieser Geschichte«, sagte Paulsen.

»Und welche?«, fragte Pia. »Glaubst du, Thaysen senior hat sich eine Prostituierte kommen lassen?«

»Wenn, dann eine Edelhure. Und warum nicht? Wenn du Geld hast, bekommst du nicht nur eine attraktive Frau, sondern auch eine, die ein gewisses Niveau hat«, sagte Paulsen und fügte grinsend hinzu: »Impotent war Thaysen meines Wissens nicht und so, wie ich seinen Enkel ver…«

»Der letzte Punkt spielt jetzt gerade keine Rolle, Paulsen«, unterbrach Enna den kleinen Disput. »Wer kümmert sich um die Sache?«

Paulsen hob die Hand. »Ich kann das machen.«

Aus dem Augenwinkel sah Enna, wie Pia mit den Augen rollte.

»Okay, dann kommen wir zu den anderen Befragungen. Was hat Dr. Hagenbach gesagt?«

»Er bestreitet, dass an der Obduktion etwas nicht in Ordnung war«, sagte Paulsen. »Professor Witt würde sich angeblich falsch erinnern.«

»Der hat Dreck am Stecken«, polterte Pia los. »Wir müssen ihn …«

»Pia!«, unterbrach Paulsen sie. »Eins nach dem anderen.«

Pia rollte wieder mit den Augen. »Behandle mich nicht wie ein kleines Kind«, fauchte sie ihn an.

»Gerne, aber dann verhalte dich auch wie eine Polizistin und nicht …«

Pia sprang auf. »Das muss ich mir nicht bieten lassen. Du kannst mich mal kreuzweise!« Sie drehte sich abrupt um und lief aus der Küche.

Paulsen stand auf und wollte ihr nachgehen, aber Enna hielt ihn zurück. »Lass sie mal.« Er zuckte mit den Schultern und setzte sich wieder. »Was war jetzt mit Dr. Hagenbach?«, fragte Enna.

»Er schien nicht sehr verwundert über unseren Besuch. Entweder hat der Professor ihn angerufen oder er hat tatsächlich irgendwann mit uns gerechnet.«

Enna griff zum Handy, wählte die Nummer der Gerichtsmedizin und hatte kurz darauf Professor Witt am Apparat, der ihr versicherte, dass er nicht mit seinem Kollegen gesprochen habe.

»Nun gut, auf jeden Fall hatte Hagenbach quasi eine druckreife Erklärung zur Hand. Keine Nachfrage von ihm, wie wir überhaupt darauf kommen und was der Professor im Einzelnen gesagt hat. Nichts. Es gebe keine Anhaltspunkte, die weitere Untersuchungen gerechtfertigt hätten. Thaysen sei eines natürlichen Todes gestorben. So etwas würde vorkommen, meinte Hagenbach.« Paulsen legte sein Handy auf den Tisch. »Ein O-Ton gefällig?«

Als Enna nickte, öffnete er die Aufnahme und suchte nach der richtigen Stelle.

Hagenbachs Stimme klang bemüht ruhig. »Ich hatte nicht den geringsten Zweifel, dass es sich um einen natürlichen Tod gehandelt hat. Professor Witt muss die Fälle verwechselt haben. Es gab keine Hinweise, weder habe ich welche gefunden, noch hat mein Kollege mich beauftragt, ein komplettes Screening zu machen. Warum auch? Es gab keine Veranlassung dazu. Alles Weitere finden Sie im Gutachten.« Nach einer kurzen Pause fügte Hagenbach hinzu: »Kann ich sonst noch was für Sie tun?«

»Professor Witt hat sich eindeutig erinnert«, erklang nun Paulsens Stimme vom Band. »Er hat einen Einstich gefunden, den er sich nicht erklären konnte.«

»Wie gesagt, mein Kollege muss sich auch hier falsch erinnern. Die Obduktion ist immerhin über drei Jahre her.«

»Professor Witt war sich absolut sicher.« Pias Stimme hatte einen aggressiven Unterton.

»Irren ist menschlich, junge Frau. Oder ist es Ihnen noch nie passiert, dass Sie Fakten aus einem weit zurückliegenden Fall mit einem anderen verwechselt haben?«

»Nein, ist es nicht«, antwortete Pia eine Spur zu laut.

»Vielleicht sind Sie ja noch zu jung, um ...«

Jemand räusperte sich laut. »Herr Dr. Hagenbach«, unterbrach Paulsen den Arzt. »Sie sind sich also absolut sicher, dass Professor Witt Sie nicht beauftragt hat, weitere Untersuchungen zu veranlassen?«

»Was für eine Frage, Herr ...«

»Paulsen. Oberkommissar Paulsen.«

»Ja, Herr Paulsen, ich bin mir absolut sicher. Sie können mich aber gerne noch ein weiteres Mal danach fragen. Meine Antwort wird die gleiche bleiben.«

Paulsen beugte sich vor und stoppte die Aufnahme. »Der gute Mann stand ziemlich unter Druck. Er hat es zwar gut verborgen, aber ...« Paulsen brach ab, als Pia in die Küche zurückkehrte.

»Wie weit seid ihr?«, fragte sie und schaute dabei zwischen Paulsen und Enna hin und her. Als keiner von beiden antwortete, stöhnte sie leise. »Ja, mich hat dieser Arzt aufgeregt, und ja, ich werde mich in Zukunft besser im Griff haben. Reicht das?«

»Dieser Fall scheint eine verdammt harte Nuss zu sein«, sagte Enna. »Wir sind ein kleines Team und da müssen wir uns absolut aufeinander verlassen können.«

»Ihr könnt euch auf mich verlassen!«, sagte Pia. »Ich habe mich ab sofort im Griff.«

Paulsen beugte sich leicht nach vorne. »Okay, dann wäre das ja geklärt.« Er zeigte auf sein Handy. »Ich habe Enna schon einen Teil der Befragung vorgespielt.«

Enna stand auf und schrieb den Namen des Arztes an das Flipchart. »Warum sollte Hagenbach lügen?«

»Der Professor schien viel von ihm zu halten«, sagte Paulsen. »Kann es sein, dass Hagenbach erpresst wurde?«

»Hat er Familie?«, fragte Enna.

Pia nickte. »Ja, er ist verheiratet. Zwei Kinder, beides Mädchen. Sie sollten jetzt sechs und acht sein.«

»Wenn er damals einer Erpressung nachgegeben hat, wird er das heute sicher nicht zugeben«, sagte Paulsen. »Die Gefahr ist zu groß, dass der ganze Schlamassel von vorne anfängt. Sollte es wirklich so abgelaufen sein, kann ich ihn sogar verstehen.«

»Gab es keinen einzigen Ansatzpunkt bei der Befragung? Keine Widersprüche, nichts?«

»Nein, wie gesagt, er wirkte, als habe er uns erwartet, und schien sich entsprechend vorbereitet zu haben.« Paulsen sah Pia an. »Oder siehst du das anders?«

»Nein«, antwortete Pia. »Er kam mir sogar erleichtert vor. Ja, Paulsen hat recht. Der hat quasi auf uns gewartet und wusste genau, was er sagen wird. Was kann ihm schon passieren? Sein Wort gegen das von Professor Witt. Beweisen können wir nichts.«

»Selbst wenn er die Ergebnisse manipuliert hat, Pia, er wird kaum wissen, wer ihn erpresst hat«, sagte Paulsen. »Wirklich weiterbringen würde uns das auch nicht.«

»Heute ist Freitag. Lassen wir ihm das Wochenende zum Nachdenken. Nächste Woche werde ich noch einmal mit ihm sprechen.«

»Alleine?«, wollte Pia wissen.

»Sollte er erpresst worden sein, wird er uns offiziell nichts sagen. Also kann ich nur darauf hoffen, dass er mir die Informationen unter der Hand gibt. Ich muss ohnehin noch mit dem Freund von Curt Thaysen sprechen. Er war heute nicht in Greetsiel, aber Montagvormittag hat er für mich Zeit.«

Enna unterstrich Hagenbachs Namen dreifach und setzte sich wieder an den Tisch. »Was hat der Notarzt gesagt?«

Pia öffnete ihr Notizbuch. »Dr. Johnsen arbeitet nicht mehr als Notarzt. Curt Thaysen war einer seiner letzten Einsätze, auch deshalb hat er sich gut erinnert. Die Leitstelle hatte ihn gleichzeitig mit dem Rettungswagen angefordert. Die Sanitäter waren zuerst da und haben gleich festgestellt, dass sie nichts mehr machen können. Fünf Minuten später kam Dr. Johnsen, hat den Tod festgestellt und dann unsere Kollegen gerufen. Das ist ja das normale Prozedere, aber Dr. Johnsen kamen die Umstände merkwürdig vor.« Pia warf einen Blick zu Paulsen, der nickte. »Der Notarzt scheint ein aufmerksamer Beobachter zu sein«, fuhr Pia fort. »Auf dem Tisch neben dem Sofa standen ein Weinglas und eine geöffnete Flasche Rotwein. Curt Thaysen lag zwei Meter entfernt auf dem Boden. Dr. Johnsen sagt, man konnte am Teppich sehen, dass er sich kriechend dorthin bewegt hatte. Er lag dort in einer Position, als habe er, das ist jetzt Originalton des Arztes, gekrampft. Die Haltung hätte ihn an epileptische Anfälle erinnert. Er hat dann die Putzfrau befragt, die zu dem Zeitpunkt wohl schon über viele Jahre dort gearbeitet hat, ob Thaysen Medikamente einnehmen würde. Sie sagte ihm, dass sie nie etwas dergleichen gesehen habe, weder die Einnahme noch die Tabletten irgendwo in den Schränken oder im Bad.«

»Hast du Benjamin Thaysen dazu befragt?«

»Ja, und er hat mir versichert, dass sein Großvater keinerlei Medikamente nahm. Also gut, dem Notarzt kam es merkwürdig vor, auch deshalb rief er unsere Kollegen aus Pewsum. Dazu aber gleich noch mehr.« Pia sah Paulsen an, der nickte und übernahm.

»Dr. Johnsen ist noch mehr aufgefallen«, sagte Paulsen. »Der Wein im Glas war nicht getrunken worden. Die Flasche war entkorkt und das Glas halb voll. Aber der Wein war nicht der aus der Flasche.«

»Woher weiß er das?«

»Ein Weinkenner. Er hat am Glas und an der Flasche gerochen. Das eine sei ein …« Paulsen sah Hilfe suchend zu Pia.

»Tempranillo«, sagte sie.

»Genau!«, fuhr Paulsen fort. »Und in der Flasche sei ein Bordeaux gewesen. Laut Etikett und nach Geruchsprobe sozusagen.«

Enna stand auf und schrieb die beiden Weinsorten neben den Namen von Curt Thaysen. »Interessant. Und weiter?«

»Dr. Johnsen hat dann im Mülleimer nachgeschaut, ob dort eine leere Flasche Tempranillo stand. Weder da noch irgendwo in der Küche ist er fündig geworden. Selbst draußen in der Mülltonne hat er nichts gefunden. Außerdem hielt er es für ausgeschlossen, dass man einen so teuren Bordeaux nach dem – seiner Meinung nach – mittelmäßigen Tempranillo getrunken hätte. Gut, lassen wir mal die Weinkennermeinung außen vor, weil das sicher Ansichtssache ist, aber die fehlende Flasche ist durchaus merkwürdig.«

»Wusste Johnsen, wie teuer die Weine waren?«

Paulsen grinste. »Klar, fast auf den Euro genau. Der Tempranillo lag seinerzeit wohl bei fünfunddreißig Euro und der Bordeaux hat das Zehnfache gekostet. Pro Flasche, versteht sich. Wo wir gerade beim Preis sind: Der Notarzt meinte auch noch, dass er den Bordeaux niemals aufgemacht hätte. Der Wein hätte noch mindestens zwei Jahre reifen müssen. Kein Weinkenner würde eine solche Flasche vorher aufmachen. Ich halte das für etwas übertrieben.«

»Ich nicht«, sagte Pia. »Mein Onkel hat die gleiche Weinmacke. Mein Cousin, also sein Sohn, hat sich in jungen Jahren für eine Fete im Weinkeller seines Vaters bedient. Und natürlich nach den drei teuersten Flaschen gegriffen. Die …« Pia malte Anführungszeichen in die Luft. »… Ausleihe war schon schlimm genug, aber dass mein Cousin dann auch noch einen Wein genommen hatte, der noch Jahre hätte liegen müssen, war das eigentliche Drama.«

»Die Probleme möchte ich mal haben«, murmelte Paulsen.

Enna warf ihm einen warnenden Blick zu. »Okay, ist Johnsen noch mehr aufgefallen?«

»Nein«, antwortete Paulsen.

»Bleibt noch zu sagen, dass unsere Kollegen aus Pewsum ihn nicht ernst genommen haben«, merkte Pia an. »Ich habe die Akten aus Norden bekommen. Ich habe sie überflogen und bisher keinen Hinweis auf Johnsens Aussage gefunden.«

Enna schaute auf die Uhr. »Okay, für den ersten Tag ist die Ausbeute gar nicht so schlecht. Ich bin am Montagvormittag in Greetsiel und anschließend bei Dr. Hagenbach in Hinte. Ich werde wohl am frühen Nachmittag zurück sein.«

»Ich kümmere mich um die Geschichte mit der Edelhu… also der Escortdame«, sagte Paulsen.

Pia klappte ihr Notizbuch zu. »Ich gehe die Akten aus Norden durch und werde bei den Banken in der Umgebung anfragen, ob sie diese Schlüssel nutzen.«

»Und wegen des Motorrads«, sagte Paulsen. »Ich werde bei den Kollegen in Ostfriesland anfragen, wo aktuell geblitzt wurde. Das Zeitfenster ist ja klein. Vielleicht haben wir Glück.«

Enna stand auf. »Schönes Wochenende euch beiden. Und macht heute nicht mehr zu lange.«

Acht

Als Enna die Haustür aufschloss, horchte sie in den Flur hinein. Alles war still. Sie stellte ihre Tasche ab und zog die Jacke aus. Auf dem Küchentisch fand sie einen Zettel von Alina. Die beiden waren auf den Spielplatz gegangen und würden spätestens zum Abendessen zurück sein. Enna musste unwillkürlich lächeln, als sie auf der Rückseite der Notiz ein buntes Herz entdeckte, das Elias mit Buntstift gemalt hatte.

Sie griff nach dem Festnetztelefon und setzte sich im Wohnzimmer aufs Sofa.

»Enna!«, begrüßte Sarah sie. Mit der Mutter von Elias' Freund Lukas war Enna seit der Geburt ihrer Kinder befreundet.

»Endlich Wochenende«, sagte Enna. »Zwei Tage Ruhe. Und bei dir?«

Sarah seufzte. »Er hat gerade Lukas abgeholt. Sonntag um achtzehn Uhr kommt Lukas zurück.« Sarah sprach von ihrem Ex-Mann, mit dem sie sich vor Kurzem auf ein Besuchsrecht geeinigt hatte. »Erzähl, wie läuft es bei dir? Was macht dein Anwalt aus Frankfurt?«

Enna musste unwillkürlich schmunzeln. Seit Enna ihr von Aaron Bernard erzählt hatte, fragte sie bei jedem Gespräch nach ihm. Sarah hatte sie in den schweren Stunden nach Simons Tod unterstützt und war ihr so lange nicht von der Seite gewichen, bis Enna wieder halbwegs mit ihrem Alltag zurechtkam. Hin und wieder kam Sarahs mütterliche Art wieder zum Vorschein. Enna nahm es ihr nicht übel.

»Aaron ist nicht *mein* Anwalt. Und das weißt du auch, Sarah. Wir sind befreundet, nicht mehr und nicht weniger.«

»Schon klar, befreundet. Das kannst du Elias erzählen, aber nicht mir. Du kannst dich nicht ewig in dein Schneckenhaus zurückziehen, Enna. Wir beide sind nicht siebzig. Das Leben wartet auf uns.«

Enna lachte herzlich. »Wir sind aber auch keine siebzehn mehr, Sarah. Ich suche keinen Mann, nicht jetzt und auch nicht in naher Zukunft. Darüber haben wir doch schon tausend Mal gesprochen.«

»Elias hat Lukas erzählt, dass dein Freund nach Oldenburg kommt.«

»Er hat in der Nähe zu tun und übernachtet in der Stadt. Wir treffen uns nur zu Kaffee und Kuchen. Zufrieden?«

»Wann?«

»Sarah! Jetzt lass mal gut sein, oder möchtest du auch eingeladen werden, damit du ihn endlich begutachten kannst?«

»Eigentlich keine schlechte Idee. Heißt das, dass er zu dir nach Hause kommt? Wow, und ich weiß nichts …«

»Schluss!«, rief Enna lachend. »Erzähl mir lieber, was du am Wochenende machst. Wir könnten irgendwo zusammen schick essen gehen oder auch ins Kino. Was meinst du?«

»Gute Idee. Heute oder morgen?«

Enna klappte das Buch zu. »So, jetzt wird geschlafen, mein kleiner Prinz.«

»Wann kommt noch mal der Mann vom Flugplatz?«, fragte Elias schläfrig.

»Der Mann heißt Aaron und kommt am Dienstagnachmittag. Ungefähr dann, wenn du aus dem Kindergarten zurückkommst.«

»Holen wir ihn vom Flugplatz ab?«

Enna deckte Elias zu. »Nein, er fährt mit dem Zug.«

Elias kuschelte sich ins Kissen. »Gute Nacht, Mama. Ich liebe dich.«

Enna küsste ihn auf die Stirn. »Und ich dich erst.«

Sie stand auf, schaltete das Nachtlicht ein und das Deckenlicht aus. »Schlaf gut, Elias.«

In der Küche traf Enna auf Alina, die sich ein Glas Mineralwasser eingoss. Enna öffnete den Kühlschrank und griff nach der Weißweinflasche. »Hast du schon Pläne fürs Wochenende?«

Alina schüttelte den Kopf.

»Ich würde gerne morgen Abend mit Sarah etwas essen gehen.«

»Das ist kein Problem«, sagte Alina. »Ich kann hierbleiben.«

»Du hast dich nicht mit Pia verabredet?«, fragte Enna.

»Nein.«

Enna setzte sich an den Esstisch in der großen Wohnküche und zog einen weiteren Stuhl vor. »Setz dich doch mal zu mir.«

Alina kam zögernd der Aufforderung nach.

»Ich habe mir nach unserem letzten Gespräch Gedanken gemacht«, begann Enna vorsichtig. »Pia ist meine Kollegin, mehr noch, ich bin ihre Chefin, und da muss ich etwas vorsichtig sein. Gerade wenn es zu privat wird.«

Alina nickte.

»Aber du lebst hier bei uns und in gewisser Weise bin ich auch für dich verantwortlich. Oder sagen wir lieber, ich fühle mich verantwortlich. Wenn ich zu weit gehe, sag einfach Bescheid und wir brechen das Gespräch ab.«

Wieder nickte Alina.

»Du magst Pia sehr gerne. So, wie du bis jetzt von ihr gesprochen hast und was ich auch von Pia gehört habe.«

»Ja, sie ist im Moment meine beste Freundin«, sagte Alina leise.

»Aber es hat sich was verändert?«

Zaghaft nickte Alina.

»Pia mag dich anders, als du sie magst?«

Alina hob den Kopf und warf Enna einen erstaunten Blick zu. »Woher weißt du das?«

»Ich weiß es nicht, ich habe es nur vermutet.« Enna lächelte. »Wahrscheinlich hat es etwas mit meiner Arbeit zu tun, dass ich ständig Rätsel knacken muss.«

»Pia liebt mich«, flüsterte Alina. Sie hatte ihren Kopf gesenkt und starrte auf ihre Hände.

»Und du? Was empfindest du für sie?«

Alina zuckte mit den Schultern. Enna wartete, bis Alina aufsah und verlegen lächelte. »Ich weiß es nicht.« Sie schien zu zögern und mit sich zu ringen. »Wir haben uns geküsst.«

Enna schwieg. Sollte sie weiterfragen und sich im schlimmsten Fall in Alinas und Pias Privatsachen einmischen? Sie schloss die Augen und bereute es für einen langen Moment, das Gespräch gesucht zu haben. *Du hast Verantwortung für die junge Frau übernommen*, sagte sich Enna. *Es ist auch deine Sache.*

»Ich mag Pia. Sehr«, fuhr Alina fort. »Vielleicht sogar noch mehr.« Die letzten vier Worte hatte Alina so leise gesprochen, dass Enna sich nicht sicher war, ob sie die junge Frau richtig verstanden hatte.

»Du bist dir über deine Gefühle noch nicht im Klaren?«, fragte Enna vorsichtig.

Alina antwortete nicht.

»Oder …« Enna brach ab.

Alina nickte. Eine Träne lief über ihre Wange.

»Manche Menschen unterscheiden nicht so zwischen Mann und Frau«, sagte Enna leise. »Sie verlieben sich in beide Geschlechter. Gerade bei Frauen kommt das häufiger vor.«

»Kennst du das denn auch?«, fragte Alina nach einer Weile.

»Ja, ich hatte eine Schulfreundin, Nadine. Es war in der Oberstufe. Wir waren wie Schwestern, haben an den Wochenenden zusammen in einem Bett geschlafen, alles zusammen gemacht. Irgendwann ist es halt passiert. Ich weiß nicht mal, wer wen geküsst hat. Keine von uns beiden hat damit gerechnet und genauso erstaunt waren wir beide wohl über das, was da mit uns vorgegangen ist. Wir haben erst eine Woche Abstand voneinander gehalten, bis wir beide nicht mehr konnten.« Enna lächelte. »Als ich mich auf den Weg zu ihr gemacht habe, hat sie zufällig den gleichen Gedanken gehabt. Wir haben uns auf halber Höhe getroffen und sind uns in die Arme gefallen.« Enna schloss für einen Moment die Augen und sah Nadine vor sich. Ihre strahlend blauen Augen, das kurze Haar, die vollen Lippen.

»Und dann?«, fragte Alina flüsternd.

»Wir waren zusammen. Niemand hat etwas gemerkt, weil sich nach außen hin nichts geändert hat. Das ging fast ein Jahr so. Bis sich Nadines Eltern scheiden ließen und beide in eine andere Stadt zogen. Nadine ist mit der Mutter gegangen. Sie hat sie quasi dazu gezwungen. Wir haben uns geschrieben und in den ersten Monaten zwei- oder dreimal getroffen. Dann kam der Abiturstress, und am Ende haben sich unsere Wege getrennt. Ich habe sie nie wiedergesehen.«

»Wo lebt sie?«, fragte Alina verwundert.

»Mein letzter Stand war, dass sie in den USA studiert hat. Vielleicht ist sie dortgeblieben. Ich weiß es nicht.«

»Du warst mutig«, sagte Alina. »Ich kann das nicht.«

»Sprich mit Pia darüber. Sie wird es verstehen. Und lass dir Zeit mit deiner Entscheidung.«

»Ich habe Angst«, sagte Alina, die immer noch so leise sprach, als befürchte sie, dass jemand sie hören könnte.

»Das hatte ich damals auch. Aber ich habe meine Entscheidung nie bereut.«

Alina nickte und stand auf. »Ich mache noch einen kleinen Spaziergang. Gute Nacht, Enna. Und danke.« Sie beugte sich zu Enna vor und umarmte sie.

Neun

»Was kann ich noch für Sie tun?«, fragte Dr. Hagenbach.

Enna saß auf dem Patientenstuhl vor seinem Schreibtisch. »Es gibt noch ein paar Fragen zu klären. Ich habe mich noch einmal mit Professor Witt unterhalten, und er …«

»Das haben doch Ihre Kollegen alles schon gefragt«, unterbrach Hagenbach Enna. »Ich kann dem nichts mehr hinzufügen.«

»Professor Witt ist sich absolut sicher, dass Curt Thaysen einen Einstich im Oberarm hatte.«

»Wenn das so gewesen wäre, hätten wir das gleich bei der Obduktion dokumentiert. Schriftlich und per Foto.«

Witt hatte Enna am Samstag auf dem Handy angerufen und sie um ein Gespräch gebeten. Sie war zu ihm gefahren und hatte sich eine Stunde lang mit ihm unterhalten.

»Und wenn es ein solches Foto gäbe?«, fragte Enna.

Hagenbach seufzte. »Was wird das jetzt hier, ›Versteckte Kamera‹?« Er sah sich in seinem Büro um. »Können wir schnell zum Schluss kommen? In wenigen Minuten kommen meine ersten Patienten.«

Enna zog ein Foto aus der Tasche und legte es Hagenbach vor. Die Aufnahme zeigte die rechte Innenseite eines Armes, eindeutig von einer älteren Person. Hagenbach schien einen Augenblick irritiert, fing sich aber schnell wieder.

»Und?«, fragte er. »Sehen Sie einen Einstich? Und wer sagt, dass es sich hier um ein Foto ebender Person handelt, über die wir gerade sprechen?«

»Curt Thaysen«, sagte Enna und legte das nächste Foto vor, auf dem der Einstich deutlich zu sehen war.

»Wo haben Sie die her?«, fragte Hagenbach mit scharfem Unterton.

»Das ist im Moment nicht die Frage. Es handelt sich nachweislich um die Fotos der Thaysen-Obduktion. Die Frage ist eher, warum die Fotos und die Tatsache an sich nicht im Obduktionsbericht aufgetaucht sind.«

Professor Witt hatte Enna am Samstag zu sich gebeten, weil ihm die Tatsache, dass bei einer Obduktion unter seiner Leitung ein Fehler unterlaufen war, keine Ruhe gelassen hatte. In der Diskussion hatte er ihr zwei Fotos vorgelegt, die den Arm von Curt Thaysen zeigten und in der Nahaufnahme einen Einstich erkennen ließen. Enna hatte nicht nachgefragt, woher die Aufnahmen stammten. Sie war sich selbst nicht sicher, ob Professor Witt auf unkonventionelle Art die Polizei unterstützen wollte und ob das Fotomaterial nachweislich der Obduktion zugeordnet werden konnte.

Hagenbach schob die Fotos über den Schreibtisch auf Enna zu. »Das können irgendwelche Fotos sein. Vielleicht war sogar Photoshop im Spiel.«

Enna lächelte. »Professor Witt ist bereit, die Echtheit der Fotos zu beschwören. Werden Sie im Gegenzug unter Eid aussagen, dass es keinen Einstich gab?« Enna hatte sich zu dem riskanten Schritt entschieden, da sie sicher war, dass Hagenbach sonst nicht aus der Deckung kommen würde. Ob Professor Witt unter Eid aussagen würde, hatte sie wohlweislich am Samstag nicht gefragt.

Hagenbach war für einen Moment erstarrt, schluckte schließlich schwer und fixierte Enna mit wütendem Blick. »Was wollen Sie von mir?«

»Die Wahrheit.«

»Ich habe alles gesagt, was es zu sagen gab«, presste er hervor.

»Nein, das haben Sie nicht. Sie können sich hier und jetzt entscheiden, ob Sie eine Anklage wegen Täuschung von Ermittlungsbehörden in einem schwerwiegenden Fall riskieren wollen oder offen mit mir reden.« Enna sah sich im Raum um. »Ich brauche Ihnen nicht zu sagen, dass dabei auch Ihre Approbation auf dem Spiel steht.«

Hagenbach stand auf und lief zum Fenster. Er starrte nach draußen auf den Garten des Hauses. Schließlich kehrte er zum Schreibtisch zurück.

»Es steht hier viel mehr als meine Approbation auf dem Spiel«, sagte er immer noch stehend. »Meine Familie ist massiv bedroht worden, und ich habe klare Anweisungen bekommen, was ich zu tun habe.«

Enna nickte. »Sie sind bereit, das auszusagen?«

Dr. Hagenbach schüttelte den Kopf. »Nein! Definitiv nicht. Ich werde meine Familie keiner Gefahr aussetzen. Und wenn es mich meine Approbation kostet.«

»Das kann ich gut verstehen, aber …«

»Es gibt kein ›Aber‹, Frau Andersen«, fiel Hagenbach Enna ins Wort. »Ich werde nichts mehr dazu sagen, selbst wenn Sie mich jetzt hier auf der Stelle verhaften würden.«

»Das habe ich nicht vor, Dr. Hagenbach.« Sie zeigte auf den Schreibtischstuhl. »Setzen Sie sich doch bitte wieder.«

Zögernd folgte Hagenbach ihrer Aufforderung.

»Ich gehe davon aus, dass Sie die Person nicht kennen, die Sie erpresst hat?«, fuhr Enna fort.

Hagenbach schüttelte den Kopf. »Es ging alles online über Mail. Irgendeine Adresse aus dem Ausland. Ich habe alles gelöscht.«

»Die wird sich ohnehin nur schwer zurückverfolgen lassen«, sagte Enna. »Ihre Familie ist bedroht worden? Wie genau?«

Hagenbach schwieg.

»Vertrauen Sie mir bitte, Dr. Hagenbach. Ich werde die Informationen in keiner Weise öffentlich machen oder protokollieren. Für mich und mein Team ist es wichtig, dass wir die Umstände der Erpressung kennen, um daraus Rückschlüsse ziehen zu können.«

»Die dann wieder von diesen Verbrechern zu mir zurückgeführt werden könnten.«

»Noch einmal: Die Fakten, die ich heute von Ihnen erfahre, werden weder veröffentlicht, noch werden sie protokolliert. Es liegt uns vollkommen fern, Sie oder Ihre Familie in Gefahr zu bringen. Im Übrigen: Wir werden in jedem Fall weiterermitteln. Das heißt, dass Sie durchaus verdächtigt werden könnten, uns geholfen zu haben. Glauben Sie mir, wenn es dazu kommen sollte, können wir Ihnen helfen. Und zwar nur wir. Es ist besser, wenn Sie jetzt mit uns zusammenarbeiten und wir darum wissen, was Ihnen eventuell schaden könnte. Es könnte durchaus sein, dass wir ansonsten ungewollt dazu beitragen, Sie oder Ihre Familie in Gefahr zu bringen.« Enna hielt kurz inne und fügte hinzu: »Haben Sie mich verstanden?«

Dr. Hagenbach nickte, schien aber noch nicht überzeugt zu sein. »Ich mache Ihnen einen Vorschlag. Sie lassen mich alleine, ich telefoniere mit meiner Frau und werde mich danach entscheiden.«

Enna stand auf. »Ich warte draußen.«

»Ich sage Ihnen, was Sie wissen wollen«, sagte Dr. Hagenbach. »Voraussetzung ist allerdings, dass Sie Ihre Zusage absolut einhalten.«

»Wie gesagt, Sie können sich auf mich verlassen.«

Dr. Hagenbach hatte fünf Minuten gebraucht, um mit seiner Frau zu sprechen. Anschließend hatte er Enna wieder in sein Büro gebeten.

»Wie genau sind Sie erpresst worden?«

»Ausschließlich per Mailkontakt. Da waren Fotos von meinen Kindern und meiner Frau. Und zusätzlich noch von meinen Eltern. Als ich nicht sofort reagiert habe, kam am übernächsten Tag eine weitere Mail. Darin wurde mir mitgeteilt, wo ich meinen Hund finden könnte.«

»Sie hatten ihn zu der Zeit schon vermisst?«

»Ja, er hielt sich tagsüber häufig in unserem eingezäunten Garten auf. An dem Tag, als die erste Mail kam, ist er verschwunden. Wir haben ihn natürlich gesucht, ihn aber nicht gefunden. Auch unsere Nachbarn hatten ihn nicht gesehen.«

»Was ist dann passiert?«, fragte Enna.

»Diese Mail kam. Ein Wäldchen in der Nähe unseres Hauses. Auf einer Karte war eingezeichnet, wo ich …« Hagenbach schluckte. »… wo ich Sam finden konnte. Ich, wir haben natürlich gehofft, dass er noch lebt. Aber leider …«

»Gift?«

»Vermutlich ja.« Hagenbach schloss die Augen. »Wir haben ihn begraben. Meine Frau und ich. Die Kinder waren ja noch klein, sie haben das nicht so mitbekommen.«

»Was passierte danach?«

»Weitere Anweisungen. Sie können sich denken, was dort verlangt wurde. Kein Screening nach Giftstoffen. Natürliche Todesursache. Ich habe mich daran gehalten, und als Kollege Witt zurückkam, habe ich bewusst das Thema gemieden. Er hat zum Glück nicht weiter nachgefragt oder den Bericht angefordert.«

»Hatten Sie weiteren Kontakt?«

»Diese Leute wollten den vollständigen Obduktionsbericht per Mail haben. Anschließend habe ich nie wieder etwas von ihnen gehört.«

»Liefen die Mails über den Account in der Gerichtsmedizin?«, fragte Enna weiter.

»Nein. Über meinen privaten Laptop. Ich habe ihn anschließend entsorgt und den Account gewechselt.«

»Wer kannte die E-Mail-Adresse?«

Hagenbach zuckte mit den Schultern. »Sie war nicht geheim, wenn Sie das fragen. Es wird kein Problem gewesen sein, die Adresse herauszubekommen.«

»Und Sie haben nie wieder Kontakt zu den Erpressern gehabt? Gab es weitere Forderungen?«

»Nein, definitiv nicht. Sie wissen ja, dass ich knapp ein Jahr später hier die Praxis meines Vaters übernommen habe.«

»War das immer so geplant?«

Dr. Hagenbach wiegte den Kopf hin und her. »Wäre diese … diese Sache nicht dazwischengekommen, wären wir in Oldenburg geblieben. Mir hat die Arbeit dort gefallen. Sehr sogar.«

»Es tut mir leid, dass Sie quasi zum Wechsel gezwungen wurden.«

»Wir haben uns hier eingelebt. Alles im Leben hat nun mal zwei Seiten.« Er sah auf die Uhr. »Können wir …?«

»Eins noch«, sagte Enna. »Verhalten Sie sich absolut normal. Sollten Sie wieder von diesen Leuten kontaktiert werden, antworten Sie, dass Sie sich an die Abmachungen gehalten haben und auch weiter halten werden. Anschließend schicken Sie mir eine Nachricht über ein Mailkonto, das Sie kurz zuvor bei einem neuen Anbieter eingerichtet haben.« Sie reichte ihm ihre Visitenkarte. »Wir nehmen dann Kontakt zu Ihnen auf, ohne dass jemand etwas merkt. Ich spreche mit Professor Witt, damit wir und vor allem Sie von dieser Seite keine Probleme bekommen.«

Dr. Hagenbach atmete erleichtert auf. »Danke! Für alles.«

Zehn

Bent Friedrich wohnte direkt am alten Greetsieler Hafen in einem der Häuser mit glockenförmigem Giebel, die nach niederländischen Vorbildern im 16. Jahrhundert erbaut wurden.

Enna klingelte. Ein Mann um die siebzig öffnete die Tür, der verblüffende Ähnlichkeit mit dem Käpt'n aus der Fischstäbchen-Werbung hatte. Graue lockige Haare, Vollbart und ein freundliches Lächeln um die Augen. »Frau Andersen?«

Enna reichte ihm die Hand. »Ja, wir hatten telefoniert.«

»Immer herein in die gute Stube«, sagte Friedrich und trat zur Seite.

Die Ausstattung des Hauses wirkte wie aus einem Museum. Holzdielen, alte Möbel, selbst die Lampen schienen aus einem fernen Jahrhundert zu kommen. Bent Friedrich führte Enna in die Küche und bot ihr Platz an einem Holztisch aus Eiche an. Der Binsenstuhl war bequemer, als er aussah, der Tee mit Kluntje und Sahne original ostfriesisch.

Friedrich reichte Enna einen Teller mit Keksen. Enna nahm einen und probierte. »Selbst gemacht?«

Ihr Gastgeber lächelte. »Ja und nein. Eine alte Schulfreundin beliefert mich regelmäßig mit ihrem fantastischen Gebäck.«

»Da haben Sie aber Glück. Der Tee schmeckt übrigens auch ausgezeichnet.«

»Freut mich.« Friedrich schmunzelte. »Und der Tee ist tatsächlich selbst gemacht. Mit Liebe, sozusagen.«

Ennas Blick fiel auf den alten Küchenschrank, auf dem eine Kapitänsmütze lag. »Sie sind zur See gefahren?«

Friedrich stand auf, holte mit einer ehrfürchtigen Geste die Mütze vom Schrank und setzte sie auf. »Sie passt noch.« Er nahm die Mütze wieder ab und legte sie auf ihren Platz zurück. »Ja, dreißig Jahre auf allen Weltmeeren. Mit zweiundsechzig habe ich die Uniform ausgezogen. Das ist jetzt fast vierzehn Jahre her.«

Enna sah sich in der Küche um. »Ein schönes Haus.«

»Hier bin ich geboren worden und hier werde ich, so Gott will, auch sterben. Wie mein Vater und sein Vater und noch einige Generationen vor mir. Leider habe ich keine Kinder. Also wird dieser Zweig der Familie hier enden.« Er hielt kurz inne. »Haben Sie Kinder?«

Normalerweise vermied Enna persönliche Gespräche mit Zeugen, aber Bent Friedrich war ihr vom ersten Augenblick an sympathisch gewesen. »Einen fünfjährigen Sohn. Elias.«

»Ein schöner biblischer Name. Passen Sie gut auf ihn auf. Kinder sind wichtiger als alles andere in der Welt.« Er seufzte schwer. »Mir war das Leben dort draußen wichtiger. Wie sollte es da eine Frau mit mir aushalten?«

»Das war sicher ein bewegtes Leben.«

Der Kapitän zuckte leicht mit den Schultern. »Ich habe viel erlebt, das schon, aber ob ich es heute noch einmal so machen würde, glaube ich nicht. Mir fehlt eine Familie, und die lässt sich nun mal nicht herbeizaubern.« Er lächelte gedankenverloren, sah eine Weile aus dem Fenster und wandte sich dann Enna zu. »Aber deshalb sind Sie sicher nicht gekommen. Es geht um Curt, haben Sie am Telefon gesagt?«

»Ja, meine Einheit untersucht zu den Akten gelegte Fälle, wenn neue Hinweise auftreten. Wir haben …«

»Fälle?«, unterbrach Bent Friedrich sie. »Heißt das, dass Curt …« Er schluckte schwer. »… dass er ermordet wurde?«

»Im Moment gehen wir genau dieser Frage nach. Fremdeinwirkung oder natürlicher Tod«, sagte Enna zurückhaltend. »Es sind Unterlagen im Haus gefunden worden, die belegen, dass Curt Thaysen bedroht wurde.«

Bent Friedrich winkte ab. »Curt ist sein Leben lang bedroht worden. Er war ein knallharter Geschäftsmann, der über Lei…« Er brach mitten im Satz ab. »Entschuldigung, das wäre jetzt pietätlos. Aber Sie verstehen sicher, was ich sagen wollte.«

»Herr Thaysens Enkel sagte uns, dass Sie als sein bester Freund galten. Ist das so richtig?«

»Ich denke schon. Wir kannten uns zwar erst seit ein paar Jahren, aber dafür war unsere Freundschaft umso intensiver. Wir haben uns mindestens zwei-, wenn nicht dreimal in der Woche gesehen.«

»Herr Thaysen hat von früheren Drohungen ihm gegenüber erzählt?«

»Aber ja, wir haben viel über die vergangenen Jahrzehnte gesprochen. Er hat meinem Seemannsgarn gelauscht und ich habe mit großen Augen seinen Geschichten aus der Geschäftswelt zugehört. Und er hat häufiger mal erwähnt, dass er hier und da angefeindet wurde und mit harten Bandagen gekämpft habe.«

»Sprechen Sie von den Zeiten, in denen Curt Thaysen noch Vollzeit in der Firma gearbeitet hat?«

»Ja, das waren Drohungen von Konkurrenten, die er ausgestochen hatte. Zu unserer gemeinsamen Zeit war Curt mehr der Mann im Hintergrund. Er sagte mir mal, er habe immer noch alle Fäden in der Hand, auch wenn er nicht jeden Tag im Büro sitze.« Friedrich hob die Hand mit dem ausgestreckten

Zeigefinger. »Genau das war sein größtes Problem: Er konnte nicht loslassen. Warum hat er die Jungen nicht einfach machen lassen? Wir waren doch damit durch. Aber nein, er hatte neue Ideen, Projekte nannte er das. Eigentum für alle oder so ein Quatsch.« Er klopfte sich mit der flachen Hand auf die Brust. »Sehen Sie mich! Stehe ich noch oben auf der Brücke und bin für einen großen Pott verantwortlich? Nein! Ich genieße meinen Ruhestand, sitze vor der Tür auf der Bank und beobachte die Krabbenkutter, wenn sie rausfahren oder zurückkommen. Das ist jetzt meine Arbeit und wissen Sie was, es geht mir gut damit.«

Enna warf einen Blick auf ihr Handy, das sie auf den Tisch gelegt hatte. Um die Atmosphäre der Befragung nicht gleich zu Beginn zu belasten, hatte sie Bent Friedrich nicht um seine Zustimmung zur Aufzeichnung gebeten. Sie hoffte, dass der Akku durchhalten würde.

»In den Monaten vor seinem Tod hat Curt Thaysen Ihres Wissens keine Drohungen mehr bekommen?«, fragte Enna.

»Nicht dass ich wüsste. Und ich denke doch, dass er mir davon erzählt hätte. Wir waren schon sehr vertraut miteinander.« Bent Friedrich warf ihr einen fragenden Blick zu. »Ist denn etwas gefunden worden, was darauf hindeutet?«

»Tut mir leid, zu laufenden Ermittlungen darf ich keine Auskunft geben.« Enna schlug ihr Notizbuch auf und nahm einen Kugelschreiber in die Hand. »Hat Herr Thaysen mit Ihnen über seinen Enkel gesprochen?«

»In den höchsten Tönen hat er ihn gelobt. Nicht am Anfang unserer Freundschaft. Da hat er ihn nur hin und wieder kurz erwähnt. Ich glaube …« Friedrich rieb sich mit zwei Fingern an der Stirn. »… ja, als er aus Lateinamerika zurückkam, war er regelrecht begeistert von seinem Enkel. Ach, was rede ich, er war Feuer und Flamme für sein Projekt und natürlich für Benjamin. Die beiden sind sich sehr ähnlich. Nicht dass ich

Benjamin so häufig gesehen hätte, aber ich habe gleich gespürt, dass er die Kraft seines Großvaters geerbt hat. Wenn Sie verstehen, was ich meine.«

»Wann haben Sie von dem Tod von Curt Thaysen gehört?«, fragte Enna weiter.

Der alte Herr schenkte Enna und sich Tee nach und stellte die Kanne zurück aufs Stövchen. »Am Tag danach, beim Bäcker hier um die Ecke. Ich habe keine Tageszeitung, müssen Sie wissen, und im Radio ist sein Tod ja nicht gemeldet worden. Zwei Frauen vor mir in der Schlange unterhielten sich darüber.« Bent Friedrich nickte gedankenverloren. »Es war ein Schock für mich. Ich glaube sogar, ich bin direkt nach Hause gegangen und habe dann Benjamin angerufen. Seine Handynummer habe ich mal von Curt bekommen. Der Benjamin ist nicht gleich rangegangen. Bei ihm war es ja um die Zeit noch kurz nach Mitternacht. Er hat dann gegen Mittag zurückgerufen. Zu dem Zeitpunkt wusste ich aber schon, was passiert war.«

»Wie ging es Ihrem Freund in den Wochen vor seinem Tod? Körperlich wie mental?«

Friedrich ließ sich Zeit mit seiner Antwort. »Das ist jetzt drei Jahre her. Aber das wissen Sie ja. Was ich sagen wollte, ich kann mich nicht mehr an alles erinnern. Aber ich versuche es.« Er holte tief Luft und richtete sich leicht auf. »Curt war immer der Fittere von uns beiden. Wenn wir unsere langen Spaziergänge am Deich machten, sah man ihm die vielen Kilometer nicht an. Er trug auch noch einen Rucksack, in dem er Proviant und Regenzeug hatte.« Er hob den Zeigefinger. »Für uns beide wohlgemerkt. Er hat mir auch nie was davon erzählt, dass er irgendein Zipperlein hatte oder so. Auch nichts Großes, soweit ich weiß. Ob sich das damals dann ganz plötzlich geändert hatte, weiß ich natürlich nicht. Junge Hüpfer waren wir beide nicht mehr.«

»Und wie war seine Stimmung?«

Bent Friedrich zuckte mit den Schultern. »Wie immer, würde ich sagen. Er hatte ja große Pläne, und ehrlich gesagt, Curt war niemand, der melancholisch veranlagt war. Rückschläge waren für ihn nichts, woran er lange geknabbert hat. Im Gegenteil, dann hat er noch mehr Gas gegeben und ist regelrecht explodiert. Also, im positiven Sinne. Ja, er war gut drauf. Ich weiß noch, dass er mir gesagt hat, dass er sich auf seinen Enkel freute, der bald für ein paar Wochen auf Heimaturlaub kam. Curt hatte ein regelrechtes Programm für die Tage ausgearbeitet. Nicht nur Freizeit, er wollte mit ihm zusammen an seinem Projekt … wie sagt man noch, ja, herumfeilen.«

»Sie haben die Unterlagen zu dem Projekt gesehen?«, fragte Enna. Benjamin Thaysen hatte das ganze Haus nach den Plänen abgesucht, aber nichts gefunden.

»Ach, von so was habe ich keine Ahnung. Eine Seekarte kann ich wohl lesen.« Friedrich lachte. »Na, das wäre ja auch schlecht, wenn nicht. Aber dieses theoretische Zeug und Baupläne sind nichts für mich. Curt hat da oft drüber gesprochen, aber gesehen habe ich ihn damit nie. Suchen Sie denn danach?« Als Enna nicht gleich antwortete, hob er abwehrend die Hände. »Entschuldigen Sie, das hatten wir ja schon geklärt. Sie dürfen mir dergleichen nicht verraten.«

»Ist Herr Thaysen nach dem Tod seiner Frau Ihres Wissens eine neue Beziehung eingegangen?«

»Nein. Davon hätte ich gewusst.«

»Hatte er andere Beziehungen zu Frauen?«

»Sie meinen doch nicht etwa zu Frauen des ältesten Gewerbes der Welt?«

»Wäre das so ausgeschlossen?«

»Curt und eine Hure! Nein, das glaube ich nicht. Er hat immer ziemlich abwertend über solche Dinge gesprochen. Es war, wie Curt mir erzählt hat, unter Geschäftsleuten durchaus üblich, die Partner in entsprechende Etablissements einzuladen.

Curt konnte da wohl oder übel keine Ausnahme machen. Aber wie gesagt, er hat darüber immer sehr abfällig gesprochen.«

Enna lächelte. »Sie kannten Curt Thaysen ziemlich gut. Was meinen Sie, wie er auf eine Bedrohung reagiert hätte, die er als durchaus ernsthaft eingeschätzt hätte?«

Bent Friedrich stöhnte leise. »Sie stellen Fragen … Das ist nicht mein Fachgebiet. Ich könnte Ihnen verraten, wie die Strömungen in der Deutschen Bucht verlaufen und warum sie das tun, aber in Curt reinschauen konnte ich nicht.«

»Jetzt stellen Sie aber Ihr Licht unter den Scheffel, Herr Friedrich.« Enna lächelte. »Als Kapitän hatten Sie doch eine Mannschaft zu führen und dazu gehörte auch, jeden Einzelnen gut einschätzen zu können.«

Friedrich lachte verlegen. »Sie sind aber hartnäckig, Frau Kommissarin. Nun gut, was hätte Curt gemacht? Nachgeben war nicht so sein Ding, gleichzeitig war er ein kluger Mann. Er wäre nie alleine gegen eine ganze Armee angetreten. Nein, er hat seine Macht oder seine Kräfte sicher nicht überschätzt, sonst hätte er die vielen Jahre unter den Haien nicht durchgestanden.«

Enna wartete, ob der alte Kapitän seine Ausführungen noch weiter fortführen würde, und fragte schließlich: »Herr Thaysen hätte sich also nach Ihrer Meinung nicht kampflos zurückgezogen, aber auch nicht einer Übermacht gestellt. Was dann?«

»Gute Frage!« Bent Friedrich legte den Kopf in den Nacken und schloss die Augen. »Curt hätte sich abgesichert, alles getan, um am Ende am längeren Hebel zu sitzen. Wie auch immer das ausgesehen hätte: Einen Curt Thaysen bedroht man nicht einfach mal so.«

Elf

»Sie haben sich schon etwas eingerichtet?«, fragte Enna, nachdem sie Jens Lange begrüßt hatte. »Entschuldigen Sie, dass ich heute Morgen nicht hier war. Ich hatte eine Befragung in Greetsiel.«

Jens Lange war aufgestanden. »Kein Problem. Pia und Jan habe ich schon kennengelernt.« Er warf ihr einen fragenden Blick zu. »Sie haben mir gleich das Du angeboten.«

»Ja, dann sollten wir das auch so handhaben. Enna.«

Jens Lange atmete erleichtert auf und reichte ihr die Hand. »Jens.« Er lächelte. »Aber das wissen Sie … weißt du ja schon.«

»In zehn Minuten setzen wir uns in der Küche zusammen. Bring doch bitte was zum Schreiben mit.«

»Kein Problem. Dann setze ich doch schon mal den Kaffee auf«, sagte Jens und begleitete Enna ins Erdgeschoss.

Enna berichtete als Erstes ausführlich von der Hagenbach-Befragung.

»Gute Arbeit«, murmelte Paulsen.

»Wir können ihn doch nicht einfach damit durchkommen lassen«, sagte Pia mit verärgerter Miene. »Er muss aussagen und wir brauchen Zugang zu diesem Mailaccount.«

»Ich habe auf der Rückfahrt mit dem Staatsanwalt gesprochen. Er gibt grünes Licht dafür, dass Hagenbach erst mal aus der Sache herausgehalten wird.«

Pia rollte mit den Augen. »Er müsste seine Approbation verlieren.«

Aus dem Augenwinkel sah Enna, dass Paulsen Pia einen Wink gab, sich zurückzuhalten. »Das ist durchaus ein schmaler Grat, auf dem wir uns hier bewegen, Pia. Aber im Moment scheint es für alle Seiten der sinnvollste Weg zu sein. Ob der Staatsanwalt sich zu einem späteren Zeitpunkt mit Dr. Hagenbach beschäftigt, soll nicht unser Problem sein.«

»Okay«, sagte Pia. »Immerhin haben wir jetzt den definitiven Beweis, dass wir bei Curt Thaysens Tod von Fremdeinwirkung ausgehen können. Was machen wir damit?«

Jens Lange hob zaghaft seine Hand und sah in die Runde. »Ich weiß jetzt nicht, inwieweit ich mich an der Diskussion beteiligen darf …«

»Wir sind ein Team«, sagte Enna. »Hier sagt jeder, was er denkt. Ohne Hierarchie.«

»Danke für das Vertrauen«, sagte Jens Lange. »Ich habe etwas Erfahrung mit dem Netz. Der Provider von Dr. Hagenbachs Mailaccount ist zwar seit dem letzten Jahr insolvent und die Firma abgewickelt, aber die Kunden und Kundendaten wurden von einem Mitbewerber übernommen. Insofern steht einer Recherche in der Richtung nichts im Wege.«

»Wir sollten im Moment nicht so viel Staub aufwirbeln«, sagte Paulsen. »Wer weiß, wer das alles mitbekommt.«

»Verstehe«, sagte Jens Lange. »Es gibt natürlich Wege und Möglichkeiten …«

Pia grinste. »Klingt gut.«

Enna räusperte sich. »Ohne richterlichen Beschluss kommen wir an keine Daten. Wenn uns anonym etwas zugespielt werden würde, ist es nicht gerichtsverwertbar.«

»Aber es bringt uns ja vielleicht trotzdem weiter«, sagte Paulsen.

Enna nickte. »Das könnte durchaus sein.«

Jens Lange schmunzelte. »Ich tue mein Bestes.«

»Wo waren wir stehen geblieben?«, fragte Enna.

»Drohungen an Dr. Hagenbach«, sagte Jens Lange.

Enna nickte. »Die Leute, die hinter diesen Drohungen stehen, scheinen nicht nur professionell an die Sache ranzugehen, sondern auch skrupellos zu sein. Das ist immerhin der zweite Hund, der getötet wurde. Der Aufwand, der hier betrieben wird, ist immens und deutet sogar auf internationale Verbindungen hin. Benjamin Thaysen ist in Lateinamerika beschattet und fotografiert worden.«

»Um einen Nachbarschaftsstreit scheint es sich zumindest nicht zu handeln«, sagte Paulsen. »Wir müssen definitiv vorsichtig sein – also, wir als Team. Über kurz oder lang werden unsere Recherchen weiteren Staub aufwirbeln und den oder die Täter auf den Plan bringen.«

»Absolut richtig«, stimmte Enna ihm zu. »Nehmt das nicht auf die leichte Schulter.« Sie warf einen Blick in die Runde. »Sollte jemand von uns etwas bemerken, will ich das sofort wissen. Ich brauche keine Helden. Kann ich mich darauf verlassen?«

Ennas Kollegen antworteten mit einem Kopfnicken.

»Okay. Nachdem ich bei Hagenbach war, bin ich zu Curt Thaysens Freund Bent Friedrich nach Greetsiel gefahren.« Enna berichtete von der Befragung und spielte einige Passagen der Aufnahme ab.

»Für einen Seemann ist der ganz schön gesprächig«, murmelte Paulsen und fügte laut hinzu: »Weiß der gute Mann mehr, als er dir verraten hat?«

»Ja, er redet viel und sagt wenig«, warf Jens Lange ein.

Enna nickte. »Ich hatte mir tatsächlich mehr von der Befragung versprochen. Bent Friedrich war durchaus kooperativ, hatte aber nach meinem Gefühl zu wenig zu sagen, wenn man bedenkt, dass Benjamin ihn als besten Freund seines Großvaters bezeichnet hat.« Sie warf Paulsen einen Blick zu. »Hast du etwas zu der Damenwäsche herausbekommen?«

»Ich bin – übrigens mit Jens' tatkräftiger Unterstützung – die Escortdamen in Oldenburg, Emden, Leer und Aurich durchgegangen. In den drei letztgenannten Orten finden sich keine Angebote für gut betuchte Herren. Deshalb haben wir uns auf Oldenburg konzentriert. Die Escortszene ist hier relativ übersichtlich, es gibt allerdings etliche Damen, die sich ein etwas seriöseres Image geben möchten, die Bezeichnung Escort aber eher nicht verdienen.«

»Komm zur Sache, Paulsen«, sagte Pia mit leicht genervt klingendem Unterton.

»Gerne doch!« Paulsen lächelte. »Die Recherche erbrachte, dass Escortdamen in unseren Gefilden eher aus Bremen oder Hannover angefordert werden. Die Preise sind ja ohnehin astronomisch. Da werden für ein paar Stunden auch schnell mehrere Tausend Euro verlangt. Aber gut, lassen wir das. Nachdem ich noch mit einem ehemaligen Kollegen in Osnabrück telefoniert habe, habe ich auf direkte Anrufe bei den Damen und den Agenturen verzichtet. Allerdings konnte ich über einen weiteren Kontakt in der Szene ein Treffen organisieren.« Er schaute auf die Uhr. »In fast genau eineinhalb Stunden spreche ich persönlich mit einer Escortdame, die in Oldenburg lebt und auch hier arbeitet. Ich hoffe, dass sie mir weiterhelfen kann.«

Pia hatte Paulsens Bericht mit einem Kopfschütteln quittiert. »Nichts davon, was ich von Ben über seinen Großvater erfahren habe, deutet darauf hin, dass Curt Thaysen sich zu Prostituierten hingezogen fühlte. Wie sind wir überhaupt auf den Gedanken gekommen, dass diese Damenwäsche etwas mit einer Prostituierten oder meinetwegen auch Edelhure zu tun hat? Das sind doch Männerfantasien!«

Paulsen kratzte sich an der Stirn, seufzte leise und schien zu warten, ob jemand anders antworten würde. »Das mag eine falsche Spur sein, Pia. Aber das können wir erst sagen, wenn ich weiterrecherchiere. Wenn du andere Vorschläge hast, wie Damenwäsche in Größe S in Thaysens Kleiderschrank kam, bitte raus damit!«

»Er hatte halt eine jüngere Freundin. Wäre das so unmöglich?«

»Unmöglich nicht, aber doch unwahrscheinlicher als die andere Variante«, mischte sich Enna in die Diskussion ein. »Auch Bent Friedrich hatte keine Kenntnis von einer Beziehung zu einer Frau. Wir verfolgen das jetzt weiter, die eine wie die andere Möglichkeit.«

Pia nickte, schien aber nicht zufrieden mit Ennas Antwort. »Bin ich jetzt dran?«

»Ja und anschließend sollten wir langsam Schluss machen.« Enna deutete mit dem Zeigefinger auf ihre Armbanduhr.

»Okay, ich versuche, mich kurz zu halten. Ich habe die Akten durchgearbeitet und auch mit einem der Kollegen gesprochen, die damals den Fall bearbeitet haben. An keiner Stelle wird Zweifel laut, dass es sich nicht um einen natürlichen Tod handeln könnte. Die Angaben des Notarztes sind nicht zu Protokoll genommen worden und alles in allem wurde die Akte kurz nach den Ergebnissen aus der Gerichtsmedizin geschlossen. Die Putzfrau wurde befragt, Bens Vater und der Hausarzt. Der Kollege konnte oder wollte mir nicht weiterhelfen und hat sehr verschnupft reagiert. Ich glaube nicht, dass wir von dort weitere Informationen bekommen.«

»Hat jemand die Angehörigen zur Obduktion gedrängt oder sie zu verhindern versucht?«, fragte Jens Lange, der bisher aufmerksam die Diskussion verfolgt und eifrig mitgeschrieben hatte.

»Die Angehörigen haben laut Akte nicht ausdrücklich eine Obduktion gefordert. Zwischen den Zeilen kann man herauslesen, dass die Aussagen von Dr. Hansen, Thaysens Hausarzt, den Ausschlag gegeben haben.«

»Interessant«, murmelte Jens Lange.

»Was ist aus der Schlüsselsache geworden?«, fragte Paulsen an Pia gerichtet.

»Ich habe alle Hauptsitze der Banken im Norden angeschrieben und ihnen ein Foto des Schlüssels per Mail gesandt. Bisher haben sich fünf gemeldet, die für ihre Schließfächer allerdings andere Schlüssel nutzen. Es stehen aber noch einige aus.«

»Es gibt natürlich auch noch Schließfächer, die bankenunabhängig sind«, warf Jens Lange ein. »Soll ich mich da mal schlaumachen?«

»Klingt doch gut«, sagte Paulsen. Enna und Pia nickten.

»Das Protokoll der Sitzung schreibe ich natürlich auch«, fügte Jens Lange hinzu.

Enna stand auf. »Dann sollten wir zum Schluss kommen.« Sie räumten die Tassen in die Spülmaschine und verließen die Küche. Enna, deren Büro hinter Pias lag, ging hinter ihrer jungen Kollegin her und fragte, ob sie sich kurz unterhalten könnten.

»Und?«, fragte Pia, als Enna ihre Bürotür geschlossen hatte.

»Wie geht es dir mit dem Fall?«

»Alles bestens. Ben ist ein guter Freund, aber ich kann das trennen. Mag ja sein, dass ich hin und wieder etwas emotional reagiere, aber ich habe das im Griff.«

»Du wirkst sehr angespannt«, sagte Enna. »Stress?«

»Ein wenig«, murmelte sie. »Aber bevor du fragst, ich möchte nicht darüber reden. Das ist privat.«

»Kein Problem, Pia. Ich wollte dich nicht bedrängen. Aber wenn du reden willst, bin ich da.«

Pia wandte den Blick ab. »Es ist alles ziemlich kompliziert.« Sie lächelte verzagt. »Aber irgendwie geht das Leben ja immer weiter.«

»Brauchst du ein paar Tage Urlaub?«

Pia schüttelte den Kopf. »Nein, jetzt nicht. Ich will am Fall dranbleiben.«

»Okay, pass auf dich auf.« Enna hob die Hand. »Bis morgen, Pia.«

Zwölf

Jens Lange begrüßte Enna mit einem freundlichen »Wunderschönen guten Morgen, Chefin!«.

»Ebenfalls, Jens. Und die ›Chefin‹ vergisst du ganz schnell wieder.«

»Verstanden, Chef…« Er hob entschuldigend die Hände. »Sorry, passiert nicht wieder. Ich habe übrigens von Benjamin Thaysen den Namen und die Adresse des damaligen Notars bekommen. Der ist allerdings noch ein paar Tage in Urlaub, wie seine Tochter mir sagte. Sie richtet ihm aus, dass wir ihn am Freitag um zehn Uhr treffen wollen. Ist das in Ordnung?«

»Ja, danke!«, antwortete Enna. »Die anderen schon da?«

»Pia fehlt noch. Sollen wir schon anfangen? Der Kaffee ist fast durch.«

Enna öffnete ihre Bürotür. »In fünf Minuten.«

Paulsen schaute auf die Uhr. »Warten wir noch auf Pia oder soll ich loslegen?«

»Sie hat wohl verschlafen«, sagte Enna. »Was hast du von deiner Informantin erfahren?«

»Einiges. Meine Informantin, nennen wir sie der Einfachheit halber Coco, ist schon eine Weile im Geschäft. Zuerst hat sie sich ihr Studium mit der Arbeit finanziert, allerdings nicht auf der Straße, sondern alles sehr exklusiv. Drei bis vier Kunden im Monat, die sie auch regelmäßig wieder gebucht haben. Nach dem Studium hat sie nicht sofort eine Arbeit gefunden und dann für eine Escortagentur in Bremen gearbeitet. Kunden aus dem ganzen Norden, zumeist Geschäftsleute auf Dienstreise, aber auch feste Kunden. Sie kennt nicht nur die exklusive Szene im Norden, sondern auch viele Kolleginnen persönlich. Es gibt da wohl so eine Art Treffen alle paar Monate.«

»Kannte sie Curt Thaysen?«, fragte Enna.

»Wer kannte ihn in Oldenburg nicht?«, antwortete Paulsen. »Allerdings ist sie ihm persönlich nie begegnet.«

»Aber?«, fragte Enna.

Paulsen schmunzelte. »Übernimmst du gerade Pias Rolle als Antreiberin?« Er sah zur Tür. »Wo ist sie eigentlich? Sie wird ja wohl kaum an einem Montag durch die Klubs gezogen sein und jetzt mit dickem Kopf im Bett liegen.«

»Die meisten hatten geschlossen«, sagte Jens Lange grinsend. »Zumindest die, die ich gestern gefunden habe.«

Enna stöhnte leise. »Können wir weitermachen?«

»Klar!«, sagte Paulsen und warf einen Blick auf seine Notizen. »Also, Coco kennt eine Kollegin, die sich zu der fraglichen Zeit für einige Jahre aus dem Geschäft zurückgezogen hat. Genau vor drei Jahren ist sie dann wieder ins Escortbusiness zurückgekehrt. Das muss kurz nach Thaysens Tod gewesen sein.«

»Kommen wir an die Frau ran?«, fragte Jens Lange.

»Wir nicht, aber ich hoffe, dass Coco mir ein Date mit ihr vermitteln kann. Sie versucht es. Es ist also noch alles offen.«

»Kein Name, keine Andeutungen, um wen es sich handeln könnte?«, fragte Enna.

»Nein, Coco wollte sich zuerst vergewissern, ob ihre Vermutung zutrifft und diese Dame Curt Thaysen kennt. Sie wird mir den Namen sicher nicht ohne Einwilligung ihrer Kollegin geben.«

»Wann bekommst du Bescheid?«

»Ich hoffe …« Paulsen brach ab, als die Haustür geöffnet wurde und hastige Schritte zu hören waren.

»Da scheint jemand aufgewacht zu sein«, sagte er schmunzelnd.

Im gleichen Augenblick wurde die Tür aufgerissen, Pia stand in der Jacke vor ihnen und blickte panisch in die Runde. »Es ist was passiert«, presste sie heraus und zog eine Plastikhülle aus ihrer Umhängetasche.

»Woher hast du das?«, fragte Enna, die sofort erkannt hatte, was Pia auf den Tisch gelegt hatte: In der Plastikhülle steckte ein Foto, das Alina und Elias zeigte. Alina hielt Elias an der Hand und kam mit ihm aus ihrem Haus.

»Im Briefkasten. Das muss heute Morgen oder gestern Abend eingeworfen worden sein.«

Enna zeigte auf Elias' Hose. »Das muss eine Aufnahme von gestern früh sein. Die habe ich erst am Samstag gekauft und dann gewaschen. Elias hat sie gestern ange…« Enna schluckte schwer. Sie stand inzwischen neben Pia und hatte bereits ihr Telefon in der Hand.

»Was bedeutet das?«, fragte Paulsen. »Ein Foto von dem Au-pair und deinem Sohn und dann bei Pia im Briefkasten?«

Pia drehte die Hülle um. Auf der Rückseite war mit einem breiten Filzstift ein schwarzes Kreuz gemalt worden. »Wie bei Curt Thaysen«, stieß Pia hervor. »Das ist doch klar, was das bedeutet.«

»Aber warum bei dir?«, fragte Paulsen, schien aber allmählich zu begreifen, um was es ging.

»Alina ist meine Freundin. Was gibt es da nicht zu verstehen?«

»Freundin?«

»Ja, verdammt! Wir sind ein …« Pia hielt kurz inne, bevor sie das letzte Wort leise aussprach. »… Paar.«

Enna hatte das Geplänkel ihrer Kollegen wie durch eine Nebelwand mitbekommen. Sie starrte auf das Bild und hatte Mühe, einen klaren Gedanken zu fassen. Elias, Alina, sie waren beide in Gefahr, sie musste handeln, jetzt sofort. Wie in Trance betrachtete sie das Telefon in ihrer Hand und versuchte, sich zu erinnern, was sie damit wollte.

»Hast du es jetzt endlich kapiert?«, schrie Pia Paulsen an und katapultierte Enna damit zurück in die Realität.

»Ja, verdammt«, murmelte Paulsen. »Woher sollte ich …« Er brach ab.

»Ruf Alina an«, sagte Enna zu Pia und wählte gleichzeitig die Nummer des Kindergartens. Die Leiterin nahm das Gespräch entgegen, Enna erklärte ihr in kurzen Worten, worum es ging und dass sie in wenigen Minuten Elias abholen würde und er bis dahin nicht ohne Aufsicht bleiben dürfe.

Als Enna sich umdrehte, um zur Küchentür zu eilen, hielt Pia sie zurück. »Alina ist bei dir zu Hause.«

»Sie soll dableiben. Ich bin gleich da.«

»Und wir?«, rief Pia ihr nach, als sie den Flur entlanghastete.

Enna wandte sich im Laufen um. »Wir treffen uns bei mir. Alle drei. In einer Stunde.«

Die Fahrt zum Kindergarten dauerte keine fünf Minuten. Enna parkte direkt vor der Tür im Halteverbot und lief auf den Eingang zu. Die Kindergartenleiterin empfing sie an der Tür und ging mit ihr gemeinsam auf den Gruppenraum zu.

»Elias wird für ein paar Tage nicht in den Kindergarten kommen können«, sagte Enna, die sich immer noch nicht wieder ganz gefangen hatte. »Ein oder auch zwei Wochen.«

»Ich habe am Telefon nicht ganz verstanden, um was es geht. Ist bei Ihnen familiär etwas passiert?«

Enna blieb stehen und sah sich um, ob jemand sie hören konnte. »Es hat etwas mit meinem Beruf zu tun. Mehr kann ich Ihnen nicht sagen.«

Die Leiterin nickte erschrocken und zeigte auf die Gruppentür. »Die Kinder sind noch nicht nach draußen gegangen.«

Als Elias seine Mutter entdeckte, lief er auf sie zu. »Mama, wir haben doch noch gar kein Mittagessen gehabt.«

Enna bückte sich. »Wir essen heute zu Hause. Was hältst du davon?«

Elias verzog das Gesicht. »Aber heute gibt es Spaghetti mit Soße, Mama.«

»Die können wir auch zu Hause machen. Okay?«

Alina öffnete Enna und Elias die Tür, sie hatte im Flur auf sie gewartet. Elias rannte direkt in sein Zimmer und ließ im Laufen seine Jacke fallen. Als Alina ihm etwas hinterherrufen wollte, hielt Enna sie davon ab. »Lass ihn spielen. Kommst du mit nach draußen auf die Terrasse?«

Mit ruhigen Worten erklärte Enna ihr, was passiert war. Alina verstand zunächst nicht, was Enna ihr sagen wollte.

»Warum Pia? Es weiß doch niemand, dass wir …« Alina brach mitten im Satz ab.

»Offensichtlich doch«, sagte Enna. »Woher diese Menschen das wissen, das finden wir heraus. Es tut mir leid, dass du da jetzt mit reingezogen wirst, aber wir müssen die Drohung sehr ernst nehmen. Verstehst du das?«

Alina nickte. »Aber was machen wir jetzt?«

»Du gehst jetzt bitte zu Elias und ich telefoniere. Wir werden einen Weg finden.«

Enna erreichte den Staatsanwalt in einem Meeting. Sie kamen schnell überein, dass Alina und Elias aus der Schusslinie gebracht werden mussten und nach Möglichkeit für die nächsten Wochen Oldenburg verließen.

Der zweite Anruf galt Ennas Schwiegermutter. Greta Andersen erklärte sich sofort bereit, ihren Enkel und sein Au-pair-Mädchen aufzunehmen.

»Ihr solltet wegfahren. Es ist sehr einfach, deine Adresse herauszubekommen«, erklärte Enna ihr. »Hattest du nicht eine Freundin im Sauerland, die ein kleines Hotel hat? Vielleicht könntet ihr dort für ein oder zwei Wochen unterkommen. Die Staatsanwaltschaft übernimmt die Kosten.«

»Ist es denn so schlimm?«, fragte Greta Andersen entsetzt.

»Das weiß ich nicht, Greta. Aber mir ist wohler, wenn Elias, Alina und auch du in Sicherheit seid. Je weiter weg, desto besser.«

»Ich rufe meine Annelies an und melde mich gleich wieder bei dir. Ist das in Ordnung?«

»Ja, natürlich. Ich bin jetzt zu Hause.«

Enna stand auf, als die Türklingel schellte. Die letzte halbe Stunde hatte sie mit Elias ein Fantasieauto aus Lego gebaut, während Alina die Koffer gepackt hatte. Vor der Tür standen Ennas Kollegen, sie ließ sie herein, bat sie mit dem Finger auf den Lippen zu schweigen und lotste sie durchs Haus auf die Terrasse.

»Kann ich kurz zu Alina?«, fragte Pia.

»Sie ist in ihrem Zimmer. Den Flur runter das letzte Zimmer rechts. Kannst du sie bitten, dass sie anschließend zu Elias ins Zimmer geht? Und sprecht bitte nicht über den Fall und die Abreise der beiden.«

Pia nickte und wandte sich ab.

Enna zeigte auf das Sofa. »Setzt euch doch!«

»Hast du Angst, dass du abgehört wirst?«, fragte Paulsen.

»Möglich wäre es. Ich habe zwar eine Alarmanlage, aber echte Profis werden daran vorbeikommen. Wir sollten unsere Wohnungen alle überprüfen lassen.«

Paulsen nickte. »Ich kümmere mich darum.« Er machte sich eine Notiz und sah auf. »Was hat der Staatsanwalt gesagt?«

»Lass uns auf Pia warten. Wollt ihr was trinken?«

Als die beiden Männer nickten, stellte sie Gläser auf den Terrassentisch und holte zwei Flaschen Wasser. Auf dem Weg zurück kamen ihr Alina und Pia entgegen. In der Mitte lief Elias, der Enna sogleich erzählte, dass er jetzt mit Alina Nudeln kochen würde.

»Das ist toll, mein Großer. Ich muss noch kurz was mit Pia und den anderen besprechen. Nachher komme ich zu euch.«

Vergnügt zog Elias weiter in die Küche. Pia schaute ihnen mild lächelnd hinterher.

»Kommst du?«, fragte Enna und öffnete die Terrassentür.

Als ihre Kollegen mit ihr am Tisch saßen, berichtete Enna von dem Gespräch mit dem Staatsanwalt und der Idee, Elias und Alina an einen sicheren Ort zu bringen.

»Wann geht es los?«, fragte Pia.

»Morgen früh. Ich brauche für Alina noch eine neue Handykarte, damit sie und meine Schwiegermutter mit mir in Verbindung bleiben können. Vor Ort werden Kollegen regelmäßig nach den dreien schauen. Sie sollten da fürs Erste sicher sein.«

»In was für eine verdammte Kacke sind wir da reingeraten?«, polterte Paulsen. »Wir sind hier doch nicht in Sizilien.«

»Schon gut, Paulsen«, sagte Enna, die nur mit Mühe die Tränen zurückhalten konnte. »Wir werden jetzt eine weitere Woche, höchstens zehn Tage an dem Fall weiterarbeiten, und wenn wir nicht weiterkommen, wird eine LKA-Sonderkommission zusammengestellt und wir ziehen uns zurück.«

Paulsen schüttelte den Kopf. »Wir brauchen niemand anders. Diesen miesen Typen werden wir den Arsch aufreißen, so wahr ich Paulsen heiße.«

Jens Lange zog eine Augenbraue hoch. »Ich bin dabei! Also nicht direkt an der Front, aber ihr könnt voll auf mich zählen.«

»Dann wäre das ja geklärt«, sagte Paulsen und lehnte sich auf dem Stuhl zurück. »Wie gehen wir vor?«

Eine Stunde später verließen Paulsen, Pia und Jens das Haus. Enna setzte sich zu Elias und Alina in die Küche, gemeinsam aßen sie Spaghetti Bolognese. Beim anschließenden Spiel im Garten erzählte Enna ihm, dass er am nächsten Tag mit seiner Großmutter und Alina in Urlaub fahren würde. Als sie ihm versprach, sie am Wochenende zu besuchen, willigte er ein, dass Enna in Oldenburg bleiben durfte.

»Mama, wir müssen noch Kuchen backen«, sagte Elias, als Enna die Spülmaschine einräumte.

»Möchtest du heute gerne Kuchen essen?«

Elias nickte. »Und der Mann doch auch, der uns heute besuchen kommt.«

Enna stöhnte leise. »Aaron habe ich ganz vergessen.«

»Das ist doch egal«, sagte Elias. »Der Bäcker hat auch Kuchen.«

Dreizehn

Enna reichte Aaron Bernard ein Glas Weißwein. Elias schlief bereits in seinem Zimmer. Am Nachmittag waren zwei Kriminaltechniker durch die Wohnung gegangen, hatten nach Abhöranlagen gesucht und anschließend die Wohnung freigegeben.

»Tut mir leid«, sagte Enna. »Du hattest dir das sicher anders vorgestellt.«

Aaron hob das Glas. »Auf dich und darauf, dass ihr den Fall schnell abschließen könnt.« Er trank einen kleinen Schluck und stellte das Glas auf dem Beistelltisch ab. »Dein Kuchen hat fantastisch geschmeckt und die Pizza auch.«

»Du übertreibst«, sagte Enna. Den Apfelkuchen hatte sie mit Alinas Hilfe und Elias' tatkräftiger Unterstützung rechtzeitig vor Aarons Eintreffen fertig gehabt. Am Abend hatte sie einen fertigen Pizzateig belegt und in den Ofen geschoben.

»Nein, ich habe mich schon lange nicht mehr so wohlgefühlt. Danke für die schönen Stunden mit euch beiden und natürlich Alina. Wo ist sie eigentlich hin? Ich dachte, sie wird auch bedroht.«

»Pia, meine Kollegin, hat sie abgeholt. Sie wollten den Abend miteinander verbringen.«

»Pia? Die die Nachricht im Briefkasten hatte?«

Enna nickte.

»Ach, jetzt verstehe ich«, fuhr Aaron fort. »Die beiden sind ein Paar.«

»Mehr oder weniger.«

Aaron lächelte. »Aller Anfang ist schwer.« Er griff nach dem Weinglas und trank einen kräftigen Schluck. »Fahren die Taxis in Oldenburg die ganze Nacht?«

Enna lachte. »Oldenburg ist eine Großstadt.«

»Ja, nicht nur in Bezug auf Taxis«, sagte Aaron mit besorgter Miene.

Enna schluckte schwer. »Ich bin noch nie offen bedroht worden. Und schon gar nicht meine Familie. Hätte meine Schwiegermutter nicht gleich zugesagt, mit Elias und Alina ins Sauerland zu reisen, hätte ich den Fall abgegeben.«

»Ja, das verstehe ich voll und ganz.« Er warf ihr einen fragenden Blick zu. »Wer immer dahintersteckt, scheint viel Macht zu haben, oder?«

»Wir sind erst ganz kurz an dem Fall dran. Eigentlich ist kaum jemandem bekannt, dass wir die Ermittlungen neu aufgenommen haben. Mir ist es ein Rätsel, wie diese Leute so schnell erfahren konnten, wer wir sind und wen sie bedrohen können. Bei mir ist es ja noch relativ einfach. Elias ist mein Sohn, aber bei Pia?«

»Und wenn diese Leute, wie du sie nennst, deine Kollegin schon länger observieren? Hast du mir nicht erzählt, dass der Enkel des Toten ein sehr guter Freund von ihr ist? Vielleicht wissen sie gar nicht, dass Elias dein Sohn ist, und er ist sozusagen nur zufällig mit auf dem Foto.«

»Ja, das haben wir in der Teambesprechung auch in Erwägung gezogen. Aber ich kann das Risiko nicht eingehen.«

»Nein, natürlich nicht«, sagte Aaron. »Aber das würde zumindest erklären, wieso diese Leute so schnell reagieren konnten.«

»Ja, das könnte sein.« Enna stand auf, ging zum Fenster und zog die Vorhänge zu. »Lass uns über etwas anderes sprechen.« Ihr Blick fiel auf die Verpackung der Drohne, die Aaron Elias geschenkt hatte. Im Garten des Hauses hatten die beiden die erste Flugstunde absolviert, und Elias hatte darauf bestanden, dass die Drohne über Nacht in seinem Zimmer stand. »Elias möchte die Drohne so gerne mitnehmen, aber ich denke, sie bleibt besser hier.«

»Warum? Alina war doch vorhin dabei. Lass ihn die Drohne mitnehmen. Platz genug zum Fliegen wird es da geben.«

»Vielleicht hast du recht.«

»Wann fahrt ihr?«

»Morgen früh gegen neun. Meine Schwiegermutter fährt alleine ins Hotel, damit sie dort auch ein Auto haben.«

»Kann ich mitkommen?«

Enna sah ihn überrascht an. »Und den restlichen Weg nach Frankfurt willst du zu Fuß laufen?«

Aaron lachte herzlich. »Nein, das wäre mir doch etwas zu weit. Aber ich denke, selbst im tiefsten Wald wird ein Taxi mich abholen. Dann fahre ich nach Siegen und von da sind es gerade noch eineinhalb Stunden bis nach Frankfurt. Die Züge fahren regelmäßig.«

»Trotzdem umständlich, Aaron. Du wirst vor dem Abend nicht in Frankfurt sein.«

»Und? Ich habe keine Termine und so können wir noch ein wenig zusammenbleiben. Das würde mir gefallen.«

Enna zog die Augenbrauen zusammen. »Flirtest du gerade mit mir?«

»Wäre das so schlimm?«, fragte Aaron leise. Er stand auf und setzte sich neben sie aufs Sofa. »Darf ich?«

Enna zuckte mit den Schultern. »Du weißt, dass …« Sie brach ab.

»Natürlich weiß ich das, Enna. Und ich akzeptiere das auch. Trotzdem fühle ich mich wohl in deiner Nähe. Schenk mir doch die wenigen Stunden mit dir im Auto.«

Enna beugte sich vor und küsste Aaron auf die Wange. Sie erschrak selbst über die Geste, ließ es sich aber nicht anmerken.

Erst nach einer gefühlten Ewigkeit antwortete Enna auf Aarons Bitte: »Okay, wir haben ja noch einen Platz frei. Aber beschwer dich später nicht über die ständige Fragerei, wann wir endlich da sind.«

Aaron hob seine Hand zum Schwur. »Ganz sicher nicht.«

Enna drehte sich im Bett auf die andere Seite. Der Abend mit Aaron ging ihr nicht aus dem Kopf, sein Wunsch, mit ihnen zu fahren, ihr spontaner Kuss auf seine Wange, seine etwas verlegene Reaktion und ihr langes Schweigen. Wieder einmal fragte sie sich, was Aaron in ihrer Freundschaft sah. Und sie selbst? Der Nachmittag war wie im Fluge vergangen, der Abend mit ihm angenehm und vertraut. Es gab so viele Geschichten über Freundschaften zwischen Männern und Frauen, die irgendwann immer zu etwas anderem wurden. Endeten sie nicht immer in einer Beziehung oder wurden über kurz oder lang durch die unterschiedlichen Erwartungen zerstört? Aber sollte sie die Freundschaft zu Aaron aufkündigen, nur weil es irgendwann Probleme geben könnte? Warum sollten sie nicht die Ausnahme von der Regel sein? Sie lebten viele Hundert Kilometer auseinander, würden sich nur alle paar Monate sehen und zwischendurch telefonieren. Nicht mehr und nicht weniger.

Enna packte Elias' Kuscheltiere in den Rucksack und schloss ihn. Als er erfahren hatte, dass er die Drohne mitnehmen durfte, war er ihr um den Hals gefallen und hatte gleich darauf das Fluggerät verpackt und in den Kofferraum des Autos gelegt.

Kurz vor neun fuhr Aaron mit dem Taxi vor, legte seine Tasche in Ennas Auto und wurde sofort von Elias mit Beschlag belegt. Als sie kurz nach neun starten wollten, bestand Elias darauf, dass Aaron sich zu ihm nach hinten setzte. Eine geschlagene Stunde fachsimpelten die beiden über Drohnen und Flugzeuge. Nach dem ersten Stopp tauschte Alina mit Aaron den Platz.

»Na, bereust du es schon?«, fragte Enna Aaron leise.

Aaron schmunzelte. »Was denn? Dass ich jetzt nicht mehr neben dem kleinen Mann dahinten sitze?«

Enna rollte mit den Augen. »Ja, genau das meinte ich.«

»Ja und nein. Wir können ja beim nächsten Halt wieder wechseln.«

Bis kurz vor Dortmund kamen sie ohne Stau durch, hinter Unna fuhren sie über eine halbe Stunde im Schritttempo, weil ein Lkw auf der Autobahn umgekippt war und nur noch eine Spur frei war. Der Rest der Autobahnstrecke bis kurz hinter Nuttlar war frei. Die restlichen fünfundzwanzig Kilometer auf der Bundesstraße nach Winterberg legten sie in einer guten halben Stunde zurück. Elias bestaunte die Landschaft und ließ sich von Aaron, der inzwischen wieder neben ihm saß, erklären, wie die Berge im Sauerland entstanden waren.

Kurz vor Winterberg bogen sie ab und parkten eine Viertelstunde später vor dem Hotel.

»Das ist wirklich nicht nötig«, betonte Aaron etwas später. Er sagte das jetzt schon zum dritten Mal, seit sie von dem Hotel losgefahren waren.

Enna hatte Aaron spontan angeboten, ihn nach Siegen zu fahren. »Jetzt ist es zu spät«, sagte sie. »Außerdem tue ich es gerne. Wo du Elias so wunderbar davon abgehalten hast, über die lange Fahrt zu klagen.«

»Gut, ich gebe mich geschlagen.«

Sie genossen eine Weile schweigend die Landschaft, fuhren über kurvige Straßen, passierten Täler und Dörfer.

»Hast du Angst um Elias?«, fragte Aaron.

»Nicht nur jetzt. Ehrlich gesagt, fast immer. Warum das so ist, kannst du dir sicher vorstellen.«

Aaron nickte. »Ja, natürlich.«

»Und ja, im Moment bin ich fast gelähmt vor Angst.« Enna sah nach vorne auf die Straße. »Ich habe keine Ahnung, wie lange ich das durchhalten werde. Am liebsten würde ich auf der Stelle umdrehen.«

»Ich … also ich könnte mir ein paar Tage freinehmen. Ein Zimmer gibt es dort sicher noch.«

Enna fuhr unwillkürlich langsamer, sah einen Parkstreifen an der Straße und hielt dort.

»Habe ich dich eben richtig verstanden?«, fragte sie. »Du willst dich in dem Hotel einquartieren und auf Elias aufpassen?«

Aaron zuckte leicht verlegen mit der Schulter. »Entschuldige, das war ein spontaner Einfall. Das steht mir nicht zu.«

Enna strich ihm zärtlich über die Schulter. »Nein, ich muss mich entschuldigen. Es ist unheimlich lieb von dir, dass du so mit uns mitfühlst. Es wird nichts passieren. Niemand kennt den Standort, und zusätzlich schauen die Kollegen vor Ort mehrfach am Tag vorbei.«

»Ja, du wirst recht haben. Wie gesagt, ein vollkommen spontaner Einfall.« Aaron zeigte nach vorne auf die Straße. »Lass uns weiterfahren. Du kommst sonst überhaupt nicht mehr nach Oldenburg zurück.«

Enna suchte sich einen Parkplatz am Hauptbahnhof. »Ich komme noch kurz mit. Dein Zug fährt ja gleich.«

Bevor Aaron etwas antworten konnte, war Enna aus dem Wagen gestiegen und hatte seine Tasche aus dem Kofferraum geholt.

Sie gingen nebeneinander auf den Bahnhof zu, Aaron suchte nach dem richtigen Gleis und zog eine Fahrkarte aus dem Automaten.

»Danke noch einmal fürs Mitnehmen«, sagte Aaron, als sie neben dem wartenden Zug standen.

Enna machte einen Schritt auf ihn zu und umarmte ihn. Nach kurzem Zögern legte er die Arme um ihre Schulter und zog sie leicht an sich. Eine gefühlte Ewigkeit standen sie so da.

»Dein Zug«, flüsterte Enna, als sie die Bahnhofsdurchsage wahrnahm.

Langsam löste sich Aaron von ihr. »Rufst du mich an, wenn du gut in Oldenburg angekommen bist?«

Enna nickte. Die letzten Sekunden standen sie schweigend voreinander, bis der Schaffner aus der Tür sah, die Pfeife in der Hand.

»Jetzt geh schon«, sagte Enna.

Aaron nahm seine Tasche und stieg ein. Als der Zug anfuhr, schaute er immer noch durch das Fenster der Wagentür. Enna hob die Hand und winkte ihm zu.

Vierzehn

Das Navi zeigte eine Fahrtzeit von dreieinhalb Stunden an. Sie hob den Kopf, Aarons Rasierwasser lag immer noch deutlich in der Luft. Oder bildete sie sich das ein? Die Umarmung am Bahnsteig war nicht geplant gewesen. Ein wenig ärgerte sich Enna, dass sie so spontan reagiert hatte. Dabei wollte sie unbedingt verhindern, dass Aaron sich Hoffnungen auf mehr machte. Aber in dem Augenblick war es ihr egal gewesen. Aaron würde es sicher verstehen und ihre Geste richtig einordnen.

Ihr Handy machte sich über die Freisprechanlage bemerkbar. Enna nahm das Gespräch an. Pia meldete sich.

»Wo bist du?«, fragte Enna.

»Im Büro. Es ist alles in Ordnung, sagen die Techniker.«

»Das ist gut«, sagte Enna.

Am Tag zuvor hatten sie auf Ennas Terrasse besprochen, die Büroräume auf Abhöranlagen untersuchen zu lassen. »Ich fahre jetzt mit dem Kollegen zu meiner Wohnung.«

»Okay, sag mir Bescheid, wenn sie was finden. Ich bin sicher noch um die vier Stunden auf der Autobahn unterwegs.«

»Mache ich. Soll ich dich an Paulsen weiterleiten?«

»Ja. Und Pia … Kopf hoch! Alina geht es gut. Dort wird sie niemand finden. Okay?«

»Ich weiß. Trotzdem habe ich Angst um sie.« Pia hielt kurz inne. »Du doch sicher auch um Elias, oder?«

»Ja, natürlich. Aber selbst wenn wir den Fall abgeben würden, wären sie und wir nicht sicher.«

»Das ist ja die verdammte Krux. Da hat uns jemand auf dem Kieker. Ich krieg gerade echt Schiss. Wie geht man nur mit so was um? Das macht mich fertig. Als müsste ich im dichten Nebel auf jemanden schießen und weiß nicht, wo er steckt.«

»Versuch, die Nerven zu behalten. Wenn du es in deiner Wohnung nicht aushältst, kannst du bei mir schlafen.«

»Danke! Vielleicht komme ich wirklich auf dein Angebot zurück.«

»Dann schieb mich mal zu Paulsen rüber.«

Kurz darauf meldete sich Jan Paulsen. »Auf der Rückfahrt?«

»Ja. Wie ist die Stimmung im Team?«

»Hält sich in Grenzen, würde ich mal sagen. Zumindest sind wir hier nicht abgehört worden.«

»Bist du mit der Escortsache weitergekommen?«

»Heute Abend habe ich ein Treffen.«

»Sie kannte Curt Thaysen also?«

»So weit bin ich noch nicht. Ich musste ihr erst mal über Coco zusichern, dass sie anonym bleibt.«

»Aber du triffst sie doch.«

»Nicht wirklich. Ein Videochat. Die Dame will ihre Identität auf keinen Fall preisgeben. Ich gehe einmal davon aus, dass sie sich dort nicht zeigen wird oder allenfalls schemenhaft.«

Enna seufzte. »Ruf mich an, wenn du mit ihr gesprochen hast. Was ist mit den Schließfächern?«

»Da ist Jens dran. Ich gebe dich gleich weiter. Du hast mit Pia gesprochen? Ich … also, ich mache mir Sorgen um sie.«

Enna musste bei diesen Worten aus Paulsens Mund unwillkürlich lächeln. »Sie schafft das. Ich habe ihr angeboten, bei mir zu übernachten.«

»Gut, das klingt sehr gut.« Es entstand eine Pause. »Ich hab übrigens Neuigkeiten zu dem Motorrad. Die Kollegen aus Norden haben mir ein Foto von einem Blitzer geschickt. Zeit und Ort kommen hin. Über das Kennzeichen komme ich leider nicht weiter. Das gibt es nicht oder, besser gesagt, gibt es nicht mehr. Seit einem Jahr abgemeldet. Ich bleib da dran. Übrigens: Die Maschine ist keine Massenware. Sagt zumindest unser Neuer. Jens meint, dass die Auspuffanlage ungewöhnlich aussehen würde. Ich habe keine Ahnung davon, kenne aber jemanden, der mir sicher weiterhelfen kann.«

»Klingt doch vielversprechend.«

»Sie sind übrigens statt der erlaubten fünfzig an der Stelle hundertzwanzig gefahren. Da hatte es wohl jemand sehr eilig. So, ich stelle dich jetzt zu Jens durch. Gute Fahrt, Enna.«

Im nächsten Augenblick meldete sich Jens Lange. »Hallo, Che… hallo, Enna. Es gibt erheblich mehr Anbieter für Schließfächer, als ich gedacht habe. Mit den Banken sind wir durch. Ich habe jetzt eine Firma in Bremen, die vielleicht infrage kommt. Kann ich dort hinfahren und mich direkt vor Ort erkundigen?«

»Tut mir leid, Jens. Im Moment halte ich das für eine schlechte Idee. Wir werden nur noch zu zweit ermitteln. Außerdem kannst du ohne Begleitung eines Kriminalbeamten doch ohnehin nicht in den Außeneinsatz.«

»Ich dachte, in diesem besonderen Fall … Okay, dann müssen wir das morgen besprechen. Acht Uhr, habe ich gehört?«

»So ist es. Bis morgen, Jens.«

Am späten Nachmittag kam Enna in Oldenburg an, kaufte im nahen Supermarkt ein und telefonierte anschließend mit Elias. Er schwärmte von der Drohne, die unglaublich hoch fliegen und tolle Filme davon machen würde. Alina hatte ihm versprochen, Enna einen Film per Whatsapp zu schicken. Später telefonierte Enna kurz mit Aaron und verabredete sich für den Abend mit ihm.

Enna schenkte sich eine Tasse Tee ein, als es an der Tür klingelte. Sie griff nach ihrer Waffe, die sie neben sich auf dem Sofa liegen hatte, und ging zur Gegensprechanlage.

»Hallo?«, sagte sie in das Mikrofon.

»Pia hier. Kann ich reinkommen?«

Enna lief zur Haustür und öffnete sie.

»Komm rein.«

In der einen Hand hielt Pia eine kleine Reisetasche, in der anderen ihren Laptop. Enna trat zur Seite und schloss die Tür, nachdem Pia in den Flur getreten war.

»Meine verdammte Wohnung ist verwanzt«, stieß sie hervor.

Enna schnappte kurz nach Luft, zwang sich aber, ruhig zu bleiben. »Komm doch erst mal rein.«

Paulsen hatte sie bereits informiert, dass die Kriminaltechniker in seiner Wohnung keine Abhöranlagen gefunden hatten.

»Warum hast du nicht angerufen?«, fragte Enna, als sie zusammen im Wohnzimmer saßen.

»Ich dachte mir, wir können das Wissen um meine verwanzte Wohnung noch nutzen. Der Kollege war extrem vorsichtig, hat so getan, als sei er ein Freund, und mir die beiden verfluchten Teile gezeigt. Ich wollte nicht gleich packen und abhauen. Deshalb habe ich mich anrufen lassen und so getan, als ob eine Freundin mich unbedingt bräuchte. Liebeskummer. Ich habe ihr, also dieser nicht existierenden Freundin, zugesagt, dass ich ein paar Nächte bei ihr bleibe. Ist das für dich in Ordnung?«

»Das ist überhaupt kein Problem, Pia«, sagte Enna. »Clever gemacht übrigens. Ich setze morgen Jens Lange darauf an.

Vielleicht können wir ja zurückverfolgen, wohin die Wanzen ihr Signal übertragen.«

Pia griff nach ihrem Weinglas und leerte es in einem Zug. »Kann ich kurz mit dem Handy telefonieren? Ich würde gerne mit Alina sprechen.«

Enna hatte nicht nur eine zweite Karte für Alinas Handy besorgt, sondern für sich ebenfalls ein weiteres Handy mit neuer Karte. Sie hatten am Tag zuvor abgesprochen, dass die Verbindung ins Sauerland nur über dieses Handy laufen sollte.

»Klar«, sagte Enna und gab ihrer Kollegin das Telefon. Sie stand auf. »Ich bereite schon mal das Gästezimmer vor.«

Enna ließ sich Zeit mit dem Beziehen des Bettes und kontrollierte noch einmal die Haustür und alle Fenster, bevor sie zurück ins Wohnzimmer ging. In dem Augenblick, als sie die Tür öffnete, verabschiedete sich Pia von Alina und legte das Handy zurück auf den Tisch.

»Alles gut?«, fragte sie.

»Ja«, antwortete Pia zaghaft lächelnd. »Sozusagen den Umständen entsprechend.« Sie beugte sich vor, griff nach der Flasche und zögerte. »Darf ich?«

»Klar.« Enna prostete ihr zu. »Auf dass wir den Fall schnell lösen.«

Pia trank einen kleinen Schluck. »Nun bin ich wohl doppelt persönlich in den Fall verstrickt. Zuerst Ben und jetzt Alina.«

»Schaffst du das?«

Pia senkte den Kopf. »Bleibt mir eine Wahl?« Sie sah auf. »Ja, ich schaffe das. Morgen früh läuft alles wie immer.« Ihr liefen Tränen über die Wange. Sie wischte sie mit der flachen Hand weg.

»Paulsen macht sich Sorgen um dich«, sagte Enna.

Pia lächelte matt. »Wer hätte das gedacht. Und das nach meinem Outing. Ich dachte, der alte Mann würde aus allen Wolken fallen.«

»Wohl nicht. Und ich auch nicht, wie du gemerkt hast.«

Pia zuckte verzagt mit den Schultern. »Ich habe da in euch was reinprojiziert, was mehr in meinem Kopf stattgefunden hat als in der Realität. Mein Fehler. Ich will mich nicht rausreden, aber so liberal, wie unsere Gesellschaft sich gerne gibt, sind viele Menschen nun mal nicht.«

»Das weiß ich, Pia. Weder ich noch Paulsen machen dir einen Vorwurf. Lass uns erst mal diesen Fall aufklären, alles andere wird sich finden.«

»Oder wie Paulsen sagen würde: Wir reißen den Schurken den Arsch auf.«

Fünfzehn

Enna stand am Flipchart vor einem neuen weißen Blatt. »Alles auf null. Fangen wir noch mal von vorne an.« Sie schrieb den Namen von Curt Thaysen auf die Mitte der Seite und drehte sich wieder zum Team. »Was steht bisher fest?«

»Curt Thaysen ist mit hoher Wahrscheinlichkeit ermordet worden«, sagte Paulsen. »Der Rechtsmediziner wurde erpresst, damit keine weiteren Untersuchungen angestellt wurden, die Aussagen des Notarztes deuten darauf hin, dass Thaysen …«, er malte Anführungszeichen in die Luft, »… Besuch hatte und es später vertuscht werden sollte. Thaysen wurde bedroht, Motive für einen Mord liegen auf der Hand. Zu guter Letzt bekommt unser Team kurz nach Aufnahme der Ermittlungen bedrohliche Fotos zugespielt und Pias Wohnung wird verwanzt.«

Enna schrieb den Namen von Hagenbach oben rechts auf das Blatt und verband ihn mit Thaysen. Neben Hagenbach schrieb sie den Namen des Notarztes mit einer Linie zur Mitte. Rechts neben Thaysen malte sie einen großen Kreis mit einem roten Fragezeichen. »Wo liegt das Motiv für den Mord an Curt Thaysen?«

Pia hob die Hand. »So leid es mir für Ben tut, aber ich sehe das Motiv ganz klar bei der Familie. Sie hielten den Firmensenior für durchgeknallt und fähig, das gesamte Unternehmen durch sein geplantes Buch zugrunde zu richten.«

Enna schrieb auf die linke Seite *Enthüllungen* und kreiste das Wort ein. »Bis jetzt haben wir noch keine Hinweise gefunden, dass jemand von dem Buchprojekt wusste. Genau hier ist unser Ansatzpunkt.« Weiter unten auf der linken Seite notierte sie das Wort *Familie* und unterstrich es.

»Was ist mit dieser Escortdame?«, fragte Pia Paulsen.

»Ich habe mich fast eine Stunde mit dieser Frau unterhalten. Sie saß im Dunkeln, aber ihre Stimme war nicht verfremdet. Durch Jens' Hilfe habe ich einige Fotos von der Schattenfrau aufnehmen können.« Er warf Jens Lange einen Blick zu.

»Ein kleines Programm und eine Taste, die Paulsen drücken musste«, sagte der Assistent. »Ich bin noch nicht dazu gekommen, die Aufnahmen anzuschauen. Vielleicht bekomme ich das Gesicht noch besser raus. Unter Umständen kann man dann was erkennen.«

»Was hat sie denn erzählt?«, fragte Pia ungeduldig.

Paulsen legte sein Handy auf den Tisch und klappte das Notizbuch auf. »Die Dame hat nach mehrfachem Nachfragen zugegeben, dass sie mit Curt Thaysen eine, wie soll ich das jetzt ausdrücken … also, eine Geschäftsbeziehung gehabt habe. Es begann in Oldenburg, und zwar als Thaysens Frau noch lebte.« Paulsen schien Pia aus dem Augenwinkel zu beobachten. Sie schwieg, schüttelte aber kaum sichtbar den Kopf. »Das waren einzelne ›Dates‹, wie die Dame es genannt hat. Zum ersten Mal haben sie sich getroffen, als Thaysen drei Escortdamen für seine Geschäftspartner aus England eingeladen hatte. Ein exklusiver Klub in Bremen, vorab ein Essen im Gourmetrestaurant, offenes Ende im Fünfsternehotel. Und dann …«

»Kannst du den Bericht nicht etwas straffen, Paulsen?«, bat Pia ihn.

»Klar«, sagte Paulsen seelenruhig. »Thaysen und die Dame haben sich ein halbes Jahr später wieder getroffen. Er hat sie für eine Nacht gebucht. Und so ging es dann alle paar Monate, bis Thaysens Frau gestorben ist. Anschließend gab es drei Jahre Pause, die beiden sind sich zufällig in Bremen über den Weg gelaufen, haben einen Kaffee getrunken und so weiter und so fort. Das Ende vom Lied war, dass sie sich in Oldenburg eine Wohnung genommen hat, natürlich auf seine Kosten, und seitdem war sie quasi exklusiv nur noch für ihn da. Angeblich hat sich dann das Verhältnis der beiden immer mehr zu einer innigen Freundschaft bis hin zu einer Art Liebe entwickelt. Ja, den Ausdruck hat sie wohl gebraucht, als ich noch einmal ausdrücklich nachgefragt habe. Ihre Finanzierung lief aber weiter über Thaysen. So weit die allgemeinen Infos. Jetzt stellt sich die Frage, ob die …« Er malte Anführungszeichen in die Luft. »… Beziehung etwas mit unserem Fall zu tun hat. Hört euch das mal an.« Paulsen startete die Aufnahme auf seinem Handy.

»Waren Sie bis kurz vor seinem Tod ein Paar?«, fragte Paulsen in der Aufnahme.

»Ja, natürlich. Ich habe, wenige Tage bevor Curt starb, mit ihm ein Wochenende in Hamburg verbracht. Er hatte da einen Termin. Der hat nur zwei oder drei Stunden gedauert, die restliche Zeit war für uns alleine.«

»Sie haben kein Geld für dieses Wochenende genommen?«, fragte Paulsen.

Die Frau seufzte. »Nein, natürlich nicht. Und bevor Sie fragen, ja, Curt hat für meinen Lebensunterhalt gesorgt. Er wollte nicht, dass ich weiterhin arbeite. Das war bei uns wie bei Millionen anderer Paare. Der Mann verdient das Geld, die Frau bleibt zu Hause. Haben Sie damit ein Problem?«

»Warum sollte ich? Darf ich trotzdem fragen, wie Ihr persönliches Verhältnis zu Curt Thaysen war?«

Die Frau stöhnte leise. »Der Altersunterschied war doch so groß, da kann ich den Mann doch nicht lieben. Ist es das, was Sie hören wollen?«

»Wenn es so war.«

»Nein, so war es nicht«, sagte die Frau in energischem Ton. »Ja, zunächst war Curt einer meiner Kunden, nicht mehr und nicht weniger. Aber mit der Zeit sind wir uns nähergekommen. Und das trotz der über vierzig Jahre Altersunterschied. Ich mochte Curt. Sehr sogar. Als Mensch, als Mann, als Liebhaber.«

»Verstehe. Sie standen sich also nahe?«

»Ja, es ging nicht nur um Sex. Wir haben auf Augenhöhe kommuniziert. Curt war ein intelligenter Mann, er hatte Charme und Witz. Und natürlich Manieren. Das findet man heute nur noch selten.«

»Haben Sie auch über seine Projekte gesprochen?«

Die Frau schwieg eine Weile. »Projekte? Was meinen Sie damit?«

»Genau wissen wir das noch nicht, aber wir haben gehört, dass er an etwas arbeitete. Ob es jetzt mit seinem Unternehmen zusammenhing oder eine vollkommen private Angelegenheit war, ist uns noch nicht bekannt.«

»Ja, Curt hatte immer viel um die Ohren. Er arbeitete ja quasi noch in der Firma, wenn auch nicht jeden Tag und vor Ort in Oldenburg.«

»Sie wissen also nichts Konkretes über ein oder gar zwei Projekte?«

»Curt hat hin und wieder über seine Arbeit gesprochen, aber mehr so allgemein. Was meinen Sie genau?«

»Wie oft haben Sie sich in den zwölf Monaten vor Curt Thaysens Tod gesehen?«, fragte Paulsen, ohne auf die Frage einzugehen.

»Buch geführt habe ich natürlich nicht, aber ich denke, dass es sicher einmal pro Woche war, wenn nicht häufiger.

Wie gesagt, wir sind auch gerne übers Wochenende verreist. Hamburg, Berlin, München oder auch ins Ausland. Paris, London, Kopenhagen.«

Paulsen stoppte die Aufnahme. »Das Wochenende in Hamburg könnte unter Umständen interessant sein. Allerdings habe ich aus der Dame nichts weiter dazu rausbekommen. Wenn Thaysen sich dort kurz vor seinem Tod mit jemandem getroffen hat, könnte es wichtig sein.«

Enna stand auf und schrieb *Hamburg* aufs Flipchart-Blatt.

»Außerdem nehme ich ihr nicht ab, dass sie nichts von Thaysens Buchprojekt und den Plänen für den Genossenschaftsbau gewusst hat«, fuhr Paulsen fort. »Entweder war die Verbindung nicht so innig, wie sie behauptet, oder sie hat wichtige Details unterschlagen. Ich tippe auf die zweite Möglichkeit.«

»Bedeutet?«, fragte Pia. »Dass diese Frau mit drinsteckt in der ganzen Sache?«

»Das wäre eine mögliche Variante«, sagte Enna. »Sie könnte aber genauso gut Opfer sein und zur Kooperation mit den Erpressern gezwungen worden sein.«

»Kooperation?«, fragte Pia. »Interpretiert ihr da nicht zu viel hinein? Sie ist einfach eine Prostituierte, die Curt Thaysen ausgenutzt hat. Wer weiß, welche Beträge sie von ihm abgezockt hat.«

»Das wissen wir alles noch nicht«, sagte Enna, der Pias Laune missfiel. »Sie kann seinerzeit dazu gezwungen worden sein, ein Verhältnis mit ihm einzugehen – was sehr unwahrscheinlich ist, wenn Thaysen sie tatsächlich schon so viele Jahre kannte. Oder sie ist später unter Druck gesetzt worden, damit diese Leute an Informationen kommen, an die sie auf anderem Weg nicht herangekommen sind.«

»Und warum spricht sie jetzt mit Paulsen?«, hakte Pia nach.

Paulsen räusperte sich. »Weil sie gemerkt hat, dass wir ihr auf der Spur sind. Meine Informantin kennt sie, und von daher muss die Dame befürchten, dass wir sie über kurz oder lang finden. Sie ist dem zuvorgekommen und hat so versucht, sich aus der Affäre zu ziehen.«

»Eigentlich ist das doch egal«, sagte Jens Lange. »Das Entscheidende ist doch, dass wir sie finden. Oder sehe ich das falsch?«

»Absolut richtig«, sagte Enna. »Ohne sie direkt befragen zu können, kommen wir aus den Spekulationen nicht heraus.« Sie schaute auf die Uhr. »Jens kümmert sich darum, das Bild der Frau so weit wie möglich erkennbar zu machen. Paulsen, du wirst noch einmal mit deiner Informantin sprechen müssen. Vielleicht kommen wir ja so weiter. Pia, du solltest mit einem Kriminaltechniker die Wohnung von Benjamin Thaysen nach Abhöreinrichtungen untersuchen. Verabrede dich mit ihm außerhalb der Wohnung und erklär ihm, worum es geht.« Enna wandte sich an Jens Lange. »Du hast die Termine gemacht?«

»In einer Dreiviertelstunde mit Alexander Thaysen in seinen Geschäftsräumen. Ungefähr zur gleichen Zeit steht uns seine Schwester in ihrem Haus zur Verfügung.«

Enna nickte. »Jens kommt mit mir, ihr beide befragt die Tochter von Curt Thaysen.«

»Du hast meine Recherchen zur Familie gelesen?«, fragte Jens, als er sich neben Enna auf den Beifahrersitz setzte.

»Selbstverständlich, sonst hätte ich sie nicht bei dir in Auftrag gegeben. Das Dossier über Thaysens Schwester habe ich auch gelesen. Es wird Paulsen und Pia sicher helfen.«

»Danke«, sagte Jens Lange, der leicht verlegen den Kopf abwendete. »Wie soll ich mich gleich verhalten?«

»Ruhig – und das Mitschreiben nicht vergessen.«

»Aber …«, begann Jens, brach aber dann gleich wieder ab. »Verstehe, er soll nicht merken, dass wir das Gespräch aufzeichnen.«

Enna nickte und startete den Motor. Sie hatte vorab ein Mikrofon an ihrem Jackett befestigen lassen. Ein dünnes Kabel lief in ein Aufnahmegerät, das in Ennas Innentasche steckte. Enna war sich sicher, dass Alexander Thaysen auf Handys, die sie auf den Tisch legten, achten würde.

»Ich möchte unbedingt die Befragung festhalten«, sagte Enna. »Und ja, so ganz legal ist das nicht.«

Jens Lange zog eine Augenbraue hoch. »Nicht nur nicht ganz. Aber wenn wir nicht fragen, können wir ja vielleicht davon ausgehen, dass er nichts dagegen hatte.«

Sechzehn

Enna fuhr einmal um den Ring um die gesamte Innenstadt, die fast vollständig als Fußgängerzone ausgewiesen war, und stellte das Fahrzeug auf einem kleinen Parkplatz in der Nähe des Staatstheaters ab.

Sie liefen einige Hundert Meter zu Fuß und erreichten die im klassizistischen Stil gebaute Villa. Dem großen Gebäude sah man schon von außen an, dass es vor nicht allzu langer Zeit aufwendig restauriert worden war.

»Schicke Lage«, bemerkte Jens Lange, als sie auf das dreistöckige Firmengebäude zugingen.

Enna drückte den Klingelknopf, die Gegensprechanlage mit Kamera wurde im nächsten Augenblick aktiviert und eine junge Frauenstimme fragte nach den Namen. Enna antwortete, der Türöffner der dunkelgrünen Holztür brummte und sie betraten einen lang gezogenen Flur mit Stuckdecke, an dessen Ende ein großer Empfangstresen stand. Die junge Frau musterte sie und fragte, ob sie sich ausweisen könnten. Enna legte ihren Dienstausweis vor, die Empfangsdame griff nach dem Telefonhörer und kündigte sie an. »Setzen Sie sich doch bitte«, sagte sie und nickte gleichzeitig zu einer Stuhlreihe.

Sie warteten zehn Minuten, bis eine Frau im Business-Dress lächelnd auf sie zukam. »Herr Thaysen hat jetzt für Sie Zeit.«

Sie wurden in den ersten Stock geführt. Das Büro von Alexander Thaysen hatte enorme Ausmaße. Die aufwendige Stuckdecke und das edle Holzparkett waren mit modernen Büromöbeln und einer gemütlichen Sofaecke kombiniert.

Bens Vater saß hinter dem Schreibtisch und sah kurz auf, als Enna und Jens Lange in den Raum traten. Mit einer Geste bat er sie, auf dem Sofa Platz zu nehmen, wandte sich dann aber wieder seinem Schriftstück zu.

Enna und Jens setzten sich und warteten, bis Alexander Thaysen seinen Füller zur Seite legte, aufstand und langsam auf die Sitzecke zuging.

»Frau Andersen?«, fragte er an Enna gewandt und beugte sich leicht zu ihr hinunter, um ihr die Hand zu reichen. Jens Lange nickte er kurz zu, bevor er sich setzte. »Möchten Sie etwas trinken?«

»Nein, danke«, sagte Enna.

»Ich hörte, Sie haben Hinweise, dass der Tod meines Vaters nicht natürlicher Art war. Das hat mich bestürzt. Soweit ich mich erinnere, ist seinerzeit die polizeiliche Ermittlung abgeschlossen worden. Eine Obduktion bei Professor Witt gab es ebenfalls. Können Sie mir das erklären?«

Alexander Thaysen gab sich keine Mühe, seine Verärgerung zu verbergen. Er sah Enna auffordernd an, als habe er einer seiner Mitarbeiterinnen einen Auftrag erteilt.

Enna lächelte. »In der Tat gibt es ernsthafte Hinweise, die für Fremdeinwirkung beim Tod Ihres Vaters sprechen. Ich bitte um Verständnis, dass wir Ihnen aus ermittlungstechnischen Gründen noch keine Details nennen können.«

»Ist das Ihr Ernst?«, sagte Alexander Thaysen und schüttelte verständnislos den Kopf. »Sie wollen also der Familie diese Informationen vorenthalten?«

»Tut mir leid. Mir sind da die Hände gebunden«, antwortete Enna ruhig. »Darf ich Ihnen ein paar Fragen stellen?«

Er schaute demonstrativ auf die Uhr. »Wenn es sein muss … Fassen Sie sich aber bitte kurz. Mein nächster Termin beginnt in Kürze.«

»Nach unseren Informationen war Ihr Vater noch bis zu seinem Tod in diesem Unternehmen tätig. Ist das richtig?«

»Ich weiß zwar nicht, was das für eine Rolle spielen könnte, aber ja, mein Vater hat sich trotz seines hohen Alters weiter im Unternehmen engagiert. Das war für ihn selbstverständlich.«

»Welche Projekte hat er, sagen wir, in den letzten zwölf Monaten vor seinem Tod begleitet oder unterstützt?«, stellte Enna die nächste Frage.

»Das kann ich Ihnen so nicht sagen. Sie wissen ja wohl selbst, wie lange das her ist.«

»Könnten Sie uns eine Zusammenstellung anfertigen lassen?«, fragte Enna.

»Das geht selbstverständlich nicht. Es handelt sich hier um Betriebsgeheimnisse, um Aufträge, die zum Teil noch gar nicht realisiert wurden. Manche Projekte haben jahrelangen Vorlauf.«

»Ich verstehe Ihre Vorsicht voll und ganz, Herr Thaysen, aber leider wird kein Weg daran vorbeiführen, dass wir alle notwendigen Informationen erhalten. Selbstverständlich behandeln wir sie absolut vertraulich.«

Alexander Thaysen warf Jens Lange einen Blick zu, der während des gesamten Gesprächs mitgeschrieben hatte. »Sie machen Notizen.«

»Ja, Herr Thaysen«, antwortete Jens Lange. »Das ist so üblich bei Befragungen.«

»Wenn es denn sein muss«, sagte Alexander Thaysen und wandte sich wieder an Enna. »Haben Sie noch Fragen?«

»Ist Ihr Vater nach dem Tod Ihrer Mutter eine neue Beziehung eingegangen?«

»Nein, sicher nicht.«

»Wie war Ihr Kontakt zu Ihrem Vater in den letzten Jahren vor seinem Tod?«, fragte Enna weiter.

»Was soll das werden?«, fuhr Alexander Thaysen Enna an. »Werde ich jetzt verdächtigt?«

»Nein, Herr Thaysen, das sind ganz normale Routinefragen«, antwortete Enna ruhig und schenkte ihm ein geschäftsmäßiges Lächeln. Der Vater von Benjamin Thaysen schien nicht das geringste Interesse daran zu haben, die Ermittlungen zu unterstützen. Mehr noch, Enna hatte das Gefühl, als ob Thaysen sie beide liebend gerne an die Luft gesetzt hätte.

»Wir waren nicht immer derselben Meinung bezüglich der Entwicklung unseres Unternehmens. Aber das ist beim Übergang von einer Generation auf die nächste ein ganz normaler Vorgang. Ansonsten war zwischen uns alles in bester Ordnung.«

»Wie häufig haben Sie Ihren Vater privat getroffen?«

Thaysen klopfte jetzt rhythmisch mit einem Kugelschreiber auf die Tischplatte. »Ich denke nicht, dass Ihnen solche Fragen zustehen.« Wieder einmal sah er auf die Uhr und machte Anstalten aufzustehen.

»Ihr Vater hatte mehrere eigene Projekte, die er in den Jahren vor seinem Tod in Planung hatte. Wussten Sie davon?«, fragte Enna unbeirrt weiter.

»Was für Projekte? Sie meinen dieses irre Buch, von dem mein Sohn meiner Frau erzählt hat?«

»Sie wussten also nichts davon?«

»Nein, und ich halte das auch für ein Hirngespinst meines Sohnes. Er steckt doch hinter diesen ganzen …« Er hob beide Hände. »… diesen Ermittlungen. Sie sollten sich von ihm keinen Bären aufbinden lassen. Mein Sohn war schon immer ein Fantast. An dieser ganzen Sache ist nichts dran. Absolut nichts.«

»Sie haben also nicht von diesem Buchprojekt gewusst?«, fragte Enna.

»Selbst wenn, es hätte mich nicht interessiert und wahrscheinlich auch sonst niemanden. Welch ein Verlag hätte denn die Hirngespinste eines alten, senilen Mannes drucken sollen?«

»Ihr Vater hatte Pläne für ein oder vielleicht auch mehrere Bauvorhaben, die nach unserem Kenntnisstand nicht unbedingt in Ihr Portfolio gepasst hätten.«

Alexander Thaysen stand auf. »Frau Hauptkommissarin, es tut mir leid, aber mein Terminplan lässt mir leider keine Wahl.«

Enna nickte Jens Lange zu, der sein Notizbuch zuklappte.

»Solche Befragungen kann man sich aber auch in die Haare schmieren«, sagte Jens Lange, als er neben Enna auf den Parkplatz zuging.

»Ganz sicher nicht«, sagte Enna lächelnd. »Er hat uns doch alles gesagt, was wir im Moment wissen müssen.«

Jens Lange blieb stehen. »Echt jetzt? Oder ist das Galgenhumor?«

Enna schloss den Wagen auf und setzte sich auf die Fahrerseite. Als Jens Lange neben ihr saß, antwortete sie: »Nein, das war mein Ernst.«

Zurück im Büro rief Enna den Staatsanwalt Dr. Sommer an und bat darum, dass er einen richterlichen Beschluss erwirken möge. Als er hörte, um was es sich handelte, lehnte er ab, da es keine ausreichenden Hinweise auf die Verbindung zwischen dem Unternehmen und Curt Thaysens Tod gebe.

»Auf die eine oder andere Weise werden wir an die Informationen kommen«, sagte Enna. »Es wird sicher weniger Staub aufgewirbelt, wenn wir den direkten Weg nehmen.«

»Bringen Sie mir mehr als nur eine bloße Vermutung, dann sehen wir weiter. Aber ich muss Sie noch einmal warnen: Die Familie Thaysen ist gut vernetzt in der Region, im Grunde genommen sogar im ganzen Land.«

»Mit Verlaub, Herr Staatsanwalt, aber bisher war ich davon ausgegangen, dass es in unserem Land keine Zweiklassenjustiz gibt.«

»Frau Andersen, Sie lehnen sich gerade sehr weit aus dem Fenster. Sie wollen mir doch nicht vorwerfen, dass ich parteiisch bin?«

»Selbstverständlich nicht, Herr Staatsanwalt, nur ohne diesen Beschluss wird unsere Arbeit enorm erschwert.«

»Wie gesagt, ich brauche mehr als ein Bauchgefühl, Frau Andersen. Melden Sie sich, sobald Sie etwas haben. Und zwar bevor die Presse davon Wind bekommt. Haben Sie mich verstanden?«

»Ich denke schon«, antwortete Enna und legte auf.

Sie schlug mit der flachen Hand auf den Tisch. »Elender Bürokratenhengst!« Sie mussten dieses verdammte Schließfach finden oder anders an die notwendigen Dokumente kommen. Sie stand auf und ging in den ersten Stock zu Jens Lange.

»Haben sich Paulsen und Pia schon gemeldet?«

Jens Lange schüttelte den Kopf. »Nichts! Soll ich anrufen?«

Enna zog sich einen Stuhl an den Schreibtisch. »Nicht nötig. Der Staatsanwalt hat abgelehnt.«

»Dachte ich mir schon«, murmelte Jens Lange.

»Wir brauchen dringend Informationen zu dem geplanten Projekt. Wie weit bist du mit dem Schließfach?«

»Noch nicht weiter. Ich habe mir jetzt eine Tour zusammengestellt, um vor Ort Druck zu machen. Einen Tag werde ich dafür brauchen. Du meintest aber ja, dass ich nicht alleine fahren kann.«

»Nein, im Moment wäre das zu gefährlich.« Sie griff nach ihrem Handy und wählte die Nummer von Kriminaldirektor Heinzen, ihrem früheren Vorgesetzten im Oldenburger Kommissariat, Mentor und Freund. Er hatte nach dem Unfalltod ihres Mannes darauf bestanden, dass Enna sich eine längere Auszeit nahm, und ihr anschließend den vermeintlich familienfreundlicheren Job in der neuen Einheit vermittelt. Enna trug ihm immer noch nach, dass er sie nicht wieder in ihrer ehemaligen Abteilung eingesetzt hatte.

»Enna! Schön, von dir zu hören. Geht es dir gut?«, fragte Albrecht Heinzen.

»Alles gut, Albrecht. Ich brauche deine Hilfe.«

»Nur zu. Was kann ich tun?«

»Ich muss mir für maximal drei Tage von dir einen Kollegen ausleihen. Es geht um eine Recherche bei Schließfachfirmen.«

»Schwierig. Er oder sie soll jemanden von euch begleiten, vermute ich mal.«

»Ja, aber bitte keinen Grünschnabel, Albrecht. Wir sind bedroht worden, und …«

»Bedroht? Was ist passiert? Wo ist Elias?«

»Wir haben das im Griff. Elias ist in Sicherheit. Zusammen mit meinem Au-pair und seiner Großmutter.«

Enna hörte Albrecht Heinzen erleichtert aufatmen. »Das ist gut.« Er hielt kurz inne. »Ich sehe zu, was ich tun kann. Vor morgen wird das aber nichts.«

»Acht Uhr hier in unserem Büro?«

Albrecht Heinzen stöhnte leise. »Ja, wenn es irgend geht.«

»Danke, Albrecht.« Enna zögerte einen Moment, bevor sie sagte: »Wir sollten mal wieder essen gehen. Du darfst mich einladen, sobald dieser Fall durch ist.«

»Ist notiert«, sagte Heinzen leise lachend.

»Ich sag dir Bescheid. Wir hören voneinander, Albrecht.«

Enna war während des Gesprächs aufgestanden und in dem kleinen Zimmer herumgelaufen. Am Ende des Telefonats hatte sie am Fenster gestanden und wollte sich gerade abwenden, als sie stutzte. Ein Mann in einer grünen Jacke stand etwa vierzig Meter entfernt am Straßenrand und rauchte eine Zigarette. Sie trat vom Fenster zurück, aber nur so weit, dass sie den Mann noch sehen konnte.

»Was ist?«, fragte Jens Lange, der sie beobachtet hatte.

»Da steht jemand, den ich auch in der Stadt vor dem Thaysen-Firmensitz gesehen habe.«

»Aber wie soll …«

»Komm hier rüber. Mit deinem Handy. Stell dich so ans Fenster, dass man dich sehen kann, und ruf mich dann an.«

Enna verließ das Zimmer und eilte die Treppe hinunter. Als sie die Hintertür erreichte, klingelte ihr Handy. Jens Lange.

»Steht er da noch? Grüne Jacke, blonde Haare, groß.«

»Ja. Der Mann raucht.«

Enna lief durch den kleinen Garten des Hauses, setzte mit Schwung über den halbhohen Zaun und eilte weiter durch den Nachbargarten. Nach einem kurzen Sprint erreichte sie die Parallelstraße zum Büro, bog nach rechts ab und hielt auf die Hauptstraße zu.

Kurz bevor Enna an die Kreuzung kam, blieb sie keuchend stehen und hielt das Handy ans Ohr. »Wo ist er?«

»Der Mann dreht sich jetzt um, geht stadtauswärts. Nein, er öffnet eine Autotür, steigt ein. Eine dunkle Limousine, vielleicht Audi oder BMW. Ich glaube … ja, das Auto hat sich bewegt. Es fährt jetzt … ja, gleich ist er weg.«

Enna stand inzwischen an der Kreuzung hinter einer Hausmauer. Sie hob ihr Handy, beugte sich vor und machte fast im gleichen Moment das Foto. Die Entfernung schätzte sie auf vierzig Meter, mit dem bloßen Auge hatte sie das verschmutzte Nummernschild nicht erkennen können. Der Wagen bog am Ende der Straße nach links ab und fuhr Richtung Autobahn.

Enna öffnete das Foto und vergrößerte es so weit wie möglich. Der BMW trug ein Hamburger Kennzeichen, die restlichen Buchstaben und Zahlen waren schwer zu erkennen. Sie ging zurück zur Haustür, klingelte und drückte die Tür auf, als der Summer zu hören war.

Siebzehn

Jens Lange kam ihr auf dem Flur entgegengelaufen. »Und?«

Enna gab ihm ihr Handy. »Ich habe ein Foto gemacht. Kannst du das bearbeiten?«

Jens nahm das Telefon in Empfang und ging in sein Büro. Als Enna hinter seinen Schreibtisch trat, hatte er bereits das Foto auf dem Bildschirm und fing an, den Bereich des Kennzeichens zu bearbeiten. Die Buchstaben schienen mit Absicht beschmiert worden zu sein, da der Rest des Wagens sauber war.

»Kriegst du das hin?«, fragte Enna ungeduldig.

»Dass der Wagen aus Hamburg kommt, scheint ja schon mal sicher. Aber die restlichen Zahlen und Buchstaben sind reichlich zugeklatscht. Ich muss versuchen, das Zeug obendrauf farblich zu isolieren, um es dann mehr vom Untergrund abheben zu können. Gib mir eine halbe Stunde.«

Enna nickte und verließ sein Büro.

»Mama!«, rief Elias, als Alina das Handy an ihn weitergereicht hatte.

»Na, mein Großer. Alles klar bei euch?«

»Das ist super hier. Wir lassen jeden Tag die Drohne fliegen. Alina hat schon ganz viele Filme gemacht.«

Enna lachte herzlich. »Ihr macht aber auch noch was anderes, als mit der Drohne zu fliegen, oder?«

»Natürlich, Mama!«, antwortete Elias. »Alina liest mir was vor. Gestern Abend auch. Immer abwechselnd mit Oma. Und wir laufen im Wald rum.«

»Schön! Hast du auch gut was zum Frühstück gegessen?«

»Die Brötchen schmecken hier nicht, Mama. Die sind viel zu hart.«

»Und das Müsli?«

»Ja, das habe ich gegessen.«

Enna musste unwillkürlich schmunzeln. Ihre Eltern hatten ihr immer wieder erzählt, wie wählerisch sie als Kind mit dem Essen gewesen wäre. Elias ging es ähnlich. Er liebte es, wenn alles wie immer war, das Brötchen nicht dunkler oder heller als an den Tagen zuvor, das Müsli in der immer gleichen Zusammenstellung. Wahrscheinlich würde er nach der Zeit im Sauerland nach den harten Brötchen fragen.

»Du musst die Sachen auch einfach mal probieren. Versprichst du mir das?«

Elias antwortete mit einem lang gezogenen »Ja«.

»Ich wünsch dir einen wunderschönen Tag, mein Großer. Heute Abend rufe ich wieder an.«

»Tschüs, Mama«, rief Elias und war weg.

»Hallo, bist du noch da?«, hörte Enna kurz darauf Alinas Stimme.

»Alles in Ordnung bei euch?«

»Uns geht es gut.« Sie sprach leise weiter. »Elias hat gestern Abend etwas geweint, weil du nicht da warst. Aber er ist schnell eingeschlafen.«

»Die Kollegen kommen regelmäßig bei euch vorbei?«

»Ja. Wir rufen immer auf dem Revier an, wenn wir einen Spaziergang machen. Und wir haben eine Telefonnummer, die wir auch in der Nacht wählen können.«

»Das klingt doch gut. Macht euch nicht zu viel Sorgen. Niemand kann wissen, dass ihr euch da aufhaltet. Du musst nur darauf achten, nicht dein eigenes Handy zu benutzen.«

»Es ist aus, Enna.«

»Ich melde mich heute Abend noch einmal kurz, wenn Elias ins Bett geht.«

»Er ruft mich gerade. Bis später, Enna.«

Enna wandte sich vom Bürofenster ab und legte das sichere Handy auf den Schreibtisch. Obwohl sie wusste, dass Elias in Sicherheit war, beschlich sie jedes Mal ein ungutes Gefühl, wenn sie an ihn dachte. In der letzten Nacht war sie aus einem Traum aufgeschreckt. Elias war davongelaufen, Alina hatte geschrien und Enna hatte versucht, ihrem Sohn zu folgen. Mit einer riesigen Kraftanstrengung kam sie zwei, drei Schritte nach vorne, fiel dann aber auf den Waldboden. Ihre Beine hatten versagt. Als sie schließlich ihren Kopf hob, war Elias verschwunden.

Enna schreckte aus ihren Gedanken hoch, als jemand an ihre Tür klopfte.

»Darf ich?«, fragte Jens Lange.

»Komm rein. Hast du das Nummernschild?«

»Nicht so richtig. Ich habe jetzt drei mögliche Varianten. Weiter konnte ich den Dreck, oder was immer die aufs Nummernschild geschmiert haben, nicht isolieren.«

»Und?«

»Alle drei Kennzeichen sind existent, aber keines von ihnen gehört zu einem BMW. Tut mir leid.«

»Verdammt! Das wäre auch zu leicht gewesen. Bitte die Kollegen in Hamburg trotzdem, die Fahrzeughalter zu kontrollieren und zu befragen.«

»Der Entwurf der Anfrage ist schon in deinem Postfach. Du brauchst es nur noch an die angegebene Adresse zu verschicken.«

Enna hielt ihrem Mitarbeiter den gehobenen Daumen entgegen. »Du bist wirklich ein Gewinn für unsere Einheit.«

Jens Lange nickte leicht verlegen und zog die Tür wieder zu.

Eine Stunde später saß das komplette Team bei Kaffee und belegten Brötchen zusammen, die Jens Lange vom Bäcker in der Nähe besorgt hatte.

Enna berichtete zunächst von dem verdächtigen Fahrzeug, bevor sie zur Befragung von Alexander Thaysen kam.

Paulsen grinste breit. »Das klingt ja alles wie aus dem Lehrbuch. Der Erbe kooperiert nicht mit uns und würde am liebsten die Ermittlungen sofort stoppen. Oder habe ich da was falsch verstanden?«

»Alles richtig«, sagte Enna. »Allerdings ist er, wie wir wissen, nicht der Alleinerbe, auch wenn er die Mehrheit am Unternehmen hält. Was sagt die zweite Erbin?«

Pia schlug ihr Notizbuch auf. »Auf jeden Fall mehr als ihr Bruder. Allerdings können wir uns auf die ganze Geschichte noch keinen wirklichen Reim machen.«

»Ich fasse es mal kurz zusammen«, sagte Paulsen. »Schwester und Bruder verstehen sich nicht besonders. Christine Thaysen behauptet, dass ihr Vater seinen Sohn, der ja fünf Jahre älter als sie ist, von Anfang an vorgezogen hat. Die besten Schulen, die beste Ausbildung, alles, was nötig war, um den Kronprinzen auf seine Rolle vorzubereiten. Er wurde beim Erbe bevorzugt, indem frühzeitig Anteile an ihn übergingen, die später nicht mit ins Erbe einfließen sollten, und dadurch, dass die Gesellschafterverträge der zahlreichen Firmen die Vormachtstellung des Sohnes zementierten. Christine Thaysen hält sich selbst definitiv für die bessere Wahl in Bezug auf die Unternehmensleitung und scheint – das hat sie uns zwar nicht gesagt, aber das klang in jedem zweiten Satz deutlich durch – zu hoffen, dass ihre große Chance noch kommt.«

»›Dallas‹ in Oldenburg?«, fragte Jens Lange grinsend.

Pia stieß ihn spielerisch in die Seite. »Etwas ernsthafter, Kollege.«

»Warum?«, sagte Paulsen schmunzelnd. »Genau den Gedanken hatte ich auch. Aber lassen wir das.« Er sah seine Notizen durch. »Frau Thaysen hatte natürlich ein super Verhältnis zu ihrem Vater, hat ihm in seinen letzten Jahren seinen großen Fehler verziehen, den er aber leider nicht mehr rückgängig machen konnte. Als Curt Thaysen noch lebte, hat er angeblich dafür gesorgt, dass seine Tochter im Unternehmen an führender Stelle tätig werden konnte. Vor etwas über einem Jahr ist es zum Streit zwischen Bruder und Schwester gekommen und Alexander hat Christine – angeblich durch einen hinterhältigen Trick – vor einigen Wochen aus dem Unternehmen ›gemobbt‹. Das war jetzt O-Ton Christine Thaysen. So, wie es sich anhörte, haben die Geschwister, bis auf offizielle Sitzungen des Aufsichtsrats, keinen Kontakt mehr zueinander.« Paulsen blätterte die Seite im Notizbuch um. »Damit kommen wir zur Gretchenfrage: Was wusste sie von den Plänen ihres Vaters?« Paulsen legte sein Handy auf den Tisch. »Hört es euch einfach selbst an.« Er klickte auf einen Button.

Eine energische Frauenstimme erklang: »Projekte? Die hatte mein Vater permanent. Nicht umsonst war er über Jahrzehnte der Motor der Thaysen AG.«

»Beschränken wir uns doch auf die letzten achtzehn Monate vor seinem Tod«, sagte Paulsen in der Aufnahme.

»Ich habe nicht neben Curt gestanden, wenn er seine Ideen ausbrütete, aber wahrscheinlich sprechen Sie von dem genossenschaftlichen Bauprojekt in Oldenburg. Fünfzig Wohnungen, die über die Miete ins Eigentum der Mieter – oder sollte ich sagen: Genossen – übergehen.«

»Sie waren also eingeweiht?«, fragte Pia.

»Selbstverständlich. Ich war nicht nur Finanzvorstand in unserem Unternehmen, sondern auch fürs Marketing verantwortlich. Das Projekt meines Vaters wäre ein fantastischer Imagegewinn für uns gewesen. Selbst wenn die Rendite für uns klein gewesen wäre oder es am Ende sogar Verluste gegeben hätte, wäre das letztlich ein riesiges Prestigeobjekt für uns gewesen.«

»Warum ist es dann nicht realisiert worden?«, fragte Pia.

»Da müssen Sie meinen Herrn Bruder fragen. Ich war immer dafür gewesen, es umzusetzen, nach dem Tod meines Vaters noch mehr als vorher. Es war ja quasi sein Vermächtnis.«

Paulsen stoppte die Aufnahme. »Und jetzt weiß der Bruder plötzlich nicht mehr, was sein Vater geplant hat?«

»Der hat Dreck am Stecken«, sagte Pia. »Was sonst?«

»Auf jeden Fall ist es interessant, dass er uns das verschwiegen hat«, meinte Jens Lange.

»Er wird sich rausreden«, sagte Enna. »Spinnerei seines Vaters, die niemals realisiert worden wäre. Kein wirkliches Projekt, nach dem ich ihn gefragt habe, sondern die Beschäftigung eines alten, senilen Mannes, der einfach nicht sehen wollte, dass seine Zeit vorbei war.«

»Sprich: Das bringt uns nichts«, sagte Jens Lange seufzend.

»Dann mache ich doch erst mal weiter im Text.« Paulsen klickte wieder aufs Handy, die Aufnahme sprang an.

»Gab es weitere Projekte, die Ihr Vater in Planung hatte?«, fragte Paulsen Christine Thaysen.

»Offensichtlich ja, aber damals wusste ich nichts davon. Benjamin, mein Neffe, hat mir vor ein paar Wochen von einem Buchprojekt erzählt. Ben hat gefragt, ob ich davon gewusst habe. Leider nein, sonst hätte ich meinem Vater sicher davon abgeraten. Ein solches Enthüllungsprojekt gibt nur schlechte PR, egal was im Buch steht. Wenn es nur persönliche Belanglosigkeiten sind, lachen die Menschen, wenn es brisante Themen sind, lesen es nur die, die einem Schlechtes wollen und natürlich dem Unternehmen. Curt hätte nur verlieren können. Warum also eine Biografie schreiben? Wie gesagt, hätte ich davon gewusst, hätte ich ihm dringend abgeraten. Vielleicht hat mein Vater das geahnt und deshalb nichts erwähnt. Ich kann Ihnen dazu nichts weiter sagen.«

Paulsen beugte sich vor und beendete die Aufnahme. »Ich lege es später auf den Server, falls jemand das komplett anhören möchte.«

»Wie war euer Eindruck von Frau Thaysen?«

»Die Frau ist eiskalt und berechnend«, sagte Pia.

»Ja, den Eindruck hat sie gemacht«, bestätigte Paulsen. »Interessanter fand ich aber noch ihr Verhältnis zum Bruder.« Er hob schützend die Hände. »Jetzt frag mich nicht, wie genau ich das meine. Das ist nur so ein Bauchgefühl. Da lag unglaubliche Wut in ihrer Stimme, und das Funkeln der Augen hat den ganzen Eindruck noch verstärkt.«

»Kam sie verbittert rüber?«, fragte Jens Lange, der während Paulsens Vortrag eifrig mitgeschrieben hatte.

Paulsen schüttelte den Kopf. »Die Frau ist knochenhart, eine Kämpfernatur. Deshalb ja auch meine Vermutung, dass sie nur auf ihre Chance wartet, die Unternehmensführung zu kapern.«

»Wie ist ihr Verhältnis zu Benjamin?«, fragte Enna.

»Sie sagt, sie hätten eine gute Beziehung«, antwortete Pia. »Ben meint, sie sei die Einzige in der Familie und im Unternehmen, mit der man überhaupt sprechen könne. Dass er ihr wirklich traut, bezweifele ich allerdings. Ich denke, das ist eher eine Zweckgemeinschaft.«

»Und was wäre der Vorteil für Frau Thaysen?«, fragte Jens Lange.

»Sie braucht Verbündete gegen ihren Bruder. Wer wäre da besser geeignet als sein eigener Sohn? Außerdem hält Ben einen zehnprozentigen Anteil am Unternehmen. Das reicht zwar nicht, um mit dem Anteil seiner Tante die Mehrheit zu erlangen, aber wenn sich zum Beispiel Bens Mutter von seinem Vater trennen würde, stünden ihr unter Umständen Anteile am Unternehmen zu. Dann könnte es reichen, meinte Ben.«

Paulsen raufte sich die Haare. »Was für ein Schmierentheater. Und wir mittendrin. Verdammt, wir sind bisher keinen Schritt weiter. Und dann noch diese Mistkerle, die uns bedrohen.«

Enna hob beide Hände als Zeichen der Beschwichtigung. »Wir müssen Ruhe bewahren, Leute. Die Drohungen gegen unser Team lassen keinen von uns kalt. So eine Situation haben wir alle noch nie erlebt. Ich wäre auch gerne weiter, aber mit dem Kopf durch die Wand wird es nicht gehen. Ich habe uns zehn Tage gegeben. Nicht mehr und nicht weniger. Der erste Tag ist fast vorbei, wir haben noch neun. Das ist zu schaffen.«

»Und wenn nicht?«, fragte Pia. »Tauchen wir dann alle unter?«

»Nein, dann geben wir den Fall an das LKA in Hannover ab. Wir haben keine Verbindung dorthin. Die Drohungen werden dann ins Leere laufen.« Enna hielt inne und fügte ein »Hoffentlich« hinzu, bevor sie fragend in die Runde sah.

»Wir schaffen das!«, sagte Paulsen schließlich. »Wir haben schon ganz andere Fälle gelöst.«

Achtzehn

Enna hörte sich die Befragung von Christine Thaysen in voller Länge an. Die Frau klang, als spräche sie mit Angestellten, nicht mit Kriminalbeamten. Sie schien genau zu wissen, was sie vermitteln wollte, ihre Sätze klangen, als habe sie sie vorab formuliert, kein Zögern, und wenn, schien es gespielt zu sein. Enna machte sich Notizen und nahm sich vor, Christine Thaysen selbst noch einmal zu befragen.

Pia war mit einem Kriminaltechniker zu Benjamin Thaysens Wohnung gefahren, Paulsen hatte eine Verabredung mit seiner Informantin aus dem Escortmilieu und wollte sich anschließend mit dem Experten für Motorräder treffen. Jens Lange kümmerte sich um den insolventen Provider von Dr. Hagenbachs ehemaligem E-Mail-Account und wollte sich darüber informieren, inwieweit die gefundenen Abhörgeräte zurückzuverfolgen waren.

Ennas Telefon klingelte. Nach einem kurzen Blick aufs Display nahm sie das Gespräch an.

»Elmar Hain, LKA. Sie haben uns Daten übersandt und um eine Bewertung gebeten.«

»Ja, das ist richtig.« Enna hatte die LKA-Kollegen aus dem Bereich Wirtschaftskriminalität darum gebeten, sich die

Aufzeichnungen von Curt Thaysen anzusehen, die er auf seinem Laptop für seine Biografie hinterlegt hatte.

»Sie haben sicher selbst schon bemerkt, dass die Daten nicht so einfach interpretierbar sind. Es fehlen klare Zuordnungen zu entsprechenden Projekten oder Aufträgen. Ich vermute, dass der Verfasser diese entweder im Kopf oder anderweitig gespeichert hat.«

»Der Verfasser ist nicht mehr am Leben. Weitere Daten haben wir bis jetzt nicht gefunden«, sagte Enna.

»Das dachte ich mir schon.« Hain legte eine kurze Pause ein. »Gerichtsverwertbar sind die Daten so nicht. Aber das ist Ihnen sicher auch klar. Ich vermute mal, dass Sie trotzdem eine Einschätzung benötigen, um was für Daten es sich handeln könnte?«

»Definitiv, Kollege.«

»Sie wissen, um welche Branche es sich handelt?«

»Vermutlich Baugewerbe. Europaweit.«

»Okay«, sagte Elmar Hain. »Wir haben auf der einen Seite hohe Beträge im zwei- bis dreistelligen Millionenbereich, denen kleinere Beträge zugeordnet sind. Die Kennzeichnung der kleinen Beträge ist jedes Mal fast die gleiche, nur die sechs Buchstaben am Ende wechseln. Das wird ein Code sein, der auf den Empfänger oder Absender der Summen weist. Sie gehen davon aus, dass die Zahlungen mit Straftaten in Verbindung stehen?«

»Die bisherige Ermittlungslage lässt darauf schließen«, antwortete Enna.

»Wenn es sich um Schmiergeldzahlungen, also Korruption, handeln sollte, wäre es notwendig, den Code zu knacken.«

»Wie?«

»Schwierig. Haben Sie irgendwelche Anhaltspunkte, die uns weiterhelfen könnten?«

»Baugewerbe, große millionenschwere Projekte, europaweit. Mehr wissen wir nicht.«

»Immerhin. Firma?«

»Thaysen AG.«

Hain stöhnte leise. »Ganz sicher?«

Enna brachte ihn mit wenigen Worten auf den Stand der Ermittlungen. Hain fragte mehrfach nach und schien plötzlich erheblich interessierter bei der Sache zu sein.

»Laufen Ermittlungen gegen die Thaysen AG?«, fragte Enna direkt.

»Dazu kann ich nichts sagen.«

»Wer kann das?«

»Ich halte Rücksprache und melde mich wieder.«

»Wann?«

»Zeitnah.«

Elmar Hain verabschiedete sich und beendete das Gespräch.

»Was war das denn?«, murmelte Enna. Sie machte sich ein paar Notizen und stand schließlich auf, um sich einen frischen Kaffee zu holen. Auf dem Weg in die Küche meldete sich ihr Telefon schon wieder. Sie eilte zurück ins Büro.

»Andersen!«

Einen Augenblick blieb es still, bevor eine leise Frauenstimme fragte: »Spreche ich mit dem Landeskriminalamt?«

»Entschuldigen Sie! Hauptkommissarin Andersen, LKA. Mit wem spreche ich?«

»Daniela Thaysen. Sie haben heute mit meinem Mann gesprochen?«

Enna setzte sich. »Das passt gut, dass Sie anrufen, Frau Thaysen. Können wir uns kurzfristig treffen?«

Es entstand eine längere Pause. Als Enna fragen wollte, ob ihre Gesprächspartnerin noch in der Leitung sei, antwortete Frau Thaysen: »Ich könnte in einer Viertelstunde in der Stadt sein, würde mich aber ungern in Ihrem Büro treffen.«

»Wie wäre es mit einem kleinen Spaziergang im Schlossgarten?«, fragte Enna.

»Schlossgarten kling gut. In zwanzig Minuten?«

Enna passierte den Pferdemarkt, auf dem die Marktleute gerade ihre Stände zusammenbauten, und lief auf die Fußgängerzone zu. Fast die gesamte Oldenburger Innenstadt war Ende der Sechzigerjahre autofrei geworden, selbst Fahrradfahrer mussten tagsüber schieben. Gegen Mittag waren die Straßen voller Menschen, die in ihrer Mittagspause einen Snack zu sich nahmen und kurz etwas einkauften. Enna widerstand der Versuchung, sich in ihrer Lieblingsbäckerei ein Croissant zu kaufen, und lief auf direktem Weg durch die Fußgängerzone vorbei am Rathaus und an der weit sichtbaren Lambertikirche.

Ennas Gedanken kreisten um Daniela Thaysen. Woher hatte sie ihre Telefonnummer? Warum hatte sie angerufen? Kam jetzt endlich Schwung in die Ermittlungen? Bisher tappten die Polizisten mehr oder weniger im Dunkeln. War das die Strategie ihres Gegners? Verunsichern, vertuschen und persönlich bedrohen? Was würde passieren, sollten sie diesen Menschen wirklich zu nahe kommen?

Vor dem Eingangstor des Schlossgartens blieb sie stehen und hielt Ausschau nach Daniela Thaysen.

Eine Frau Anfang fünfzig, kurze dunkle Haare, der man ansah, wie teuer ihre Garderobe gewesen sein musste, stand hinter dem Eingang und beobachtete die vorbeilaufenden Besucher des Schlossgartens. Enna erkannte sie von einem Pressefoto, trat auf sie zu und stellte sich vor. Daniela Thaysen begrüßte sie mit einem schüchternen Lächeln und bat darum, in den Park zu gehen.

Sie gingen eine Weile schweigend nebeneinanderher. Enna wartete, bis Frau Thaysen das Gespräch begann.

»Sie haben mit meinem Mann gesprochen?«

Enna nickte.

»Es ging um Curt?«

»Ja, meine Einheit hat die Ermittlungen wieder aufgenommen.«

»Warum?«

Enna blieb stehen. »Darf ich fragen, ob Ihr Mann Sie geschickt hat?«

Daniela Thaysen erschrak. Sie wich leicht zurück und senkte den Blick. »Ist das so offensichtlich?«, fragte sie leise.

Enna entschied sich, weiter offensiv an das Gespräch zu gehen. »Sie haben sich aber nicht deshalb bei mir gemeldet?«

Daniela Thaysen zögerte, sah schließlich auf und schüttelte den Kopf.

»Wollen wir weitergehen?«, fragte Enna.

»Ja«, erwiderte Daniela Thaysen.

Ein paar Schritte lang schwieg Enna, bevor sie die nächste Frage stellte: »Wie war Ihr Verhältnis zu Ihrem Schwiegervater?«

»Als ich mit Alexander zusammenkam, hat Curt mich misstrauisch beäugt. Meine Eltern waren einfache Leute, kein Vermögen, kein Einfluss. Mein Vater war Angestellter beim hiesigen Wasserverband, meine Mutter Hausfrau. Curt hat damals wohl gehofft, dass wir uns schnell wieder trennen. Als ich schwanger wurde, haben Alexander und ich geheiratet. Erst nach der Geburt von Benjamin war Curt halbwegs versöhnt. Immerhin ein Stammhalter.« Sie lächelte matt. »Meine erste Aufgabe war somit erfüllt.«

»Die erste?«

»Ein Enkelkind von seinem geliebten Alexander hat Curt nicht gereicht. Aber das ist eine Ewigkeit her.« Daniela Thaysen blieb stehen. »Sie haben mich gefragt, wie mein Verhältnis zu Curt war. Darauf gibt es keine eindeutige Antwort. Unser Start war eine Katastrophe. Als Benjamin kam, war Curt ausgesprochen rücksichtsvoll und liebenswürdig zu mir, in den Jahren danach verschlechterte sich unser Verhältnis wieder, oder besser gesagt, ich war Luft für ihn. Nach dem Tod meiner Schwiegermutter ist alles anders geworden. Ich habe mich eine Zeit lang intensiv um Curt gekümmert, zusammen mit Benjamin.« Sie lächelte. »Wir sind uns sozusagen nähergekommen.«

Schweigend ging Benjamins Mutter weiter. Enna beobachtete sie aus dem Augenwinkel. Hin und wieder nickte sie, als denke sie über etwas nach, und ein Lächeln huschte über ihr Gesicht.

»Und wie ging es weiter mit Ihnen und Curt?«, fragte Enna.

Sie passierten den Rosengarten und kamen auf das Tropen- und Kakteenhaus zu. Daniela Thaysen zeigte auf die Tür. »Haben Sie noch ein paar Minuten? Ich würde gerne …«

Enna nickte. Eine feuchte Wärme empfing sie. Über einen gepflasterten Weg gingen sie durch die wild wuchernden Pflanzen, die zum Teil bis an die Decke ragten. Daniela Thaysen sah sich um und lächelte. »Einer meiner Lieblingsorte in Oldenburg.« Sie ging weiter, Enna folgte ihr zu den Kakteen. »Manchmal wünsche ich mir, ich könnte mich in eine dieser Kakteen verwandeln. Ruhe und lange Dornen, niemand traut sich, mich zu berühren.«

Auf dem Rückweg durch das lang gezogene Glashaus schwiegen sie. Als sie wieder vor der Tür standen, sah Daniela Thaysen Enna fragend an. »Tut mir leid, ich habe Ihre Frage noch nicht beantwortet.« Sie atmete einmal tief durch. »Der Tod seiner Frau hat Curt tief getroffen. Zuerst dachte ich, er würde überhaupt nicht mehr auf die Beine kommen. Mein Mann hat zu dieser Zeit viele Aufgaben seines Vaters übernommen. Sozusagen ein Sprung ins kalte Wasser. Curt war niemand, der Führungsaufgaben delegierte.« Sie hielt inne. »Aber das wollten Sie eigentlich nicht wissen. Obwohl, in gewisser Weise hängen beide Dinge miteinander zusammen. Als es Curt besser ging, ist er zurück ins Unternehmen gekommen. Anstatt die Chance zu nutzen, sich endgültig herauszuziehen und die Verantwortung an die nächste Generation zu übergeben, hat er sich wieder eingemischt. Ach, was sage ich, er hat von heute auf morgen das Ruder wieder übernommen. Es kam, wie es kommen musste: Vater und Sohn haben sich gestritten und ich stand zwischen ihnen. Beide haben verlangt, dass ich mich entscheide.«

»Sie haben Ihren Mann gewählt?«

Daniela Thaysen nickte. »Was blieb mir anderes übrig? Damals hatte ich nicht die Kraft, mich gegen Alexander aufzulehnen. Eigentlich hätte ich beiden Männern einen Korb geben müssen. Aber wie gesagt …«

»Es gab also eine Art Machtkampf zwischen Vater und Sohn?«, fragte Enna.

»Ja, so könnte man es durchaus ausdrücken. Allerdings war es ein ungleicher Kampf. Curt besaß eine Zweidrittelmehrheit der Anteile. Letztlich musste Alexander sich fügen. Sie haben eine Art Waffenstillstand geschlossen mit Regelungen, wie die Aufgaben nach und nach in Alexanders Hände übergehen sollten. Das war ohnehin immer geplant und von Curt bereits testamentarisch festgelegt worden.«

Sie gingen über eine blaue Brücke, hielten sich rechts und kamen kurz darauf an die Grenze des Schlossgartens.

»Ihr Verhältnis zu Ihrem Schwiegervater hat sich später wieder verbessert?«, fragte Enna.

»Es hielt sich die Waage, würde ich sagen. Erst als Curt Benjamin in Südamerika besucht hat, hat sich etwas verändert. In erster Linie wohl bei Curt. Er wurde umgänglicher, hat auf Augenhöhe mit mir gesprochen und mich um Rat gebeten.«

»Um was ging es?«

»Um sein Bauprojekt.« Daniela Thaysen sah Enna direkt an. »Sie wissen davon?«

»Der genossenschaftliche Ansatz?«, fragte Enna.

»Genau. Zunächst sollte es nur eine kleine Anlage mit wenigen Wohnungen sein. Aber nach und nach hat Curt seine Meinung geändert und immer größer gedacht. Der Ausdruck kommt von ihm. Man müsse dabei *groß denken*, hat er mir immer wieder gesagt.«

»Wie groß?«, fragte Enna aus einer Eingebung heraus.

»Genau das ist die Frage. Ich glaube, er wollte am Schluss weit mehr, als alle geahnt haben. Aber das ist jetzt eine reine Annahme, die ich nicht belegen kann.«

»Und das hätte dem Unternehmen geschadet?«, fragte Enna.

»Es hätte auf jeden Fall eine Menge Ressourcen gebunden und erheblich Kapital gebraucht. Die Banken hätten das Projekt oder die Projekte vorfinanzieren müssen. Je nach Umfang hätte das wiederum Auswirkungen auf andere Bauprojekte. Mit der Portokasse hätte das nichts zu tun gehabt.«

Enna war überrascht von der klaren Aussage. Hatte Daniela Thaysen ins Blaue hinein gesprochen oder war ihr klar, dass sie damit die eigene Familie belastete?

Bevor Enna etwas sagen konnte, fuhr Daniela Thaysen fort: »Sie fragen sich jetzt sicher gerade, ob ich mir bewusst darüber bin, dass ich damit eventuell meine eigene Familie belaste.«

»Ist es Ihnen klar?«

»Ja, durchaus. Für die Thaysens kommt zuallererst das Unternehmen und erst viel später die Familie. Ich weiß nicht, ob mein Mann oder meine Schwägerin etwas mit dem Tod von Curt zu tun haben, aber wenn dem so sein sollte, will ich es wissen.«

Enna und Daniela Thaysen gingen im Rosengarten auf eine der zahlreichen Holzbänke zu, die von der Sonne beschienen wurden, und setzten sich. »Wussten Sie, dass Ihr Schwiegervater an einer Biografie arbeitete, die nicht nur sein Privatleben umfassen sollte, sondern explizit auch sein Berufsleben?«, fragte Enna.

»Benjamin hat mir davon erzählt. Seinerzeit hatte ich davon keine Kenntnis.«

Enna stutzte bei Daniela Thaysens Formulierung. Sie klang … wie vorbereitet. »Ihr Mann aber?«

»Das weiß ich nicht. Mir hat er gesagt, nichts davon gewusst zu haben. Fragen Sie ihn selbst, auch wenn ich kaum glaube, dass er Ihnen ehrlich antworten wird.«

»Darf ich fragen, wie Ihr momentanes Verhältnis zu Ihrem Mann ist?«

Daniela Thaysen schien diese Frage erwartet zu haben. Ein Lächeln huschte über ihr Gesicht und sie holte tief Luft, bevor sie antwortete. »Natürlich dürfen Sie das, solange Sie es für sich behalten.«

»Wenn es nichts mit dem Tod Ihres Schwiegervaters zu tun hat, ist das für mich selbstverständlich«, sagte Enna ausweichend.

»Ich werde die Scheidung einreichen. Und nein, mein Mann weiß noch nichts davon. Ansonsten hätte er mich wohl kaum gebeten, mit Ihnen zu sprechen.«

»Ihr Sohn weiß um Ihre Pläne?«

»Nein, bisher nur mein Anwalt. Und so soll es auch bleiben.«

Enna wunderte sich, dass Daniela Thaysen ihr gegenüber so offen war. Verfolgte sie einen bestimmten Plan und wollte die Ermittlungen für ihre Zwecke nutzen?

»Sie fragen sich jetzt vermutlich, warum ich es Ihnen erzähle«, kam Daniela Thaysen Ennas nächster Frage zuvor.

Enna lächelte und gestand sich ein, dass sie ihre Gesprächspartnerin unterschätzt hatte. Daniela Thaysen schien sehr bewusst zu ihr gekommen zu sein. »Durchaus«, sagte Enna.

»Ich will nicht, dass Sie meinen, ich würde mit gezinkten Karten spielen. Ich habe Curt gemocht, von Anfang an. Als wir uns nach dem Tod meiner Schwiegermutter nähergekommen sind …« Daniela Thaysen legte eine kurze Pause ein und fügte hinzu: »… sehr nahe, würde ich sogar sagen.«

Enna ließ sich ihre Verwunderung nicht anmerken. Was wollte Daniela Thaysen ihr sagen? Spielte sie mit ihr oder ging es ihr um etwas Bestimmtes?

»Sehr nahe?«, fragte Enna.

Daniela Thaysen zuckte mit den Schultern. »Mein Verhältnis zu Curt ist Außenstehenden nur schwierig zu vermitteln, eigentlich ist es sogar unmöglich. Auch deshalb möchte ich dazu nichts mehr sagen.«

Enna entschloss sich, das Thema zunächst zurückzustellen und sich auf ihre weiteren Fragen zu konzentrieren: »Hat Ihr Schwiegervater mit Ihnen über das Bauprojekt gesprochen?«

»Ja, das hat er.«

»Haben Sie jemals Baupläne gesehen? Gab es bereits einen Zeitplan? Wo sollte das Objekt stehen?«

»Ja, ich habe Pläne gesehen. Das war vielleicht ein oder zwei Monate vor seinem Tod. Eine schöne Anlage, dreistöckig, mit einem Innenhof und viel Grün drum herum. Aber ich bin keine Architektin und habe die Pläne auch nur kurz angeschaut. Welchen konkreten Zeitplan Curt hatte, weiß ich nicht. Das Objekt sollte in Oldenburg gebaut werden. Dreißig Wohnungen, wenn ich mich richtig erinnere.«

»Das klingt aber jetzt nicht danach, als hätte das die Thaysen AG überfordert.«

»Vermutlich nicht. Aber wenn ich Curt richtig verstanden habe, sollte das nur ein Pilotprojekt werden. Ich sagte Ihnen doch, was sein Motto war: *groß denken.*«

»Hätte Ihr Schwiegervater das denn durchsetzen können?«

»Da fragen Sie wieder die falsche Person.«

»Was hat Ihr Mann zu den Plänen seines Vaters gesagt?«, fragte Enna.

Daniela Thaysen zog ihre Jacke enger um ihren schmalen Körper und stand auf. »Mir wird kalt. Können wir weitergehen?«

Sie verließen den Rosengarten und gingen auf den Ausgang zu.

Enna sah Daniela Thaysen fragend an.

»Sie verstehen sicher, dass ich mich bei Ihrer Frage etwas zurückhalten möchte. Ich kann ohnehin nicht viel dazu sagen, weil ich in die Geschäfte des Unternehmens nicht involviert bin.«

»Darf ich fragen, wie Sie im Falle einer Ehescheidung finanziell dastehen?«, sagte Enna, als sie auf das Osttor des Schlossgartens zugingen.

Daniela Thaysen lächelte. »Ich wäre gut versorgt.«

»Würden Sie Anteile …«

»Das sind Firmeninterna, über die ich nicht sprechen darf«, unterbrach Daniela Thaysen Enna mit energischer Stimme.

»Können oder wollen Sie nicht?«, fragte Enna.

»Wie schon erwähnt, ich darf nicht.«

»Sind Sie seinerzeit im Testament Ihres Schwiegervaters berücksichtigt worden?«

»Fragen Sie Dr. Scheringer. Er hat die ganzen Angelegenheiten als Notar betreut. Übrigens war er ein guter Freund meines Schwiegervaters. Wussten Sie das?«

Zum zweiten Mal warf Daniela Thaysen einen schnellen Blick auf ihre Armbanduhr. »Oh, jetzt muss ich mich aber beeilen. Ich habe einen Termin beim Friseur.«

Sie reichte Enna die Hand, verabschiedete sich lächelnd und ging durch das schmiedeeiserne Tor des Schlossgartens auf den Fußweg zur Innenstadt.

Neunzehn

»Damit habe ich jetzt nicht gerechnet«, sagte Paulsen, als die Kollegen im Büro wieder zusammensaßen und Enna ihren Bericht abgeschlossen hatte. »Was bezweckt sie damit? Will sie ihrem Mann eins auswischen oder steckt mehr dahinter?«

»Hatte Bens Mutter eine Affäre mit ihrem Schwiegervater?«, fragte Pia.

»Das weiß ich nicht und Frau Thaysen ist meiner Nachfrage ausgewichen. Eines scheint aber klar zu sein: Daniela Thaysen hatte ein besseres Verhältnis zu ihrem Schwiegervater, als wir bisher angenommen hatten. Und auch sie kann sich vorstellen, dass die Familie etwas mit dem Tod von Curt Thaysen zu tun hat.«

»Die Escortdame hat ja angegeben, dass es nach dem Tod von Thaysens Frau eine Auszeit gab«, sagte Paulsen. »Passen würde es.«

Enna wandte sich an Pia. »Hat Benjamin das jemals erwähnt oder angedeutet?«

»Nein, mir gegenüber nicht. Aber ich kann ihn fragen.«

Enna nickte. »Dann stellen wir die Frage erst mal zurück.« Sie wandte sich an Paulsen. »Hast du bei deiner Informantin noch etwas erreicht?«

»Sie will den Namen nicht herausgeben. Aber sie hat mir – ob versehentlich oder absichtlich – ein paar Hinweise gegeben, wie ich ihre Kollegin finden kann. Ich denke, da geht noch was. Gebt mir ein paar Tage.«

»Und die Motorradsache?«, fragte Pia.

Paulsen hob den Zeigefinger. »Stimmt! Fast vergessen. Der Experte war ausnahmsweise tatsächlich jemand mit Ahnung. Die Auspuffanlage ist eine Spezialanfertigung aus den USA, die hier vom TÜV abgenommen werden muss. Ich werde jetzt bei der Zulassungsstelle anfragen, wo eine solche Anlage in den Fahrzeugschein eingetragen wurde. Dann folgt der nächste Schritt.«

»Okay«, sagte Enna. »Pia hat mir vorhin schon berichtet, dass der Kriminaltechniker bei Benjamin Thaysen die gleiche Abhöranlage wie bei ihr gefunden hat.« Sie wandte sich an Jens Lange. »Kann man die Teile zurückverfolgen?«

Jens Lange schlug sein Notizbuch auf. »Im Prinzip wäre das kein Problem. Ihr müsst euch das quasi wie ein Minihandy vorstellen, das alles aufzeichnet, sobald im Raum gesprochen wird. Entweder werden die Daten intern oder extern gesammelt. Variante eins: Wenn der Speicher voll ist, wird automatisch eine Verbindung zu einem Server hergestellt und die Aufzeichnung übertragen. Oder es wird gleich eine Verbindung nach außen hergestellt, um die Daten zu übermitteln. So weit verstanden?«

Die drei Kommissare nickten.

»Das Problem ist der Akku dieses Minihandys. Er ist nicht nur nicht groß, sondern hält auch nur eine überschaubare Zeit. Also braucht man möglichst eine Stromquelle. Und zwar Gleichstrom und keinen Wechselstrom. Bei Pia und Benjamin Thaysen waren das jeweils LED-Lampen an der Decke. Ich habe mit dem Kollegen von der Kriminaltechnik gesprochen. Profiarbeit, hat er gesagt. Und Profiteile: klein und effektiv.«

Jens Lange holte kurz Luft und fuhr fort: »Zusammengefasst: Wir haben also ein Minihandy, das quasi permanent auf Stand-by und von überall auf der Welt abrufbar ist.«

»So weit ist uns alles klar«, sagte Enna. »Lässt sich das jetzt zurückverfolgen?«

»Die SIM-Karte im Abhörsystem ist eine ausländische Prepaidkarte, sprich: nicht rückverfolgbar. Bleibt also der Empfänger. Der Kriminaltechniker meint, es handelt sich in unserem Fall um ein Abrufsystem. Die andere Seite bekommt eine Nachricht, dass gesprochen wird, und kann sich direkt zuschalten oder später den Speicher abhören. Bei unserem Gerät scheint der Speicher bis zu einer halben Stunde Kapazität zu haben. Ich werde heute zusammen mit dem Techniker eine Schaltung einrichten, mit der wir das Abhörhandy kontrollieren können. Richterliche Genehmigung kommt.«

»Und wenn der Typ in Tokio sitzt?«, fragte Paulsen.

»Das wäre dann Pech«, sagte Jens schulterzuckend. »Und dass wir das Empfangshandy aller Wahrscheinlichkeit nicht direkt einer Person zuordnen können, ist wohl uns allen klar, oder?«

»Also können wir nur hoffen, dass der Empfänger sich irgendwo in Oldenburg oder Umgebung aufhält«, sagte Enna.

»Genau!«, stimmte ihr Jens zu. »Ich schlage vor, dass wir in Pias Wohnung ein kleines Schauspiel abziehen und so eine Abhöraktion provozieren. Dann können wir nur hoffen, dass wir den Empfänger orten. Das SEK müsste in Alarmbereitschaft sein und … ja, wir brauchen Glück.«

»Wann?«, fragten Paulsen und Pia fast gleichzeitig.

»Wir richten erst mal die Fangschaltung ein«, sagte Enna, »und testen, was bei einem Gespräch in der Wohnung passiert.«

»Morgen früh sollte das klappen«, sagte Jens. »Wer unterhält sich mit Pia?«

»Pia telefoniert, dann können wir es so arrangieren, dass wir nicht zu viel verraten und sicher sein können, dass der Empfänger beim nächsten Mal wirklich online ist.«

Pia hob leicht die Hand. »Noch besser wäre es, wenn ich mich mit einem wichtigen Zeugen in meiner Wohnung treffe und gleich am Telefon einen Termin ausmache.«

Paulsen und Jens nickten zustimmend, während Enna noch abwägte.

»Das müssen wir aber clever anfangen«, sagte sie schließlich. »Wir können da keinen echten Zeugen auflaufen lassen. Erstens haben wir ihn nicht und zweitens würden wir ihn in Gefahr bringen.«

Pia räusperte sich. »Dann warten Paulsen und ich einfach in meiner Wohnung auf einen Zeugen, unterhalten uns und der Zeuge kommt dann eben doch nicht. Das lässt sich alles spielen. Bestenfalls haben wir die Typen zu dem Zeitpunkt auch schon dingfest gemacht.«

»Klingt gut«, sagte Paulsen.

»Das könnte klappen«, stimmte Enna ihm zu.

Zurück im Büro rief Enna zum wiederholten Male Thaysens ehemalige Putzfrau an. Sie erreichte Elke Prott und erfuhr, dass sie ihre kranke Schwester in Bayern für mehrere Wochen gepflegt hatte. Elke Prott wohnte in Pewsum und hatte über lange Jahre das Haus geputzt. Eine Frau hatte sie dort nie angetroffen und war sich auch sicher, dass dort niemand dauerhaft mit Curt Thaysen zusammengewohnt habe. Die Schilderung des Notarztes konnte sie bestätigen. Sie hatte Curt Thaysen in einer gekrümmten Stellung vorgefunden und ebenfalls bemerkt, dass das gefüllte Weinglas nicht zur fast vollen Weinflasche passte. Baupläne hatte sie des Öfteren im Haus bemerkt und zur Seite geräumt, konnte allerdings nicht sagen, worum es sich gehandelt hatte.

Enna schrieb nach dem Gespräch ein Protokoll und schickte es an die Pewsumer Kollegen, die es Elke Prott zur Unterschrift vorlegen würden.

Nachdem Enna ihre Notizen zur Befragung von Daniela Thaysen ausformuliert hatte, ging sie in die Küche, um sich Kaffee zu holen. Dort traf sie auf Paulsen.

»Du auch?«, fragte er und stellte die Kaffeemaschine an.

Enna nickte, lehnte sich an den Kühlschrank und wartete.

»Die Anfrage bei der Zulassungsstelle läuft«, sagte Paulsen und holte zwei Becher aus dem Schrank. »Mit der Escortdame wird es schwieriger. Vielleicht kann Jens mir da helfen.«

»Er ist morgen wohl den ganzen Tag unterwegs wegen der Schließfächer. Wir bekommen noch Unterstützung vom Oldenburger Kommissariat, morgen kommt eine Kollegin her.«

»Ich denke, wir sind auch am Samstag hier, oder?«

»Ich zumindest. Sonntag wollte ich Elias besuchen.«

»Grüß den kleinen Mann von mir«, sagte Paulsen. »Wahrscheinlich ist er schon ein hervorragender Drohnenpilot geworden.«

Enna zog das separate Handy, mit dem sie mit Alina und Elias telefonierte, aus der Tasche und zeigte Paulsen einen der Filme, den sie von Alina zugeschickt bekommen hatte.

»Wow! Krasse Auflösung. Vielleicht können wir sie uns mal ausleihen, wenn wir sie im Einsatz brauchen.«

Enna lachte. »Die wird mein Sohn wohl kaum aus der Hand geben.«

Am Abend rief Enna Aaron Bernard an.

»Seid ihr weitergekommen?«, fragte der Anwalt.

»Jeden Tag ein paar Millimeter, in der Hoffnung, dass wir auf den entscheidenden Hinweis stoßen.«

»Klingt nicht sehr optimistisch.«

Enna seufzte leise. »Alles deutet bisher auf eine Auseinandersetzung um das Unternehmen hin, aber erstens ist es unglaublich schwer, durch das Dickicht der Familienstreitereien durchzusteigen, und zweitens glaube ich nicht so recht an die Theorie.«

»Du hast Angst, dass ihr nicht schnell genug weiterkommt?«, fragte Aaron nach einer kurzen Pause.

»Mir läuft die Zeit weg. Es ist ein ungutes Gefühl, mit so einem mächtigen Gegner zu tun zu haben. Ein verdammt ungutes Gefühl.«

»Kann ich irgendwas tun?«

»Nein, Aaron. Aber lieb, dass du fragst.«

»Aber du sagst Bescheid, wenn du mich brauchst?«

»Es wird alles gut gehen. Du musst dir wirklich keine Gedanken machen. Lass uns über etwas anderes reden.«

»Was schlägst du vor?«

Enna zögerte kurz. »Wie weit bist du mit dem Wiederaufnahmeverfahren?« Sie vermied es, den Namen Roland Grothe zu nennen.

»Wollen wir wirklich …?«

»Hätte ich sonst gefragt?«, sagte Enna.

Es entstand eine kurze Pause. Aaron schien zu überlegen, wie er reagieren sollte.

»Es geht langsam voran. Ich habe … na ja, es blieb mir letztlich nichts anderes übrig, also ich habe einen Privatermittler engagiert. Und bevor du fragst, nein, ich bezahle ihn nicht selbst. Roland Grothe hat das Haus seiner Eltern geerbt und verkauft. Es scheint einiges gebracht zu haben.«

»Er nimmt die Sache ja ausgesprochen ernst.«

»Definitiv. Obwohl er frei ist, ist sein einziges Ziel, rehabilitiert zu werden. Du weißt selbst, wie schwer es ist, ein solches Verfahren wieder aufzunehmen. Wir müssen in diesem Fall nachweisen, dass Fehler gemacht wurden, wir müssen quasi den wahren Täter frei Haus liefern, um sicher zu sein, dass wir mit dem Wiederaufnahmeverfahren wirklich Erfolg haben wollen.«

»Warum tut er sich das an?«, fragte Enna.

»Die Frage kann ich dir nicht beantworten. Ich an seiner Stelle würde es mir tausend Mal überlegen, ob ich wieder zurück in die Öffentlichkeit gehen würde. Wenn der Prozess wieder aufgerollt wird, gibt es ein Riesenmedienecho.«

Enna schluckte schwer. Das hatte sie bisher verdrängt. Auch sie, als einzige lebende Angehörige der Opfer, würde betroffen sein.

»Entschuldige, ich hätte nicht davon anfangen sollen«, fuhr Aaron fort.

»Schon gut, Aaron. Irgendwann muss ich mich meinem Trauma ohnehin stellen. Und wenn dein Mandant die Wahrheit sagt, läuft der Täter immer noch frei herum. Das ist es, was mir Kopfzerbrechen bereitet.«

»Ich weiß, Enna. Ich weiß.«

Enna schreckte aus dem Schlaf. In den letzten Monaten hatte sie regelmäßig den gleichen Traum: Eine Person, ganz in Schwarz gekleidet, stieg durch ein Fenster ins Haus ein. Nach wenigen Metern erkannte Enna ihr Elternhaus, die Tapete im Flur, die dunklen Holztüren, den langen Läufer. Die Treppe knarrte an der gleichen Stelle, sie sah die Lampe im Flur mit dem Stoffbezug, ging an ihrem Kinderzimmer und am Badezimmer vorbei. Vor dem Schlafzimmer ihrer Eltern hielt der Maskierte an, legte vorsichtig seine Hand auf den Türgriff und drückte ihn hinunter. Langsam schob er die Tür auf und trat in die Dunkelheit. An dieser Stelle wachte Enna regelmäßig schweißgebadet auf.

Stöhnend richtete sie sich im Bett auf und schaltete das Licht an. Schließlich stand Enna auf und holte sich in der Küche ein Glas Wasser. Bei dem Blick auf die Küchenuhr bemerkte sie, dass die Uhr um vier Minuten vor Mitternacht stehen geblieben war. Sie nahm die Uhr kopfschüttelnd von der Wand, wechselte die Batterie aus und ging wieder schlafen.

»Guten Morgen«, begrüßte Enna Jens Lange, der vor der Eingangstür stand. »Wartest du auf die Kollegin?«

»Moin, Enna! Ja, sie hat angerufen, dass sie im Auto sitzt.«

In diesem Augenblick hielt ein roter Golf vor dem Haus. Eine etwa dreißigjährige Frau mit kurzen blonden Haaren stieg aus und kam auf sie zu. »Mia Jörgensen, Oberkommissarin.«

Jens Lange reichte ihr die Hand und stellte sich und Enna vor.

Mia Jörgensen blickte zu Enna. »Ich soll Sie vom Chef schön grüßen. Leider ist außer mir niemand abkömmlich, aber ich kann bis Mitte nächster Woche bleiben.«

»Okay«, sagte Enna. »Wir sehen uns dann sicher noch später.« Sie wandte sich ab und betrat das Bürogebäude.

Auf dem Flur traf sie Pia mit zwei Kollegen der Kriminaltechnik. Pia hatte bei einer Freundin übernachtet und war auf dem Weg in ihre Wohnung.

»Ich habe den beiden Kollegen mein Büro zur Verfügung gestellt«, sagte sie und schaute auf die Uhr. »In einer halben Stunde telefoniere ich mit der …« Sie malte Anführungszeichen in die Luft. »… Zeugin. Kann ich dich dafür anrufen?«

Enna nickte. »Ich bin jetzt noch eine Stunde hier, anschließend fahre ich mit Paulsen zu Dr. Scheringer, dem Notar.«

In ihrem Büro startete Enna ihren Laptop und suchte nach Einträgen zu Joachim Scheringer. Der Notar war zweiundsiebzig und hatte kurz nach dem Tod von Curt Thaysen die von ihm gegründete Anwaltskanzlei verlassen und arbeitete nur noch für einzelne Mandanten. Sein Büro befand sich seitdem in seinem Privathaus. Enna fand einige Fotos, auf denen Thaysen und

Scheringer auf Veranstaltungen zusammen abgelichtet waren. Scheringers Frau war fünf Jahre zuvor verstorben.

Ennas Handy meldete sich. Pias Nummer leuchtete auf dem Display auf.

»Hallo«, sagte Enna.

Pia erwiderte den Gruß.

»Ich höre dann einfach zu«, sagte Enna.

»Hast du es dir noch einmal überlegt?«, fragte Pia die virtuelle Zeugin. »Wir können dich effektiv schützen. Du willst doch auch, dass diese Verbrecher ihrer gerechten Strafe zugeführt werden.«

Pia sprach weiter auf die Zeugin ein und versuchte, sie davon zu überzeugen, offiziell auszusagen. Enna spielte das Spiel mit und dirigierte Pia durch das Gespräch.

»Okay«, sagte Pia schließlich. »Wir können auch hier bei mir die offizielle Befragung machen. Komm einfach in meine Wohnung. Ein Kollege von mir wird auch hier sein. Wäre das für dich so in Ordnung?«

Enna war, während sie mit Pia sprach, zu den Kriminaltechnikern gegangen, die das Abhörhandy in Pias Wohnung überwachten. Als einer der beiden Enna zunickte und den gehobenen Daumen zeigte, gab Enna das an Pia weiter.

»Okay, dann also am Montag um zehn Uhr vormittags bei mir. Und danke noch einmal für deine Bereitschaft auszusagen.«

Pia verabschiedete sich und beendete das Gespräch mit der virtuellen Zeugin.

»Und?«, fragte Enna an einen der Kriminaltechniker gerichtet.

»Über die SIM-Karte ist während des Telefongesprächs eine Verbindung zu einem Handy mit einer dänischen Nummer hergestellt worden. Das …«, der Kriminaltechniker malte Anführungszeichen in die Luft, »… Gespräch dauerte nur zwei

Sekunden. Also war es eine reine Info, dass in der Wohnung gesprochen wird.«

Sein Kollege hob die Hand. »Jetzt wird vermutlich gleich die Datei des Gesprächs übertragen. Das Handy hat sich eingeloggt, jetzt … geht es los.«

»Könnt ihr das dänische Handy orten?«

»Nein, das Handy ist schon wieder inaktiv«, sagte der Kriminaltechniker. »Aber es befindet sich definitiv im Umkreis von …« Er schaute noch einmal auf seinen Bildschirm. »… von zwanzig Kilometern um Hamburg. Für die genaue Standortbestimmung war das Gespräch zu kurz.«

»Also Montag«, sagte Enna. »Überprüft bitte noch, ob die Nummer in Dänemark registriert ist. Die Wahrscheinlichkeit ist gering, aber wer weiß …«

Zehn Minuten später saßen Pia, Paulsen und Enna in der Küche zusammen. Enna berichtete kurz, was sie von den Kriminaltechnikern erfahren hatte, und fügte hinzu, dass der Staatsanwalt die Aktion am Montag genehmigt hatte und das SEK-Team zu der Zeit bereitstehen würde.

»Wir nehmen die Person oder Personen also fest?«, fragte Paulsen.

»Das machen wir von der Situation abhängig«, sagte Enna. »Wenn wir den oder die Verdächtigen observieren können, wäre das natürlich ein Vorteil. Allerdings glaube ich kaum, dass sich der Auftraggeber in persona zeigen wird.« Sie schaute auf die Uhr. »Wir müssen los, Paulsen.«

ZWANZIG

Joachim Scheringers Haus befand sich im Gerichtsviertel von Oldenburg, das zwischen dem Schlossgarten und dem Fluss Hunte liegt. Der rote Backsteinbau aus den Zwanzigerjahren des letzten Jahrhunderts war mit Efeu bewachsen, der Vorgarten sah gepflegt aus. Ein kleines Schild wies auf die Kanzlei hin. Enna öffnete das halbhohe schmiedeeiserne Tor und ließ Paulsen den Vortritt. Auf ihr Klingeln öffnete ein hochgewachsener Mann mit grauem, dichtem Haar die Tür und bat sie herein. Joachim Scheringer ließ sich von Enna und Paulsen die Ausweise zeigen und führte sie in sein Arbeitszimmer.

»Darf ich Ihnen etwas zu trinken anbieten?«, fragte Joachim Scheringer und holte anschließend Mineralwasser und drei Gläser aus einer Vitrine.

»Was genau kann ich für Sie tun?«, fragte Dr. Scheringer, als er sich zu ihnen gesetzt hatte.

»Meine Einheit befasst sich mit alten, nicht aufgeklärten Fällen und untersucht im Moment den Tod von Curt Thaysen.«

Joachim Scheringer trank einen Schluck Wasser. Enna war schon an der Tür aufgefallen, dass der alte Herr blass aussah. Auf dem Weg in sein Büro hatte er leicht geschwankt und sich einmal kurz an einer Tür abgestützt. Jetzt lockerte er seinen Schlips und öffnete den oberen Hemdknopf.

»Ermittlungen? Ich dachte …« Scheringer verstummte.

»Es gibt deutliche Hinweise auf ein Tötungsdelikt«, sagte Enna. »Sie waren mit Herrn Thaysen befreundet?«

Scheringer nahm noch einen Schluck und nickte dann. »Wir waren sehr gute Freunde.«

»Sie haben sich auch um seine Erbschaftsangelegenheiten gekümmert?«, fragte Enna weiter.

»Natürlich. Sein Testament war hier bei mir hinterlegt. Ich habe es nach der Einstellung der polizeilichen Ermittlungen eröffnet. Über den Inhalt darf ich Ihnen selbstverständlich keine Auskunft geben.«

Joachim Scheringer hatte langsam gesprochen. Enna hatte den Eindruck, als fiele ihm das Reden von Wort zu Wort schwerer.

»Hatte Curt Thaysen vor, sein Testament zu ändern?«, fragte Paulsen mit besorgter Miene. Als Scheringer nicht antwortete, beugte sich Paulsen leicht nach vorne. »Herr Dr. Scheringer, ist alles in Ordnung?«

Der alte Herr nickte. Ihm stand der Schweiß auf der Stirn, seine linke Hand zitterte leicht. »Natürlich habe ich Sie verstanden.« Er machte eine Pause. »Ja, Curt hatte große Pläne und die tangierten auch sein Testament. Sehr sogar.«

Paulsen stand auf. »Geht es Ihnen gut?«

Joachim Scheringer hielt sich die Hand an den Brustkorb. »Ich weiß nicht. Ich habe Schmerzen.«

Paulsen eilte um den Schreibtisch, half Joachim Scheringer auf und begleitete ihn zum Sofa. Vorsichtig legte sich der alte Herr hin. Paulsen drehte sich zu Enna um und formte mit den Lippen das Wort *Notarzt* und *Herzinfarkt*.

Enna nickte und verließ schnellen Schrittes das Büro, um auf dem Flur die Rettungsleitstelle anzurufen. Sie schilderte die

Symptome und forderte den Notarzt an. Zurück in Scheringers Büro sah Enna, dass Paulsen dem alten Herrn den Schlips abgenommen hatte und mehrere Knöpfe seines Hemdes geöffnet hatte. Er sprach ruhig auf ihn ein und gab Enna ein Zeichen, dass sie draußen auf den Rettungswagen warten sollte.

Paulsen kam auf Enna zu, die in der Tür des Scheringer-Hauses wartete.

»Und?«, fragte Enna.

»Der Notarzt konnte mir noch nichts sagen. Scheringer wird ins Klinikum gebracht. Keine Ahnung, ob er durchkommt. Bei Bewusstsein war er nicht mehr.«

»Herzinfarkt?«

»Sah ganz danach aus. Ich hätte schneller reagieren müssen.«

»Du hast alles richtig gemacht. Wenn Dr. Scheringer überlebt, hat er es dir zu verdanken.« Enna hielt inne. »Und wenn es kein Infarkt war?«

»Du meinst …«

Enna wandte sich um. »Lass uns noch mal in sein Büro gehen. Wir brauchen ohnehin einen Schlüssel, mit dem wir hier abschließen können.«

Sie gingen zurück in Scheringers Büro, fanden einen Schlüsselbund und suchten nach etwas, das der Notar kurz vor ihrem Eintreffen eingenommen, getrunken oder gegessen haben konnte. Im Büro stellten sie die angebrochene Mineralwasserflasche sicher, in der Küche fanden sie eine benutzte Teetasse, die sie eintüteten.

»Wollen wir noch einen Blick in seinen Laptop werfen?«, fragte Paulsen. »Immerhin ist er uns eine Antwort schuldig geblieben.«

»Auf gar keinen Fall, Paulsen. Wir geraten in Teufels Küche, wenn das rauskommt. Und verwenden könnten wir die Daten auch nicht.«

»Wie du meinst«, murmelte Paulsen.

Sie gingen noch einmal durch alle Räume des Hauses, konnten aber nichts Verdächtiges finden. Auf dem Rückweg gaben sie die Flasche und die Teetasse in der Kriminaltechnik ab und fuhren zurück ins Büro.

Bei einem Kaffee mit Pia berichteten Enna und Paulsen zurück im Büro, was geschehen war.

»Hat der Notar denn keine Angestellten?«, fragte Pia. »Es muss noch Schriftsätze, Protokolle oder Notizen geben. Das kann doch nicht alles ausschließlich im Kopf dieses Menschen sein.«

»Dr. Scheringer hat eine Sekretärin, die auch schon vor seinem Ausscheiden aus der alten Kanzlei für ihn gearbeitet hat«, sagte Enna. »Allerdings ist sie in Urlaub. Ich gehe davon aus, dass wir spätestens am Montag mit ihr sprechen können. Wir haben eine entsprechende Notiz gefunden, dass sie um neun Uhr im Büro sein wird.«

»Ich habe ihre Adresse und Festnetznummer. Ich versuche, sie zu erreichen«, sagte Paulsen. »Hast du mit Benjamin gesprochen?«

Pia nickte. »Wir haben uns vorhin im Café getroffen. Ich habe Ben offen nach seiner Mutter gefragt. Also, er steht ihr näher als seinem Vater, aber die Hand für sie ins Feuer legen würde er nicht. Das waren jetzt nicht seine Worte, sondern meine Zusammenfassung. Ben geht schon lange davon aus, dass die Ehe seiner Eltern am Ende ist, und wundert sich, dass sie sich noch nicht getrennt haben.«

»Weiß er, was eine Scheidung für sie finanziell bedeutet?«, fragte Paulsen.

»Ich habe nicht danach gefragt, aber Ben hat wohl gleich verstanden, wie wir denken. Er weiß es nicht. Über so etwas sei nie in seiner Gegenwart gesprochen worden, und als er seine

Mutter einmal danach gefragt habe, habe sie nicht wirklich geantwortet. Der gleiche Spruch wie bei dir, Enna: ›Sie ist versorgt.‹ Mehr hat sie ihm auch nicht erzählt.«

»Nicht die Hand für sie ins Feuer legen, was heißt das genau?«, fragte Enna.

Pia zuckte mit den Schultern. »Ich fürchte, Ben traut im Moment allen Familienmitgliedern zu, etwas mit dem Tod seines Großvaters zu tun zu haben. Er hat mir gesagt, dass seine Mutter sich verändert habe, seit er von zu Hause ausgezogen ist. In den ersten Jahren hätten sich seine Eltern ständig gestritten, später wohl kaum noch etwas miteinander unternommen. Er meint, dass sich wahrscheinlich beide anders vergnügen würden. Bei seinem Vater hat er das zumindest schon lange vermutet.« Pia seufzte. »Das klingt doch alles wie in Hunderttausenden Ehen. Bringt uns das wirklich weiter?«

»Im Moment zumindest nicht«, sagte Enna, stand auf und stellte sich ans Flipchart. »Wir müssen etwas Ordnung ins Chaos bringen.« Sie griff nach einem Filzstift, schrieb *Motiv* in die Mitte des leeren Blattes und umrundete das Wort.

»Thaysen AG«, schlug Paulsen vor.

Enna notierte das Unternehmen oben auf dem Blatt und unterstrich es. »Warum?«

»Thaysen senior wollte sein Bauprojekt auf Biegen und Brechen durchsetzen«, antwortete Paulsen.

Enna schrieb *Bauprojekt* rechts unter *Thaysen AG*. »Ich gehe davon aus, dass die Verwirklichung des Projekts das Unternehmen nicht besonders belastet hätte. Vielleicht hätte es ein paar Umstrukturierungen gegeben, mehr aber auch nicht. Außerdem hätte Alexander Thaysen die ganze Sache hinauszögern und aussitzen können, einmal ganz davon abgesehen, dass ein solches Projekt Jahre der Planung braucht. War es nicht absehbar, dass es Curt Thaysen irgendwann zu viel geworden wäre?«

»Er war gesund und munter«, sagte Pia. »Es gibt Menschen, die arbeiten noch mit Ende achtzig und später.«

»Überzeugt mich als Motiv nicht«, sagte Enna. »So, wie ich Alexander Thaysen erlebt habe, hätte er das als Spielerei seines Vaters abgetan, ihm offiziell keine Steine in den Weg gelegt, aber unter der Hand alles versucht, das Projekt zu sabotieren. Wie gesagt: aussitzen. Wir sprechen hier immerhin von Erpressung und einem Mordkomplott, an dem diverse Menschen beteiligt gewesen sein müssen. Die Gefahr, dabei erwischt zu werden, war riesengroß. Und das alles wegen so einem Projekt?«

»Wir haben Hinweise, dass Curt Thaysen den Oldenburger Bau nur als Pilotprojekt geplant hat«, sagte Paulsen. »Irgendwann hätte es nicht mehr nur die Portokasse betroffen.«

Enna hatte die einzelnen Stichworte auf dem Blatt notiert. »Aber hätte er das durchsetzen können? Ich habe mich einmal schlaugemacht: Auch Minderheitsaktionäre können sich gegen Entscheidungen wehren, also klagen, wenn Entscheidungen getroffen werden, die die Firma in die Insolvenz treiben würden. Curt Thaysen hatte die Mehrheit, aber hätte er auch alles durchsetzen können? Ich gehe davon aus, dass das nicht der Fall war. Alexander Thaysen hätte seinen Vater stoppen können. Zumindest für eine gewisse Zeit.«

»Aber das wusste Curt Thaysen auch«, sagte Paulsen. »Also muss er noch etwas in der Hinterhand gehabt haben. Alle haben bisher ausgesagt, dass Curt Thaysen mit allen Wassern gewaschen war. Der hätte doch keine Luftschlösser gebaut.«

Enna zog einen Kreis unter *Bauprojekt* und malte mit rotem Filzstift ein Fragezeichen hinein. »Aber was? Der Notar hätte es uns vielleicht sagen können. Ich hoffe, seine Sekretärin kann uns weiterhelfen. Weitere Vorschläge?«

»Alle scheinen in diesem Punkt zu mauern«, sagte Pia. »Selbst der beste Freund wusste nichts von Curt Thaysens Plänen. Glaubt ihr das? Wir sollten diesen Bent Friedrich nach

Oldenburg vorladen und ihm deutlich machen, worum es hier geht.«

»Der wird sich nicht unter Druck setzen lassen«, sagte Enna. »Aber du hast recht, er hat auf mich den Eindruck gemacht, dass er mir etwas verschweigt. Ich werde noch einmal mit ihm reden, aber vorher brauche ich mehr Fakten.«

»Ich denke, Christine Thaysen kann uns zum Thema Machtverteilung im Unternehmen etwas sagen«, warf Paulsen ein. »Aber ich weiß im Moment noch nicht, wie wir sie unter Druck setzen können. Sie ist clever.«

»Ich warte noch auf einen Rückruf von Elmar Hain vom LKA in Hannover. Er hat Andeutungen gemacht, dass das LKA gegen die Thaysen AG ermittelt.« Sie schaute auf die Uhr. »Der ist bestimmt schon im Wochenende. Also Montag.«

Paulsen zeigte auf das Flipchart. »Links kannst du *Buchprojekt* notieren.«

Enna schrieb und umkreiste das Wort. »Allerdings hat Curt Thaysen seine geplante Biografie streng geheim gehalten. Nicht einmal sein Enkel wusste davon. Und die Frage ist, hätte das Outing von Curt Thaysen die Firma wirklich ruinieren können?«

»Wenn ich das richtig sehe, war das Buchprojekt noch in den Anfängen«, sagte Pia. »Wahrscheinlich hat Curt Thaysen auch deshalb so damit hinterm Berg gehalten. Ben ist sich inzwischen nicht mehr sicher, dass sein Großvater das Buch wirklich geschrieben hätte. Auch der nicht abgeschickte Brief würde so in einem anderen Licht erscheinen. Vielleicht war das Datum des Computers doch korrekt und Curt Thaysen hat seinen Plan ad acta gelegt.«

»Dann hätten aber die Drohungen also Wirkung gezeigt?«, fragte Paulsen. »Passt eigentlich nicht zu Curt Thaysen.«

»Vielleicht hat er einen komplett anderen Plan entwickelt, von dem wir bisher noch nichts wissen«, sagte Enna.

Sie malte links neben dem Wort *Motiv* einen Kreis mit einem Fragezeichen. Zusätzlich notierte sie *Neuer Plan?*.

»Das würde heißen, wir stehen wieder ganz am Anfang«, sagte Paulsen.

»Nein, sicher nicht«, entgegnete Enna. »Ich habe das Gefühl …«, sie wandte sich zum Flipchart, »… dass all diese Punkte irgendwie ineinandergreifen.«

»Fragt sich nur, wie?«, murmelte Paulsen.

Enna sah auf ihre Grafik und verband die Fragezeichen-Kreise, die rechts und links neben *Motiv* standen, mit einer roten Linie. »Das Bauprojekt und das geplante Buch gehören zusammen. Aus beiden muss noch eine dritte Idee entstanden sein, die wir bisher nicht kennen.« Sie tippte mit dem Stift auf *Neuer Plan?* und drehte sich zu ihren beiden Kollegen um. »Aber wir sind nahe dran. Das spüre ich.«

Einundzwanzig

In diesem Moment hörten sie Schritte auf dem Flur, die Küchentür wurde geöffnet und Jens schaute herein. »Gut, dass ihr noch da seid.«

Er zog sich die Jacke aus und setzte sich mit an den Tisch. Stolz zog er den Plastikbeutel mit dem Schlüssel aus der Tasche. »Ich habe das Schließfach gefunden.«

Alle Augen waren fragend auf ihn gerichtet.

»Bei der dritten Firma sind wir fündig geworden. Die Oldenburger Kollegin, die mich begleitet hat, musste übrigens gleich los und ihr Kind abholen.«

»Haben sie dir ohne Beschluss den Inhalt des Schließfachs gezeigt?«, drängelte Paulsen.

»Ja, sozusagen. Wir, also Mia Jörgensen und ich, haben auf den Geschäftsführer eingeredet und ihm beteuert, dass wir Montag mit einem Beschluss wieder vor Ort sein würden. Er hat sich nicht umstimmen lassen, aber ich konnte ihn zumindest überzeugen, dass er das Schließfach öffnet. Quasi nur für einen Blick. Ob ihr es glaubt oder nicht, das Fach war leer.«

»Jens!«, sagte Paulsen mit erhobener Stimme. »Jetzt ist nicht die Zeit für Scherze. Wer versteckt einen Schließfachschlüssel, wenn …« Er schluckte. »Verdammt! Das alte Schlitzohr Thaysen hat da einen Köder ausgelegt.«

»Oder wir waren zu spät«, mutmaßte Pia.

»Nein, laut der Firma war seit Thaysens Tod niemand mehr am Schließfach«, sagte Jens Lange. »Thaysen hat es ein halbes Jahr vor seinem Tod gemietet und für fünf Jahre bezahlt. Deshalb hat sich die Firma bis heute auch nicht gemeldet.«

»Es muss ein weiteres Schließfach geben«, sagte Enna nachdenklich. »Ansonsten würde das leere Schließfach doch keinen Sinn ergeben.«

Paulsen nickte. »Thaysen wollte im Falle eines Einbruchs Zeit gewinnen.«

»Die Frage ist jetzt, wo der dazu passende Schlüssel ist. Wir müssen noch einmal ins Greetsieler Haus«, sagte Enna. »Ich bin auf Curt Thaysens Trick reingefallen. Nachdem wir den Schlüssel gefunden hatten, war ich nicht mehr zu hundert Prozent konzentriert bei der Sache.«

»Wäre mir auch so gegangen«, sagte Paulsen und wandte sich an Pia. »Wann können wir ins Haus?«

»Mama, wann kommst du denn endlich?«, fragte Elias, als Enna am frühen Abend mit ihm telefonierte.

»Du musst noch zweimal schlafen«, antwortete Enna. »Dann bin ich zum Frühstück da.« Zwar plante Enna, schon am Samstagnachmittag zu fahren, wusste aber nicht, ob sie es schaffen würde.

»So früh?«, rief Elias. »Das ist toll. Dann kannst du mir ja Brötchen aus Oldenburg mitbringen.«

Enna lachte. »Nein, das geht leider nicht. Die Bäckerei macht erst um sechs Uhr auf. Dann fahre ich doch schon auf der Autobahn.«

»Schade!«, sagte Elias. »Wir haben heute wieder einen Film gemacht, Mama. Hast du ihn schon angeguckt?«

Enna hörte im Hintergrund, wie Alina etwas zu Elias sagte. »Alina schickt den Film bald«, meldete sich Elias noch einmal.

»Das ist gut. Und dann schaue ich ihn mir auch bestimmt an. Was habt ihr denn heute alles gemacht?«

Elias erzählte minutenlang begeistert von seinem Tag. Enna wurde es warm ums Herz und gleichzeitig nahm die Angst um ihren Sohn sie wieder fest in den Griff.

»Das war aber ein schöner Tag«, sagte Enna, als Elias eine kurze Pause eingelegt hatte. »Hoffentlich habt ihr morgen wieder so gutes Wetter.«

»Bestimmt, Mama. Hier scheint immer die Sonne.«

Enna lachte. »Das freut mich, mein Großer. Dann schlaf mal gut heute Nacht.«

»Das mach ich, Mama.«

»Gibst du mir noch einmal Alina?«

»Tschüs, Mama!«

Kurz darauf meldete sich Alina. »Hallo, Enna. Elias hat dir ja schon alles erzählt. Den Film schicke ich dir später.«

»Lass dir Zeit. Sag mal, Elias hat kein Heimweh mehr, oder?«

»Nein, alles gut.« Sie hielt kurz inne. »So, jetzt ist Elias zu seiner Oma gelaufen. Er hat wirklich kein Heimweh, Enna. Wir lenken ihn gut ab. Mach dir keine Sorgen. Können wir dann bald wieder …« Sie brach mitten im Satz ab.

»Ich hoffe, dass wir in der nächsten Woche vorankommen und ihr dann nach Hause könnt.«

Alina schwieg.

»Hast du heute mit Pia gesprochen?« Pia hatte sich im Büro Ennas separates Handy ausgeliehen.

»Ja, sie hat angerufen.«

»Was ist los, Alina?«

»Nichts. Entschuldige, Enna, aber Elias ruft gerade. Meldest du dich morgen wieder?«

»Ja, vielleicht schaffe ich es auch, am Nachmittag schon loszukommen. Sag aber Elias noch nichts.«

»Bis morgen oder übermorgen, Enna.«

Enna stand vom Sessel auf und ging in die Küche, um Wasser für Tee aufzusetzen. Als es an der Haustür klingelte, griff Enna nach ihrer Waffe und klemmte sie hinten in den Hosenbund. Vorsichtig öffnete sie die Tür einen Spaltbreit und warf einen kurzen Blick nach draußen.

»Du?«, rief sie verwundert und schob die Tür ganz auf.

Vor ihr stand Aaron Bernard, in der einen Hand einen Blumenstrauß, in der anderen eine Flasche Wein.

Enna trat auf ihn zu und lächelte. »Was machst du hier? Komm doch rein.«

»Hallo erst mal«, sagte Aaron, nachdem er eingetreten war. »Ich hatte einen kurzfristig angesetzten Termin in der Nähe. Der hat etwas länger gedauert und da dachte ich mir …« Er sprach nicht weiter und stand unschlüssig vor Enna.

Sie nahm ihm die Blumen ab und lotste ihn in die Küche. »Setz dich doch. Ich hol nur kurz eine Blumenvase.« Sie zog die Waffe aus dem Hosenbund und legte sie in eine Schublade.

Aaron schluckte, als er die Pistole bemerkte.

»Ich bin lieber vorsichtig«, sagte Enna und eilte ins Wohnzimmer, um eine passende Vase zu suchen. Hatte Aaron tatsächlich wieder einen Termin in der Nähe? Wieso war er bei ihr vorbeigekommen, ohne sich anzumelden? Machte sie sich wieder einmal zu viele Gedanken? Sie seufzte und ging zurück in die Küche, um die Blumen ins Wasser zu stellen.

»Danke für die Blumen«, sagte Enna und platzierte die Vase auf dem Küchentisch.

Aaron hatte seine Jacke noch nicht ausgezogen und hielt immer noch die Weinflasche in der Hand. Enna beugte sich vor, strich ihm mit der Hand über die Schulter und griff nach der Flasche. »Die stelle ich mal kalt, oder?«

Aaron nickte.

»Tee?«, fragte Enna und schmunzelte. »Ist dir kalt? Ansonsten kannst du ruhig deine Jacke ausziehen. Oder musst du gleich wieder los?«

»Entschuldigung«, sagte Aaron, stand auf und zog seine Jacke aus. »Das war ein ganz spontaner Entschluss. Ich bin mit dem Auto unterwegs. Der Termin war in Hamburg, und als ich hinter Bremen das Hinweisschild las, bin ich einfach nach Oldenburg abgebogen. Entschuldige, ich hätte anrufen sollen.«

Enna lachte. »Jetzt ist aber mal gut mit dem Entschuldigen.« Sie deckte zwei Tassen auf und goss das kochende Wasser in die Teekanne, bevor sie sich zu Aaron an den Tisch setzte. »Hast du schon ein Hotel?«

Aaron schüttelte den Kopf. »Nein, dazu bin ich noch nicht gekommen.«

»Das wird auch schwierig«, sagte Enna. »Wir haben eine große Messe in Oldenburg. Ich habe gelesen, dass alle Hotelzimmer ausgebucht sind.«

Aaron stöhnte leise. »So viel zu spontanen Entscheidungen. Dann werde ich wohl doch fahren müssen.«

»Ich habe ein Gästezimmer. Nicht groß, aber immerhin ein Bett.«

»Danke«, sagte Aaron. »Ich hätte anru…«

»Alles gut, Aaron«, unterbrach ihn Enna. »Ich muss allerdings morgen früh raus.«

Enna schenkte Tee ein. Sie saßen schweigend beieinander.

»Geht es Elias gut?«, fragte Aaron nach einer Weile.

»Ja, ich habe gerade mit ihm und Alina gesprochen. Er klang sehr zufrieden. Na ja, mit zwei Erwachsenen, die ihn den ganzen Tag bespaßen, ist das auch nicht anders zu erwarten.«

Aaron lächelte zum ersten Mal, seit Enna ihn ins Haus gebeten hatte. »Das ist gut.«

»Deine Drohne ist natürlich der Hit. Ich bekomme jeden Tag mindestens ein Video zugeschickt.«

»Schön!« Aaron schien sich zu entspannen. Er atmete tief durch, sah Enna direkt an und seufzte leise. »Wenn ich ehrlich bin, war es nicht ganz so spontan, wie ich es dargestellt habe. Als ich in Hamburg losgefahren bin … Ich musste einfach kurz bei dir vorbeischauen.«

»Warum?« Enna erschrak über ihre eigene Frage.

Aaron zögerte lange. »Wie das so ist. Man macht sich Sorgen. Also, *ich* habe mir Sorgen gemacht. Das ist ja im Moment nicht leicht für dich, und …« Er brach wieder ab und schien nach Worten zu suchen.

Enna beugte sich vor und legte die Hand auf seine. »Entschuldige. Meine Frage war … blöd. Es ist schön, dass du vorbeigekommen bist.« Sie ließ seine Hand los, lächelte. »Was machen wir mit dem angebrochenen Abend? Ich fürchte, ich habe nichts im Kühlschrank. Darf ich dich zum Essen einladen?«

Aarons Augen leuchteten auf. »Gerne, sehr gerne sogar.«

Gegen dreiundzwanzig Uhr schloss Enna ihre Haustür auf. Sie hatten eineinhalb Flaschen Wein getrunken und sich schließlich ein Taxi bestellt. Aarons Volvo stand in einem der Innenstadtparkhäuser.

»Ich fürchte, ich bin etwas beschwipst«, sagte Enna lachend.

»Nicht nur du.«

Sie hatten in einem vor zwei Monaten eröffneten Restaurant gegessen, das Speisen aus dem Mittelmeerraum anbot. Enna vergaß ihre Sorge um Elias, während Aaron aus seiner Kindheit erzählte. Sein Vater, ein Tischler, war früh an Krebs verstorben, seine Mutter arbeitete als Krankenschwester im Nachtdienst. Wenn sie morgens von der Arbeit kam, hatten Aaron und seine zwei Jahre jüngere Schwester bereits gefrühstückt und gingen kurz darauf gemeinsam zur Schule. Aaron war ein hervorragender Erzähler und schien seine Mutter, die in der Nähe von Frankfurt in einem kleinen Dorf wohnte, über alles zu lieben. Die Zeit verging, ohne dass Enna auch nur einmal auf die Uhr geschaut hatte.

»Wären wir jetzt im Hotel, würde ich dich in die Hotelbar zu einem Absacker einladen«, sagte Enna schmunzelnd.

Aaron lächelte. »Ein Kaffee bei dir in der Küche würde mir voll und ganz reichen.«

Enna verneigte sich tief. »Wie Monsieur Bernard wünschen.« Sie hatte mit französischem Akzent gesprochen und ihm die Küchentür geöffnet.

»Merci beaucoup, Madame!« Aaron ließ ihr den Vortritt und machte anschließend Kaffee.

»Klein, aber fein«, sagte Enna, als sie Aaron kurz vor Mitternacht das Gästezimmer zeigte. »Wenn du Mineralwasser brauchst, findest du eine Kiste im Hauswirtschaftsraum.«

»Danke! Auch für den wunderschönen Abend.«

»Ja, er hat mir auch gefallen.«

Sie standen voreinander, keiner von ihnen machte Anstalten, sich abzuwenden.

»Ich muss morgen um kurz nach acht aus dem Haus«, sagte Enna. »Wenn du noch länger schlafen willst, lege ich dir einen Schlüssel auf das Schränkchen im Flur. Du kannst ihn dann einfach durch den Briefschlitz werfen.«

Aaron nickte, blieb stehen und sah Enna schweigend an.

»Du fährst doch morgen?«, fragte Enna.

»Ich würde lieber hierbleiben«, flüsterte Aaron und trat einen Schritt auf sie zu.

»Ich bin aber Sonntag den ganzen Tag im Sauerland bei Elias.«

»Ich weiß.« Aaron berührte Enna mit der Hand sanft an der Schulter und strich entlang des Armes zu ihrer Hand.

Enna stockte der Atem. Der Drang, sich abzuwenden und ins Schlafzimmer zu laufen, war genauso groß wie der, sich an Aaron zu lehnen und die Augen zu schließen. Was passierte hier gerade? *Geh*, flüsterte ihr eine Stimme zu, *Bleib*, eine andere.

»Ich kann nicht, Aaron«, sagte Enna kaum hörbar.

Aaron hielt weiter ihre Hand. »Darf ich dich in den Arm nehmen?« Als Enna nicht antwortete, zog er sie langsam an sich. Sie ließ es geschehen. Ihr Kopf sank an seine Schulter, Aaron streichelte ihr sanft über die Haare. So standen sie eine gefühlte Ewigkeit eng aneinandergeschmiegt in der Tür.

Schließlich sah Enna auf, hielt seinem Blick stand. Da waren nur Aaron, seine Augen, seine Hand, die über ihre Schulter strich, seine Wärme und der Duft seines Parfüms. Er beugte sich leicht vor, hob ihr Kinn vorsichtig an und küsste sie zärtlich auf den Mund.

Der Wecker riss Enna aus dem Tiefschlaf. Mit einem sicheren Schlag ließ Enna das Gerät verstummen. Sie tastete sich mit der Hand auf die andere Seite des Bettes und atmete erleichtert auf. Hier hatte niemand gelegen. Langsam richtete sie sich im Bett auf und versuchte, sich an die letzte Nacht zu erinnern. Sie waren sich so nahegekommen wie nie zuvor. Ein Kuss, ein weiterer. Was war dann geschehen? Enna kam sich vor wie ein Unfallopfer, das sich wegen einer Kopfverletzung nicht an die letzten vierundzwanzig Stunden erinnern konnte. Wie war sie in ihr Bett gekommen? Hastig sah Enna sich nach ihrer Kleidung um, die ordentlich gefaltet über dem Stuhl lag. Ja, sie waren zusammen ins Gästezimmer gegangen, hatten auf dem Bett gesessen. Schließlich war sie gegangen.

Enna quälte sich aus dem Bett und schaute vorsichtig aus der Zimmertür, bevor sie ins Bad schlüpfte. Die abwechselnd heiße und kalte Dusche ließ sie wach werden. Sie wickelte sich in ein großes Handtuch und sah in ihr Spiegelbild. Die langen, nassen Haare schimmerten in einem matten Dunkelrot, die Augen wirkten müde, die Haut war blass. Als sie sich ruckartig bewegte, fiel das Handtuch auf die Erde. Sie stand vollkommen nackt vor dem großen Spiegel. »Wer bist du?«, fragte sie die Frau, die sie erschrocken ansah.

In der Küche klapperte jemand mit Geschirr. Sie öffnete die Tür und sah in Aarons strahlendes Gesicht. »Einen wunderschönen guten Morgen, Enna.« Er stellte den Teller ab, den er noch in der Hand hielt, und kam auf sie zu. »Hast du gut geschlafen?«

Enna nickte mechanisch. Ihr Blick fiel auf die Brötchentüte. »Du warst schon beim Bäcker?«

»Ich bin immer früh wach. Habe ich das nie erzählt?«

»Nein, ich glaube nicht.« Enna setzte sich an den Tisch, Aaron schenkte ihr Kaffee ein und reichte ihr den Brötchenkorb.

Enna schnitt ein Brötchen auf und legte die beiden Hälften auf den Teller.

»Ich weiß, wir müssen über gestern reden«, sagte Aaron schließlich, als Enna keine Anstalten machte, ihr Brötchen mit Butter zu bestreichen.

Enna sah auf. »Niemand zwingt uns. Wir können die letzte halbe Stunde gestern Abend auch einfach streichen. Vergessen oder wie auch immer.«

Aaron schwieg.

»Oder?«, fragte Enna.

»Kannst du das?«

Enna legte eine Scheibe Käse auf ihr Brötchen. »Warum nicht? Es war ein Kuss, mehr nicht.« Ihre Worte hatten harscher geklungen als beabsichtigt. Sie ärgerte sich, fand aber keinen Weg zurück.

Aaron senkte den Blick.

Zweiundzwanzig

Enna setzte den Blinker und fuhr auf die Autobahn auf. Auf dem Beifahrersitz saß Jan Paulsen, den sie von seiner neuen Wohnung abgeholt hatte. Pia, Jens und Benjamin Thaysen fuhren mit dem zweiten Auto nach Greetsiel.

Kurz hinter Oldenburg bremste sie eine Baustelle aus. Enna fädelte sich hinter einem Lkw ein und hing weiter ihren Gedanken nach. Sie hatte Aaron nicht danach gefragt, ob und wann er zurück nach Frankfurt fahren würde. Sie war sich nicht sicher, worauf sie hoffte – dass er zu Hause auf sie wartete oder zurück nach Frankfurt gefahren war.

»Du bist so ruhig heute«, sagte Paulsen mit Blick aus dem Seitenfenster. »Probleme?«

»Keine Ahnung«, murmelte Enna.

»Kenne ich. So richtig weiß man noch nicht, was auf einen zukommt. Ob man in Deckung gehen oder es einfach ignorieren soll.«

Enna schmunzelte. »Bist du unter die Psychologen gegangen?«

»Das ist wohl eher nicht mein Spezialgebiet, würde Pia sagen.«

»Ja, das würde sie wohl«, sagte Enna. »Bist du in der Motorradsache weitergekommen?«

»Die Anfrage läuft. Ich sehe da eine große Chance, die Typen zu finden, die dich in Greetsiel niedergeschlagen haben.«

Als die Baustelle endete, beschleunigte Enna auf hundertsechzig. »Das ist gut, Paulsen, aber es muss schneller gehen. Wir haben nicht viel Zeit, das ist dir doch klar, oder?« Ennas Stimme hatte schärfer geklungen, als sie es gewollt hatte. Sie schob schnell eine Frage hinterher. »Was ist mit der anderen Sache?«

»Die Escortdame?«, fragte Paulsen mit leicht verschnupftem Unterton. »Zaubern kann ich nicht, aber ich bin auch da ein gutes Stück weiter. Jens ist ein Ass im Internet.«

»Und ein Gewinn für unsere Einheit«, fügte Enna hinzu.

»Absolut. Also, wir haben übrigens fünf potenzielle Kandidatinnen. Jens sucht gerade nach Kontaktdaten, was in diesem Fall nicht so einfach ist. Die Frauen arbeiten in aller Regel über Agenturen, die selbstverständlich ihre Kundinnen schützen. Ist ja auch ihr Kapital.«

»Was habt ihr vor?«, fragte Enna.

Paulsen grinste. »Verdeckte Ermittlung, sozusagen. Jens mimt den Geschäftsmann, der ein Date buchen will. Kleines Problem, wir müssen jedes Mal eine Anzahlung machen. Bekommen wir das genehmigt?«

»Fünfmal mit nicht vorhersagbaren Erfolgsaussichten? Ich kann den Staatsanwalt fragen, aber erhoff dir nicht zu viel.«

»Dann muss Sommer beim Richter vorstellig werden und uns fünf Beschlüsse erwirken. Klappt das? Wohl kaum, oder?«

Enna schüttelte den Kopf. »Und das, um eine potenzielle Geliebte von Curt Thaysen zu finden?«

»Dann bleibt nur noch der Weg, von dem du sicher nichts hören willst. Irgendwie müssen wir ja an die Daten kommen.«

»Ist Jens so gut?«, fragte Enna skeptisch.

»Was soll ich sagen. Bisher hat er mir alle Informationen besorgt, an die ich nicht rangekommen bin. Ich habe nicht nachgefragt, wie er das gemacht hat, aber …« Paulsen brach ab. »Doch, er scheint verdammt gut zu sein.«

»Ich weiß von nichts. Aber er soll vorsichtig sein. Verdammt vorsichtig.«

»Sag ich ihm jedes Mal«, sagte Paulsen. »Warten wir also ab und sparen uns erst mal die Undercoverversion. Ich bin mir auch nicht mehr sicher, ob die Dame uns wirklich weiterhelfen kann.«

»Mit Pia alles in Ordnung?«, fragte Enna nach einigen Minuten des Schweigens.

»Ja, ich denke schon. Es macht ihr zu schaffen, dass ihre Freundin bedroht wird. Aber sie wird damit fertig. Sie ist eine toughe Frau.« Paulsen grinste. »Lesbisch oder nicht.«

Enna zog die Augenbrauen zusammen. »In dieser Kombination sagst du es ihr lieber nicht.«

Paulsen lachte. »Schon klar. War nur ein Scherz.«

Paulsen beendete das Telefonat. Kurz hinter Greetsiel hatte Pia sich gemeldet. Sie stand mit den anderen immer noch im Stau hinter Oldenburg.

»Sie sind gleich durch«, berichtete Paulsen. »Warten wir vor dem Haus?«

Statt einer Antwort fuhr Enna an der Einbiegung vorbei Richtung Westen. »Ich brauche etwas Luft. Kennst du den Pilsumer Leuchtturm?«

»Nee, nie gehört.«

Kurz darauf hielt sie auf einem Parkplatz direkt am Deich. Der Leuchtturm war mit seinen roten und gelben Streifen weithin sichtbar.

»Clever«, sagte Paulsen. »Ein Turm oben auf dem Deich. Sieht ja urig aus, das Ding.«

In unmittelbarer Nähe des Leuchtturms befand sich eine Treppe am Deich. Oben angelangt hatten sie einen weiten Blick über das Wattenmeer.

Enna zog den Reißverschluss ihrer Jacke hoch. Der kalte Wind war hier deutlich zu spüren.

»Ich würde gerne auf einer Insel wohnen«, sagte Enna. »Spiekeroog, Juist oder Wangerooge.«

»Echt? Das wäre mir dann doch etwas weit ab von der Zivilisation.« Paulsen schlug den Kragen seiner Jacke hoch. »Und zu windig.«

Enna legte den Kopf in den Nacken, ihre roten Haare wirbelten im Wind. Sie zog tief die salzige Nordseeluft ein. »Ein herrlicher Blick. In zwei Stunden läuft das Wasser wieder auf.«

Paulsen zuckte mit den Schultern und schwieg.

»Jedem das Seine. Benjamin hat mir erzählt, dass sein Großvater hier gerne spazieren gegangen ist. Auch mit ihm zusammen. Hier hätten sie die intensivsten Gespräche geführt, hat Benjamin gemeint.«

»Du meinst, hier ist der Schlüssel zum Fall zu finden?«, fragte Paulsen.

»Vielleicht. Curt Thaysen schien sein Leben vollkommen auf den Kopf stellen zu wollen. Da steckt mehr dahinter, als ein paar Genossenschaftswohnungen zu bauen.«

»Was denn zum Beispiel?« Paulsen grinste breit. »Den ganzen Mist verschenken?«

Enna sah ihn fassungslos an. Warum war sie nicht auf den Gedanken gekommen?

»Was ist?«, fragte Paulsen verwundert. »Du glaubst doch nicht wirklich, dass er das Unternehmen verschenken wollte. An wen denn? Benjamin wohl kaum, oder?«

»Nein, verschenken wäre sicher keine Option gewesen. Aber es gibt ja noch andere Varianten für einen radikalen Schnitt.«

Eine halbe Stunde später standen Enna und Paulsen vor dem Thaysen-Hof und warteten auf die Nachzügler. Pia kam sichtlich genervt auf sie zu und berichtete von einem Unfall im Baustellenbereich. Benjamin Thaysen schloss auf und sie begannen mit der Durchsuchung. Enna nahm sich mit Paulsen noch einmal die Bibliothek vor, kontrollierte zunächst sämtliche Bücher, rückte Regale von der Wand und klopfte die Wände ab. Jens Lange hatte einen Metalldetektor mitgebracht, mit dem er die Dielen und die Wände absuchte. Nach zwei Stunden verließen sie die Bibliothek und wechselten in Curt Thaysens Schlafzimmer. Nach einer guten weiteren Stunde waren sie sicher, dass hier kein Schlüssel versteckt worden war.

Es war Mittag geworden. Ben holte für alle Essen aus einem griechischen Restaurant, das sie zusammen in der Küche aßen.

»Nichts gefunden!«, sagte Pia auf Paulsens Frage. »Weder einen Schlüssel noch einen Datenstick oder Ähnliches. Einfach nichts!«

Nach dem Essen wandte sich Enna an Benjamin Thaysen. »Ich gehe mit Kollege Paulsen auf den Dachboden. Kommen Sie mit?«

Der Dachboden hatte eine Grundfläche von über hundert Quadratmetern. Hier standen Möbel, Kartons mit Akten und allen möglichen aussortierten Dingen. Sie begannen in dem Bereich, der leer stand, kontrollierten Dielen und die Dachschrägen und ließen zusätzlich Jens mit seinem Metalldetektor alles absuchen. Anschließend schoben sie ein Möbelstück nach dem anderen auf die freie Fläche, untersuchten es und kontrollierten so Schritt für Schritt den gesamten Dachboden.

Nach über drei Stunden trugen Enna und Paulsen die letzte Kommode zur Seite, um an der Stelle die Dielen und die Dachschrägen zu untersuchen. Zum Schluss kam die Kommode selbst an die Reihe. Sie zogen die Schubladen heraus, durchsuchten den Inhalt und klopften die Wände ab. Als Paulsen die erste Schublade in die Hand nahm, um sie wieder in die Kommode zu schieben, rief Enna, er solle warten. Sie legte sich einen Meter entfernt auf den Boden und betrachtete das Kommodengestell.

»Merkwürdig dick, der Boden, oder?«

Paulsen kniete sich hin und sah sich das Möbelstück aus der gleichen Perspektive an. »Doppelter Boden, meinst du? Der müsste aber schon immer dort gewesen sein. Das Holz ist original.«

Enna griff nach ihrem Handy und rief Jens auf den Dachboden.

»Kannst du das einmal scannen?«, fragte Enna.

Jens tastete mit dem Detektorkopf den Boden ab. Mehrmals ertönte ein heller Piepton. Jedes Mal schüttelte Jens den Kopf und konzentrierte sich auf den nächsten Alarm. In der rechten Mitte schlug das Gerät kräftiger als zuvor an, Jens fuhr mehrfach über die Stelle und nickte schließlich triumphierend. »Da ist was drunter.«

Zusammen untersuchten sie den Boden, drehten die Kommode um und waren kurz davor, den Kommodenboden aufzubrechen, als Benjamin Thaysen sich zu ihnen gesellte.

»Ein Geheimfach?«, fragte er mit Blick auf das Möbelstück.

»Auf jeden Fall ein doppelter Boden«, antwortete Enna. »Und der Metalldetektor hat angeschlagen.«

Benjamin Thaysen bückte sich, tastete die Rückwand ab, als plötzlich eines der Bodenbretter nach oben sprang. Benjamin griff in den Hohlraum und zog einen Schlüssel heraus.

Dreiundzwanzig

Zurück in Oldenburg setzte sich das Team in der Küche zusammen. Pia hatte zuvor Benjamin Thaysen bei seiner Wohnung abgesetzt.

Enna hob die Plastiktüte hoch, in der sie den Fund verwahrt hatte. »Das Spiel geht also von vorne los.« Sie wandte sich an Pia und Jens. »Könnt ihr schon sagen, zu welcher Bank der Schlüssel gehört?«

Jens betrachtete den Schlüssel von beiden Seiten. »Nein. Ich habe mir einige zeigen lassen, aber diese Form war nicht dabei. Montag frage ich bei den restlichen Banken im Norden an.«

»Wir sollten vorsorglich einen Beschluss erwirken«, sagte Paulsen.

»Schwierig«, sagte Enna. »Wir brauchen die konkrete Bank oder die Schließfachfirma, einen pauschalen Beschluss werden wir nicht bekommen.«

Pia stöhnte laut auf. »Uns läuft die Zeit davon.«

»Wir können froh sein, wenn wir überhaupt einen Beschluss bekommen«, sagte Enna, die sich Mühe gab, nicht genervt zu klingen. »Das ist immerhin ein Schließfach von Curt Thaysen, der zu der Zeit noch voll im Unternehmen tätig war. Mehr brauche ich wohl nicht zu sagen.«

»Okay«, mischte sich Paulsen ein. »Enna hat recht. Nächster Punkt.« Er sah in die Runde. »Das Escortthema packe ich morgen mit Jens an.«

»So ist es«, bestätigte Jens Lange. »Ich habe mich schon etwas vorgetastet und denke, das wird machbar sein.«

»Ich hoffe übrigens, dass ich Montag auch die möglichen Halter der Motorräder bekomme«, fuhr Paulsen fort. Er wandte sich an Enna. »Du hast vorhin noch mit Professor Witt gesprochen?«

»Ja. Ich habe ihn gefragt, ob uns eine Exhumierung von Curt Thaysens Leichnam weiterbringen könnte. Ihr wisst, dass der Staatsanwalt schon abgewinkt hat. Er will an das Thema nicht ran.«

»Und? Was sagt Witt?«, fragte Paulsen.

»Er glaubt nicht, dass wir da etwas finden werden. Wissen kann er es natürlich nicht, aber nach aktueller Lage der Dinge geht er von einer Substanz aus, die nur kurzfristig nachweisbar war. Er hat es mir lang und breit erklärt, aber ich habe nur einen Bruchteil davon verstanden. Auf jeden Fall habe ich die Exhumierung weit hintangestellt.«

Jens Lange hob die Hand. »Wir hatten ja noch die drei Fahrzeughalter, die von der Nummer her mit dem Wagen hier vor der Tür gestanden haben könnten. Die Kollegen vor Ort haben alle aufgesucht. Kurz gesagt: keine Ergebnisse. Auf diesem Weg kommen wir nicht weiter.«

In der nächsten Stunde diskutierten sie über das weitere Vorgehen. Sie waren sich einig, dass die Aktion am Montagvormittag Priorität hatte. Gegen zehn Uhr würde Paulsen zu Pia in die Wohnung kommen, um gemeinsam mit ihr auf die vermeintliche hochkarätige Zeugin zu warten. Die SEK-Einheit stand zu der Zeit auf Abruf in drei Fahrzeugen, die an festgelegten Stellen im Umkreis um Pias Wohnung warteten. Zusätzlich hatte Enna weitere Kriminalbeamte angefordert, die an den Zugangsstraßen zu Pias Wohnung positioniert waren.

Sie gingen den Ablauf noch einmal durch: Jens würde zusammen mit zwei Experten vom LKA das Abhörhandy überwachen und bei einem Kontakt nach außen die Position des Empfängers ermitteln. Anschließend würde der Leiter der SEK-Einheit informiert und auf Anweisungen von Enna warten.

Am Schluss verteilte Enna die weiteren Aufgaben und beendete die Sitzung. »Montag um sieben Uhr treffen wir uns hier. Ich bringe Brötchen mit.«

Enna parkte vor der Garage ihres Hauses, stieg aus und ging auf die Eingangstür zu. Die Tür öffnete sich, Aaron stand im Flur.

»Doch nicht gefahren?«, fragte Enna lächelnd.

»Nein. Ich hoffe, das ist für dich in Ordnung?«

Enna nickte und ging an Aaron vorbei ins Haus. Sie hob den Kopf und zog die Luft durch die Nase ein. »Du hast gekocht?«

»Ich dachte mir, dass du vielleicht Hunger hast«, sagte Aaron.

Enna zog ihre Jacke aus, hängte sie auf und folgte Aaron in die Küche. Es duftete angenehm nach Fisch und mediterranen Kräutern.

»In einer halben Stunde können wir essen«, sagte Aaron und holte die Weißweinflasche aus dem Kühlschrank. Er schenkte Wein ein und setzte sich zu Enna. »Wie war dein Tag?«

»Eine mühsame Suche, aber halbwegs erfolgreich.« Enna hob das Glas. »Auf was trinken wir?«

»Auf das Leben?«

Enna wiegte den Kopf hin und her. »Wenn schon, dann auf das verrückte Leben, das immer wieder Überraschungen mit sich bringt.«

Aaron lächelte und hob ebenfalls sein Glas. »Einverstanden.«

Nach dem Essen machten sie einen langen Spaziergang im nahen Naturschutzgebiet. Zurück im Haus kochte Enna Kaffee und servierte ihn im Wohnzimmer.

Aaron nahm seine Tasse in die Hand. »Hast du etwas dagegen, wenn ich dich morgen begleite? Ich könnte fahren, dann ist es nicht so anstrengend für dich.«

Enna klopfte mit der flachen Hand auf das Sofa. »Kommst du zu mir?«

Aaron stellte die Tasse auf den Tisch, stand auf und setzte sich neben Enna. Er lächelte sie an. »Ja?«

Enna nahm allen Mut zusammen und sah ihn direkt an. »Wie lange kann das gut gehen, Aaron? Ja, ich mag dich, aber …« Sie stutzte. Suchte sie wirklich nur einen guten Freund? Warum hatte sie dann gestern Aarons Kuss erwidert?

»Aber …?«, fragte Aaron leise.

Enna schluckte. Sie stellte ihre Tasse auf dem Tisch ab, sank zurück ins weiche Sofa und schloss die Augen. Sie sah Simon vor sich, erst lächelte er sanft, bevor er ihr zunickte. Er würde sie ihr Leben lang begleiten, ihr die Hand halten und ihr zuhören. Er war ein Teil von ihr, über Elias, über ihre Liebe, die seinen Tod überdauert hatte. Trotzdem, sie wusste, dass Simon niemals ewige Trauer von ihr gewollt hätte. *Leb dein Leben*, würde er sagen, *werde glücklich, heute und jetzt und warte nicht zu lange.*

Enna öffnete die Augen und breitete die Arme aus.

Lange hatten sie auf dem Sofa eng aneinandergekuschelt gelegen, schweigend. Im stillen Einvernehmen hatten sie sich weit nach Mitternacht getrennt und waren wieder jeder in separate Schlafzimmer gegangen.

Jetzt lag Enna hellwach in ihrem Bett und versuchte, ihre Gedanken und Gefühle zu ordnen. Sie fragte sich, wovor sie Angst hatte. Aaron war zurückhaltend, nicht fordernd, und er würde nie etwas tun, was sie nicht wollte. War es dieses Haus, das sie an jeder Ecke an Simon erinnerte? Oder war sie nicht mehr in der Lage, sich ganz auf einen anderen Menschen einzulassen? Musste sie erst wieder lernen, Vertrauen zu haben?

Sie wälzte sich im Bett herum, fand keine Ruhe. Schließlich stand sie auf und holte sich ein Glas Wasser aus der Küche. Auf dem Weg zurück blieb sie vor der Tür des Gästezimmers stehen, ihre Hand bewegte sich auf die Türklinke zu. Im letzten Moment trat sie einen Schritt zurück, schüttelte sich leicht und lief auf Zehenspitzen in ihr Schlafzimmer.

»Was für ein Tag!«, sagte Aaron mit leuchtenden Augen, als sie nach einer langen Abschiedszeremonie endlich in seinem Auto saßen und die Zufahrtsstraße zum Hotel entlangfuhren.

Am frühen Morgen war nur wenig Verkehr auf den Straßen gewesen. In Rekordzeit waren sie im Hochsauerland gewesen und trafen rechtzeitig zum Frühstück im Hotel ein. Zur Begrüßung sprang Elias an Enna hoch und weigerte sich minutenlang, von ihr zu lassen. Der Tag verging wie im Fluge und die Abfahrt zögerte sich immer weiter hinaus. Schließlich aßen sie noch alle zu Abend und waren anschließend gemeinsam zum Auto gegangen.

»Ja, Elias kann auch ganz schön anstrengend sein«, sagte Enna.

»Das habe ich überhaupt nicht so empfunden. Im Gegenteil.«

Enna strich Aaron über den Arm. »Sagst du mir, wenn ich dich beim Fahren ablösen soll?«

Aaron nickte. »Es geht schon.«

Enna lehnte sich zurück und schloss die Augen. Die nächste Woche musste den Durchbruch bringen, ansonsten würden sie den Fall abgeben. Für dieses Szenario hatte sie für sich Urlaub eingeplant und bereits überlegt, wohin sie mit Elias verreisen könnte. Vielleicht würden sie ein Last-minute-Angebot für eine Auslandsreise finden. Zwei Wochen Sonne, Strand und Ruhe.

Schweigend saß sie neben Aaron, warf hin und wieder einen Blick zur Fahrerseite und freute sich, dass sie nicht alleine fahren musste.

Als sie die Autobahn erreichten, nahm der Verkehr zu. Aaron fuhr zurückhaltend und ließ alle Drängler vorbeiziehen, bevor er zum Überholen ansetzte. Auf der A1 vor Unna stockte der Verkehr für kurze Zeit, hinter Münster waren weniger Fahrzeuge unterwegs.

»Hast du eigentlich auch mit Gesellschaftsrecht zu tun?«, fragte Enna.

»Hin und wieder. Ich habe einige Mandanten, die mit dem Steuerrecht in Konflikt gekommen sind. Für die ganz heiklen Fälle haben wir einen Spezialisten in der Kanzlei, der auf Gesellschaftsrecht spezialisiert ist.«

»Vielleicht kannst du mir ja helfen. Was würde ein Unternehmer machen, wenn er die Firma nicht direkt an seine Erben übergeben will?«

»Eine Familienstiftung gründen«, sagte Aaron. »Hängt es mit deinem aktuellen Fall zusammen?«

»Ja. Wir wissen, dass das Opfer von einem radikalen Schnitt gesprochen hat, finden aber keine Unterlagen.«

»Was viele nicht wissen: Stiftung heißt nicht gleichzeitig gemeinnützig. Die überwiegende Mehrheit ist es zwar, aber rund zehn Prozent sind auch darauf ausgerichtet, dass die ehemaligen Eigentümer einen finanziellen Nutzen aus der Arbeit ziehen können.«

»Ist das schwierig, ein Unternehmen in eine Stiftung umzuwandeln?«, fragte Enna.

»Eigentlich nicht, aber ein solcher Schritt muss definitiv gut überlegt sein und bedarf einer gründlichen Vorbereitung. Es gibt Kanzleien, die sich darauf spezialisiert haben.«

»Das würde also schon eine gewisse Zeit dauern, bis alles in trockenen Tüchern wäre?«

»Mit ein paar Tagen kommst du da nicht hin. Später kann man zum Beispiel den Zweck der Stiftung nur noch schwer ändern. Von daher liegt es nahe, das sehr sorgfältig zu planen. Der Zweck muss übrigens immer *selbstlos* sein. Das ändert aber nichts daran, dass es begünstigte Personen geben kann, sogenannte Nutznießer. Eine solche Stiftung muss ja auch geleitet werden. Es gibt einen Vorstand und ein Kuratorium.«

»Und das Erbrecht wäre damit sozusagen ausgehebelt?«

»Nicht ganz, aber wenn jemand sein Lebenswerk so oder in einer anderen ganz bestimmten Weise über seinen Tod hinaus erhalten will, wäre eine Familienstiftung wohl der richtige Weg.«

Enna dachte über die neuen Informationen nach. Hatte Curt Thaysen nach genau solch einem Weg gesucht? Plante er nicht nur ein Genossenschaftsprojekt, sondern wollte seiner Firma eine grundlegend andere Richtung geben?

»Was ist, wenn man nicht die kompletten Anteile der Firma hält?«, fragte Enna.

»Schwierig. Man müsste dann wahrscheinlich die Anteile verkaufen und das Kapital in eine zu gründende Stiftung stecken. Oder die Stiftung erhält den entsprechenden Anteil am Unternehmen. Ob das allerdings unter den von dir geschilderten Bedingungen geht, würde ich bezweifeln. Der Zweck der Stiftung würde dann eventuell mit den Zielen des Unternehmens nicht übereinstimmen. Besser wäre schon ein Verkauf.«

»Oder ein Kauf?«, fragte Enna.

»Du meinst, der Anteilseigner, der aus dem Unternehmen eine Stiftung machen will, zahlt die anderen aus? Ja, das wäre auch ein Weg.«

»Da müssten aber alle mitspielen.«

Aaron nickte. »Richtig, zum Verkauf zwingen kann man niemanden.«

Vierundzwanzig

Enna schaute beim Gang ins Bad in der Küche vorbei. Aaron, der gerade Kaffeebohnen in die Mühle füllte, wandte sich zu Enna um.

»Guten Morgen!«

»Hallo, Aaron. Das hätte ich doch machen können.« Enna ging auf ihn zu. »Gut geschlafen? So superbequem ist mein Gästebett auch nicht mehr.«

»Alles gut! Ich bin immer früh wach.«

Enna beugte sich vor und küsste Aaron auf die Wange.

Er lächelte. »Wofür war das?«

»Such es dir aus!«, sagte Enna lachend und wandte sich ab. »Gibst du mir noch eine Viertelstunde?«

Enna schloss die schwere Holztür des Kommissariats auf und rief in den Flur hinein: »Brötchen!«

Paulsen trat aus der Küche. »Guten Morgen! Wir sind schon hier.«

Enna zog ihre Jacke aus und hängte sie an die Garderobe. Um ein Haar hätte sie den Song, den sie im Autoradio gehört hatte, im Flur laut gesungen. Mit ihrer Tasche in der einen

Hand und der Brötchentüte in der anderen eilte sie zu den Kollegen in die Küche.

Der Tisch war gedeckt, Pia schenkte gerade Kaffee ein und nickte ihr zu. »Moin, Chefin. Gute Laune heute?«

Enna legte die Tüte auf den Tisch und setzte sich. »Habe ich das nicht immer?«

Bevor Pia antworten konnte, griff Paulsen zu einem Brötchen. »Dann mal guten Appetit.«

Ennas Hunger hielt sich in Grenzen, beim Frühstück mit Aaron hatte sie mehr als sonst gegessen. Ihr Abschied war kurz ausgefallen, eine Umarmung, ein zärtlicher Kuss auf die Wange. Unwillkürlich berührte Enna die Stelle mit der Hand, lächelte. Als sie aufblickte, sah sie aus dem Augenwinkel, dass Pia sie beobachtete.

»So weit alles klar?«, fragte Enna gut gelaunt in die Runde.

»Alles paletti«, sagte Jens Lange. »Die Kollegen kommen in einer halben Stunde und bereiten alles vor.«

»Gut!«, sagte Enna und sah sich um. Schmunzelte Pia da gerade? Sie hatte vermutlich schon von Alina gehört, dass Aaron sie ins Sauerland begleitet hatte. *Du musst aufhören, dich wie ein verliebter Teenager zu verhalten*, fuhr es ihr durch den Kopf. Sie griff nach dem Kaffeebecher und trank einen Schluck.

Paulsen sah sie erstaunt an. »Trinkst du neuerdings schwarz?« Er reichte ihr die Kanne mit der aufgeschäumten Milch.

Enna griff danach und schenkte sich schnell ein. »Danke.«

»Ich habe übrigens gestern endlich die Sekretärin von Dr. Scheringer erreicht«, sagte Paulsen. »Sie hatte noch nichts davon gehört, dass ihr Chef im Koma liegt, und wollte mir am Telefon keine Auskunft geben. Ich habe sie für heute Nachmittag vorgeladen.«

»Wird sie hier reden?«, fragte Pia.

»Eher nicht«, meinte Paulsen. »Aber vielleicht können wir ja etwas zwischen den Zeilen heraushören. Eine andere Chance sehe ich im Moment nicht.«

Jens Lange hob die Hand. »Die Anfragen bei den Banken laufen. Ich hoffe, dass ich heute noch die ersten Rückmeldungen bekomme.«

»Ich rede heute noch mit dem Staatsanwalt darüber«, sagte Enna. »Ich fürchte zwar, er wird ablehnen, aber zunächst einmal sollten wir den ersten Schritt machen und das Schließfach finden.«

»Gibt es keine Möglichkeit, dass wir da mehr Druck machen?«, fragte Paulsen.

»Brauchst mich gar nicht angucken«, murmelte Pia ungehalten. »Noch einmal krieche ich vor meinem Onkel nicht zu Kreuze.«

»Wir werden das auch so schaffen«, sagte Enna.

Pia und Paulsen waren auf dem Weg zur Wohnung, die beiden Kriminaltechniker saßen mit Jens Lange zusammen und testeten das aufgebaute System. Enna saß in ihrem Büro, blätterte lustlos ihre Notizen durch und stieß auf den Namen von Elmar Hain. Sie griff nach ihrem Telefonhörer und wählte seine Nummer.

»Hain!«

»Enna Andersen, Oldenburg. Guten Morgen, Kollege. Ich hatte gehofft, dass Sie sich zeitnah wieder melden. Sie erinnern sich doch an unser Gespräch?«

»Ja, durchaus.«

»Und? Haben Sie weitere Informationen für mich?«

»Tut mir leid. Verschlusssache.«

»Von wo kommt das?«

»Von ganz oben.«

Enna horchte auf. Dahinter musste mehr stecken. Hatte das LKA einen verdeckten Ermittler auf die Thaysen AG angesetzt, den es nicht gefährden wollte? Ging es hier tatsächlich nur um Steuerhinterziehung oder um weitreichendere Ermittlungen?

»Kann ich einen Namen haben?«

»Aus der Führungsetage? Die sollten Ihnen bekannt sein, oder?«

»Durchaus, aber wer leitet die Ermittlungen?«

»Wie gesagt, Ver…«

»Kollege! Seit wann wird der Leiter einer Ermittlungsgruppe geheim gehalten?«, fuhr Enna Elmar Hain an. »Soll ich noch mehr Staub aufwirbeln, wenn ich die ganze Sache offiziell mache?«

Es entstand eine Pause, bis Elmar Hain sich räusperte. »Einen Augenblick bitte.«

»Hinrichsen«, bellte wenig später eine tiefe Männerstimme durchs Telefon.

»Enna Andersen, Oldenburg. Sie leiten die Ermittlung gegen die Thaysen AG?«

»Was kann ich für Sie tun, Frau Hauptkommissarin?«, sagte Hinrichsen, ohne auf ihre Frage einzugehen.

Mit wenigen Worten klärte ihn Enna über ihre Ermittlungen auf. »Vielleicht ist es besser, wenn wir uns nicht ins Gehege kommen.«

»Ich kann Ihnen da nicht weiterhelfen. Offizielle Anfragen werden Ihnen in dieser Sache auch nichts bringen. Es wäre allerdings gut, wenn Sie sich in der Angelegenheit so weit wie möglich zurückhalten. Haben Sie mich verstanden?«

»Tut mir leid, es handelt sich in unserem Fall um ein Tötungsdelikt. Da ist jede Zurückhaltung fehl am Platz.«

»Sprechen Sie mit Ihrer zuständigen Staatsanwaltschaft. Ich wünsche noch einen guten Start in die Woche, Frau Hauptkommissarin Andersen.«

Enna starrte auf den Telefonhörer. Hinrichsen hatte das Gespräch beendet, ohne auf Ennas Reaktion zu warten. Sie warf einen Blick auf die Uhr und wählte kurz entschlossen die Nummer der Staatsanwaltschaft.

»Sommer!«

»Guten Morgen, Herr Dr. Sommer.« Enna schilderte die Situation und die kryptische Warnung, die sie aus Hannover bekommen hatte.

»Im Detail weiß ich auch nicht Bescheid«, sagte Dr. Sommer. »Der Wunsch von höchster Stelle ist, dass wir, ich nenne es mal, sehr diskret vorgehen.«

»Diskret? Was genau bedeutet das? Wir ermitteln in einem Tötungsdelikt. Wie stellen Sie sich das vor?«

»Liebe Frau Andersen, der Fall liegt drei Jahre zurück. Es gibt keine unumstößlichen Indizien für Ihre Annahme. Was würde es …«

»Keine Indizien?«, schnitt Enna dem Staatsanwalt das Wort ab. »Wir haben ausreichend Hinweise, dass nicht nur Curt Thaysen bedroht wurde, sondern auch Dr. Hagenbach. Weshalb hätte er erpresst werden sollen, wenn an unserer Theorie nichts dran wäre? Ich musste meinen fünfjährigen Sohn in Sicherheit bringen und die Freundin meiner Kollegin wurde bedroht. Soll das alles nichts sein?«

»Frau Andersen, ich kenne die Fakten. Und ja, es weist einiges darauf hin, dass wir es hier mit schweren Straftaten zu tun haben. Nichtsdestotrotz gibt es ein höheres Interesse, dem wir Rechnung tragen müssen.« Dr. Sommer zögerte kurz, bevor er weitersprach. »Das heißt keinesfalls, dass Sie die Ermittlungen einstellen sollen.«

Enna entschloss sich, aufs Ganze zu gehen. »Wir haben einen weiteren Schließfachschlüssel gefunden, den wir definitiv Curt Thaysen zuordnen können. Die Umstände legen nahe, dass sich darin persönliche Aufzeichnungen befinden, die uns bei den Ermittlungen weiterbringen werden. Wir sind auf der Suche nach der Bank und werden in Kürze einen Beschluss brauchen, um das Schließfach öffnen zu können.«

»Persönliche Aufzeichnungen? Was muss ich darunter verstehen?«

»Curt Thaysen wollte ein Buch über sein Leben schreiben. Wir vermuten, dass hier das Motiv für die Tat zu finden ist.«

»Es handelt sich also nicht um Geschäftsgeheimnisse?«

»Dr. Sommer, die Unterlagen müssen notgedrungen über drei Jahre alt sein. Ich gehe davon aus, dass es sich um sehr persönliche Aufzeichnungen handelt, die allenfalls Angelegenheiten des Unternehmens in weit entfernter Vergangenheit betreffen.«

»Die somit vollständig verjährt sind?«, fragte Dr. Sommer mit skeptischem Ton in der Stimme.

»Definitiv. Wie gesagt, wenn überhaupt das Unternehmen betroffen ist.« Enna holte tief Luft. »Ich mache Ihnen einen Vorschlag: Sollten wir Unterlagen finden, die aus der Thaysen AG stammen, geben wir sie unmittelbar an Sie weiter.«

Eine Pause entstand. Enna war kurz davor nachzufragen, ob der Staatsanwalt noch in der Leitung war, als sich Dr. Sommer räusperte. »Okay. Ich gehe einmal davon aus, dass sich dieses Schließfach nicht bei der Hausbank der Thaysen AG befindet.«

»Nein, das haben wir bereits abgeklärt.« Jens Lange hatte Enna am Samstag versichert, dass Thaysens Hausbank andere Schlüssel nutzte.

»Bringen Sie mir den Namen der Bank. Dann sehen wir weiter.«

Fünfundzwanzig

Um Viertel nach neun zog Enna ihre Schutzweste an, kontrollierte ihre Waffe und ging in Jens Langes Büro, in dem die Kriminaltechniker ihre Geräte aufgebaut hatten.

Jens reichte ihr einen Kopfhörer. Pia war zuvor verkabelt worden, damit sie verfolgen konnten, was in ihrer Wohnung gesprochen wurde.

»Wie lange noch?«, hörte sie Paulsen fragen.

»Eine halbe Stunde, wenn sie pünktlich ist«, antwortete Pia.

»Bist du sicher, dass sie kommt? Wenn es nach mir gegangen wäre, hätten wir uns lieber an einem sicheren Ort treffen sollen.«

»Verdammt!«, fuhr Pia ihn an. »Das haben wir doch lang und breit besprochen. Sie wollte nicht zu uns ins Büro kommen. Und du weißt selbst, wie wichtig ihre Aussage für uns sein kann.«

»Ist ja schon gut«, gab Paulsen nach.

Enna legte den Kopfhörer wieder ab. »Ist bisher noch nichts vom Handy weitergegeben worden?«

Jens schüttelte den Kopf. »Nein, Pia und Paulsen sind auch gerade erst eingetroffen.«

»Gut, ich mache mich jetzt auf den Weg zu Pias Wohnung.« Sie steckte sich den Ohrhörer ein. »Ich habe vorhin noch mit dem SEK-Leiter gesprochen. Die drei Fahrzeuge stehen bereit.«

Enna parkte in der Nähe von Pias Wohnung in einer Seitenstraße. Sechs Oldenburger Kollegen waren an verschiedenen Stellen positioniert, um die Lage rund um die Wohnung zu beobachten. Enna sprach einen nach dem anderen über Funk an und fragte den aktuellen Stand ab. Bisher war niemandem etwas Ungewöhnliches aufgefallen.

Um fünf nach zehn meldete sich Jens Lange. »Das Handy hat jetzt zum ersten Mal Daten übermittelt.«

»Okay«, sagte Enna.

Kurz darauf hörte sie erneut seine aufgeregte Stimme. »Wir haben den Empfänger geortet.«

»Wo?«

»Augenblick!«

Enna wartete, die Sekunden schlichen dahin.

»Hamburg.«

»Wo genau?«

»Das muss eine Autobahnraststätte sein«, antwortete Jens.

»Verdammt. Ist das absolut sicher?«

Es entstand eine kleine Pause. Enna hörte, wie Jens mit den Kriminaltechnikern sprach. »Der Kollege sagt Ja.«

»Beobachten! Ich melde mich wieder. Schick mir die genauen Koordinaten aufs Handy.«

Enna scrollte sich durch ihre Kontakte auf dem Handy, bis sie die richtige Nummer fand.

»Erichsen!«, meldete sich eine weibliche Stimme.

Enna erklärte ihrer Hamburger LKA-Kollegin, um was es ging, und gab ihr den Standort des Handys durch.

»Enna, du weißt, dass …«

»Schon klar, Jutta. Aber für eine offizielle Anfrage über die Staatsanwaltschaft ist keine Zeit. Das machen wir später. Ich nehme das auf meine Kappe. Okay?«

»Alles klar. Ich kümmere mich sofort um die Sache.«

Enna meldete sich erneut bei Jens Lange. »Steht der Empfänger noch an der Raststätte?«

»Ja, ich melde mich sofort, wenn sich was ändert.«

»Dann sag Pia Bescheid, dass jetzt Phase zwei starten kann.«

»Okay.«

Pia und Paulsen würden so tun, als sei jemand an der Wohnungstür. Dafür würden sie per Handy einen Klingelton abspielen und anschließend zusammen zur Tür gehen. Der Plan war, dass sie sich bei geschlossener Wohnzimmertür auf dem Flur unterhielten. Nach ihrem Test sollte das zwar von dem Abhörgerät registriert werden, aber ohne dass das Gespräch wortwörtlich verfolgt werden konnte.

»Sie haben jetzt geklingelt«, sagte Jens. »Jetzt gehen sie auf den Flur. Das Abhörhandy ist nun konstant online. Wir gehen davon aus, dass direkt mitgehört wird.«

»Okay«, sagte Enna, stieg aus ihrem Auto und fragte bei den rund um die Wohnung positionierten Kollegen nach, ob sich etwas getan hatte. Vorab waren alle informiert worden, dass sie auf eine dunkle BMW-Limousine mit Hamburger Kennzeichen achten sollten.

Einer nach dem anderen meldete sich. Als Letzter war ein junger Kommissar an der Reihe, der bei einem Kiosk stand und so tat, als trinke er einen Kaffee. »Alles ruhig hier«, gab er durch, doch dann rief er: »Stopp! Ein BMW, dunkel, Hamburger Kennzeichen, zwei Personen, männlich.«

»Bitte das Kennzeichen!«, sagte Enna und zwang sich, dabei ruhig zu bleiben.

Der junge Kollege nannte es. Enna richtete ihre nächste Ansage an alle sechs Beamten. »Der BMW ist gerade an Position fünf vorbeigefahren. Kein Zugriff.«

Enna griff nach dem zweiten Funkgerät, erklärte die Lage und bat den Leiter des SEK-Teams, sich an den abgesprochenen Stellen zu positionieren. Da Pias Wohnung von mehreren Seiten angefahren werden konnte, war eine lückenlose Absicherung der Zufahrtsstraßen nur schwer möglich.

»Jens, befindet sich das Handy noch an der Raststätte?«, fragte Enna als Nächstes.

»Ja. Keinerlei Bewegung. Die Verbindung in Pias Wohnung steht auch weiter.«

»Okay, ich brauche sofort Info, wenn sich was ändert.«

Enna bewegte sich langsam auf die Straße zu, in der Pias Wohnung lag. Einer der Beamten meldete, dass der BMW jetzt in die Straße eingebogen sei und offensichtlich nach einem Parkplatz suche.

»Nein, doch nicht!«, rief er. »Der dreht wohl noch eine Runde um den Häuserblock.«

»Sieben hier«, meldete sich eine Beamtin. »Der BMW kommt auf mich zu. Eine Person am Steuer.«

»Sicher?«, fragte Enna angespannt.

»Bestätigt. Nur der Fahrer, männlich, Anfang vierzig.«

Enna beschleunigte den Gang und fragte gleichzeitig bei dem Kollegen an, der in einer Wohnung saß, die unmittelbar gegenüber von Pias lag.

»Kommt ein Mann die Straße entlang?«

»Nein. Definitiv nicht«, bekam Enna sofort zur Antwort.

Der Hintereingang, schoss es ihr durch den Kopf. Pias Wohnung hatte einen direkten Zugang zum Garten über eine Treppe, die auf ihrem Balkon im ersten Stock endete. Enna rannte los und setzte sich gleichzeitig mit Jens in Verbindung. »Gefahr vom Hintereingang. Weitergeben!«

Enna bog hinter einem Haus ab und lief auf die Gartenrückseite zu. Sie sprang über das kniehohe Gartentor und lief gebückt weiter, bis sie den Zaun zum Nachbargarten erreicht hatte. Sie kletterte über den Zaun und ließ sich auf den Boden fallen. Nachdem sie die Lage gesichtet hatte, brachte sie ihre Atmung unter Kontrolle und setzte per Funk einen Befehl an die SEK-Einheit ab, die den BMW sicherstellen sollte.

Vorsichtig arbeitete sie sich durch den Garten und lief gebückt auf die hohe Hecke zu. Die zweite Person aus dem Wagen war nicht zu sehen. Allerdings gab es andere Zugänge zum Hintergrundstück des Mietshauses, die Enna von ihrer Position nicht einsehen konnte. Sie blieb stehen, informierte die sechs Kollegen über den Stand und ließ den Ring um die Wohnung enger ziehen.

»Vermutlich ist die Person bewaffnet«, sagte sie. »Nur zu zweit vorrücken!«

Enna suchte nach einer Lücke in der Hecke. Auf halber Höhe fand sie ein Loch, durch das sie auf die andere Seite gelangte. Hier fand sie Deckung hinter einem Strauch. Enna zog ihre Waffe und sah sich um. Im Garten des Mietshauses und auch auf der Treppe und dem Balkon war niemand zu sehen. Die Balkontür konnte sie von ihrer Position nicht einsehen.

Leise fragte sie bei Jens an, ob Pia und Paulsen weiter im Flur standen und sich mit der imaginären Zeugin unterhielten.

»Ja, aber ich denke, lange kann es nicht mehr dauern.«

»Sie sollen ins Wohnzimmer gehen und sich so vors Fenster stellen, dass man aus dem Garten heraus nicht erkennen kann, ob noch jemand da ist.«

Enna warf einen Blick über den Rasen. Wo steckte der Mann aus dem Auto? Aus dem Augenwinkel sah sie, dass sich etwas im Wohnzimmer tat. Paulsen stellte sich von innen vor die Terrassentür, Pia stand vor dem Fenster. Jetzt huschte etwas über den Rasen zum einzigen Baum im Garten. Vorsichtig lugte

Enna durch die Zweige des Busches und bemerkte einen Mann, der auf den Baum kletterte. Er hatte eine Kamera umgehängt. An der Ausbeulung der Jacke erkannte Enna, dass er eine Waffe trug.

Enna kroch an der Grundstücksgrenze hinter halbhohen Büschen entlang bis auf die Höhe des Baumes. Hier verharrte sie und beobachtete den Mann, der inzwischen die Kamera gezückt hatte und darauf zu warten schien, die Zeugin fotografieren zu können.

Als Enna über Funk hörte, dass der BMW nicht gefunden worden war, entschied sie sich, den Mann im Garten festzunehmen. Sie verschickte eine kurze Textnachricht an Jens mit der Anweisung, dass Paulsen und Pia das Wohnzimmer verlassen sollten. Als sie wieder aufsah, stieg der Mann gerade vom Baum. In dem Augenblick, als er sich den letzten Meter auf den Rasen fallen ließ, sprang Enna aus dem Busch, schrie »Polizei!« und stürzte sich auf den Mann. Der rappelte sich mit entsetztem Gesichtsausdruck auf und hob langsam die Arme.

»Was ist mit dem Handy in Hamburg?«, fragte Enna Jens, nachdem Paulsen den Mann entwaffnet und abgeführt hatte.

»Wir können es nicht mehr orten. Ich weiß nicht, ob die Person noch an der Raststätte ist.«

»Okay, ich kümmere mich darum. Paulsen und Pia kommen gleich mit dem Mann, den wir festgenommen haben.«

Ihr nächster Anruf galt Jutta Erichsen in Hamburg.

»Enna hier. Habt ihr sie?«

»Nein. Ich habe gerade eine Meldung reinbekommen. Nichts. Ich habe darum gebeten, dass die Aufnahmen der Tankstelle sichergestellt werden. Ich brauche erst einen Beschluss, dann habt ihr sie morgen.«

»Bekommst du. Und danke für die Hilfe. Du hast etwas gut bei mir.«

»Sitzt er oben?«, fragte Enna, als Paulsen im Flur auf sie zukam.

»Ja, Pia ist bei ihm. Wann legen wir los?«

»Hatte er Ausweispapiere?«

»Ja, lass uns das in der Küche besprechen. Ich rufe Pia, Jens kann ja so lange auf den Herrn aufpassen.«

Wenig später saßen sie zu dritt am Küchentisch. Enna musterte den Personalausweis des Baumkletterers: Alfred Bagus, Adresse in Neumünster, zweiundvierzig Jahre.

»Im Prinzip stimmt die Adresse, aber wie mir die Kollegen in Neumünster mitgeteilt haben, ist Bagus dort schon vor Monaten rausgeflogen«, sagte Paulsen. »Die kennen den Vogel übrigens. Privatschnüffler der übelsten Sorte.«

»Und die Waffe?«, fragte Enna.

»Nicht registriert. Einen Waffenschein hat er auch nicht.«

»Interessant. Hat er etwas auf der Fahrt hierher gesagt?«

»Keinen Ton«, erwiderte Pia. »Der hat nicht mal nachgefragt, warum er festgenommen wurde. Einen Anwalt wollte er auch nicht haben.«

»Dann lassen wir ihn noch mal etwas schmoren.« Enna berichtete von der Aktion in Hamburg. »Mit dem Staatsanwalt habe ich bereits auf dem Weg hierher gesprochen. Er kümmert sich um einen Beschluss. Morgen sollten wir das Material hier haben.«

»Wer spricht gleich mit diesem Bagus?«, fragte Pia.

»Wir beide. Zumindest erst mal«, sagte Enna.

Sechsundzwanzig

Enna und Pia setzten sich an den Tisch, an dem Alfred Bagus auf sie wartete. Enna startete die Ton- und Videoaufnahme und klärte Bagus über seine Rechte auf.

»Herr Bagus, was hatten Sie auf dem Baum zu suchen?«, stellte Enna ihre erste Frage.

»Das geht Sie einen feuchten Dreck an«, zischte Bagus Enna an.

Enna lächelte. »Als Privatdetektiv sollten Sie wissen, dass uns das durchaus etwas angeht.«

Bagus warf ihr einen spöttischen Blick zu. »Dann bin ich eben ein Spanner. Und?«

»Wer hat Sie beauftragt?«, fragte Enna weiter, ohne auf seine Bemerkung einzugehen.

Bagus grinste. »Eine Spanner-Agentur, wer sonst. Keine Ahnung, wofür die die Fotos brauchen.«

»Kontaktdaten?«

»Das ging alles telefonisch. Bei der Übergabe der Fotos sollte ich dann das Geld bekommen. Und bevor Sie fragen: Eine Rechnung wollten die nicht.«

Enna legte ihm eine Liste der Anrufe vor, die er mit dem bei ihm gefundenen Handy geführt hatte.

»Sind Sie überhaupt berechtigt, mein Handy auszulesen?«

»Herr Bagus, sollten wir nicht diese Spielchen lassen und darüber reden, was tatsächlich passiert ist? Spätestens morgen werden Sie vor dem Haftrichter stehen. Kein fester Wohnsitz, unregistrierte Waffe, Drohungen gegenüber Kriminalbeamten, Hinweise auf eine Verstrickung in ein Tötungsdelikt.«

Alfred Bagus sah sie mit weit aufgerissenen Augen an. »Mord? Sind Sie wahnsinnig geworden?«

»Wieso waren Sie in dem Garten und haben eine bestimmte Wohnung observiert?«, fragte Enna ein weiteres Mal.

»Ein Auftrag«, murmelte Bagus, immer noch sichtbar geschockt von Ennas Aufzählung. Er atmete flach und sah zwischen Enna und Pia hin und her.

»Wer hat Sie beauftragt?«

»Pit«, murmelte Bagus kaum hörbar.

»Würden Sie etwas lauter sprechen?«, forderte ihn Enna auf.

»Pit«, wiederholte Bagus deutlicher.

»Und weiter?«

»Keine Ahnung. Wir haben das zusammen gemacht. Es war sein Auftrag und er hat mich dazugebucht.« Bagus grinste schief. »Sozusagen.«

»Sie kannten also diesen Pit vor dem Auftrag nicht?«, fragte Pia.

Bagus nickte. »Genauso ist es.«

»Was fährt Ihr Kollege für ein Auto?«, fragte Pia weiter.

»BMW.«

»Kennzeichen?«

»Keine Ahnung. Hamburger Nummer, mehr weiß ich nicht.«

»Seit wann arbeiten Sie für ihn?«

»Ein paar Wochen. Er hat mich angerufen. Er hat bar bezahlt. Ich bin sozusagen Freelancer, jeder kann mich buchen.

Da frage ich nicht groß nach Namen und Adresse. So ist das halt in der Branche.«

»Pit kommt also aus Hamburg«, übernahm Enna wieder mit schärferem Ton als Pia.

Bagus' Blick schnellte wieder zu Enna. »Sag ich doch.«

»Sie wohnen ja schon länger nicht mehr in Neumünster. Wo haben Sie in den letzten Wochen übernachtet?«

»Eine Pension. So ein Schmuddelteil irgendwo im Süden von Oldenburg. Keine Ahnung, wo das genau war. Pit hat bezahlt.«

Enna schlug mit der flachen Hand auf den Tisch. »Bagus, wollen Sie uns für dumm verkaufen? Sie sind Privatdetektiv und wissen nicht einmal, wo Sie übernachtet haben?«

Alfred Bagus starrte sie wütend an. »Verdammte Schlam…« Die letzte Silbe schluckte er hinunter.

»Wenn Sie zu der Liste unbedingt noch Beamtenbeleidigung hinzufügen wollen, nur zu«, sagte Enna ruhig, schaltete das Aufnahmegerät aus und stand auf. Zusammen mit Pia verließ sie den Raum.

»Lustiges Kerlchen«, kommentierte Paulsen die Vernehmung.

»Den knacken wir schon noch«, sagte Pia. »Wenn er wirklich nur ein Mitläufer ist, wird er schnell zur Besinnung kommen.«

Enna wiegte den Kopf hin und her. »Viel haben wir nicht gegen ihn in der Hand. Die Waffe, okay. Sein Handy. Mit den Leuten in Hamburg an der Autobahnraststätte scheint er nicht kommuniziert zu haben.«

»Arbeitsteilung«, sagte Paulsen. »Dieser Pit – oder wie immer er heißen mag – hat die Verbindung zu den eigentlichen Hintermännern gehalten und wiederum Bagus dirigiert. Diese Leute sind extrem vorsichtig.«

»Was wäre passiert, wenn wir wirklich eine Zeugin gehabt hätten?«, fragte Pia.

»Ich glaube kaum, dass Bagus und dieser Pit die Drecksarbeit gemacht hätten«, sagte Paulsen. »Die haben wahrscheinlich nicht einmal die Abhöreinrichtungen installiert.«

»Vielleicht war es ein Fehler, dass ich ihn festgenommen habe«, meinte Enna nachdenklich. »Aber als ich die Waffe bemerkt habe, wollte ich auf Nummer sicher gehen.«

»Hätte ich auch gemacht«, sagte Paulsen, stand auf und holte die Kaffeekanne. Er schenkte allen ein und setzte sich wieder. »Wir müssen mehr Druck bei Bagus machen.«

»Okay, Szenenwechsel. Du kommst mit rein, Paulsen, und ich werde etwas netter.«

Paulsen grinste. »Ich mach mich auch viel besser als böser Cop.«

Paulsen reichte Bagus die Hand. »Jan Paulsen. Aber du kennst mich ja bereits.«

»Wie kommen Sie darauf?«, murmelte Bagus.

Paulsen setzte sich und wartete, bis Enna neben ihm saß. »Auf dumme Fragen antworte ich grundsätzlich nicht. Damit das gleich klar ist.«

Bagus schluckte, schwieg aber.

»Deine Waffe ist auf dem Weg zur Kriminaltechnik. Wir vermuten, dass mit ihr schon mal geschossen wurde«, sagte Paulsen. »Der Mann, aus dem die Kugel rausgeholt wurde, ist leider tot. Aber du weißt ja, wie einfach eine Zuordnung zur richtigen Waffe ist.«

»Was reden Sie da? Und duzen Sie mich gefälligst nicht«, polterte Bagus los.

»Ich rede von Mord und mindestens fünfzehn Jahren hinter Gittern. Keine schönen Aussichten, würde ich mal sagen.

Okay, bei einem Geständnis werden es vielleicht ein paar Jahre weniger.« Paulsen fixierte sein Gegenüber. »Wie alt bist du?«

»Zwei…und…vierzig«, stotterte Bagus.

»Okay, dann bist du noch vor sechzig raus. Wenn du dich gut hältst, kannst du einen schönen Lebensabend verbringen. Aber wovon? Einen Privatheini, der so lange im Knast war, wird niemand mehr buchen.«

»Ich habe mit dieser Waffe nie geschossen«, presste Bagus heraus.

»Wer war es dann?«

»Pit, wer sonst?«

»Du hast also die Waffe von diesem ominösen Pit?«

Bagus nickte. Paulsen zeigte aufs Mikrofon. »Bitte laut und deutlich.«

Der Privatdetektiv zögerte kurz. »Ich habe die Waffe von Pit bekommen.«

»Geht doch! Straße und Hausnummer?«

»Ich weiß nicht, wo der wohnt.«

Paulsen beugte sich leicht nach vorne. »Von deiner Pension!«

Bagus schwieg.

»Herr Bagus«, sagte Enna in sachlich-ruhigem Ton. »Es wäre wirklich besser, wenn Sie jetzt reden.«

»Lass ihn doch«, sagte Paulsen lässig. »Wenn er nicht anders will. Wir brauchen nur einen Täter, und den haben wir hier vor uns. Fall abgeschlossen, würde ich mal sagen.«

Jemand klopfte an die Tür. Jens Lange kam herein. »Die Ergebnisse der ballistischen Untersuchung.« Paulsen drehte sich um und griff nach dem Blatt. »Danke!« Jens nickte und verließ den Raum.

Paulsen tat so, als ob er den Text lesen würde, und schob anschließend das Blatt zu Enna hinüber.

»So!«, sagte Paulsen mit einem falschen Lächeln im Gesicht. »Das war's dann wohl.«

Bagus sprang auf. »Ich war es nicht!«, schrie er.

»Hinsetzen«, fuhr Paulsen ihn an. »Sofort!«

Bagus sank auf den Stuhl zurück.

Enna legte Paulsen beschwichtigend die Hand auf den Arm. Paulsen nickte widerwillig. »Dann bin ich mal nicht so. Du hast zwei Minuten, um uns zu erklären, was du da im Garten gemacht hast, wer Pit ist und wer euer Auftraggeber.« Paulsen schob sein Handy auf den Tisch und stellte die Stoppuhr auf zwei Minuten. »Los geht's!«

Alfred Bagus begann stockend zu erzählen. Pit, dessen Nachnamen er nicht kannte und auch nicht erfragt hatte, hatte ihn vier Wochen zuvor angerufen und ihm von einem lukrativen Auftrag erzählt. Einen Tag später trafen sie sich in einem Café in Hamburg. Pit zahlte ihm einen Vorschuss von tausend Euro und am nächsten Tag fuhren sie nach Oldenburg. Nachdem sie sich eine günstige Pension gesucht hatten, observierten sie Benjamin Thaysen über mehrere Tage und schickten einen Bericht an ihre Auftraggeber. Alfred Bagus behauptete, dass er nicht wisse, um wen es sich handelt, und Pit habe ihm nur gesagt, dass es um eine Familienangelegenheit gehen würde. Sie bekamen den Auftrag, weiter an Benjamin Thaysen dranzubleiben und alle Personen zu fotografieren, mit denen er Kontakt hatte. Sie beschatteten den jungen Mann rund um die Uhr und sandten regelmäßig Berichte. Nach und nach kamen weitere Anweisungen hinzu – zeitlich passte das zu Bens Kontaktaufnahme zu Ennas Team und dem Beginn der Ermittlungen. Bagus bestätigte, dass sie über mehrere Tage das Haus der Einheit beobachtet hatten und ihnen gefolgt waren. Enna atmete auf, als sie hörte, dass Bagus und Pit sie nicht observiert hatten, als sie zu Dr. Hagenbach nach Hinte gefahren war, und auch von der ersten Befragung durch Pia und Paulsen keine Kenntnis hatten. Weiter bestätigte Bagus, dass Pit eine Fotodatei zugeschickt bekommen hatte, die sie in einem Copyshop ausgedruckt und anschließend mit einem

Kreuz auf der Rückseite versehen hatten. Pit habe das Blatt in den Briefkasten der Wohnung geworfen, die Bagus später observiert habe. Bagus bestritt, etwas mit den Abhöreinrichtungen zu tun zu haben, bestätigte aber nach mehrfacher Nachfrage, dass Pit Tondateien auf sein Handy geschickt bekommen habe. Bagus gab zu, drei dieser Dateien mit angehört zu haben. Die Frage, ob er und Pit das Haus von Curt Thaysen in Greetsiel durchsucht hatten, verneinte er vehement. Er habe noch nie auf einem Motorrad gesessen und könne sich auch nicht vorstellen, dass Pit damit fahren könne. Die Waffe habe er eine Woche zuvor von Pit bekommen, der gemeint habe, dass der Auftrag nun gefährlicher würde und sie sich selbst schützen müssten. Von einem Angriff sei nie die Rede gewesen. Bagus war sich allerdings nicht sicher, ob Pit vor Mord zurückschrecken würde, wenn der Preis hoch genug sei.

»Und? Glauben wir ihm?«, fragte Pia, als Alfred Bagus von einem Streifenwagen abgeholt worden war und das Team in der Küche zusammensaß.

»Wenn er gelogen hat, ist er ein begnadeter Lügner«, sagte Paulsen. »Dem ging der Arsch auf Grundeis. Mag sein, dass er seine Rolle in der ganzen Sache etwas runtergespielt hat, aber im Prinzip ist er nur eine unwichtige Schachfigur.«

Enna nickte. »Ja, ich stimme dir zu. Bagus wird morgen dem Haftrichter vorgeführt. Mit etwas Glück bleibt er eine Weile in Untersuchungshaft. Vielleicht fällt ihm ja noch das eine oder andere ein, aber letztlich ist er wohl nur ein kleines Licht.«

»Wir müssen diesen Pit finden«, sagte Pia. »In der Pension war er nicht mehr und die Anmeldezettel sind natürlich auf wundersame Weise verschwunden. Die Eigentümerin der Pension hat ihn angeblich kaum gesehen und weiß auch nichts von einer BMW-Limousine. Den Bericht der Kollegen, die vor

Ort waren, habe ich vor einer Viertelstunde bekommen. Wie kommen wir an ihn ran?«

Paulsen winkte ab. »Weit kommt der nicht. Ich gebe ihm höchstens zwei oder drei Tage. Allerdings mache ich mir keine Hoffnungen, dass er viel mehr weiß als Bagus. Die Hintermänner scheinen ausgesprochen vorsichtig vorzugehen.«

»Also stehen wir wieder am Anfang«, sagte Pia.

»Unsinn!«, konterte Paulsen sofort. »Wir treiben diese Typen immer weiter in die Enge. Wir schaffen das.«

»Ein Puzzleteilchen fügt sich zum anderen«, sagte Enna. »Wir müssen nur ruhig und gründlich vorgehen. Hektik ist jetzt nicht angesagt.«

Sie schaute in die Runde und erhielt von ihren Kollegen ein zustimmendes Kopfnicken.

Siebenundzwanzig

Enna schätzte Annita Knemeyer auf Anfang sechzig. Klein, schlank, die Haare zu einem festen Dutt zusammengebunden, dunkler Rock, weiße Bluse.

»Andersen, ich bin die Leiterin der Einheit«, stellte sie sich der Sekretärin von Joachim Scheringer vor.

Paulsen nickte ihr zu. »Guten Tag, Frau Knemeyer. Wir haben gestern telefoniert.«

»Waren Sie schon in der Klinik?«, fragte Enna. Als Annita Knemeyer nickte, fragte Enna, wie es ihrem Chef gehe.

»Nicht so gut. Der Arzt wollte oder durfte mir nichts sagen, aber ich habe mit der Tochter gesprochen. Es ist nicht sicher, ob er durchkommt.« Die letzten Worte hatte Scheringers Sekretärin leise und mit einer erkennbaren Trauer in der Stimme gesprochen.

»Das tut mir leid, Frau Knemeyer«, sagte Enna. »Mein Kollege hat Ihnen ja schon am Telefon erklärt, um was es uns geht. Wir wür…«

»Und ich habe ihm klipp und klar gesagt, dass ich zur Verschwiegenheit verpflichtet bin«, fiel Annita Knemeyer Enna ins Wort.

»Das ist uns natürlich bewusst. Allerdings war Ihr Chef, als er den Herzinfarkt bekam, gerade dabei, uns zu erläutern, was seinerzeit vorgefallen ist.«

»Das kann ich mir nicht vorstellen«, wehrte Frau Knemeyer ab.

»Dr. Scheringer sagte uns, dass sein Freund Curt Thaysen entscheidende Veränderungen in Bezug auf das Unternehmen geplant hatte, die erhebliche Auswirkungen auf die Zukunft der Firma gehabt hätten.« Enna hatte bewusst die wenigen Worte, die Scheringer ihnen noch hatte sagen können, ausgeschmückt, in der Hoffnung, dass Annita Knemeyer etwas hinzufügen würde.

»Das wäre überhaupt nicht die Art meines Chefs«, sagte die Sekretärin. »Er hat nie Informationen zu unseren Mandanten herausgegeben.«

»Wir gehen davon aus, dass Curt Thaysen ermordet wurde«, sagte Enna. »Ich denke, Dr. Scheringer war durchaus bewusst, dass in einem solchen Fall andere Regeln gelten. Er hat übrigens auch davon gesprochen, dass Curt Thaysen sein geplantes Bauprojekt juristisch absichern wollte und hierzu ungewöhnliche Wege in Betracht zog«, wagte sich Enna noch weiter vor.

Annita Knemeyer sah Enna mit zusammengekniffenen Augen an, als schien sie zu überlegen, ob sie der Polizei trauen könne.

»Und?«, sagte sie schließlich.

»Curt Thaysen hat sich in Hamburg mit Spezialisten getroffen, die ihm bei diesem Thema weiterhelfen können. Ist das richtig?«

»Hat Ihnen das Dr. Scheringer so gesagt?«, fragte die Sekretärin erstaunt.

»Ich sagte Ihnen doch, dass wir vor seinem Infarkt über das Thema gesprochen haben. Allerdings konnte Ihr Chef uns nicht mehr alles sagen.« Enna deutete auf Paulsen. »Mein Kollege hier hat eine Ausbildung als Notfallsanitäter. Es war ein Glück, dass er vor Ort war.«

Annita Knemeyer atmete tief durch. »Ja, Dr. Scheringer hat Kollegen in Hamburg empfohlen. Und ja, Herr Thaysen hatte weitreichende Pläne. Mehr kann ich Ihnen aber wirklich nicht sagen.«

»Die Kanzlei in Hamburg ist Ihnen bekannt?«, fragte Enna.

»Selbstverständlich. Stiftungsrecht ist sehr kompli…« Sie brach mitten im Wort ab. »Es tut mir leid, ich kann darüber keine Auskunft geben. Sie werden warten müssen, bis es Dr. Scheringer wieder besser geht.«

Enna stand auf. »Dann danke ich Ihnen herzlich für Ihr Kommen.«

»Stiftungsrecht?«, fragte Pia, nachdem Annita Knemeyer gegangen war. »Kannst du damit etwas anfangen?«

»Ja, in die Richtung habe ich schon gedacht und mich informiert.« Enna berichtete, was sie von Aaron und bei der Internetrecherche erfahren hatte. »Das Problem ist wohl, dass Curt Thaysen nicht über alle Unternehmensanteile verfügen konnte. Nach meinem Kenntnisstand hätte er seine Anteile verkaufen müssen, um dann eine Stiftung zu gründen. Ich werde mich aber jetzt noch weiter in das Thema einarbeiten.«

»Dann sollten wir nach Hamburger Kanzleien suchen, die sich auf Stiftungen spezialisiert haben«, schlug Paulsen vor.

»Schon notiert«, sagte Jens Lange.

Enna nickte. »Gut. Ich fürchte nur, ohne Beschluss kommen wir auch da nicht weiter.« Sie wandte sich an Jens. »Was macht das Schließfach?«

»Die ersten Rückmeldungen sind eingegangen. Bisher noch kein Treffer.«

»Hast du auch diese kleine Privatbank hier in Oldenburg auf dem Zettel?«, fragte Pia. »Mir fällt gerade der Name nicht ein.«

»Nein, ich glaube nicht«, antwortete Jens. »Aber das kann ich schnell nachholen.«

Ennas Handy machte sich bemerkbar. Sie warf einen Blick aufs Display: eine ihr unbekannte Mobilnummer. Sie stand auf, nickte ihren Kollegen zu und ging auf den Flur.

»Andersen, LKA.«

»Moin, Frau Andersen, Bent Friedrich hier.«

»Hallo, Herr Friedrich.«

»Ich muss Sie noch einmal sprechen. Geht es heute noch?« Seine Stimme klang gehetzt, die Nebengeräusche verrieten Enna, dass er im Freien war.

»Um was geht es genau?«

»Das kann ich Ihnen am Telefon nicht erklären. Aber es ist verdammt wichtig.«

Enna schaute auf die Uhr. »Okay. Ich kann in eineinhalb Stunden bei Ihnen sein.«

»Nicht bei mir im Haus. Kennen Sie den Pilsumer Leuchtturm?«

»Ja.«

»Kurz davor befindet sich ein Parkplatz. Gehen Sie dann einfach auf den Leuchtturm zu. Da warte ich auf Sie.« Eine kurze Pause entstand. »Passen Sie auf, dass Ihnen niemand folgt.«

Enna kam ohne Staus und Verzögerungen über die Autobahn bis Emden und erreichte Greetsiel zehn Minuten früher, als sie geplant hatte. Auf dem Parkplatz in der Nähe des Leuchtturms standen nur wenige Fahrzeuge. Enna stieg aus und lief zum zweiten Mal innerhalb weniger Tage parallel zum Deich auf den Leuchtturm zu. Als sie die Treppe hochstieg, sah sie Bent Friedrich auf der Deichkrone stehen.

Er begrüßte sie, schaute sich noch einmal um und bat schließlich darum, auf dem Deich weiterzugehen. Schweigend gingen sie eine Weile nebeneinanderher, bis Bent Friedrich stehen blieb und seinen Blick über das Wattenmeer streifen ließ. »Das hier war Curts Lieblingsplatz. Wie oft wir hier entlanggelaufen sind, weiß ich nicht, aber es müssen Hunderte Male gewesen sein.«

»Ja, mich beeindruckt die Landschaft auch.«

»Ich bin bedroht worden«, sagte er kaum hörbar. »Das war direkt nach Curts Tod. Schweigen sollte ich, über das, was Curt mir erzählt hat.«

»Und jetzt gab es eine neue Drohung?«, fragte Enna aus einer Eingebung heraus.

»Woher wissen Sie das?«

»Ich habe es nur vermutet«, sagte Enna. »Haben sich diese Leute vor unserem Gespräch mit Ihnen in Verbindung gesetzt?«

Bent Friedrich nickte. »Sie haben mir vorgeschrieben, was ich sagen darf und was nicht. Und sie haben behauptet, sie würden mich beobachten und alles mithören.«

»Verstehe. Deshalb das Treffen hier und der Anruf vom Handy.«

»Das Handy habe ich mir von einer Bekannten ausgeliehen«, sagte Bent Friedrich. »Ich fühle mich regelrecht verfolgt. Die haben mir den Tod angedroht.«

»Was genau dürfen Sie nicht erzählen?«, fragte Enna.

»Damals sollte ich komplett schweigen und so tun, als habe Curt nie etwas über seine Projekte und seine Pläne erzählt. Da ja nie jemand von der Polizei gekommen ist, war das sowieso egal.«

»Und aktuell?«

Bent Friedrich schaute sich noch einmal um, bevor er antwortete. »Nichts über die Stiftung, die Curt geplant hatte. Kein

Wort. Ich kann Ihnen das jetzt auch nur im Vertrauen erzählen. Ich werde nichts unterschreiben oder so. Können Sie mir das zusichern?«

»Ja, Herr Friedrich. Erzählen Sie mir doch, was Sie genau von den Plänen Ihres Freundes wissen.«

»Zuerst hatte Curt die Idee, alles für ein Buch aufzuschreiben. Er wollte alle Machenschaften der Branche aufdecken, mit Namen und allem Drum und Dran. Dann ging das mit diesen Drohungen los. Er hat mir erzählt, dass ein Hund vergiftet wurde, von wem, weiß ich nicht mehr, und dass ihm mit dem Tod seiner Enkel gedroht wurde. Er solle sofort aufhören mit der Schreiberei. Schweren Herzens hat er das Projekt dann auch auf Eis gelegt. Ja, so hat er es genannt. Ich weiß nicht, ob er es später noch einmal versuchen wollte. Und er hat dann diese Idee mit dem Bau wieder aufgegriffen. Das war das, wo das Haus den Mietern gehören sollte. Ich fand das gut, sehr gut sogar. Der Benjamin hat ihn dazu angestiftet, glaube ich.« Er stutzte kurz. »Das meine ich jetzt aber nicht negativ. Der Bengel hat wirklich was auf dem Kasten, hat Curt immer gesagt.« Bent Friedrich zeigte den Deich hinunter. »Wollen wir noch ein Stück gehen?«

Sie liefen weiter, Enna wartete, bis der alte Kapitän fortfuhr.

»Aber wer Curt gekannt hat, wusste, dass er nicht so einfach aufgibt. Klar, diese Drohung wegen seiner Enkel, die hat ihm richtig zugesetzt, und er war echt kurz davor, alles hinzuschmeißen. Aber dann, ich weiß nicht, wie, kam er auf die Idee mit der Stiftung. Was das genau heißt, hat er mir zwar lang und breit erzählt, aber ich weiß nicht mehr alle Einzelheiten. Nur dass er die Anteile, die er seinen Kindern schon überschrieben hatte, wieder zurückholen wollte.« Bent Friedrich hielt kurz inne. »Oder musste es sogar?«

»Das wäre sicher nicht so leicht gewesen. Sein Sohn und die Tochter waren schließlich in führender Position im Unternehmen tätig.«

Bent Friedrich grinste breit. »Curt war ein altes Schlitzohr. Das können Sie mir glauben. Er hatte doch glatt etwas in die Verträge geschrieben, sodass er die Anteile leicht wieder zurückholen konnte. Er hat mir gesagt, dass es nicht billig werden würde, aber seine Kinder könnten dagegen nichts machen.«

»Hat Curt Thaysen das genau so gesagt?«, fragte Enna erstaunt.

»So oder so ähnlich. Deshalb hat er ja auch alles so geheim gehalten und das über diese Anwälte in Hamburg machen lassen.« Bent Friedrich stutzte. »Oder nein, dazu ist es ja nicht mehr gekommen. Er wollte es darüber machen. Die hatten sich auch schon ein paarmal getroffen. Immer in Hamburg und streng geheim, sozusagen. Curt hat mir gesagt, ich wäre der Einzige, der davon wüsste. Und die Anwälte natürlich.« Bent Friedrich blieb mit erschrockener Miene stehen. »Sie glauben jetzt aber nicht, dass ich das verraten habe, oder?«

Enna schüttelte den Kopf. »Nein, davon gehe ich nicht aus. Warum sollten Sie mir sonst jetzt das alles erzählen?«

»Genau! Ich habe damit nichts zu tun. Ich hätte niemals jemandem davon erzählt. Curt und ich …« Bent Friedrich lachte. »Wir waren so was wie Blutsbrüder. Ich weiß, das macht man als kleiner Junge, aber vielleicht haben wir beide uns genau so gefühlt. Es noch einmal allen zeigen, hat Curt immer gesagt.« Bent Friedrich schluckte schwer. »Verdammt, warum haben die ihn nur umgebracht? Er hat das mit dem Buch doch aufgegeben. Das hatte er nicht verdient, nein, wirklich nicht. Curt war ein feiner Kerl. Manche sagen ja, er wäre in früheren Zeiten ein Ekel gewesen. Das mag sein, aber ich habe auch die andere Seite kennengelernt. Er war mein Freund.« Dem alten Kapitän liefen die Tränen über die Wangen. Er wandte sich von Enna ab und stand lange schweigend dem Wattenmeer zugewandt, bis er sich wieder zu Enna umdrehte. »Ich hätte den Mut haben sollen, gleich nach seinem Tod was zu sagen. Aber ich hatte ihn nicht.«

Achtundzwanzig

Ennas Gedanken kreisten um die neue Information, während sie zurück nach Oldenburg fuhr. Wenn Bent Friedrich recht hatte und Curt Thaysen das Unternehmen ohne Zustimmung seiner Kinder wieder voll unter seine Kontrolle hätte bringen können, ergab sich eine komplett neue Lage. Alexander und Christine Thaysen rückten damit ins Zentrum der Ermittlungen. Die Frage war: Wer von den beiden hatte von den Plänen des Vaters gewusst? Oder hatten beide mit dem Tod ihres Vaters zu tun? Im Moment wies alles darauf hin, dass Curt Thaysen wegen seiner Stiftungspläne vergiftet worden war.

Ennas Handy klingelte.

»Jens hier! Ich habe die Bank gefunden.« Seine Stimme überschlug sich fast. »Pia und ich haben gleich einen Termin mit einem vom Vorstand. Spricht etwas dagegen?«

»Im Prinzip nicht. Kannst du mir bitte Pia geben?«

»Hallo!«, sagte Pia. »Hat Jens dir von der Bank erzählt? Es ist doch tatsächlich die Privatbank hier in Oldenburg.«

»Ich brauche noch knapp eine Stunde. Wann habt ihr den Termin?«

»In einer Viertelstunde.«

»Ich halte es für unwahrscheinlich, dass wir den Inhalt des Schließfachs ohne richterlichen Beschluss einsehen können. Klärt bitte ab, ob es ein Schließfach gibt und ob Curt Thaysen es angemietet hat. Verpflichte den Herrn von der Bank zur absoluten Verschwiegenheit, sollte es sich um das richtige Fach handeln. Und ruf mich gleich an, ich nehme dann Kontakt zur Staatsanwaltschaft auf.«

»Okay, so weit verstanden. Paulsen steht neben mir und will noch was von dir. Ich gebe dich weiter.«

Jetzt erklang Paulsens tiefe Stimme aus dem Hörer. »Hey, ich habe auch einen Treffer. Wir haben die Escortdame gefunden. Wenn ich sie antreffe, hole ich sie gleich ab, um hier mit ihr zu sprechen. Sollen wir dann auf dich warten?«

»Du kannst schon beginnen. Ich komme dann dazu.«

»Bis gleich.«

Kurz vor Oldenburg erreichte Enna Pias Nachricht, dass es sich um das gesuchte Schließfach handele und sie keinen Blick hineinwerfen durften.

Als Enna vor dem Büro parkte, erreichte sie den Staatsanwalt.

»Frau Andersen, was gibt es so Eiliges?«

»Wir haben das Schließfach gefunden und brauchen jetzt dringend einen Beschluss.« Sie nannte ihm den Namen der Bank.

»Haben Sie inzwischen konkretere Hinweise, was sich in dem Schließfach befindet?«, fragte Dr. Sommer.

Enna hatte mit der Frage gerechnet und sich eine Antwort zurechtgelegt. »Ich gehe davon aus, dass wir Aufzeichnungen für Curt Thaysens Biografie finden werden. Dass wir dort Firmenunterlagen finden werden, halte ich für quasi ausgeschlossen.«

»Und von diesen Aufzeichnungen erhoffen Sie sich Hinweise auf den oder die Täter?«

»Ja, davon gehe ich aus.«

»Gut, ich werde mich morgen darum kümmern. Informieren Sie mich sofort, wenn Sie den Inhalt des Schließfachs gesichtet haben. Haben Sie mich verstanden?«

Enna rollte mit den Augen und gab sich Mühe, ruhig zu antworten. »Selbstverständlich, Herr Dr. Sommer.«

Paulsen saß bereits mit Jasmin Kessler im Vernehmungsraum. Enna schätzte die Frau auf Mitte bis Ende dreißig, attraktives Äußeres, mittellange blonde Haare, dezenter Lippenstift. Jasmin Kessler machte den Eindruck, als sei sie nur ungern zur Befragung gekommen.

»Frau Kessler hat mir inzwischen bestätigt, dass sie mit Curt Thaysen liiert war. Zunächst bezahlt, später über eine dauerhafte Vereinbarung.«

Jasmin Kessler rollte mit den Augen, schwieg aber.

»Wo haben Sie sich am Todestag von Curt Thaysen aufgehalten?«, fragte Paulsen. Im ersten Augenblick war Enna erstaunt über Paulsens direkte Frage, verstand aber schnell, worauf er hinauswollte.

»Warum?«, fragte Jasmin Kessler mit misstrauischem Ton in der Stimme.

»Wir gehen davon aus, dass Curt Thaysen ermordet wurde«, sagte Paulsen.

»Und jetzt brauche ich ein Alibi?«, fragte sie mit empörter Miene.

»Wenn Sie es so ausdrücken wollen.«

»Das ist drei Jahre her. Wie soll ich noch wissen …«

»Stopp!«, unterbrach Paulsen sie. »Wollen Sie mir gerade erzählen, dass Sie sich nicht an den Tag erinnern, an dem Ihr Geliebter gestorben ist?«

»Ich war zu Hause.«

»Alleine, vermute ich mal«, sagte Paulsen.

»Ja, ist das jetzt auch schon verboten?«

»Sie wussten, dass Herr Thaysen massiv bedroht wurde?«

Jasmin Kessler zögerte lange, bevor sie antwortete. »Ja, das hat Curt einmal erwähnt.«

»Wie hat er damals reagiert?«

»Curt war niemand, den man einschüchtern konnte. Er hat darüber gelacht und es nicht sehr ernst genommen.«

»Er hat also seine Meinung nicht geändert und nicht von dem Projekt abgelassen?«

»Davon weiß ich nichts. Wir haben über solche Sachen nicht viel gesprochen.«

Paulsen warf einen Blick zu Enna, stand dann auf. »Wir machen eine kurze Pause, Frau Kessler.«

Enna lächelte der Frau zu und folgte Paulsen.

»Die lügt doch wie gedruckt. Sie weiß was, definitiv.«

»Uns läuft die Zeit davon. Versuchen wir's auf die harte Tour«, sagte Enna.

Jasmin Kessler schaute erstaunt auf, als Paulsen und Enna nach wenigen Minuten wieder im Raum erschienen.

»So, Frau Kessler. Wir sollten die ganze Geschichte etwas abkürzen. Wir gehen davon aus, dass Curt Thaysen die Person kannte, die ihn getötet hat. Da Sie kein Alibi haben, werden wir Sie ab sofort als Beschuldigte in diesem Tötungsverfahren führen.«

Jasmin Kessler starrte ihn mit weit geöffnetem Mund an.

»Haben Sie mich verstanden, Frau Kessler?«

Ihr Mund klappte zu, sie schluckte schwer. »Ich war das nicht.«

»Wieso sollten wir Ihnen glauben? Da wir jetzt Ihren Namen und Ihre Adresse haben, werden wir Sie durchleuchten, bis wir ausreichend belastende Hinweise finden.«

»Ich habe damit nichts zu tun«, presste Jasmin Kessler hervor.

»Glaube ich nicht«, sagte Paulsen seelenruhig und wandte sich an Enna. »Und meine Chefin sicher auch nicht.«

Die nickte und sah Jasmin Kessler eine Weile an, bevor sie eine Frage stellte. »Sind Sie bedroht worden?«

Jasmin Kessler vermied ihren Blick. Schließlich nickte sie zaghaft.

»Haben Sie Informationen weitergegeben?«

Wieder dauerte es eine gefühlte Ewigkeit, bis Jasmin Kessler nickte.

»Waren Sie an dem Tag, als Curt Thaysen starb, in seinem Haus?«

Sie schüttelte vehement den Kopf. »Nein, das müssen Sie mir glauben. Ich wusste nicht, was diese Verbrecher vorhatten.«

»Vielleicht fangen wir noch einmal von vorne an«, sagte Paulsen. »Wussten Sie von Curt Thaysens Plänen?«

Jasmin Kessler nickte und erzählte, dass acht Wochen vor Thaysens Tod ein Mann vor ihrer Wohnungstür gestanden habe. Er hatte ihr ein Foto ihrer fünfjährigen Nichte Jana gezeigt. Erschrocken ließ sie den Mann in ihre Wohnung. Im Gespräch forderte er von ihr, dass sie ihm Informationen über Curt Thaysen liefern sollte. Jasmin Kessler weigerte sich zuerst, bis der Mann behauptete, genau in diesem Augenblick würde einer seiner Männer das kleine Mädchen beobachten. Er telefonierte und spielte daraufhin ein Video ab, das Jana auf dem Spielplatz ihres Kindergartens zeigte. Jasmin Kessler bekam es mit der Angst zu tun und erzählte dem Mann von dem geplanten Buch und dem Projekt des Genossenschaftshauses. Damit gab sich der Fremde nicht zufrieden und verlangte von ihr, ihn über alles zu informieren, was Thaysen betraf. Er gab ihr eine Handynummer, bei der sie sich rund um die Uhr melden konnte.

»Haben Sie diesem Mann jemals von Thaysens Stiftungsplänen erzählt?«, fragte Enna.

»Ja …« Sie schluchzte leise und senkte den Blick. »Er hat mich immer mehr unter Druck gesetzt. Irgendwann habe ich es ihm erzählt.«

»Hat er dazu Fragen gestellt?«

Jasmin Kessler sah kurz auf, schien aber gleich wieder in ihren Gedanken zu versinken. Enna ließ ihr Zeit. Nach einer Weile räusperte sich Jasmin Kessler leise. »Was haben Sie gefragt?«

»Hat dieser Mann, als Sie ihm von den Stiftungsplänen erzählt haben, weitere Fragen dazu gestellt?«

»Nein, er wollte nur wissen, ob ich mit Curt zusammen in einer größeren Stadt gewesen wäre.«

»Was haben Sie geantwortet?«, fragte Enna.

»Wir … also Curt und ich, waren in den Wochen vorher schon zwei- oder dreimal in Hamburg gewesen. Curt hatte da jedes Mal einen Termin.«

»Wissen Sie, was für ein Termin das war?«

»Es hatte was damit zu tun. Mit dieser Stiftung. Curt sagte, dass er das alles gut vorbereiten müsse. Das war eine Anwaltskanzlei. Ganz in der Nähe des Rathauses. Ich bin während der Zeit immer shoppen gegangen oder war im Hotel.«

»Sie haben diesem Mann gesagt, um welche Kanzlei es sich handelt?«

Sie nickte zaghaft. »Hering und … Den zweiten Namen weiß ich nicht mehr. Ich hatte mir das gemerkt, weil ich es so witzig fand. Hering in Hamburg.«

»Kurz vor Herrn Thaysens Tod waren Sie auch mit ihm in Hamburg. Hatte er dort wieder einen Termin in der Kanzlei?«

»Ja.«

»Haben Sie dem Mann das mitgeteilt?«

Sie nickte ein weiteres Mal, schwieg.

»Wussten Sie, wie weit fortgeschritten die Planungen waren?«, fragte Paulsen.

»Nein, das wusste ich nicht.«

»Ist dieser Mann oder jemand anders noch einmal mit Ihnen in Kontakt getreten?«, fragte Enna.

»Nein.«

Paulsen warf Enna einen Blick zu, sie nickte kaum merklich. »Okay, kommen wir noch einmal zu dem entscheidenden Abend«, sagte er. »Sie sind also nicht in Greetsiel gewesen?«

»Nein, ganz bestimmt nicht. Ich war selten dort im Haus. Curt und ich haben uns fast immer in Oldenburg getroffen oder sind gemeinsam verreist.«

»Aber Sie waren schon hin und wieder dort?«, fragte Paulsen weiter.

»Das habe ich doch gerade gesagt.«

»Haben Sie sich in diesem Fall immer verabredet oder sind Sie auch mal spontan gekommen?«

Jasmin Kessler sah Paulsen misstrauisch an. »Warum wollen Sie das wissen?«

»Antworten Sie doch einfach. Verabredet oder auch spontan?«

»Curt hat mich manchmal angerufen und gefragt, ob ich kommen kann. Ich habe ihn einmal überrascht – ich weiß auch nicht mehr, warum. Er war nicht begeistert, als ich vor der Tür stand.«

»Warum?«

»Woher soll ich das wissen? Vielleicht hatte er Angst, dass jemand etwas mitbekommt von unserer …« Sie brach ab.

»Was ist an dem Tag passiert?«, fragte Enna.

»Curt hat mich weggeschickt. Er sagte, er habe keine Zeit.«

»Haben Sie ihm geglaubt?«

Jasmin Kessler schüttelte den Kopf. »Ich habe Curt wohl auf dem falschen Fuß erwischt. Mir ist an dem Tag klar geworden, dass er nie offen zu mir stehen wird.«

»Sie haben sich aber schon hin und wieder in Greetsiel mit ihm getroffen?«, kam Paulsen wieder auf das eigentliche Thema zurück.

Jasmin Kessler schwieg.

»Wie können wir sicher sein, dass Sie an diesem Abend nicht in seinem Haus waren?«, fuhr Paulsen fort.

»Ich war in Oldenburg. Das habe ich doch ge…«

»War jemand bei Ihnen?«, fragte Enna, die Paulsen einen Wink gegeben hatte, sich zurückzuhalten.

»Wie meinen Sie das?« Jasmin Kessler wirkte erschöpft. Sie senkte wieder einmal den Blick und schloss die Augen.

»Frau Kessler, war jemand an diesem Abend bei Ihnen?«

»Nein, ich war alleine. Das habe ich doch schon gesagt.« Sie hatte leise und langsam gesprochen. Enna musste sich weiter vorbeugen, um sie zu verstehen.

»Wir vermuten, dass jemand an diesem Abend bei Curt Thaysen war, eine Person, die er gut gekannt und der er vertraut hat«, sagte Enna.

»Ich … war … nicht … bei … Curt.«

»Welchen Rotwein trinken Sie gerne?«, fragte Paulsen.

Jasmin Kessler sah ihn mit verwirrtem Blick an. »Rotwein? Warum wollen Sie das wissen?«

»Haben Sie einen Lieblingswein?«

Jasmin Kessler schwieg eine Weile, bevor sie aufsah. »Chianti. Curt hatte einen sehr guten Lieferanten aus Italien.«

»Waren Sie alleine an diesem Abend?«, wiederholte Enna ihre Frage. Sie spürte, dass Jasmin Kessler ihr etwas verheimlichte. »Mit wem waren Sie zusammen?«

Jasmin Kessler schluchzte leise. »Einem Mann.«

»Wie ist sein Name?«, fragte Enna ruhig.

»Er ist verheiratet«, flüsterte Jasmin Kessler.

»Treffen Sie ihn immer noch?«

Jasmin Kessler nickte.

»Wir brauchen den Namen«, sagte Enna. »Wir werden uns diskret erkundigen, ob er Ihr Alibi bestätigen kann.«

»Ich hätte bei Curt sein müssen. Ich hätte da sein müssen.« Jasmin Kessler zog einen Zettel zu sich heran, Paulsen reichte ihr einen Kugelschreiber. Sie schrieb einen Namen und eine Adresse auf und gab Enna die Notiz.

»Danke, wir überprüfen das«, sagte Enna. »Mein Kollege und ich setzen jetzt ein Protokoll auf, das Sie später unterschreiben müssen. Zusätzlich wird gleich jemand nach Ihren Angaben eine Zeichnung von dem Mann anfertigen, der Sie bedroht hat.«

Vor dem Vernehmungszimmer fragte Paulsen Enna, wer das Phantombild machen sollte.

»Jens zeichnet das auf dem Laptop. Er hat etliche Fortbildungen zum Thema gemacht und auch praktische Erfahrung.«

»Wow!« Paulsen grinste breit. »Der junge Mann wird mir immer unheimlicher.« Er wurde wieder ernst. »Was machen wir mit ihr? Polizeischutz. Bekommen wir das durch?«

»Nein. Ich werde ihr später empfehlen, für ein oder zwei Wochen zu verreisen. Dann schauen wir weiter.«

Neunundzwanzig

Nach dem gemeinsamen Mittagessen, das Pia aus einem chinesischen Restaurant besorgt hatte, zeigte Jens seinen Kollegen das Phantombild.

»Frau Kessler konnte sich erstaunlich gut erinnern«, sagte er. »Das kommt wirklich selten vor.«

Enna berichtete ausführlich von dem Treffen mit Bent Friedrich und von Jasmin Kesslers Befragung. »Wir haben inzwischen die Bestätigung ihres Alibis. Paulsen hat den Mann bei der Arbeit angetroffen.«

»So ist es. Der gute Mann ist zwar aus allen Wolken gefallen, aber nachdem ich ihm versichert habe, dass seine Frau nichts erfährt, hat er bestätigt, dass er an dem Abend mit ihr zusammen war.«

»Daran konnte er sich noch erinnern?«, fragte Jens.

»Ja, durchaus. Frau Kessler hat ihn zwei Tage später angerufen und von Thaysens Tod erzählt. Sie war angeblich ziemlich erschüttert.«

»Wer's glaubt«, sagte Pia kopfschüttelnd. »Sollten wir den sauberen Herrn nicht mit auf die Liste der Verdächtigen setzen? Vielleicht wollte er die Dame für sich alleine?«

Paulsen schüttelte den Kopf. »Hättest du den Hanswurst gesehen, würdest du anders reden. Der hat nichts damit zu tun.«

»Ich denke auch, wir sollten uns auf die bisherigen Verdächtigen konzentrieren«, sagte Enna. »Ich habe Frau Kessler übrigens geraten, die Stadt für ein paar Wochen zu verlassen. Sie wird noch heute Abend zu einer Freundin in der Nähe von München fahren. Da sollte sie erst mal sicher sein. Die Kollegen vor Ort informiere ich morgen und bitte darum, hin und wieder ein Auge auf das Haus zu haben.«

Paulsen trank einen kräftigen Schluck aus seiner Bierflasche. »Gehen wir einmal davon aus, dass die inzwischen zahlreichen Hinweise auf die geplante Familienstiftung stimmen, haben wir ein neues Motiv.«

»Aber bisher noch keine handfesten Beweise«, sagte Enna. »Ich setze darauf, dass wir die Unterlagen im Schließfach finden. Dann haben wir es schwarz auf weiß.«

»Also wird es eng für Bens Familie«, murmelte Pia und fügte laut hinzu: »Das Motiv deutet unmittelbar auf die Familie hin: Vater, Mutter, Tante. Oder?«

»Ja«, sagte Paulsen.

»Wir werden uns nicht voreilig festlegen«, widersprach Enna ihm. »Ein Motiv können alle haben, die von dem Unternehmen direkt oder indirekt profitieren. Das heißt, einer unserer nächsten Schritte wird sein, das Unternehmen und die Machtverhältnisse dort zu durchleuchten.«

»Halleluja!«, stieß Paulsen hervor. »Da wird der Staatsanwalt sicher begeistert sein.«

Enna faltete ihre Essensbox zusammen. »Eins nach dem anderen. Erst mal der Beschluss für das Schließfach, dann die Dokumente sichten und Fakten für unsere Stoßrichtung sammeln. Ab einem bestimmten Punkt kann sich Dr. Sommer nicht mehr verweigern.« Sie warf einen Blick zu Jens Lange. »Was hast du denn Neues für uns?«

Jens schluckte den letzten Bissen seines Essens herunter. »Die Spurensicherung hat an beziehungsweise in der Teetasse und der Flasche, die ihr beim Notar Scheringer sichergestellt habt, nichts gefunden.«

»Wenigstens waren wir einmal schneller als diese Mistkerle«, sagte Paulsen.

Jens Lange nickte. »Alfred Bagus hatte in den letzten Wochen nur wenige Kontakte über sein Handy. Eine Nummer taucht sehr häufig auf und könnte daher von diesem ominösen Pit sein. Es handelt sich um eine ausländische Prepaidkarte, die …«

»Immer wieder die gleiche Masche«, stöhnte Paulsen.

»Nicht ganz«, sagte Jens. »Es handelt sich um eine polnische Prepaidkarte. Seit 2017 werden die nur gegen Ausweis ausgegeben. Die Anfrage läuft.«

»Wie lange wird das dauern?«, fragte Enna.

»Schwer zu sagen. Ich gehe von mehreren Tagen aus. Ob wir dann mit den Daten weiterkommen oder ob die Karte mit einem gefälschten Ausweis gekauft wurde, wird sich zeigen.«

»Okay«, sagte Enna mit Blick auf die Uhr. »Wie finden wir diesen Hamburger Pit?«

Jens Lange hob seine Hand. »Ein Privatdetektiv sollte ja eigentlich im Netz oder zumindest im Telefonbuch zu finden sein. Die großen Agenturen kann ich ignorieren und mich auf die Einzelkämpfer konzentrieren. Mia Jörgensen kommt morgen wieder – sie konnte ja heute leider nicht – und ich dachte mir, sie telefoniert ein paar dieser Privatermittler ab und fragt nach einem Pit. Sie könnte sagen, dass er ihr empfohlen wurde, sie aber die Telefonnummer verlegt hat.«

»Könnte klappen«, sagte Paulsen. »Und was ist mit dem BMW? Können wir nicht die Adressen von den Privatschnüfflern mit den Einträgen in der Datenbank abgleichen? Das

Nummernschild kann er manipulieren, den Fahrzeugtyp wohl kaum.«

Enna reckte sich auf ihrem Stuhl. »Gute Idee, aber wir sollten jetzt Schluss machen, sonst sitzen wir hier noch bis Mitternacht. Morgen in aller Frische um acht Uhr? Ich bringe Brötchen mit.«

Enna stellte sich leise Soulmusik an und kuschelte sich ins Sofa. Trotz des anstrengenden Tages war sie noch nicht müde. Sie spürte, dass sie jeden Tag der Auflösung näher kamen. Als sich ihr Handy bemerkbar machte, griff sie danach und las die Textnachricht. Aaron fragte, ob er noch anrufen könne. Sie wählte seine Nummer.

»Hallo, Aaron!«

»Enna! Wie geht es dir? Hast du den Tag gut überstanden?«

»Es ist viel passiert heute. Ich glaube, wir sind ein ganzes Stück weitergekommen. Und du? Gut nach Frankfurt gekommen?«

»Ein paar kleine Staus gab es schon, aber ich war trotzdem kurz vor eins im Büro.«

»Und, was sagt deine Sekretärin zu deinen vielen Fehlzeiten?«

Aaron lachte. »Was soll sie sagen? Ich bin ihr Chef. Aber im Ernst, ich bin froh, dass ich Susanne habe. Sie arbeitet mehr als selbstständig. Und ich bin in der Kanzlei ja nur einer von fünf Kollegen. Also, alles gut.«

»Ich weiß nicht … Elias hat übrigens nach dir gefragt, als ich vorhin mit ihm telefoniert habe.«

»Grüß ihn von mir, wenn du ihn morgen wieder anrufst.«

»Er fragte, ob du beim nächsten Besuch wieder mitkommen würdest.«

»Und? Was hast du ihm gesagt?«

»Dass ich es nicht weiß und du viel Arbeit in Frankfurt hast.«

»Stimmt beides. Trotzdem würde ich dich gerne begleiten.« Er hielt kurz inne. »Natürlich nur wenn du nichts dagegen hast.«

Enna schmunzelte. »Ich überlege es mir.«

»Das Wochenende mit dir war etwas ganz Besonderes. Ich würde es gerne wiederholen. Egal wie weit ich fahren muss.«

»Ich weiß, Aaron. Es ist schön, jemanden zu haben, der sich um einen sorgt. Aber es macht mir auch etwas Angst. Du weißt, warum.«

»Ich will dich nicht bedrängen, Enna. Wenn du Nein sagst, akzeptiere ich das.« Er legte eine kurze Pause ein und fügte schließlich hinzu: »So schwer es mir fallen würde.«

»Das ist es nicht, Aaron. Du tust mir gut.«

»Dir geht es zu schnell?«, fragte Aaron leise.

»Nein, eigentlich nicht.« Sie seufzte. »Wenn ich ehrlich bin, manchmal schon. Ich habe das Gefühl, nicht mehr ich zu sein. Heute Morgen habe ich mich doch selbst ermahnt, mich nicht wie ein …« Enna schluckte, sprach dann aber ihren Gedanken aus. »… ja, fast wie ein … verliebter Teenager zu verhalten.«

»Du wirst es nicht glauben, aber das Gleiche habe ich mir auch vorgehalten.«

»Und?«

»Nichts und. Ich will nicht mehr nur vernünftig sein. Sollen die Leute doch lachen. Wenn ich mich fühle wie ein verliebter Teenager, dann ist das so. Gibt es überhaupt etwas Schöneres, als verliebt zu sein?«

»Nein«, flüsterte Enna.

Dreissig

Enna reichte den Brötchenkorb herum. Jens hatte Butter, Käse und Wurst besorgt, Pia selbst gemachte Marmelade von ihrer Mutter mitgebracht.

»Dann mal guten Appetit«, sagte Paulsen und schmierte sich dick Butter auf eine Brötchenhälfte, die er anschließend doppelt mit Salami belegte.

Sie aßen, unterhielten sich über Themen, die nichts mit dem Fall zu tun hatten, und räumten am Ende gemeinsam die Küche auf. Nachdem sie einmal durchgelüftet hatten, setzten sie sich wieder an den Tisch.

»Gibt es Neuigkeiten?«, fragte Enna in die Runde.

Jens hob die Hand. »Der Beschluss fürs Schließfach ist da. Ich habe mich schon erkundigt, um zehn Uhr ist unser Ansprechpartner in der Bank. Wer erledigt das?«

»Ich«, sagte Pia.

Jens nickte. »Die Filmaufnahmen von der Hamburger Raststätte habe ich heute Morgen auch im Postfach gehabt. Allerdings bin ich noch nicht dazu gekommen, sie durchzuschauen.«

»Wie lang?«, fragte Paulsen.

»Nach der gesamten Datenmenge zu urteilen, wird es fast eine Stunde sein. Allerdings sind es zwei Dateien, vermutlich aus zwei Perspektiven.«

Paulsen stöhnte theatralisch. »Mache ich.«

»Übrigens«, sagte Jens. »Die Kollegin Jörgensen hat angerufen. Sie kommt in einer Stunde und unterstützt mich bei den Recherchen.«

»Okay«, sagte Enna. »Ich werde Christine Thaysen einen Besuch abstatten.«

»Hast du einen Termin?«, fragte Paulsen. »Ich glaube nicht, dass die Dame Überraschungen liebt.«

»Genau deshalb habe ich mich auch nicht angekündigt.«

Enna ging auf das Tor von Christine Thaysens Haus zu. Sie lebte in einer ruhigen Oldenburger Wohngegend, die Mauer ums Grundstück war hoch, die Bäume dahinter noch größer. Das eigentliche Haus war nur schemenhaft zu erkennen. Enna klingelte, eine junge Frauenstimme meldete sich und fragte, worum es gehe. Enna hielt ihren Ausweis in die Kamera und bat darum, Christine Thaysen sprechen zu dürfen.

»Einen Augenblick bitte«, kam es aus der Gegensprechanlage zurück.

Mehrere Minuten vergingen, bis das Summen des Türöffners zu hören war. Enna drückte die Tür auf und betrat das Grundstück. Ein gepflasterter Weg führte zwischen den Bäumen auf ein zweistöckiges Haus im Bauhausstil zu. Kurz bevor sie die Eingangstür erreicht hatte, öffnete eine junge Frau die Tür und lächelte sie an.

»Guten Tag, Frau Andersen. Frau Thaysen erwartet Sie in der Bibliothek. Wenn Sie mir folgen wollen.«

Die junge Dame, die sich nicht mit Namen vorgestellt hatte, ging voraus. Der Flurbereich hatte enorme Ausmaße, hohe Decken, dunkle Fliesen, weiße Wände, an denen eingerahmte Radierungen und Zeichnungen hingen.

Vor einer der Türen blieb die Frau stehen, klopfte an und wartete, bis sie ein aufforderndes »Ja« hörte. Christine Thaysen saß hinter einem Schreibtisch, stand auf, als Enna in den Raum trat, und kam auf sie zu. »Ich dachte, es wäre alles geklärt.«

Enna reichte ihr lächelnd eine Visitenkarte. »Es haben sich noch ein paar Fragen ergeben. Ich hoffe, Sie haben ein paar Minuten Zeit für mich?«

Christine Thaysen warf einen kurzen Blick auf die Karte, wandte sich dann um und zeigte auf eine Sitzgruppe mit vier Sesseln. »Bitte, Frau Andersen.«

»Was kann ich noch für Sie tun?«, fragte die Hausherrin, nachdem ihnen Kaffee serviert worden war.

Enna legte ihr Aufnahmegerät auf den Tisch. »Haben Sie etwas dagegen, wenn ich unser Gespräch aufnehme?«

»Nein, ich habe nichts zu verbergen.« Christine Thaysen tat zwei Löffel Zucker in die Tasse, rührte kräftig um und trank einen Schluck.

»Wir haben inzwischen ausreichend Hinweise und Indizien, die im Fall Ihres Vaters für ein Tötungsdelikt sprechen.«

Christine Thaysen spitzte die Lippen und schüttelte leicht den Kopf. »Sind Sie sicher? Wer sollte meinen Vater ermordet haben? Und vor allem, wieso?«

Enna hatte ihre Gesprächspartnerin aufmerksam beobachtet. Sie schien nicht besonders betroffen von der Information und schaute jetzt Enna mit ruhiger Miene an.

»Sie haben angegeben, dass Sie in den Jahren vor seinem Tod ein gutes Verhältnis zu Ihrem Vater gehabt haben.«

»Ja, und darüber bin ich auch sehr froh. Es gab schwierige Zeiten, aber welche Beziehung zwischen Eltern und Kindern ist schon durchgängig harmonisch? Curt und ich haben uns in den letzten Jahren gut verstanden. Er wusste, dass ich für den Erfolg unseres Unternehmens einen wichtigen Beitrag leiste, und hat es honoriert.«

»Die Thaysen AG ist geschäftlich gut durchs letzte Jahrzehnt gekommen?«, fragte Enna und ließ es wie beiläufig klingen.

»Wie Ihnen Ihre Mitarbeiter sicher berichtet haben, bin ich seit über einem Monat nicht mehr aktiv im Unternehmen tätig. In der kurzen Zeit wird sich kaum etwas verändert haben. Wir liegen weit vor den vergleichbaren Mitbewerbern.«

»Als Finanzvorstand hatten Sie eine ausgesprochen verantwortliche Aufgabe im Unternehmen. Wer hat diese Funktion jetzt übernommen?«

»Mein Stellvertreter macht die Arbeit, mein Bruder bestimmt, was gemacht wird. Warum interessiert Sie das?«

Enna ging nicht auf ihre Frage ein. »Sie haben bei der Befragung meiner Kollegen angedeutet, dass Sie nicht freiwillig gegangen sind. Ist das richtig?«

»Das sind Firmeninterna. Nur so viel, mein Bruder und ich sind nicht immer einer Meinung, wenn es um die Zukunft unseres Unternehmens geht. Das ist nicht nur normal, sondern auch durchaus sinnvoll für ein Unternehmen. Einheitsbrei ist etwas für kleine Familienklitschen, aber nichts für ein europaweit agierendes Unternehmen in unserer Größenordnung.«

»Sie werden auch wieder zurückkehren?«, fragte Enna.

»Sicher, auf die eine oder andere Weise sind wir alle mit dem Unternehmen verbunden.«

»Wussten Sie, dass Ihr Vater seit vielen Jahren eine Beziehung mit einer Frau unterhielt?«

Christine Thaysen schreckte leicht zurück. »Tatsächlich? Nein, das war mir nicht bekannt.« Sie hielt kurz inne. »Ich gehe einmal davon aus, dass sich diese Beziehung nach dem Tod meiner Mutter abgespielt hat? Wenn überhaupt.«

»Warum gehen Sie davon aus?«

Christine Thaysen zog ihre Augenbrauen zusammen. »Was ist das für eine Frage, Frau Hauptkommissarin? Mein Vater hätte während seiner Ehe niemals eine Affäre gehabt. Ich möchte Sie bitten, keine Gerüchte dieser Art in die Welt zu setzen. Sie verstehen mich hoffentlich?«

Enna ließ sich Zeit für eine Antwort. »Wir setzen grundsätzlich keine Gerüchte in die Welt, Frau Thaysen. Unsere Arbeit basiert auf Fakten.«

Christine Thaysen funkelte sie wütend an, lächelte aber gleich darauf. »Das freut mich, Frau Hauptkommissarin. Haben Sie noch weitere Fragen?«

»Sie hatten einen Familienhund, der vor circa drei Jahren verstorben ist?«

»Oh, woher wissen Sie das? Ja, eine sehr traurige Angelegenheit. Unser Cockerspaniel ist vergiftet worden. Es gibt einfach zu viele Menschen, die etwas gegen Haustiere haben.«

»Sie haben damals Anzeige erstattet?«

»Nein …« Christine Thaysen stutzte und sah Enna erstaunt an. »Aber woher wissen Sie von unserem toten Hund?«

»Ihr Neffe hat uns davon erzählt. Gab es zu der Zeit, also in den Monaten vor dem Tod Ihres Vaters, weitere ungewöhnliche Vorkommnisse?«

»Nein, daran erinnere ich mich nicht. Und was soll unser Hund mit Curts Tod zu tun haben? Können Sie mir das erklären?«

»Tut mir leid, über Details unserer Ermittlungen darf ich Ihnen keine Auskunft geben.« Enna suchte den Augenkontakt zu Christine Thaysen. »Wie ist Ihr Verhältnis zu Ihrer Schwägerin?«

Christine Thaysen schien die Frage nicht zu gefallen. Sie verzog kurz das Gesicht, stand auf und stellte eines der großen Fenster auf Kipp. Zurück am Tisch blieb sie stehen. »Was bezwecken Sie mit diesen Fragen, Frau Hauptkommissarin? Oder dürfen Sie das auch wieder nicht sagen?«

»Möchten Sie sich nicht wieder setzen?«, fragte Enna ruhig.

Christine Thaysen bedachte Enna mit einem eiskalten Blick, zog schließlich den Stuhl wieder vor und setzte sich. »Und?«

»Ihr Vater wurde mit hoher Wahrscheinlichkeit ermordet.« Enna legte eine kurze Pause ein. »Ich brauche Ihnen nicht zu sagen, dass das kein Bagatelldelikt ist. Wir sind dazu verpflichtet, sämtliche Lebensumstände Ihres Vaters zu durchleuchten. Dazu gehören selbstverständlich auch nahe Verwandte.«

Christine Thaysen lehnte sich leicht vor. »Wollen Sie mir damit sagen, dass Sie mich, meinen Bruder und meine Schwägerin verdächtigen?«

»Frau Thaysen, ich befrage Sie im Moment lediglich als Zeugin. Niemand zwingt Sie, mit mir zu reden. Sie können schweigen oder aussagen.« Enna schenkte ihr ein professionelles Lächeln. »Wie ist Ihr Verhältnis zu Ihrer Schwägerin?«

Christine Thaysen zögerte lange und schien kurz davor zu sein, die Befragung abzubrechen. Schließlich entspannte sie sich und atmete tief durch. »Natürlich bin ich daran interessiert, ob und durch wen mein Vater einem Verbrechen zum Opfer gefallen ist. Das steht ja wohl außer Frage. Ich finde Ihre Herangehensweise allerdings mehr als gewöhnungsbedürftig. Auch wenn es Auseinandersetzungen in der Familie gibt und gab, niemand hat meinem Vater nach dem Leben getrachtet. Definitiv nicht.«

Enna reagierte nicht auf Christine Thaysens Bemerkung und wartete, ob sie sich zu ihrer eigentlichen Frage äußern würde.

»Nun, gut, Sie fragten nach meiner Schwägerin. Sie wissen vermutlich, dass Daniela nicht im Unternehmen tätig ist oder war. Von daher gab es diesbezüglich nie Reibungspunkte. Ich finde, sie passt bestens zu meinem Bruder. Wir haben uns über die Jahre immer gut verstanden.« Christine Thaysen warf Enna einen herablassenden Blick zu. »Reicht Ihnen die Auskunft, Frau Hauptkommissarin?«

Ennas Handy vibrierte. Sie nahm es in die Hand und las die Nachricht von Pia. *Unterlagen zur Familienstiftung im Schließfach gefunden!*

»Es verdichten sich die Hinweise, dass Ihr Vater Pläne für eine Umstrukturierung des Unternehmens hatte. Pläne, die weit über den Genossenschaftsbau hinausgingen.«

Christine Thaysen erstarrte für einen Moment, schüttelte schließlich den Kopf und funkelte Enna wütend an. »Was wollen Sie damit sagen? Dass meine Familie etwas mit dem Tod meines Vaters zu tun hat?« Sie stand auf und schob dabei ihren Stuhl mit Wucht zurück. »Ich denke, unser Gespräch endet hier. Ich würde Sie bitten, sich bei weiteren Fragen an meine Anwälte zu wenden.«

Enna stand auf. »Sie haben mir sehr geholfen. Vielen Dank für Ihre Zeit.« Sie lächelte. »Und natürlich für den exzellenten Kaffee.«

Christine Thaysen wandte sich abrupt ab, ging zur Tür und öffnete sie. »Bitte!«

An der Haustür reichte Enna ihr die Hand, Christine Thaysen zögerte kurz, bevor sie ihre Hand hob und Enna wortlos verabschiedete.

Einunddreissig

»Und? Wie ist deine Einschätzung der Dame?«, fragte Paulsen, nachdem Enna von ihrem Besuch bei Christine Thaysen berichtet hatte.

»Ich werde nicht schlau aus ihr«, sagte Enna. »Sie muss als Finanzvorstand des Unternehmens viele Fäden in der Hand gehalten haben. Aber den Eindruck machte sie nicht oder wollte sie nicht machen. Auf der einen Seite wird sie – das ist zumindest unser Kenntnisstand – vom Bruder aus dem Unternehmen gedrängt, auf der anderen Seite lässt sie aber nichts auf die Familie kommen. Sie hat mir letztlich gedroht, sollte ich weiter Gerüchte über ihre Familie verbreiten.«

»Hat sie Nerven gezeigt?«, fragte Paulsen.

»Sie hatte sich fast immer voll unter Kontrolle. Als ob sie eine Rolle spielen würde und ihre Antworten zuvor eingeübt hätte. Dass ihr Vater ermordet wurde, schien sie nicht wirklich überrascht zu haben. Natürlich, sie ist aufgeschreckt und hat gefragt, wer und warum, aber auch das wirkte einstudiert.«

»Was kann das bedeuten?«, fragte Jens Lange.

»Dass es schwer wird, an die Familie ranzukommen«, sagte Pia. »Die Geschwister sind beide aalglatt.«

Paulsen stöhnte. »Richtig, und genau deshalb müssen wir ihnen die Beteiligung an der Tat bombensicher nachweisen. Ansonsten werden sie sich rauswinden.«

»Dann sollten wir mit den Papieren aus dem Schließfach anfangen«, schlug Enna vor und wandte sich an Jens und Pia. »Ihr habt sie durchgesehen?«

Jens nickte. »Soweit das in der kurzen Zeit ging.«

Pia übernahm den Bericht. »Also: Deine Vermutung, Enna, mit der Familienstiftung war richtig. Curt Thaysen hatte vor, alle Anteile zurückzukaufen. Soweit wir das aus den Unterlagen und Protokollen herauslesen konnten, wäre die Rückführung des Unternehmens zu Curt Thaysen problemlos gewesen. Thaysen senior hätte zwar Kredite aufnehmen müssen, die wären allerdings durch die zukünftigen Gewinne der Stiftung abgesichert gewesen. Wie gesagt, das muss sich jetzt noch ein Experte anschauen.«

»Der Zweck der Stiftung stand auch schon fest?«, fragte Enna. »Und wie wäre die Familie am Gewinn beteiligt gewesen?«

Pia gab Jens einen Wink, dass er fortfahren sollte.

»Es ging letztlich darum, flächendeckend Projekte des genossenschaftlichen Wohnens aufzubauen. Um das zu finanzieren, sollte ein Teil der bisherigen Geschäftstätigkeit weitergeführt werden, die Gewinne hieraus sollten dem eigentlichen Zweck der Familienstiftung zugutekommen. Das Wichtigste zuletzt: Benjamin Thaysen war als Vorsitzender des Verwaltungsrats vorgesehen, sein Vater und seine Tante wären für den Vorstand beziehungsweise die Geschäftsführung eingesetzt worden. Alle hätten in diesen Funktionen natürlich ein hohes Gehalt bezogen, allerdings hätten sie die eigentliche Kontrolle über das Unternehmen verloren.«

Pia nickte. »Sprich, Curt Thaysen hätte sein Erbe für die Zukunft auf einen bestimmten Zweck festgelegt.«

»Wenn das kein lupenreines Motiv ist, dann soll mich doch der Teufel holen«, murmelte Paulsen. »Jetzt stellt sich die Frage, wer es war: Alexander Thaysen oder seine Schwester. Bens Mutter käme natürlich auch noch infrage. Weitere Kandidaten?«

»Wir haben zwar ein Motiv, aber keine Beweise, dass jemand aus der Familie der Auftraggeber war. Oder gar selbst Hand angelegt hat«, sagte Enna.

Pia stand auf und lief in der Küche herum. »Wir stecken so was von fest. Hier werden Menschen ermordet, Hunde vergiftet, Zeugen mit dem Tod bedroht, ja, selbst wir stehen auf der Abschussliste – und trotzdem lassen sich keine wirklichen Beweise finden. Warum?«

»Vielleicht gibt es keine, die mit der Familie zusammenhängen«, sagte Enna. »Und genau deshalb dürfen wir uns nicht ausschließlich auf Alexander und Christine Thaysen konzentrieren. Der Tunnelblick ist in dieser Situation ganz sicher nicht von Vorteil.«

Sie stand auf und schlug das Blatt des Flipcharts um. »Also …« Sie schrieb *Stiftung* auf die Mitte der Seite und darunter *Motiv.* Oben auf der Seite platzierte sie die Namen von Benjamin Thaysens Vater, Mutter und Tante und verband sie mit dem Wort *Motiv.*

»Gehen wir einmal davon aus, dass die Umwandlung des Unternehmens in eine Stiftung das Motiv für die Tötung von Curt Thaysen war. Wer oder was wäre noch von dieser Umwandlung so betroffen gewesen, dass sie unbedingt verhindert werden musste?«

»Geschäftspartner«, warf Jens Lange ein.

Enna notierte den Vorschlag auf dem Flipchart.

»Banken«, schlug Pia vor.

»Die machen sich doch nicht die Hände schmutzig«, sagte Paulsen. »Aber vielleicht gibt es ja noch andere Geldgeber,

Personen oder Firmen, die in das Unternehmen investiert haben.«

Enna schrieb *Geldgeber* neben *Geschäftspartner*.

Pia zog die Augenbrauen zusammen. »Wer sollte so ein Geldgeber sein? Vergeben Firmen an andere Firmen Kredite?«

»Manchmal, wenn sie sich an einem Projekt beteiligen«, sagte Jens Lange. »Aber das ist ja kein Kredit in dem Sinn, sondern sie würden zum Beispiel Wohnungen oder Büroflächen kaufen, bevor sie überhaupt fertiggestellt sind. Das wäre quasi eine Art Vorfinanzierung.«

»Sind diese Zahlungen nicht irgendwie abgesichert?«, fragte Pia. »Niemand wird ins Blaue hinein horrende Summen bezahlen.«

Paulsen nickte nachdenklich. »Wir hatten in Osnabrück mal eine riesige Sache laufen. Ein Insider hat beim Dezernat Wirtschaftskriminalität geplaudert. Es ging um Geldwäsche im großen Stil. Etliche italienische Restaurants waren daran beteiligt, Gaststättenzulieferer und Hotels. Dabei ging es auch um Immobilien, die mit Schwarzgeld bezahlt wurden.«

»Geldwäsche?« Pia schüttelte den Kopf. »Im Baugewerbe?«

»Weißt du, wie viele Immobilien gerade in großen Städten gekauft werden, um dreckiges Geld zu waschen?«, fragte Paulsen. »Das sollen nach Schätzungen zwanzig bis dreißig Milliarden pro Jahr sein. Das Geld fließt zwar nicht nur in Immobilien, aber zu einem großen Teil. Und die Hintermänner sind sicher nicht sehr zimperlich, wenn es um die Absicherung ihrer Investitionen geht.«

Pia schüttelte heftig den Kopf. »Italienische Mafia? Und die soll im großen Stil bei Meganeubauprojekten Geld gewaschen haben? Bargeld im Koffer über die Grenze gebracht und dann …? Restaurants und Hotels wechseln vielleicht so die Besitzer, aber die haben einen Wert von dreihundert- bis vierhunderttausend, vielleicht auch mal etwas mehr. Die Thaysen

AG nimmt kaum ein Objekt unter fünfzig Millionen in die Hand. Sagt zumindest Ben.«

Enna hob die Hand. »Hier kommen wir ohne Expertenwissen nicht weiter. Ich finde Paulsens Idee an und für sich überprüfenswert. Ich habe auch schon über illegale Geldgeber nachgedacht. Und …« Enna hob den Zeigefinger. »… wir dürfen nicht vergessen, dass das LKA in Hannover an dem Unternehmen dran ist.«

Paulsen nickte. »Stimmt!«

»Ich werde noch einmal mit Hannover sprechen. Vielleicht lässt sich da doch noch etwas machen«, sagte Enna. »Bis dahin konzentrieren wir uns auf die Familie. Selbst wenn …«, sie malte Anführungszeichen in die Luft, »… Geldgeber im Spiel sind, gibt es vermutlich eine Verbindung zur Familie.«

Paulsen schlug seinen Notizblock auf. »Okay, dann bin ich wohl dran. Motorrad: Ich habe drei Rückmeldungen. Zwei in Bayern, die können wir vermutlich außen vor lassen und …« Er grinste breit. »… einen Halter in Hamburg. Was machen wir jetzt damit?«

»Was ist mit den Aufnahmen an der Raststätte?«, fragte Enna.

»Das wäre mein zweiter Punkt gewesen. Ich bin damit durch und habe vier Fahrzeuge identifiziert, die mir verdächtig vorkamen.«

»Hast du die Kennzeichen schon im System kontrolliert?«

»Ja, drei Halter in Hamburg, einer in Pinneberg. Keiner von ihnen ist aktenkundig.«

»Dann schlage ich vor, dass du nach Hamburg fährst und zusammen mit den Kollegen vor Ort die Halter der Fahrzeuge befragst.«

Als Paulsen zustimmend nickte, griff Enna nach ihrem Handy und rief Jutta Erichsen an. Sie erklärte ihr die Sachlage,

Jutta Erichsen sagte zu, direkt mit ihrem Chef zu sprechen und sich gleich wieder zu melden.

»Okay, warten wir das ab«, sagte Enna und wandte sich an Jens. »Gibt es Neuigkeiten zu Pit?«

»Die Anfrage in Polen wegen dem Prepaidhandy läuft. Ich habe dort direkt mit einem Kontaktmann gesprochen, der glücklicherweise Englisch spricht. Er hat mir zugesagt, dass ich im Laufe des Nachmittags den Namen bekomme.«

»Gut. Das würde ja passen, falls es rein zufällig auch eine Adresse in Hamburg ist. Und die Recherche zu den Hamburger Detekteien?«

»Läuft auch. Mia sitzt in meinem Büro und telefoniert.«

Enna wandte sich an Pia. »Kannst du dich bitte noch einmal mit Benjamin Thaysen treffen und ihn gründlich nach seiner Tante ausfragen? Mich interessiert, weshalb sie nicht mehr im Unternehmen arbeitet. Wir wissen auch kaum etwas über ihren Ehemann.«

»Er wird misstrauisch werden, wenn ich mich so auf die Tante konzentriere«, sagte Pia.

»Dann befragst du ihn zusätzlich zu seinen Eltern. Hier fehlen uns auch noch Informationen. Auch wenn Benjamin nicht viel Kontakt zu seinem Vater hat, wird er sicher mit seiner Mutter über ihn gesprochen haben.«

Ennas Handy klingelte. »Das sind die Hamburger Kollegen. Hallo, Jutta?«

»Mein Chef hat grünes Licht gegeben, dein Mann kann losfahren.«

»Danke, Jutta. Ich reich dich mal rüber, dann könnt ihr alles direkt absprechen.«

Enna klopfte an die Tür des Staatsanwalts und betrat gleich darauf sein Büro.

»Sie haben Neuigkeiten für mich?«, fragte Sommer mit leicht verzerrtem Gesicht.

Enna berichtete ihm von dem Inhalt des Schließfachs und den weiteren Ermittlungsergebnissen rund um die von Curt Thaysen geplante Familienstiftung.

»Was haben die Unterlagen mit der Biografie des Herrn Thaysen senior zu tun? Oder hatte ich Sie falsch verstanden?«

»Ich lag mit meiner Einschätzung nicht ganz richtig«, sagte Enna ohne Umschweife. »Allerdings scheint Curt Thaysens geplante Umstrukturierung des Unternehmens durchaus mit dem ursprünglichen Buchprojekt zu tun zu haben. Aber das habe ich Ihnen ja gerade im Detail dargelegt.«

Dem Staatsanwalt schien eine Entgegnung auf den Lippen zu liegen. Er hatte sich leicht vorgebeugt und mahnend seine rechte Hand gehoben. Schließlich schüttelte er kaum merklich den Kopf. »Was haben Sie jetzt vor?«

»Im Moment stehen Alexander und Christine Thaysen im Fokus unserer Ermittlungen.«

»Das ist inzwischen auch bei mir angekommen. Frau Thaysens Anwalt hat sich bereits über Ihre Methoden beklagt. Es wird eine Dienstaufsichtsbeschwerde gegen Sie in Erwägung gezogen.«

Enna lächelte. »Interessant.«

»Finden Sie? Ich hatte Sie gewarnt. Diese Familie ist durchaus in der Lage, uns allen reichlich Schwierigkeiten zu bereiten.«

»Was schlagen Sie vor? Dass ich die Beweislage ignoriere und den Fall wieder zu den Akten lege?« Enna hatte ruhig, und ohne ihre Stimme zu erheben, gesprochen.

Der Staatsanwalt stöhnte theatralisch. »Selbstverständlich nicht. Trotzdem muss ich Ihnen zu sehr viel Fingerspitzengefühl raten.«

»Ich nehme Ihren Rat gerne an. Wie ich schon in einem unserer Gespräche erwähnte, wäre es für uns ausgesprochen nützlich, wenn die Kollegen in Hannover uns in ihre Ermittlungen einbeziehen würden.«

Dr. Sommer nickte. »Das sehe ich angesichts der aktuellen Entwicklung ähnlich. Ich werde die zuständigen Kollegen darauf ansprechen.«

Enna entschied sich, aufs Ganze zu gehen. »Mit Verlaub, Herr Dr. Sommer, ich fürchte, es nur anzusprechen wird nicht reichen. Wie soll ich mit Fingerspitzengefühl an die Familie Thaysen herangehen, wenn mir wichtige Informationen vorenthalten werden? Da stehe ich ganz schnell im sprichwörtlichen Fettnäpfchen.«

Der Staatsanwalt setzte an, etwas zu sagen, und sank aber wieder zurück auf seinen Stuhl.

»Ich fürchte, wir müssen in Hannover mit Nachdruck auf eine Zusammenarbeit drängen«, fuhr Enna fort. »Ich glaube nicht, dass Kollege Hinrichsen von alleine auf mich zukommen wird.«

Dr. Sommer erhob sich schwer atmend. »Ich werde Ihr Angebot nach Hannover weiterleiten.« Er hielt kurz inne und fügte hinzu: »Mit Nachdruck. Informieren Sie mich bitte über jeden Ihrer Schritte.«

Enna reichte dem Staatsanwalt die Hand zum Abschied. »Dann bedanke ich mich schon einmal im Voraus für Ihre Mühe. Mit vereinten Kräften werden wir diesen Fall sicher lösen. Immerhin war Curt Thaysen einer der angesehensten Söhne dieser Stadt. Ich denke doch, dass wir alle es ihm schuldig sind, den oder die Täter zu finden.«

Zweiunddreissig

Als Enna in den Flur trat, kam Pia auf sie zu. »Ich bin auch gerade zurück. Ben war zum Glück in Oldenburg.«

Enna zog ihre Jacke aus und hängte sie an die Garderobe. »Ich könnte eine starke Tasse Kaffee gebrauchen.«

»Kein Problem, ich setze einen auf. Kommst du gleich in die Küche?«

Enna nickte und ging in ihr Büro. Nach Durchsicht der Mails rief sie Paulsen an. »Wo bist du?«

»Kurz vor Hamburg. Die Kollegin wartet schon auf mich. Wir werden dann wohl gleich loslegen. Hat Jens schon Mister Pit gefunden?«

»Bin gerade vom Staatsanwalt zurück. Ich schau gleich mal bei Jens rein. Sei bitte vorsichtig bei der Überprüfung der Personen. Deine Schutzweste hast du ja hoffentlich dabei, oder?«

Paulsen lachte. »Liegt auf dem Rücksitz, Chefin. Wird schon schiefgehen.«

»Bis später«, verabschiedete sich Enna.

Jens und Mia Jörgensen waren beide über ihre Laptops gebeugt und schauten nur kurz hoch, als Enna den Raum betrat. »Noch nichts Konkretes?«

Jens schüttelte den Kopf und konzentrierte sich wieder auf den Bildschirm.

»Okay, ich bin unten, wenn ihr etwas findet.«

Aus der Küche duftete es nach frischem Kaffee. Enna setzte sich an den Besprechungstisch und wartete, bis Pia mit zwei gefüllten Bechern zu ihr kam.

»Und? Was sagt der Staatsanwalt?«, fragte Pia.

»Er würde am liebsten die Ermittlungen einstellen und den Kopf in den Sand stecken.«

Pia nahm ihre Tasse in beide Hände, als wollte sie sich die Hände wärmen. »Super!«

»Ich hoffe, er hält, was er mir zugesagt hat.« Als Pia Enna fragend ansah, fuhr sie fort: »Er soll die Kollegen in Hannover auf den Pott setzen, damit sie mit Informationen rüberkommen.«

Pia schmunzelte. »Das klingt ja eher nach Paulsen. Hast du wirklich Hoffnungen, dass er sich dafür einsetzt?«

»Wenn nicht, gehe ich ein paar Stufen höher und werde Krach schlagen. Mir steht die ganze Sache bis hier.« Enna fuhr sich mit der flachen Hand an der Stirn vorbei. »Das ist doch der reinste Kindergarten.«

Pia stellte ihre Tasse ab. »Sehe ich genauso.«

»Was hat Ben gesagt?«

»Ich habe mich erst mal auf seine Tante und ihren Mann konzentriert. Ben sagt, sie sei krankhaft ehrgeizig und immer noch davon besessen, dass ihr Vater ihren Bruder vorgezogen habe. Allerdings ist Ben sich da gar nicht sicher, ob das so richtig ist. Zumindest in der Zeit, in der er das Verhältnis zwischen Vater und Tochter bewusst mitbekommen hat, war Curt Thaysen eher aufseiten von Bens Tante. Sie ist ja auch nicht zufällig Finanzvorstand geworden, meint Ben. Das habe sein Großvater so bestimmt. Ben weiß nicht, ob Curt Thaysen seinem Sohn nicht zugetraut hat, das Unternehmen alleine im

Griff zu haben, oder ob er bewusst eine Konkurrenzsituation zwischen den Geschwistern hergestellt hat.«

»Und der Ehemann von Christine Thaysen?«

»Dass Michael Thaysen als Wirtschaftsjurist bei einer Unternehmensberatung in Hamburg arbeitet, weißt du ja. Er ist in Russland geboren und hat in Berlin studiert. Sein ursprünglicher Vorname ist Michail. Seine Eltern hatten deutsche Vorfahren, er sprach zwar kein Deutsch, als er mit zwölf Jahren nach Deutschland kam, hat sich dann aber wohl – Originalton Ben – durchgebissen, über Umwege das Abitur nachgemacht und Jura studiert. Er ist laut Ben mindestens genauso ehrgeizig wie seine Tante. Sie würden gut zusammenpassen, hat Ben gemeint.«

»Der Ehemann hat also den Namen der Frau angenommen?«, fragte Enna.

»Ja. Von wem das seinerzeit ausging, wusste Ben nicht, er vermutet aber, dass beide es wollten. Sein Onkel sei sehr daran interessiert, als Teil der Thaysen-Familie wahrgenommen zu werden.«

»Hat Benjamin gefragt, warum wir uns für seine Tante interessieren?«

»Ja, das war ja jetzt schon das zweite Mal, dass ich ihn darauf angesprochen habe. Ich habe Ben nichts von der Familienstiftung erzählt, aber er hat mich gefragt, ob wir inzwischen mehr zum Tatmotiv wissen. Ich habe ausweichend geantwortet, aber Ben war wohl schnell klar, worauf das hinausläuft. Ich habe ihm dann erklärt, dass ich nicht über den Stand der Ermittlungen reden darf. Er hat es verstanden, denke ich.«

»Aber du hast noch etwas zu Christine Thaysen herausbekommen, oder?«, fragte Enna.

Pia fasste sich an die Nase. »Sieht man mir das jetzt schon an der Nasenspitze an?«

Enna schmunzelte. »Könnte sein. Also?«

»Ich habe natürlich weitergefragt und wir sind dann unweigerlich auf Christine Thaysens Rauswurf aus dem Unternehmen gekommen.« Pia legte eine kleine Pause ein und schien so die Spannung steigern zu wollen.

»Und?«, fragte Enna.

»Es gab keinen. Sie ist von alleine gegangen. Und das nicht mal endgültig, sondern erst mal für ein halbes Jahr.«

»Das hat sie aber vollkommen anders dargestellt.«

»Ich weiß. Ich habe mehrfach nachgefragt, aber Ben bleibt bei seiner Behauptung. Als Miteigentümer des Unternehmens wird er natürlich informiert, wenn solche gravierenden Personalentscheidungen anstehen.«

Enna nickte nachdenklich. »Jetzt stellt sich die Frage, ob sie zu dem Schritt gezwungen wurde, damit es für Außenstehende nach ihrer Entscheidung aussieht. Ich halte die Frau für so clever, dass sie sich gegenüber uns nicht einfach so verplappert.«

»Also wollte sie ihren Bruder in einem schlechten Licht dastehen lassen. Hofft sie, dass wir ihn verdächtigen und festnehmen? Würde er dann als Vorstandsvorsitzender des Unternehmens zurücktreten und die Geschäfte seiner Schwester übertragen müssen?«

»Ohne handfeste Beweise?« Enna schüttelte den Kopf. »Christine Thaysen weiß sicher, dass man in Deutschland nicht mal eben so in Untersuchungshaft kommt.«

»Oder es war ein Wink mit dem Zaunpfahl«, sagte Pia. »Sie weiß oder ahnt, dass ihr Bruder etwas mit dem Tod ihres Vaters zu tun hat, will es aber nicht offen sagen.«

»Alles möglich, aber wir haben weder für die eine noch für die andere Theorie ausreichend Anhaltspunkte. Hatte Benjamin auch noch was zu seinem Vater?«

»Nicht direkt, aber er hat sich gestern mit seiner Mutter getroffen. Sie hat ihm gesagt, dass sie in den nächsten Tagen mit seinem Vater über die Scheidung spricht. Dass das anliegt, haben wir ja bereits gewusst.«

»Hat sie ihm etwas über ihre Gründe erzählt?«, fragte Enna.

»Das Übliche: Sie liebt ihn nicht mehr und sie leben im Grunde genommen schon lange ihr eigenes Leben. Ben vermutet, dass sie einen Mann kennengelernt hat. Aber das wird ja kaum etwas mit unserem Fall zu tun haben.«

»Nein, eher nicht«, sagte Enna.

»Ansonsten hat Bens Mutter wohl kein gutes Haar an ihrem Mann gelassen. Ben hat mir nur ein paar Beispiele genannt. Auch hier das Übliche und für uns sicher uninteressant.«

»Zum Beispiel?«

»Sie wirft ihm vor, dass er die Familie zerstört hat, weil er weder mit Ben noch mit Christine Thaysen zurechtgekommen ist. Immer wieder geht es ums liebe Geld. Bens Mutter bezichtigt ihren Mann, machtgierig zu sein und die Familie dem Unternehmen unterzuordnen. Angeblich hat er sich in den letzten zehn Jahren komplett verändert.«

»Geht es um die Zeit nach dem Tod von Benjamins Großmutter?«

»Ja. Ab dem Zeitpunkt hat Alexander Thaysen quasi die Leitung des Unternehmens übernommen. Ben sagt auch, dass er seitdem mit dem Unternehmen verheiratet ist, Sechzehn-Stunden-Arbeitstag, kaum ein Wochenende zu Hause, mit den Gedanken schon gar nicht.«

»Weiß dein Freund, wie seine Mutter bei einer Scheidung finanziell abgesichert ist?«

»Ich habe Ben danach gefragt. Er geht davon aus, dass es einen Ehevertrag gibt und dort auch die finanziellen Regelungen getroffen wurden. Mehr weiß Ben nicht.«

»Auf eine mögliche Beziehung zwischen seiner Mutter und seinem Großvater hast du ihn nicht angesprochen?«, fragte Enna.

»Nicht direkt, das konnte ich einfach nicht. Aber ich habe danach gefragt, wie die beiden sich verstanden haben. Ben hat auch davon gesprochen, dass sich seine Mutter um Curt Thaysen gekümmert hat, als seine Frau gestorben war. Mehr weiß er nicht. Ich hätte gemerkt, wenn er mir in diesem Punkt etwas verheimlicht hätte.« Pia stutzte. »Du glaubst doch nicht etwa, dass Bens Mutter …« Sie brach mitten im Satz ab und sah Enna mit großen Augen an.

Enna zuckte mit den Schultern. »Ja, ich habe darüber nachgedacht. Es könnte durchaus sein, dass es sich um eine klassische Beziehungstat handelt.«

»Und warum sollte Daniela Thaysen dir eine mögliche Affäre mit ihrem Schwiegervater dann auch noch auf die Nase gebunden haben?«

»Vielleicht hatte sie Angst, dass es nicht unbemerkt geblieben ist. Eventuell gab es Briefe, die wir hätten finden können, oder andere Hinweise, die Curt Thaysen aber vor seinem Tod vernichtet hat.«

»Puh!«, stöhnte Pia. »Das wäre heftig für Ben. Seine Mutter ist die letzte wirkliche Verbindung zur Familie.«

Die Treppe in den ersten Stock knarrte. Nach den Geräuschen zu urteilen, liefen Jens und die Oldenburger Kollegin hintereinander nach unten. Kurz darauf ging die Küchentür auf, Jens, gefolgt von Mia Jörgensen, kam herein.

»Wir haben ihn!«, sagte er aufgeregt.

»Wen?«, fragte Pia.

»Den zweiten Mann aus Hamburg. Pit – oder wie er richtig heißt: Peter Schiller.«

Jens setzte sich, während Mia Jörgensen stehen blieb. »Mia hat einen seiner Kollegen befragt, der schließlich mit dem Namen rausrückte.« Er sah über die Schulter zu Mia. »Willst du erzählen?«

»Ich habe unzählige Privatermittler in Hamburg und Umgebung angerufen und die meisten auch erreicht.« Sie schmunzelte. »Manchen musste ich allerdings auf die Mailbox quatschen und um Rückruf bitten. Ich habe natürlich verschwiegen, um was es geht, und … na ja, sie dachten wohl, ein Auftrag winkt.«

»Ich wäre auch auf Mia reingefallen«, sagte Jens.

»Sehr redselig war kaum jemand von ihnen. Wenn ich dann etwas Druck gemacht habe, kam der eine oder andere vage Hinweis. Also ausgesprochen mühsam, die Herren Privatschnüffler. Auf jeden Fall hat sich die Suche dann immer mehr auf den Stadtteil Wilhelmsburg eingepegelt. Mein letzter Anruf hat sozusagen den Durchbruch gebracht. Ein Einzelkämpfer aus Harburg – was direkt neben Wilhelmsburg liegt –, der wohl mal mit Peter Schiller aneinandergeraten ist. Wir haben die Adresse und sind uns ziemlich sicher, dass er es ist.«

»Das hängt mit dem BMW zusammen«, sagte Jens. »Ich habe gleich überprüft, ob ein entsprechendes Fahrzeug auf ihn zugelassen ist, was leider nicht der Fall war. Also habe ich weitergesucht. Peter Schiller ist verheiratet und auf den Namen seiner Frau ist das passende Modell angemeldet. Die Frau scheint zwar nicht mehr mit ihm zusammen zu sein – sie ist jetzt in Berlin gemeldet –, aber Modell, Farbe und ungefähres Baujahr stimmen. Das wäre jetzt ein zu großer Zufall, oder?«

»Gute Arbeit!«, sagte Enna. »Kannst du das gleich an Paulsen weitergeben? Er wird sich drum kümmern.«

Jens Lange stand auf. »Wird erledigt.«

»Jetzt wird's spannend«, sagte Pia. »Langsam, aber sicher zieht sich die Schlinge zu.«

Dreiunddreissig

Enna griff nach dem klingelnden Handy. »Andersen!«

»Hinrichsen hier, guten Tag, Kollegin.«

Enna richtete sich auf und rollte mit dem Stuhl nah an ihren Schreibtisch. »Ebenfalls, Kollege Hinrichsen.«

Sie verzichtete bewusst darauf, nach dem Grund seines Anrufs zu fragen, und wartete, bis Hinrichsen sich leise räusperte. »Dr. Sommer hat mich über den Stand Ihrer Ermittlungen auf dem Laufenden gehalten. Wie ich sehe, kommen Sie ziemlich gut voran mit Ihrem Fall.«

»Ja, so könnte man es ausdrücken.« Enna genoss die Situation. Offensichtlich hatte Sommer dem LKA-Mann eindrücklich ins Gewissen geredet.

»Wir haben hier vor Ort die Lage noch einmal gründlich analysiert und sind inzwischen der Auffassung, dass eine Zusammenarbeit zwischen unseren beiden Einheiten für jede Seite von Vorteil sein könnte.«

»Da bin ich ganz bei Ihnen, Kollege.«

Hinrichsen räusperte sich ein zweites Mal und schien zu überlegen, wie er sein Anliegen vorbringen sollte. »Sie hatten sich ja bei uns gemeldet, mit der Bitte, nähere Informationen zu bekommen.«

»Ja, das ist richtig. Es wäre sicher immer noch hilfreich, wenn Sie uns über Ihre Ermittlungen im Detail informieren könnten.«

»Ja, genau deshalb rufe ich an.« Er holte geräuschvoll Luft. »Ich möchte vorausschicken, dass die Informationen, die ich gleich mit Ihnen teile, absolut vertraulich behandelt werden müssen. Ich würde Sie dringend bitten, bestimmte Details auch bei Ihnen im Team geheim zu halten.«

»Kollege Hinrichsen, ich bin schon eine Weile im Geschäft und weiß sehr wohl einzuschätzen, was ich wann und wie weitergebe. Sie können sich auf mich verlassen.«

»Gut! Ich bin autorisiert worden, Sie über unsere Ermittlungen ins Bild zu setzen.« Er legte eine kurze Pause ein und fuhr fort: »Wir haben vor ungefähr eineinhalb Jahren einen anonymen Hinweis bekommen, dass die Thaysen AG im großen Stil Geldwäsche betreibt.« Erneut schwieg er für eine Weile, als wolle er seinen Worten mehr Gewicht geben. »Sie wissen, was die Financial Intelligence Unit ist?«

Enna musste unwillkürlich schmunzeln. Sie hatte sich schon am Vortag bei einem Kollegen in groben Zügen über das Thema Geldwäsche informiert. »Die FIU ist eine Einheit bei der Generalzolldirektion, die Meldungen im Bereich der Geldwäsche entgegennimmt und auswertet.«

»Absolut richtig. Die FIU hat uns über die Meldung informiert und darum gebeten, uns das Unternehmen näher anzuschauen. Sie können sich sicher vorstellen, dass bei Geschäften dieser Größenordnung ein einfacher Blick in die Bücher nicht reicht. Einmal ganz davon abgesehen, dass ein weitgehender Durchsuchungsbeschluss bei dieser Sachlage kaum ausgestellt wird. Nun gut, wir haben uns nach den ersten zwei Ermittlungsmonaten dazu entschlossen, einen V-Mann ins Unternehmen einzuschleusen. Das war nicht leicht.«

»Das kann ich mir vorstellen«, warf Enna ein, um Hinrichsen entgegenzukommen.

»Nun gut, wir haben es geschafft, wenn auch nicht auf oberster Geschäftsebene, aber zumindest so nahe am Geschehen, dass wir uns einiges von der Aktion erhoffen.«

»Mir ist klar, Kollege, dass eine zweite Ermittlung, in diesem Fall unsere, Ihren V-Mann in Gefahr bringen kann. Umso wichtiger scheint es mir doch zu sein, dass wir unsere Ermittlungen koordinieren.«

»Durchaus richtig, allerdings werde ich Ihnen nicht den Namen des V-Manns nennen können. Dafür haben Sie sicher Verständnis.«

»Das scheint mir im Moment auch nicht notwendig zu sein«, sagte Enna. »Können Sie mich auf den Stand Ihrer Ermittlungen bringen, soweit es die Geheimhaltung zulässt?«

»Ja, deshalb habe ich Sie angerufen. Sie sind informiert über Geldwäsche über den Kauf von Immobilien?«

»Im Groben, ja.«

»Nun gut, dann halte ich mich kurz. Es gibt zahlreiche ausländische, ich nenne sie jetzt einmal pauschal Organisationen, die Geld aus illegalen Geschäften in den normalen Geldkreislauf bringen wollen. Deutschland ist dafür ein bevorzugtes Terrain. Wir waren über Jahrzehnte nicht auf dem Stand anderer Länder, die schon lange dem Kampf gegen das organisierte Verbrechen sehr viel Aufmerksamkeit widmen. Ich denke da nicht nur an Italien, auch Spanien und Frankreich haben früher begonnen, entsprechende Polizei- oder Zolleinheiten aufzubauen.«

»Von welchen Größenordnungen sprechen wir hier?«

»Weltweit könnten es jährlich über eine Billion Dollar sein, das sind bis zu fünf Prozent des weltweiten Bruttoinlandsprodukts. Natürlich sind das Schätzungen beziehungsweise Hochrechnungen von den aufgedeckten Fällen. In Deutschland müssen wir von einem mittleren zweistelligen Milliardenbetrag ausgehen. Wie viel davon in den Immobiliensektor fließt, kann auch nur geschätzt werden. Man geht aber von zwanzig bis dreißig Prozent aus.«

»Unglaubliche Summen«, kommentierte Enna.

»Sie sagen es. Aber um auf die Thaysen AG zurückzukommen: Eine Schwarzgeldinvestition in wirklich große Neubauprojekte ist nicht mal eben mit einem Koffer voller Geld zu regeln. Sie wissen sicher, dass Bargeldzahlungen bei uns nur noch bedingt unerkannt möglich sind. Also müssen die Banken mitspielen. Entweder schauen sie bewusst weg oder, wie es auch schon vorgekommen ist, die Organisierte Kriminalität übernimmt gleich eine komplette Bank. Aber auch damit ist es nicht getan. Das Geld wird häufig um den ganzen Globus geschickt, um die eigentliche Herkunft zu verschleiern. Am Schluss kommt es – wenn wir jetzt mal über Deutschland reden – von einer seriösen europäischen Bank.«

»Und dann? Es muss doch ein Eigentümer ins Grundbuch eingetragen werden?«

»Absolut richtig. Aber das sind nicht einzelne Strohmänner, wie man sich das so laienhaft vorstellt, sondern international agierende Unternehmen, die als Eigentümer großer Objekte fungieren. Oder sie beteiligen sich an einem Immobilienfonds. Es gibt da verschiedene Modelle, die eines gemeinsam haben: Sie sind schwer durchschaubar und damit ist die Geldwäsche kaum nachzuweisen.«

»Danke für den kleinen Einblick. Was heißt das jetzt konkret auf die Thaysen AG bezogen?«, fragte Enna.

»Nach unseren Informationen ist das Unternehmen vor fünf bis sechs Jahren in Schieflage geraten. Wenn der Ruf in dieser Branche erst mal angeknackst ist, werden die Banken schnell vorsichtiger und springen irgendwann sogar ganz ab. Einen solchen Dominoeffekt kann man irgendwann nicht mehr aufhalten, und dann spielt es plötzlich auch keine Rolle mehr, ob das Unternehmen wirklich auf die Insolvenz zuläuft. Bei diesen Summen kann alles schnell vorbei sein.«

»Was bedeutet das konkret?«

»Wir gehen davon aus, dass die Thaysen AG zu diesem Zeitpunkt die ersten Kontakte zur Organisierten Kriminalität geknüpft hat. Vermutlich sind später quasi im Auftrag und mit dem Geld dieser kriminellen Organisationen große Bauprojekte finanziert worden.«

»Gehen davon aus – vermuten … Sie haben also bisher keine Beweise?«, fragte Enna.

»Wir stehen kurz vor dem Durchbruch. Der V-Mann sammelt immer mehr Informationen, die uns dann weitere Nachforschungen ermöglichen. Wir befürchten jetzt, dass Ihre Ermittlungen uns in die Quere kommen.«

»Wer im Unternehmen ist für die Geldwäsche verantwortlich?«, fragte Enna, ohne auf die Bemerkung ihres Kollegen einzugehen.

»Sie wissen, dass Christine Thaysen vor einigen Wochen von ihrem Posten als Finanzvorstand zurückgetreten ist?«

»Ja, das ist uns bekannt.«

»Wir gehen davon aus, dass ihr Bruder sie zu dem Schritt genötigt, wenn nicht gar gezwungen hat.«

»Auch das ist uns bekannt«, sagte Enna.

»Um es kurz zu machen: Wir hatten ursprünglich beide Geschwister im Visier, gehen aber inzwischen davon aus, dass Alexander Thaysen die Fäden zieht. Es kursieren Gerüchte im Unternehmen, dass er seiner Schwester Unregelmäßigkeiten nachgewiesen hat und sie letztlich mit ihrem Rücktritt einer offiziellen Untersuchung zuvorgekommen ist.«

»Unregelmäßigkeiten?«

»Hier geht es nicht um Geldwäsche, sondern um Geld, das in ihre eigene Tasche geflossen ist. Vermutlich hat sie ihrem

Mann als externem Berater hohe Geldbeträge zukommen lassen.«

»Gerüchteweise?«

»Ja, in erster Linie, allerdings hat unser Mann Einsicht in das eine oder andere Projekt und bestätigte diese Vermutungen. Aber gut, das ist auch nur peripher unser Problem. Wir haben letztlich aus dem Rücktritt den Schluss gezogen, dass Alexander Thaysen unser Mann ist. Und vermutlich auch Ihr Mann.«

»Wer sind die Hintermänner?«, fragte Enna.

»Zunächst haben wir auf die italienische Mafia getippt und unsere Fühler in diese Richtung ausgestreckt. Inzwischen können wir wohl ausschließen, dass hier eine Verbindung besteht. Im Moment haben wir zwei Optionen: ein kolumbianisches Drogenkartell oder Oligarchenkreise aus Russland. Wie gesagt, die Rückverfolgung der Geldströme ist nicht ohne.«

»Was erwarten Sie jetzt von mir?«

»Es wäre für beide Ermittlungen vorteilhaft, wenn wir eng zusammenarbeiten. Vor allem Aktionen, die direkt auf das Unternehmen zielen, müssen zwingend abgesprochen werden.«

»Wie lange werden Sie vermutlich noch für Ihre Ermittlungen brauchen?«, fragte Enna weiter.

Hinrichsen räusperte sich leise. »Nun ja, wir sind zwar in der entscheidenden Phase, aber ich kann Ihnen keine konkrete Zeitangabe machen. Ich denke, Sie verstehen das.«

Enna brachte ihren Kollegen aus Hannover auf den letzten Stand ihrer Ermittlungen und betonte dabei, dass sie im Moment ihren Fokus auf die unmittelbaren Täter setzten und die mutmaßlichen Auftraggeber erst im zweiten Schritt mit einbezogen würden. Hinrichsen gab sich damit zufrieden, betonte aber noch einmal, dass er über jeden weiteren Schritt in Richtung Thaysen AG informiert werden wollte.

Vierunddreissig

»Und?«, fragte Pia, nachdem Enna ihr von dem Gespräch berichtet hatte. »Bringt uns das weiter?«

»Durchaus! Wir können jetzt davon ausgehen, dass keine reine Familienproblematik hinter dem Mord steckt.«

»Sehe ich auch so«, stimmte Jens ihr bei. Er saß neben Mia Jörgensen, die Ennas Bericht aufmerksam verfolgt hatte.

»Wie weit bist du mit der Providersache von Dr. Hagenbachs ehemaligem Account?«, fragte Enna.

»Ich komme gut voran«, sagte Jens mit einem Augenzwinkern. »Morgen oder übermorgen sollte ich Ergebnisse haben. Zumindest, falls es etwas zu finden gibt.«

»Das klingt sehr gut. Wir können jetzt jeden Hinweis auf die Täter gebrauchen, egal wie unwichtig er erscheint.«

»Wie gehen wir weiter vor?«, fragte Pia.

»Jens hat zu tun«, sagte Enna und wandte sich anschließend an Mia Jörgensen. »Wie ist es bei dir?«

»Ich habe noch reichlich Protokollarbeit vor mir. Jens hat mich gebeten, ihn dabei zu unterstützen.«

»Okay! Du, Pia, solltest dir noch einmal alle aufgezeichneten Befragungen anhören. Vielleicht gibt es irgendetwas, was wir übersehen beziehungsweise überhört haben.«

»Mache ich. Das sind einige Stunden Material.«

»Ich fahre nach Hamburg und werde Paulsen unterstützen. Ich denke, wir werden erst morgen wieder da sein.«

Enna packte eine kleine Reisetasche und verließ ihr Haus.

Auf der Autobahn rief sie Alina an, sprach kurz mit ihr und anschließend mit Elias. Seine Stimme klang nicht mehr so begeistert wie in den ersten Tagen. Er fragte, wann der Urlaub mit Oma und Alina vorbei sei und wann Enna ihn abholen würde. Enna versprach ihm, ein Geschenk mitzubringen, wenn sie in ein paar Tagen kommen würde.

Nach dem Telefongespräch hatte Enna Mühe, sich auf den Verkehr zu konzentrieren. Ob es das alles wert war, fragte sie sich zum wiederholten Male und fand wieder keine Antwort. Sollten sie jetzt nicht den entscheidenden Durchbruch schaffen, würde sie Anfang der nächsten Woche den Fall abgeben. Inzwischen war nicht nur Pia persönlich betroffen, sondern auch sie. Der Druck aufs Team wuchs jeden Tag, und Enna sah im Moment noch kein Ende der Ermittlungen. Sollte sich tatsächlich herausstellen, dass ein kolumbianisches Drogenkartell hinter dem Tod von Curt Thaysen steht, wäre ihre kleine Einheit überfordert. Auch mit russischen Oligarchen und ihren Helfershelfern würden sie nicht ohne Unterstützung fertigwerden.

Enna zwang sich, für eine Weile nicht mehr an den Fall zu denken. Bei Bremen staute sich der Verkehr und Ennas Gedanken wanderten zurück zu den Ermittlungen. Hatten sie einen wichtigen oder gar entscheidenden Hinweis übersehen? War es wirklich denkbar, dass eine große kriminelle Organisation Curt Thaysen hatte ermorden lassen? Warum waren seine Stiftungspläne so gefährlich für diese Menschen? Hätte es bei der Umwandlung des Unternehmens in eine Familienstiftung eine gründliche Überprüfung der Bücher gegeben? Oder war die Verbindung zur Thaysen AG so wertvoll für diese Menschen, dass sie über Leichen gingen? Hatte am Ende überhaupt niemand aus der Thaysen-Familie etwas direkt mit dem Tod des Seniors zu tun?

Der Stau löste sich hinter dem Bremer Kreuz auf. Enna rief Paulsen an und fragte nach dem Stand der Dinge.

»Jutta hat darauf bestanden, dass wir nur mit einer SEK-Einheit ins Büro von diesem schmierigen Privatschnüffler gehen. Wir warten noch darauf, dass die Kollegen ihren aktuellen Einsatz beenden. Dann geht es los nach Wilhelmsburg.«

»Gut. Vielleicht komme ich ja noch rechtzeitig. Den Stau bei Bremen habe ich schon hinter mir. Laut Navi sollte ich jetzt gut durchkommen.«

»Ich sag dir sofort Bescheid, wenn das SEK sich meldet.«

»Was ist mit der Motorradsache? Seid ihr da weitergekommen?«

»Wir waren vor Ort, haben aber niemand angetroffen. Eine Kfz-Werkstatt im Harburger Hafenbereich mit angeschlossener kleiner Wohnung. Ich habe mit einigen Nachbarn gesprochen. Der Typ ist auf jeden Fall in den letzten Tagen gesehen worden. Ein Kollege von Jutta steht jetzt in der Straße und wartet.«

»Wie war noch der Name?«

»Wladimir Schukow, zweiundvierzig. Jutta hat ihn überprüft. Ein Kleinkrimineller, vor zwanzig Jahren mit seinen Eltern als Spätaussiedler nach Deutschland gekommen. Drogen, Einbrüche und Körperverletzung. Allerdings ist er in den letzten fünf Jahren nicht mehr aktenkundig gewesen. Alles in allem ein kleiner Fisch. Wir gehen davon aus, dass er das Motorrad verliehen hat.«

Zum dritten Mal an einem Tag war die Rede von Russland. Christine Thaysens Ehemann war ebenfalls Spätaussiedler, Hinrichsen sprach von russischen Oligarchen – und jetzt Wladimir Schukow.

»Seid euch da nicht so sicher«, sagte Enna. Sie berichtete, was sie von Hinrichsen erfahren hatte.

Paulsen pfiff durch die Zähne. »Verdammt! Ich hatte gar nicht mitbekommen, dass der Ehemann Russe ist.«

»War. Er hat jetzt natürlich die deutsche Staatsangehörigkeit.«

»Russe bleibt Russe, ich kenne die Typen«, prustete Paulsen.

»Paulsen! Du kennst also alle drei Millionen Russlanddeutschen?«

»Natürlich nicht«, antwortete Paulsen kleinlaut. »Aber einige von diesen Burschen in Osnabrück, die uns …«

»Paulsen, bitte! Nicht jetzt. Was ist mit den Überprüfungen der Fahrzeuge von der Raststätte?«

»Zwei Fahrzeughalter haben wir schon befragt. Dann haben wir uns auf diesen Privatschnüffler konzentriert.«

»Okay. Das Navi sagt, dass ich noch siebzig Kilometer vor mir habe. Ich habe schon die Adresse in Wilhelmsburg eingegeben. Sag Bescheid, ob ich direkt dorthin fahren soll.«

Enna konzentrierte sich wieder auf den Verkehr und beschleunigte. Auf dem Rücksitz lag ihre Schutzweste, daneben das Holster mit der Waffe. Sie kannte Jutta Erichsen seit zehn Jahren. Ursprünglich hatte sie in Oldenburg bei der Kriminalpolizei gearbeitet und sich vor zwei Jahren wegen ihrer großen Liebe nach Hamburg versetzen lassen. Sie war eine hervorragende Hauptkommissarin, die nie ohne Not Risiken einging.

Wenige Kilometer bevor Enna zum Elbtunnel auf die A261 abbiegen wollte, meldete sich Paulsen bei ihr.

»Das SEK ist in einer halben Stunde vor Ort.« Er erklärte ihr, wo sie sich in Wilhelmsburg treffen würden, und fragte, ob sie rechtzeitig ankommen würde.

»Sieht ganz danach aus«, antwortete Enna. »Ich sollte in spätestens zwanzig Minuten da sein.«

»Perfekt. Bis gleich.«

Enna bog auf die A261 ab und fuhr kurz darauf auf der Bundesstraße am Stadtteil Harburg vorbei über die Süderelbe. Rechtzeitig erreichte sie den Parkplatz eines Supermarkts und stoppte neben Paulsens Auto.

Jutta Erichsen umarmte sie zur Begrüßung. »Wie geht es dir?«

»Wenn dieser Fall durch ist, sicher besser«, sagte Enna.

»Ja, dein Kollege hat erzählt, was bei euch los ist.« Jutta Erichsen zeigte auf zwei dunkle Vans, die jetzt auf sie zufuhren. »Die Kollegen vom SEK.«

Der Leiter der sechsköpfigen SEK-Einheit sprach kurz mit den beiden Kommissarinnen und erklärte ihnen, wie er vorgehen würde. Anschließend setzte sich die Autokolonne in Bewegung. Sie durchquerten den Stadtteil und hielten schließlich auf einer kleinen Straße, die parallel zu der Anlage eines Kleingartenvereins verlief.

»Wir gehen über einen Nebeneingang in die Siedlung«, sagte Paulsen, als Enna ausgestiegen war. »Das sind dann noch hundertfünfzig bis zweihundert Meter.«

Einer der SEK-Beamten schob vorsichtig das Tor des Seiteneingangs auf, seine Kollegen liefen nacheinander in gebückter Haltung auf das Vereinsgrundstück.

Enna, Paulsen und Jutta Erichsen warteten, bis sie per Funk informiert wurden, dass sie nachrücken konnten. Die SEK-Beamten hatten sich aufgeteilt, um sich von drei Seiten auf das Holzhäuschen von Peter Schiller zuzubewegen.

»Wo ist denn der Parkplatz des Kleingartenvereins?«, fragte Enna Paulsen, als sie hinter dem Tor der Anlage standen.

Paulsen zeigte in nordwestliche Richtung. »Am Haupteingang. An der Straße dort sind eine ganze Reihe von Plätzen.«

»Wie weit von hier?«

»Wenn du den Weg geradeaus gehst, kommst du automatisch auf das Haupttor zu. Du musst dann nur noch über eine kleine Brücke.«

»Geht ihr zum Haus. Ich schaue mich auf dem Parkplatz um.«

Paulsen zögerte kurz, nickte aber schließlich und eilte hinter Jutta Erichsen her. Enna lief den Weg hoch und stieß kurz darauf auf die von Paulsen beschriebene Brücke, die sie über einen kleinen Bach auf eine Straße führte. Hier standen zahlreiche Fahrzeuge auf einem Standstreifen. Enna ging die Fahrzeuge langsam ab und fand an vorletzter Stelle die BMW-Limousine. Enna legte ihre flache Hand auf die Motorhaube. Warm! Der BMW musste vor Kurzem bewegt worden sein.

Ihr Funkgerät summte. Paulsen meldete sich. »In dreißig Sekunden stürmen wir die Bude.«

»Alles klar.« Enna sah auf die Uhr. Auf die Sekunde genau hörte sie ein lautes Krachen und die Rufe ihrer Kollegen, die sich als Polizisten zu erkennen gaben.

Mit angehaltenem Atem horchte Enna in die darauf entstandene Stille hinein, bis Paulsen sich wieder meldete. »Er ist nicht hier!«

»Ich stehe hier neben seinem BMW. Der Motor ist noch warm.«

»Verdammt. Er muss irgendwo auf dem Gelände sein.«

»Ich bleibe hier. Schick mir noch einen Mann, die anderen Kollegen sollen die Gegend absuchen.«

»Alles klar.«

Enna ging auf die andere Straßenseite und hockte sich mit der Waffe in der Hand hinter einen halbhohen Stromverteilerkasten. Als sie hastige Schritte hörte, sah sie vorsichtig am Kasten vorbei Richtung Brücke. Ein Mann kam in ihre Richtung gelaufen, in der Hand einen Gegenstand, der nach einem Revolver aussah. Hastig gab Enna eine Meldung an Paulsen durch und wartete mit angehaltenem Atem, bis die Schritte näher kamen. Als es sich anhörte, als sei der Mann kurz vor dem Stromkasten, sprang sie mit der Waffe in beiden Händen auf den Schotterweg, drei Meter vor ihr der Mann, der sie mit aufgerissenen Augen anstarrte.

Enna rief: »Polizei! Waffe weg!«

Der Mann hob langsam seinen Revolver.

Enna schrie ein weiteres Mal.

Statt zu reagieren, brachte der Mann die Waffe in Anschlag.

Enna zögerte nicht und schoss im gleichen Moment auf den Schotterweg direkt vor ihm. Unzählige kleine Steinchen spritzten hoch. Der Mann schreckte zurück und riss dabei den Revolver weit nach oben. In diesem Augenblick sprang Enna nach vorne und schlug mit aller Kraft auf die Hand mit der Waffe. Der Mann schrie vor Schmerz auf, im gleichen Augenblick war Paulsen zur Stelle und warf sich von hinten auf ihn. Enna wich aus, der Mann flog nach vorne auf die Schotterstraße und schrie ein zweites Mal auf. Paulsen drehte ihm die Arme nach hinten und legte ihm Handschellen an.

Fünfunddreissig

Peter Schiller wurde mit einem Einsatzfahrzeug ins Polizeipräsidium gebracht.

Enna stand neben Paulsen und Jutta Erichsen. »Durchsuchen wir jetzt Schillers Haus oder warten wir auf die Spurensicherung?«

»Die Kollegen werden sicher erst in ein bis zwei Stunden auflaufen«, sagte Jutta Erichsen. »Ihr wollt den Typen doch sicher noch heute vernehmen, oder?«

Sie gingen gemeinsam zurück zu dem kleinen Holzhaus. Die Eingangstür war aufgebrochen worden und nur notdürftig mit einem Brett gesichert. Enna zog sich Latexhandschuhe an und stülpte Schutzhüllen über ihre Schuhe, bevor sie die Hütte betrat und sich einen Überblick verschaffte. Von einem engen Flur gingen zu jeder Seite zwei Türen ab. Der erste Raum wurde als Schlafzimmer genutzt, durch das man direkt das kleine Bad mit Toilette erreichte. Der zweite Raum war die Küche, in der sich neben einer kurzen Küchenzeile ein Esstisch befand. Ein weiterer Raum diente Peter Schiller als Wohnzimmer. Im letzten und kleinsten Raum standen ein Schreibtisch und ein Regal mit unterschiedlich farbigen Ordnern. Auf dem Schreibtisch lagen ein Laptop und eine Digitalkamera.

Sie teilten sich auf: Enna übernahm das Büro, Paulsen Schlafzimmer, Bad und Küche und Jutta Erichsen das Wohnzimmer. Enna öffnete als Erstes den Laptop, gab verschiedene Passwörter ein, die aber zu keinem Ergebnis führten. In der Kamera fehlte die Speicherkarte. Sie tütete Laptop und Kamera ein und suchte weiter. Auf dem Schreibtisch lagen eine Reihe ungeöffneter Briefe, die sich allesamt als Rechnungen oder Mahnungen herausstellten. Die fünf Schnellhefter enthielten Protokolle verschiedener Aufträge, die Schiller bearbeitet hatte. In drei Fällen handelte es sich um Observationen von Ehepartnern, in zwei von Personen, deren Arbeitgeber Schiller beauftragt hatten, ihren angeblichen Krankenstand zu überprüfen. All diese Protokolle stammten aus dem letzten und vorletzten Jahr. In der Schreibtischschublade fand Enna einen weiteren Ordner mit Rechnungen. Im laufenden Jahr hatte Schiller offiziell etwas über zweitausend Euro eingenommen. Im ganzen Jahr davor waren es nicht einmal sechstausend. Enna suchte weiter, fand ein Notizbuch mit Namen und Telefonnummern und weitere Aufzeichnungen, die sie nicht zuordnen konnte. In der untersten Schublade lag eine Schachtel mit Munition.

Nach einer Stunde brachen sie die Durchsuchung ab und fuhren ins Hamburger Polizeipräsidium. Enna kannte das eindrucksvolle Gebäude von einem früheren Besuch. Von dem großen kreisrunden Bau gingen zehn Gebäudetrakte sternförmig ab.

»Schick«, sagte Paulsen, der stehen geblieben war und an dem hohen Gebäude emporschaute. »Wie findet man sich in einem solchen Teil zurecht?«

Jutta Erichsen lachte. »Ein paar Tage hat das bei mir schon gedauert.«

Enna und Paulsen eilten hinter ihr her, liefen lange Gänge entlang und standen schließlich vor einer Tür, die Jutta Erichsen mit ihrer Schlüsselkarte öffnete. Sie betraten einen Flur, von dem mehrere Türen abgingen. Jutta Erichsen ging in eines der Büros und kam kurz darauf zurück. »Schiller sitzt schon im Vernehmungsraum. Drückt einfach den roten Knopf auf eurer Seite, dann wird alles in Bild und Ton aufgenommen. Ich kann die Vernehmung von meinem Büro aus verfolgen.« Sie zeigte den Gang hinunter. »Die vierte Tür rechts.«

Paulsen nahm Peter Schiller die Handschellen ab und bat den uniformierten Beamten, draußen zu warten. Enna und er setzten sich, starteten die Aufnahme und klärten Schiller über seine Rechte auf.

»Ich wusste nicht, dass ihr Bul… dass ihr von der Polizei seid«, platzte er ungefragt heraus. »Was soll ich auch denken bei einem solchen Überfall. Steht das Haus überhaupt noch?«

Paulsen zog ein aktuelles Foto von Alfred Bagus aus seiner Mappe und schob es über den Tisch. »Kennen Sie diesen Mann?«

Schiller warf einen flüchtigen Blick auf die Aufnahme. »Nein, nie gesehen. Wer ist das?«

»Herr Schiller. Sie haben vor …«, Paulsen hob den Arm und schaute auf seine Uhr, »… fast genau zweieinhalb Stunden eine Polizeibeamtin mit einer nicht registrierten Waffe bedroht.«

»Bullshit! Das war Notwehr. Ich habe Ihnen doch gerade gesagt, dass …«

Paulsen schlug mit der flachen Hand auf den Tisch. »Herr Schiller«, fuhr er ihn an. »Sie werden keinen Richter finden, der Ihnen die Story abnimmt. Die Fakten reichen dreimal, um Sie dem Haftrichter vorzuführen.«

»Träum weiter!«

Enna räusperte sich und wandte sich halblaut an Paulsen. »Ich habe eben kurz mit dem Staatsanwalt in Oldenburg gesprochen. Er beantragt gerade die Überführung und bereitet eine Mordanklage vor.«

»Was reden Sie da?«, stieß Schiller mit schriller Stimme hervor.

»Curt Thaysen ist vor drei Jahren in seinem Haus ermordet worden«, sagte Enna. »Der Mann, den Sie vorhin auf dem Foto nicht erkannt haben, hat uns einiges über Sie erzählt.«

»Unsinn! Ich kenne Bagus doch, er ...« Er verstummte. »Verdammt, ja, ich kenne dieses Arschloch. Und? Was beweist das jetzt?«

»Wir werden nachweisen, dass Alfred Bagus bei Ihnen im Fahrzeug gewesen ist. Wir haben in der Oldenburger Pension ausreichend Fingerabdrücke und DNA sichergestellt, die wir mit hoher Wahrscheinlichkeit Ihnen zuordnen können. Ihr Fahrzeug ist nachweislich an mehreren Stellen gesehen worden, die direkt mit dem Tod von Curt Thaysen zu tun haben. Ihr Handy mit polnischer Prepaidkarte wird gerade untersucht. Wir werden dort Verbindungen zu Alfred Bagus finden und zu einigen anderen Personen.« Enna legte eine Pause ein. Schiller schaute hektisch zwischen ihr und Paulsen hin und her und fuhr sich gleichzeitig mit der Hand durch die Haare.

Paulsen beugte sich weit über den Tisch. »Sie sind am Arsch, Mann. So was von am Arsch.«

Enna zog Paulsen zurück auf seinen Stuhl. »Auch wenn ich es anders ausdrücken würde als mein Kollege, inhaltlich kann ich ihm absolut zustimmen.«

»Was wollen Sie von mir?«, presste Schiller hervor. In seinen Augen stand eine Mischung aus Wut und Angst.

Enna schob ein weiteres Mal das Foto von Bagus über den Tisch, gefolgt von dem Phantombild des Mannes, der Jasmin Kessler bedroht hatte.

»Was soll das?«, zischte Schiller mit Blick auf das Foto. Er schob es wieder zurück zu Enna und schien erst in diesem Augenblick das Phantombild wahrzunehmen. Er starrte für einen Moment auf die Zeichnung, zog ruckartig seine Hand zurück und schluckte schwer.

»Sie kennen den Mann?«, fragte Enna und tippte dabei auf das Phantombild.

»Wen?«, fragte Schiller. Seine Stimme klang nicht mehr so aggressiv.

»Den Mann auf der Zeichnung?«, fragte Enna ein weiteres Mal.

Erst jetzt wagte Schiller einen weiteren Blick, schüttelte schließlich den Kopf und schob das Blatt zurück auf Ennas Seite.

»Sie sind ihm nie begegnet?«

»Nein, sag ich doch.«

Enna drückte auf den roten Knopf und stand auf. Paulsen folgte ihr.

»Ihre Entscheidung«, sagte Enna und wandte sich ab.

Vor der Tür baten sie den uniformierten Kollegen, zurück in den Vernehmungsraum zu gehen. »Wenn der Mann nach uns fragt, reagieren Sie zunächst abweisend. Erst beim zweiten Mal rufen Sie mich bitte an.« Enna reichte ihm eine Visitenkarte. »Sollte er fragen, was jetzt passiert, sagen Sie ihm, dass er gleich abgeholt wird. Untersuchungshaft und später Vorstellung beim Haftrichter.«

Der Beamte grinste. »Alles klar!«

Enna und Paulsen gingen in den Nebenraum, wo Jutta Erichsen die Vernehmung verfolgt hatte.

»Harter Brocken«, sagte Jutta Erichsen.

Enna zuckte mit den Schultern. »Der knickt schon ein. Die Frage ist nur, ob er wirklich was weiß oder auch nur eine Spielfigur war.« Aus dem Augenwinkel beobachtete sie Peter Schiller durch die Spiegelscheibe. Er hatte beide Hände auf den Tisch gelegt und den Kopf gesenkt. Hin und wieder sah er kurz hoch zu dem Beamten, der an der Tür stand.

»Was macht unser Motorradhalter?«, fragte Paulsen.

»Noch nicht zurück. Ich ziehe gleich den Kollegen ab. Wir müssen es dann morgen noch einmal versuchen.«

Paulsen nickte. »Eins nach dem anderen.«

»Habt ihr in Hamburg viel mit der russischen Mafia zu tun?«, fragte Enna an Jutta Erichsen gewandt.

»Eher weniger. Berlin und Köln sind erheblich mehr betroffen. Im Rotlichtmilieu gibt es Gruppen aus der ehemaligen Sowjetunion. Tschetschenen und Georgier, soweit ich weiß. Wieso? Denkst du an eine Verbindung nach Russland?«

»Eine Möglichkeit wäre es. Von Russland war in den letzten Tagen häufiger die Rede.«

Paulsen zeigte auf die Scheibe. »Da tut sich was.«

Peter Schiller saß jetzt aufrecht auf dem Stuhl und sah zu dem Beamten an der Tür. Jutta beugte sich vor und drückte auf einen Knopf. Peter Schillers Stimme erklang. Er fragte danach, was jetzt passieren würde. Der Beamte ließ sich Zeit mit der Antwort und folgte dann Ennas Bitte.

»Ich will mit den beiden sprechen«, sagte Schiller.

»Geht jetzt nicht. Die sind beschäftigt. Vielleicht später.«

Paulsen grinste. »Wie konntest du wissen, wie er reagieren würde?«

»Verrate ich nicht«, sagte Enna schmunzelnd.

Peter Schiller saß schweigend am Tisch, starrte geradeaus und schien vollkommen in seinen Gedanken zu versinken.

Jutta Erichsen sah auf die Uhr. »Ich hol uns mal was aus der Kantine. Irgendwelche Wünsche?«

»Kaffee!«, sagten Enna und Paulsen gleichzeitig.

Jutta Erichsen lachte. »Okay. Kuchen oder belegte Brötchen?«

Sie saßen zu dritt am Tisch. Paulsen griff nach einer Serviette und wischte sich den Mund ab. »Jetzt dürfte Schiller allmählich mal nachfragen.«

Enna zuckte mit den Schultern. »Abwarten. Eventuell braucht er auch eine Nacht in der Zelle.«

In diesem Augenblick setzte sich Peter Schiller wieder aufrecht hin und sagte etwas zu dem Beamten. Der nickte nach einer Weile, griff nach seinem Handy und wählte.

Enna nahm das Gespräch an. »Herr Schiller möchte dringend mit Ihnen und Ihrem Kollegen sprechen.«

»Sagen Sie ihm, dass wir in zehn Minuten bei ihm sind.«

»Alles klar.«

Der Beamte ließ das Handy in die Tasche gleiten. »Sie kommen.«

»Wann?«, fragte Schiller kleinlaut.

»Dauert noch. Vielleicht in zehn Minuten. Oder später.«

Sechsunddreissig

Enna stellte das Tablett mit einer Flasche Mineralwasser und einem belegten Brötchen auf den Tisch. Schiller griff nach der Plastikflasche, öffnete sie und trank mit kräftigen Schlucken.

Enna und Paulsen setzten sich.

»Sie wollten uns sprechen?«, fragte Enna.

»Ich will einen Deal«, presste Schiller heraus.

»Interessant. Was haben Sie uns anzubieten?«

»Dieser Revolver – das ist nicht meiner. Ich habe ihn nur für einen Kumpel aufbewahrt.«

»Name?«

»Jo. Mehr weiß ich nicht.«

Paulsen beugte sich. »Willst du uns verscheißern?«

Schiller schreckte zurück. »Nein, natürlich nicht. Ich weiß seinen Namen nicht. Der hat mir mal einen Gefallen getan und jetzt … Na ja, ich sollte das Teil für eine Weile … verstecken.«

Enna legte ihm das Foto von Bagus vor. »Dann fangen wir doch mal ganz von vorne an.«

Jetzt packte Peter Schiller aus: Er war zwei Monate zuvor von einem ihm unbekannten Mann angerufen worden, der ihm einen größeren Auftrag versprochen hatte. Sie hatten sich in einem Waldstück in Harburg getroffen, der Mann hatte ihm viertausend Euro Vorschuss gezahlt und ihn instruiert. Anschließend war Schiller nach Oldenburg gefahren, hatte sich in der Pension ein Zimmer genommen und damit begonnen, Benjamin Thaysen zu observieren. Als ihm klar geworden war, wie aufwendig die Arbeit war, hatte er Alfred Bagus engagiert. Zusammen hatten sie Thaysen junior rund um die Uhr beschattet, unzählige Fotos geschossen und Berichte abgeliefert. Schiller behauptete, die Wanzen in den Wohnungen weder installiert noch abgehört zu haben.

»Was ist mit diesem Mann?«, fragte Enna und schob Schiller noch einmal das Phantombild über den Tisch.

Schiller starrte schweigend auf die Zeichnung. Er schien mit sich zu kämpfen, atmete flach und schnell. Schließlich drehte er das Bild um. »Kenne ich nicht.«

»Verdammt!«, donnerte Paulsen. »Das kannst du deiner Oma erzählen, aber nicht uns. Wer ist das?«

Peter Schiller schwieg.

Enna räusperte sich leise. »Herr Schiller, glauben Sie wirklich, dass es Ihren Auftraggebern entgangen ist, dass wir Sie festgenommen haben?«

Schiller zeigte keine Reaktion.

»Wir kommen diesen Leuten auf die Spur, mit Ihrer Hilfe oder ohne. Und was meinen Sie wohl, was Ihr Auftraggeber vermutet?« Enna legte eine kurze Pause ein. »Genau! Sie werden ganz schnell als undichte Stelle ausgemacht. Ob das nun der Wahrheit entspricht oder nicht, spielt dann keine Rolle mehr.«

Schiller hob den Kopf. »Ich will ins Zeugenschutzprogramm. Sonst sage ich keinen Ton mehr.«

Nachdem Peter Schiller von zwei Beamten abgeführt worden war, setzten sich Enna, Paulsen und Jutta Erichsen noch einmal zusammen.

»Weiß Schiller wirklich was?«, fragte Paulsen. »Der will doch nur seinen Arsch retten.«

»Ich versuche gleich, Sommer zu erreichen«, sagte Enna. »Was haben wir zu verlieren? Wenn da nichts Substanzielles kommt, erübrigt sich das mit dem Zeugenschutzprogramm.«

»Auch wieder wahr«, murmelte Paulsen.

Jutta Erichsen stand auf. »Morgen früh um sieben in alter Frische?«

Sie verabredeten sich auf einem Parkplatz in der Nähe von Schukows Wohnung und verließen das Polizeipräsidium.

Enna lag auf dem Bett des Hotels und schaute an die Decke. Nach einem längeren Gespräch mit dem Staatsanwalt war es inzwischen kurz nach einundzwanzig Uhr. Zu früh zum Schlafen, zu spät, um noch etwas zu unternehmen. Sie rappelte sich auf und suchte im Zimmer nach der Minibar. Das Bier war angenehm kalt, die Nüsse frisch und gut gesalzen. Elias schlief seit mindestens einer Stunde. Sie hatte am späten Nachmittag kurz mit ihm und Alina gesprochen und würde sich morgen Vormittag wieder melden.

Als ihr Handy vibrierte, warf sie einen Blick aufs Display und nahm das Gespräch an. »Hallo, Aaron! Wie geht es dir?«

»Bei mir ist alles in Ordnung. Ich hatte es auf deinem Festnetzanschluss probiert. Bist du noch nicht zu Hause?«

»Nein, ich bin gar nicht in Oldenburg. Wir haben in Hamburg jemand festgenommen, und morgen geht die Vernehmung weiter.«

»Und du bist jetzt noch in Hamburg?«

»Ja, inzwischen im Hotel. Warum fragst du?«

»Weil ich ungefähr – wo genau bist du?«

»Winterhude, in der Nähe des Polizeipräsidiums.«

»Verrückt! Ich bin nur ein paar Kilometer entfernt im Hotel. Direkt an der Binnenalster.«

Enna atmete tief durch. »Das ist wahrlich verrückt.«

»Ja«, sagte Aaron und räusperte sich leise. »Ich könnte …« Er brach ab und schwieg.

»Oder ich«, sagte Enna in die entstandene Stille hinein.

»Nein, ich komme. Du musst doch morgen sicher früh raus und mein Termin ist … egal. Wie heißt dein Hotel?«

Aaron hob das Weinglas. »Trinken wir auf den Zufall?«

Sie saßen an einem ruhigen Tisch in der Hotelbar, im Kühler stand eine Flasche Weißwein.

Enna nahm ihr Glas und stieß mit Aaron an. »Warum nicht.«

»Wie lange bleibst du jetzt in Hamburg?«, fragte Aaron.

»Das wird sich morgen zeigen. Vielleicht müssen wir bis Donnerstag bleiben. Und du?«

»Mein Zug geht morgen Nachmittag.«

»Zug?«

»Mit dem ICE bin ich in dreieinhalb Stunden in Frankfurt. Mit dem Flieger geht es auch nicht schneller.«

»Oh, ich wusste gar nicht, dass die Verbindung so gut ist. Oldenburg–Frankfurt dauert eine Stunde länger, obwohl wir näher dran sind. Provinz halt.«

Aaron lächelte. »Die Provinz hat auch ihre Vorteile. Und der Norden ohnehin. Ich bin gerne hier oben, der Wind ist hier noch windig, die Nordsee nah und der Menschenschlag sagt mir auch zu. Manchmal etwas trocken, aber immer herzlich.«

Enna schmunzelte. »Was wird das jetzt? Ein Loblied auf den Norden? Du hast den Regen vergessen. Ich vermute mal, den magst du auch.«

Aaron wiegte den Kopf hin und her. »Oldenburg ist ja nicht ganz so verregnet wie Hamburg. Und für jedes Wetter gibt es eine passende Kleidung. Sagt man das nicht so?«

Enna lachte herzlich. »Das klingt, als wenn du deine Kanzlei nach Oldenburg verlegen wolltest.«

Aaron atmete tief durch. »Nachgedacht habe ich schon darüber. Aber so einfach ist das nicht, da wir ja mehrere Partner in der Kanzlei sind. Da müsste ich mir schon etwas anderes überlegen.«

Enna warf ihm einen irritierten Blick zu. »Du machst Scherze, oder?«

Aaron nahm sein Glas in die Hand. »Mit so etwas macht man keine Scherze. Ich zumindest nicht.« Er stellte das Glas wieder ab, ohne etwas getrunken zu haben.

Enna gab sich Mühe, sich ihre Verwunderung nicht anmerken zu lassen. Sie war auf diese Art von ernsthaftem Gespräch nicht vorbereitet und konnte sich auch nicht vorstellen, dass Aaron aus einer Laune heraus die Kanzlei verlassen und umziehen würde.

»Lass uns über etwas anderes reden«, schlug Enna vor. »Wie ist dein Hotel? Doch nicht etwa mit Blick auf die Binnenalster?«

»Vermutlich ja. Ich habe gar nicht aus dem Fenster geschaut.«

Enna schmunzelte. »Lass mich raten. Die Präsidentensuite im Vier Jahreszeiten?«

Aaron lächelte verlegen. »Ich weiß gar nicht, ob es in dem Hotel so eine Suite gibt.«

Enna zog die Augenbrauen zusammen. »Übernachtest du tatsächlich in diesem Luxushotel?« Sie hatte eigentlich nur einen Scherz machen wollen, um vom Thema abzulenken, und schien jetzt mitten ins Fettnäpfchen getreten zu sein.

Aaron hob entschuldigend die Hände. »Das hat mein Mandant für mich ausgewählt.«

Enna beugte sich vor und strich Aaron über die Hand. »Tut mir leid, das ist mir so rausgerutscht.«

»Na ja, etwas überdreht ist das schon, was mein Mandant mir da gebucht hat. Ich konnte es aber schlecht ablehnen.«

»Natürlich nicht, Aaron. Mein Fehler. Ich wollte einen Scherz machen.« Sie seufzte leise. »Können wir noch einmal das Thema wechseln?«

Aaron nickte lächelnd. »Wie geht es Elias? Wahrscheinlich kann er schon besser mit der Drohne umgehen, als ich es je lernen werde.«

»Ich habe heute Nachmittag nur kurz mit ihm gesprochen. Es war alles in Ordnung, aber ich fürchte, lange wird das so nicht mehr gut gehen. Er vermisst seine Freunde, den Kindergarten, Oldenburg und …«

»… und dich!«, ergänzte Aaron.

»Ach, meine Schwiegermutter und Alina vertreten mich ganz gut. Kinder sind stärker, als allgemein angenommen wird.«

»Ja, der kleine Mann ist schon was ganz Besonderes. Sollte ich mal Kinder haben, würde ich mir einen Sohn wie Elias wünschen.«

»Möchtest du denn Kinder?«, fragte Enna.

»Ja, wenn ich die richtige Frau finde …« Er hielt kurz inne und fügte hinzu: »… oder sie mich.« Er lächelte. »Doch, inzwischen kann ich mir das tatsächlich vorstellen.«

»Inzwischen?« Enna hatte leise gesprochen. Sie wunderte sich, wie selbstverständlich die Frage ihr von den Lippen kam. Wo war ihre Angst geblieben? Angst vor zu viel Nähe, vor Fragen, die kein Zurück mehr zuließen?

»Ja, inzwischen.« Aaron stand auf, griff nach seinem Stuhl und setzte sich auf Ennas Seite. »Darf ich?«

Enna nickte und rückte näher an ihn heran.

»Es hat sich einiges geändert. Ich habe dich kennengelernt und …« Aaron schluckte und schloss die Augen.

Enna wartete, bis er wieder aufsah, und legte ihre Hand auf seine. Ihre Augen hielten sich aneinander fest, eine gefühlte Ewigkeit saßen sie so schweigend voreinander.

»Ich lie…«, flüsterte Aaron, wurde aber von Enna unterbrochen, die sich einen Finger auf die Lippen gelegt hatte. Jetzt beugte sie sich vor und küsste ihn zärtlich auf den Mund.

Enna berührte Aarons nackte Schulter und fuhr vorsichtig mit der Hand zu seiner Wange. »Nicht müde?«

Aaron legte sich auf die Seite. »Nein, überhaupt nicht.«

»Wir müssen aber schlafen. Du hast morgen einen wichti…«

Aaron unterbrach sie mit einem Kuss. »Nichts ist im Moment wichtig«, flüsterte er. »Nur wir beide.«

Enna schmiegte sich eng an ihn. Es war passiert. Sie waren in der Bar aufgestanden, Hand in Hand zum Fahrstuhl gegangen und hatten dort schweigend gewartet, bis sich die Tür geöffnet hatte.

»Bereust du es?«, fragte Aaron.

»Nein. Du?«

»Ich fühle mich wie der glücklichste Mensch auf der Welt.«

Enna lächelte.

»Und du?«, fragte Aaron.

Enna küsste ihn zärtlich. »Ich bin hier, du bist hier. Wir beide in einem Bett …« Sie lächelte. »Niemand hat uns gezwungen. Alles andere wird sich zeigen.«

Aaron zog sie an sich. »Ich liebe dich, Enna Andersen.«

Siebenunddreissig

Enna drehte sich auf die Seite und angelte nach ihrem Handy. Erleichtert atmete sie auf. Es war kurz vor sechs, sie hatte nicht verschlafen.

»Wir haben noch Zeit.«

Enna wandte sich zu Aaron um. »Hast du nicht geschlafen?«

»Nein. Vielleicht ganz kurz.«

Sie hob ihre Bettdecke leicht an und hielt Aaron die Hand hin. »Kommst du zu mir?«

Sein Körper fühlte sich warm und weich an. Enna fuhr mit der Hand durch seine dichten Haare, lächelte. »Es war schön heute Nacht. Sehr schön.«

»Noch viel schöner«, sagte Aaron. »Musst du wirklich arbeiten? Ich könnte meinen Ter…«

»Ja, Aaron. Du weißt doch, was an dieser Vernehmung hängt.«

Er schwieg.

»Aber vielleicht kann ich noch eine Nacht in Hamburg bleiben.«

Aaron strahlte sie an. »Das wäre …« Er rang nach Luft. »… wunderschön.«

»Und wir haben auch jetzt noch etwas Zeit.« Enna fuhr mit der Hand unter die Bettdecke und wanderte langsam weiter nach unten.

»Ja«, flüsterte Aaron. »Wir haben noch ewig Zeit.«

Jutta Erichsen stand neben ihrem Auto, als Enna auf den Parkplatz fuhr. Enna warf einen Blick auf die Uhr, sie war fünf Minuten zu spät.

»Paulsen noch nicht da?«

»Er ist schon vor Ort. Oder noch immer. Wir sollen nachkommen. Ich habe seinen Standort.«

Enna sah Jutta Erichsen erstaunt an. »Noch immer? Wie lange ist er schon da?«

»Klang etwas müde, der gute Jan. Kann es sein, dass er die ganze Nacht gewartet hat?«

»Mir hat er nichts davon gesagt.« Enna zeigte auf Jutta Erichsens Passat. »Nehmen wir dein Auto?«

Auf der Fahrt warf Jutta Erichsen Enna einen verstohlenen Blick zu. »Alles gut bei dir?«

»Klar, warum nicht?«

»Du wirkst heute … irgendwie anders.«

Enna fuhr mit der Hand durch ihre Haare. »Ich hatte nicht so viel Zeit, mich zu stylen. Musste alles etwas schnell gehen.«

Jutta Erichsen schmunzelte. »Schlecht geschlafen heute Nacht?«

»Geht so«, sagte Enna und schaute verlegen aus dem Seitenfenster.

Nachdem sie in die Seehafenstraße eingebogen waren, lag rechts von ihnen das alte Harburger Industriegebiet. Jutta parkte in einer Seitenstraße und stieg aus. Enna zog sich die Schutzweste an und folgte ihr. »Wo geht's lang?«

Jutta Erichsen zeigte die Straße hinunter. »Das müssen so zweihundert Meter in die Richtung sein. Eine alte Werkstatt mit Wohnung, in der Schukow Autos und Motorräder repariert. So ist es zumindest angemeldet.«

Paulsens Auto stand gut geschützt vor einem großen Container etwas abseits von der Straße.

»Moin!«, begrüßte Paulsen sie, als sie zu ihm ins Auto stiegen.

Enna sah in die müden Augen ihres Kollegen. »Moin, Paulsen, wie lange bist schon hier?«

»Hat sich so ergeben«, murmelte Paulsen. Er griff nach hinten zu seiner Digitalkamera. »Hat sich aber gelohnt.« Er nahm die Speicherkarte heraus und reichte sie Enna. »Mein Laptop liegt auf dem Rücksitz.«

»Das war ja um Mitternacht«, sagte Enna, als sie das erste Foto aufgerufen hatte, auf dem rechts am Rand Datum und Uhrzeit eingeblendet waren.

»Egal. Ich bin Schukow gefolgt, als er mit seinem Motorrad die Biege machte. Er hat sich mit zwei Typen getroffen. Die sind mit diesem Auto gekommen.« Paulsen hatte das nächste Foto aufgerufen. »Später, als Schukow zurück in seiner Werkstattwohnung war, habe ich noch einmal die Raststättenvideos durchgesehen. Und siehe da, das Auto war dabei. Allerdings hatte ich es nicht auf dem Schirm, weil es abseitsstand.«

»Das gleiche Kennzeichen?«, fragte Jutta Erichsen.

»Nein, beziehungsweise auf dem Video war das Kennzeichen nicht eindeutig zu erkennen. Aber …« Paulsen vergrößerte das Foto. »Der Mercedes hat hinten am Kotflügel eine gut sichtbare Delle.« Er klickte auf ein weiteres Foto. »Das ist ein Screenshot aus dem Überwachungsvideo. Die Beschädigung ist eindeutig die gleiche.« Der Screenshot war unscharf und pixelig, trotzdem konnte man die Beschädigung am Kotflügel erkennen. »Jens kann da sicher noch mehr rausholen«, fügte Paulsen hinzu.

»Hast du Fotos von den beiden Männern aus dem Mercedes?«, fragte Enna.

Paulsen öffnete mehrere Bilder. »Man kann sie nicht gut erkennen, aber ich verwette meinen Arsch, dass der Fahrer unser Phantom ist. Der scheint übrigens der Leibwächter von dem Dicken zu sein. So kam es mir zumindest vor.«

»Kannst du noch mal das Kennzeichen von dem Auto zeigen?«, sagte Jutta Erichsen. »Ich lass das gleich mal checken.«

Paulsen reichte ihr einen Zettel. »Habe ich schon notiert.«

»Wie gehen wir vor?«, fragte Jutta Erichsen, nachdem sie mit einem ihrer Kollegen telefoniert hatte.

Paulsen rief auf seinem Laptop Google Maps auf. »Da ist der Vordereingang, durch den wir gleich gehen. Schukow hat hinter der Werkstatt seine Wohnung. Wenn ich das richtig sehe, gibt es von der eine Tür zur Parallelstraße. Einer von uns sollte dort zur Sicherheit stehen.«

»Okay, das mache ich«, schlug Jutta Erichsen vor. »Sobald ich da bin, gebe ich euch Bescheid.«

Wenig später vibrierte Ennas Handy. Jutta Erichsen schrieb, dass sie vor dem Hintereingang stehen würde. Enna und Paulsen gingen auf das große, offen stehende Tor des Grundstücks zu. Auf der rechten Seite des Hofes waren mehrere beschädigte Fahrzeuge nebeneinander aufgereiht, auf der linken Seite stand ein 7er-BMW älteren Jahrgangs.

»Wo ist das Motorrad?«, fragte Enna.

Paulsen zuckte mit den Schultern. »Keine Ahnung. In der Nacht hat Schukow es hier abgestellt.«

Enna und Paulsen gingen auf die kleine Werkstatt zu, deren Tor geschlossen war. Paulsen klopfte an die Tür neben dem Tor und trat zurück.

Die Tür wurde von innen geöffnet. Ein Mann Anfang vierzig mit dunklem, zurückgekämmtem Haar sah sie fragend an. Enna erkannte ihn von Paulsens Observationsfotos wieder.

»Herr Schukow?«, fragte Paulsen.

Der Mann schaute Paulsen mit zusammengezogenen Augenbrauen an. »Wer will das wissen?« Sein Blick fiel auf Enna und er erstarrte für einen Moment, bevor er die Tür zuschlug. Paulsen nahm Anlauf und warf sich mit seinem ganzen Gewicht gegen die Metalltür, die dem Aufprall aber standhielt. Er hielt sich mit schmerzverzerrtem Gesicht die Schulter und versuchte gleich darauf, die Tür mit einem Fußtritt zu öffnen.

Enna hatte, direkt nachdem Schukow die Tür zugeschlagen hatte, ihr Handy aus der Tasche gezogen und Jutta Erichsens Nummer gewählt.

»Schukow ist uns entwischt. Kann sein, dass er gleich bei dir auftaucht.«

»Alles klar.«

Auch Paulsens Fußtritt war erfolglos geblieben. »Verdammter Mist! Ist das eine Panzertür?«, fluchte Paulsen.

Enna schob ihn zur Seite. »Lass mich mal.« Sie wählte zwei der Picks aus ihrem Dietrichetui und machte sich an die Arbeit.

»Was ist das denn für ein Schloss?«, murmelte Enna, nachdem sie mit dem Pick den ersten Stift im Schlüsselkanal heruntergedrückt hatte und nicht weiterkam. Sie wählte eines der anderen Werkzeuge aus. Als sie es in den Schlüsselkanal einführen wollte, wurde die Tür von innen geöffnet. Jutta Erichsen stand breit grinsend vor ihnen. »Ich bitte um Nachsicht. Ich war noch kurz beschäftigt.«

Sie betraten den kleinen Flur, an dessen Ende der Mann auf der Erde saß, der ihnen die Tür vor der Nase zugeschlagen hatte.

»Herr Schukow hat mich angegriffen«, sagte Jutta Erichsen, die jetzt eine Waffe in der Hand hielt. »Seine Waffe hat er mir dann freiwillig überlassen. Es würde mich sehr wundern, wenn er dafür einen Waffenschein hat.«

Paulsen half dem Mann auf die Beine, dessen Hände auf dem Rücken gefesselt waren.

»Das gesuchte Motorrad steht übrigens am Hinterausgang«, fügte Jutta Erichsen lächelnd hinzu.

Nachdem sie Schukow vorläufig festgenommen hatten, wurde er von zwei uniformierten Kollegen ins Präsidium gebracht, während Enna und ihre Kollegen auf den Durchsuchungsbeschluss warteten. Neben einem Laptop beschlagnahmten sie eine Digitalkamera und verschiedene Unterlagen in Papierform.

»Hast du schon Infos über die beiden Männer, die Schukow getroffen hat?«, fragte Enna, als Jutta Erichsen zurück in Schukows Wohnung kam. Sie hatte in den letzten Minuten mit dem Präsidium telefoniert.

»Ja, ich habe den Halter des Fahrzeugs. Boris Petuchow.«

»Bei euch bekannt?«

Jutta stöhnte theatralisch. »Das kannst du wohl laut sagen. Die Kollegen vermuten, dass er der Kopf der russischen Mafia in Hamburg ist. Eine kleine Gruppe, aber brutal und ohne Skrupel. Es liefen schon einige Ermittlungsverfahren gegen ihn, sie sind allerdings alle eingestellt worden. Aus seinem Umfeld sind mehrere Personen verurteilt worden, aber nur zu Bewährung oder zu kurzen Haftstrafen.«

»Also war meine Vermutung doch richtig«, sagte Enna.

»Sieht ganz danach aus. Die Kollegen schicken ein Observationsteam raus. Für eine Festnahme brauchen wir aber mehr als die Tatsache, dass Petuchows Auto zur fraglichen Zeit an der Raststätte war. Von einem Durchsuchungsbeschluss einmal ganz abgesehen.«

»Und meine Fotos?«, fragte Paulsen.

»Ein erster Schritt, nicht mehr und nicht weniger.«

Zurück im Präsidium sprach Enna mit Dr. Sommer in Oldenburg, der zusagte, sich mit seinem zuständigen Kollegen in Hamburg in Verbindung zu setzen.

»Wie gehen wir weiter vor?«, fragte Enna in die Runde.

»Ich brauche Zeit, um die Handydaten abzugleichen. Der Staatsanwalt hat gerade dafür grünes Licht gegeben. Außerdem arbeitet die Kriminaltechnik mit Hochdruck an Schukows Laptop und seinem Handy.«

»Okay, dann nehmen wir uns erst mal Schiller vor«, sagte Paulsen mit Blick auf Enna.

Sie nickte und wandte sich an Jutta Erichsen. »Wie gefährlich ist dieser Petuchow?«

»Gute Frage. Ich habe mit diesem Mann bisher nichts zu tun gehabt, aber mein Kollege hat deutlich zur Vorsicht geraten. Natürlich hat er gute Anwälte, die ihn bisher immer wieder reingewaschen haben. Wenn wir ihm nicht lückenlos nachweisen können, dass er etwas mit eurem Fall zu tun hat, wird er sich rauswinden. Meinte zumindest der Kollege.«

Paulsen stöhnte. »Schukow wird es nicht wagen, gegen ihn auszusagen. Dem brauchen wir gar nicht mit Zeugenschutz zu kommen.«

Enna stand auf. »Eins nach dem anderen. Jetzt reden wir erst mal mit Peter Schiller. Wir können nur hoffen, dass er mehr zu sagen hat als gestern. Ansonsten spielt der Staatsanwalt nicht mit.«

Achtunddreissig

Enna wartete, bis Paulsen sich an den Vernehmungstisch gesetzt hatte. »Wie geht es Ihnen heute Morgen, Herr Schiller?«

Peter Schiller schien ihre Frage nicht erwartet zu haben. Er setzte an, etwas zu sagen, schüttelte aber schließlich nur den Kopf.

Enna setzte sich und aktivierte die Ton- und Bildaufnahme. Paulsen schob ein Foto über den Tisch. »Wir haben heute Morgen diesen Mann festgenommen.«

Schiller starrte auf das Foto und schien das Atmen zu vergessen. Schließlich sog er stoßweise Luft ein und zitterte für einen Moment am ganzen Körper.

»Sie kennen ihn also«, sagte Enna und schenkte Schiller Mineralwasser ein. »Trinken Sie einen Schluck.«

Schiller sah sie an, dann das Glas und wieder Enna, bevor er langsam und vorsichtig nach dem Glas griff und trank.

»Es gibt keinen Weg zurück, Herr Schiller.«

Schiller schwieg.

»Haben Sie mich verstanden?«

Er nickte kaum merklich.

»Der Staatsanwalt ist bereit, Sie ins Zeugenschutzprogramm aufzunehmen.«

Schiller atmete erleichtert auf.

»Vorausgesetzt, Ihre Aussage ist nicht nur vollumfänglich, sondern beinhaltet auch Fakten, die zur Überführung der Haupttäter beitragen.«

»Was bedeutet das?«, fragte er mit leiser Stimme.

Paulsen räusperte sich. »Wir brauchen Beweise, mit denen wir die Hintermänner festnageln können. Larifari ist nicht mehr. Also, raus mit der Sprache.«

Enna legte Paulsen beruhigend die Hand auf die Schulter. »Schon gut. Herr Schiller weiß, was auf dem Spiel steht.«

»Mein Laptop«, sagte Peter Schiller. »Haben Sie meinen Laptop?«

Die IT-Abteilung hatte es bisher nicht geschafft, Schillers Passwort zu knacken. Enna hatte sich das Gerät aus der Kriminaltechnik kommen lassen und zog es jetzt aus ihrer Tasche. »Sollten Sie irgendeinen Trick versuchen, um die Daten zu löschen, wird sich das nicht positiv für Sie auswirken.«

Schiller nickte und zog den Laptop zu sich her. Paulsen war aufgestanden und schaute ihm über die Schulter. Nachdem er den Rechner hochgefahren hatte, gab Schiller ein langes Passwort ein und kurz darauf ein zweites. Paulsen nickte Enna zu als Zeichen, dass alles in Ordnung sei. Schließlich drehte Schiller den Laptop zu Enna um. Auf dem Foto war Wladimir Schukow vor seiner Werkstatt zu sehen.

»Sie haben Schukow observiert?«, fragte Enna.

»Kurz nachdem ich den Auftrag von ihm bekommen habe. Die Kontaktaufnahme habe ich auch aufgezeichnet. Die ersten zwei Tage bin ich ihm dann gefolgt und in den Wochen darauf war ich immer mal wieder ein bis zwei Tage in Hamburg und habe ihn dann weiter beobachtet.«

»Warum?«, fragte Paulsen.

»Ich wollte auf Nummer sicher gehen. Mir kam der Auftrag nicht ganz koscher vor und erklären wollte mir der Typ auch nicht, um was es geht. Klicken Sie weiter, dann kommen die nächsten Fotos.«

Schiller hatte nicht nur Schukow fotografiert, sondern auch alle Personen, mit denen er sich getroffen hatte. Mehrfach kam der Mercedes ins Bild, den Paulsen auf den Aufnahmen der Autobahnraststätte entdeckt hatte. Zusätzlich hatte Schukow andere Männer getroffen.

»Haben Sie Namen?«, fragte Enna.

»Nein, das war mir dann doch zu heiß. Mit den Russen ist nicht zu spaßen. Aber ich habe genau notiert, wann und wo ich die Fotos gemacht habe.«

»Haben Sie je mit diesem Mann gesprochen?«, fragte Paulsen und zeigte auf den Mann, der vermutlich Boris Petuchow war und den Paulsen in der letzten Nacht zusammen mit Schukow observiert hatte.

Peter Schiller schwieg.

»Wenn Sie ins Zeugenschutzprogramm kommen wollen, brauchen wir mehr, als Sie uns bisher geliefert haben«, sagte Enna.

Peter Schiller deutete aufs Mikrofon. »Können Sie das ausstellen?« Er sah hoch zur Kamera. »Und das auch?«

Enna drückte auf den Schalter, das rote Licht erlosch. »Also?«

»Was ich jetzt sage, werde ich ohne Zeugenschutz nicht wiederholen, weder hier und schon gar nicht vor Gericht.«

»Das haben wir verstanden«, sagte Paulsen mit genervter Miene. »Also, raus damit.«

»Ich habe einmal mit diesem Mann gesprochen. Ich kenne seinen Namen nicht, aber er muss ein hohes Tier sein.«

»Weiter!«, forderte ihn Paulsen auf.

»Das war ganz am Anfang. Nachdem ich einen oder zwei Berichte abgeliefert habe.«

»Und?«

»Wir haben uns auf einem abgelegenen Industriegelände in Harburg getroffen. Also, Schukow hat mich dort hingefahren und dieser Mann stand bereits da mit seinem dicken Benz. Schukow und ich sind dann ausgestiegen und dieser Typ auch. Ich vermute, er wollte mir auf den Zahn fühlen. Und mir klarmachen, was passiert, wenn ich Scheiße baue.« Schiller fuhr sich mit der flachen Hand über den Hals. »Der Typ hat gesagt, dass die Sache dreckig werden könnte. Sehr dreckig.«

»Was meinte er damit?«

»Er hat mir die Waffe gegeben. Meinte, dass sie sauber wäre und ich sie vielleicht benutzen müsste. Das war aber keine Frage, sondern eine Ansage.«

»Hätten Sie es gemacht?«, fragte Enna.

»Nein«, antwortete Schiller. »Ich habe gehofft, dass es nicht dazu kommt. Ansonsten wäre ich halt untergetaucht.«

»Und die Waffe für Bagus? Kam die auch von … dieser Seite?«

»Ja, die hat Schukow mir gegeben. Er wusste, dass ich noch jemand engagiert hatte, und meinte, es wäre besser so.«

Enna schaltete die Aufnahme wieder aktiv, sie gingen noch einmal die Fotos durch und hörten sich die Tonaufnahme an. Schiller hatte bei seinen Observationen akribisch Buch geführt. Alle Aufzeichnungen zusammen mit unzähligen Fotos befanden sich auf dem Laptop. Bei der Aufnahme von Alina und Elias stoppte Enna. »Wer hat dieses Foto gemacht?«

»Ich«, gab Schiller zu. »Aber das war ein anderer Auftrag.«

»Von wem?«

»Nicht Schukow, jemand anders. Er hat ein paarmal angerufen.«

Enna nahm Schillers Handy aus dem Asservatenbeutel und reichte es ihm. »Konnten Sie eine Nummer sehen?«

Schiller schüttelte den Kopf. »Die war unterdrückt.«

»Wann hat er angerufen? Wir brauchen die genaue Zeit.«

Schiller ging die eingegangenen Anrufe durch, nannte Datum und Uhrzeit und suchte weitere Anrufe des Mannes heraus.

»Was genau war Ihr Auftrag?«, fragte Enna weiter, nachdem sie das Handy zurück in den Beutel gesteckt hatte.

»Ich sollte dieses junge Mädchen zusammen mit dem Kind, das es betreut, fotografieren.«

»Ausdrücklich beide?«

»Ja, das war der Auftrag. Bagus hat es dann im Copyshop ausgedruckt und in den Briefkasten geworfen.«

Enna stand auf, nickte Paulsen zu und verließ den Raum. Vor der Tür lehnte sie sich an die Wand, holte tief Luft und schloss die Augen.

»Wer ist das auf dem Foto?«

Enna sah auf. Sie hatte nicht gehört, dass Jutta Erichsen in den Vorraum gekommen war.

»Mein Sohn und unser Au-pair.«

»Verdammt! Wo sind die beiden?«

»Ich habe sie am nächsten Tag in Sicherheit gebracht.«

»Und du arbeitest an dem Fall weiter?«

Enna stöhnte leise. »Es war bis vor ein paar Minuten nicht klar, ob Elias nur zufällig mit aufs Foto gekommen ist. Nicht ich habe die Warnung bekommen, sondern eine Kollegin.«

»Und jetzt?«, fragte Jutta Erichsen.

»Ich habe mir ein Limit bis Anfang der nächsten Woche gesetzt. Dann übernimmt eine andere Einheit den Fall.«

»Verstehe, deshalb das Tempo. Was war übrigens vorhin, als Ton und Bild ausgeschaltet waren?«

Enna berichtete ihr, dass Schiller mit Petuchow gesprochen hatte.

»Wenn jetzt noch die Handydaten dazukommen, sollte es für eine vorläufige Festnahme reichen. Auch von seinem Fahrer.«

Enna atmete tief durch. »Das denke ich auch. Ich telefoniere noch mit dem Oldenburger Staatsanwalt und gehe dann wieder rein.« Sie wandte sich ab, drehte sich aber gleich wieder um. »Hatte ich eigentlich schon Danke gesagt für deine fantastische Unterstützung?«

»Nicht nötig, Enna.« Jutta Erichsen kam auf sie zu und strich ihr über die Schulter. »Ich kümmere mich jetzt mal um Petuchow und seinen Fahrer und lasse sein Haus observieren.«

»Ich beende die Vernehmung von Schiller und spreche mit unserem Staatsanwalt.«

»Gut, dann werde ich den Hamburger Staatsanwalt schon mal informieren.«

»Danke, Jutta. Du hast was gut bei mir.«

Jutta Erichsen grinste. »Ich komme darauf zurück.«

Zurück im Vernehmungszimmer nickte Enna Paulsen zu und setzte sich. »Sie haben heute den Haftprüfungstermin«, sagte Enna an Peter Schiller gerichtet. »Anschließend werden Sie nach Oldenburg überführt. Über die weiteren Maßnahmen entscheidet der Staatsanwalt.«

Peter Schiller nickte. »Ich habe kein Geld für einen Anwalt.«

»Sie bekommen einen Pflichtverteidiger.«

»Was passiert in Oldenburg?«, fragte Schiller.

»Das entscheide nicht ich. Aber mit ganz viel Glück kommen Sie mit einem dunkelblauen Auge davon.«

Enna und Paulsen fanden Jutta Erichsen in ihrem Büro.

»Spielt euer Staatsanwalt denn jetzt bei der Sache mit?«, fragte sie.

»Ja, er wird Schiller einen Deal anbieten. Die Aussage sollte reichen, um Petuchow und seinen Fahrer herzuholen.«

Jutta Erichsen nickte. »Ich habe auch gerade eben die erste Auswertung der Handydaten bekommen. Sieht gut aus.

Petuchows Handy war mehrfach in der gleichen Funkzelle angemeldet wie das Handy, das die Daten vom Abhörhandy empfangen hat. Ich rufe jetzt den Staatsanwalt an und sehe, was er zur Festnahme von Petuchow sagt.«

»Dann lassen wir Schukow noch etwas schmoren«, schlug Paulsen vor. »Ich habe mächtig Hunger. Wo war hier noch die Kantine?«

Neununddreissig

»Herr Schukow, es hat keinen Sinn zu leugnen, dass Sie das Haus in Greetsiel durchsucht haben«, sagte Enna zum zweiten Mal. Seit einer Dreiviertelstunde vernahmen sie Wladimir Schukow, der ihnen nur widerwillig und wortkarg ihre Fragen beantwortet hatte. »Wir haben von zwei Personen DNA sichergestellt. Sie wissen selbst am besten, dass Sie eine dieser Personen sind.«

»Und wenn schon!«, zischte Schukow. »Kann sein, dass ich da mit einem Kumpel zusammen eingestiegen bin. War dumm, ich weiß, aber das lässt sich jetzt nicht mehr ändern.«

»Greetsiel ist etwas weit entfernt von Ihrem eigentlichen – ich nenne es jetzt mal – Einsatzgebiet.«

»Wir haben einen Ausflug gemacht. Ja und?«

»Name Ihres Partners?«

»Hab ich vergessen«, murmelte Schukow.

Paulsen zog die ausgedruckten Fotos der letzten Nacht aus einem Ordner und legte sie auf den Tisch.

Schukow warf einen Blick auf die Aufnahmen und schluckte schwer. »Was soll das?«

»Kennen Sie die beiden Männer?«

»Keine Ahnung, Mann. Ich merke mir solche Sachen nicht.«

»Die beiden haben also nichts mit Ihrem ›Ausflug‹ nach Greetsiel zu tun?«, fragte Enna.

Wladimir Schukow war sichtbar unruhig geworden, seit er die Fotos gesehen hatte. Seine Augenlider zitterten, sein Blick huschte immer wieder zwischen Enna und Paulsen hin und her. »Ich will meinen Anwalt sprechen«, presste er hervor, richtete sich auf und fügte laut hinzu: »Sofort! Ich will mit ihm telefonieren. Alleine.«

»Das ist Ihr Recht. Ich werde Ihnen ein Telefon besorgen.«

Enna und Paulsen verließen den Vernehmungsraum und trafen auf Jutta Erichsen, die auf sie wartete. »Der Staatsanwalt hat zugestimmt. SEK und Spurensuche sollten in einer Viertelstunde vor Ort sein.«

Enna nickte. »So lange sollten wir noch warten mit dem Telefon für Schukow.«

Paulsen zeigte den erhobenen Daumen. »Läuft doch alles nach Plan.«

Boris Petuchow saß mit unbekümmerter Miene auf dem Stuhl und sah sich im Vernehmungszimmer um. Enna und Paulsen standen vor dem Spiegelfenster und warteten auf Jutta Erichsen.

»Der wird uns nichts verraten«, murmelte Paulsen.

»Abwarten. Diese Typen sind so von sich eingenommen, dass sie sich nicht immer unter Kontrolle haben. Wir müssen ihn provozieren.«

Die Tür ging auf, Jutta Erichsen kam herein. Enna und Paulsen sahen sie fragend an.

»Die Kriminaltechniker sind gleich vor Ort. Das Handy werden wir dem Herrn …« Jutta Erichsen wandte sich zur Scheibe. »… sofort abnehmen. Dann können wir nur hoffen.«

»Okay, dann gehen Paulsen und ich jetzt rein«, sagte Enna.

Jutta Erichsen hob die Hand. »Warte mal, Enna. Ich halte es für besser, wenn ich das zusammen mit Paulsen mache. Es ist euer Fall, das ist mir klar, aber du bist persönlich bedroht worden. Es ist viel zu gefährlich, wenn du diesem Menschen zu nahe kommst.«

Enna setzte zu einer Entgegnung an, als Paulsen nickte. »Sehe ich genauso. Wenn der Typ wirklich so gefährlich ist, sollten wir vorsichtig sein.«

Enna sah zwischen Paulsen und Jutta Erichsen hin und her. Ihr missfiel der Gedanke, die Zügel aus der Hand zu legen, aber Juttas Argument war nicht von der Hand zu weisen. Sie hätte an ihrer Stelle den gleichen Wechsel vorgeschlagen.

»Du kannst von hier aus alles verfolgen«, sagte Jutta Erichsen. »Paulsen und ich behalten unsere Handys im Auge, dann können wir per Textnachricht in Verbindung bleiben.«

»Okay«, sagte Enna. »Dann lasst uns die Strategie festlegen.«

Boris Petuchow lächelte, als Jutta Erichsen und Paulsen den Raum betraten. Der kleine untersetzte Mann stand auf und reichte Jutta Erichsen die Hand. Anschließend begrüßte er Paulsen mit einem Nicken. »Was kann ich für Sie tun?«, fragte er.

Jutta Erichsen betätigte den Schalter für die Aufzeichnung, klärte Petuchow über seine Rechte auf und teilte ihm mit, dass er als Beschuldigter in einer Strafsache vernommen werden würde.

»Liebe Frau Hauptkommissarin, da muss eine Verwechselung vorliegen«, sagte Petuchow. »Ich bin ein seriöser Geschäftsmann und habe …«

»Wo haben Sie sich am Montag dieser Woche um zehn Uhr vormittags aufgehalten?«, unterbrach Paulsen ihn.

»Herr …«, Petuchow sah Paulsen fragend an. »Entschuldigen Sie meine Vergesslichkeit, wie war noch Ihr verehrter Name?«

»Hauptkommissar Paulsen.«

»Herr Paulsen, ich führe kein Buch über die Stunden meines Tages, aber soweit ich mich erinnere, war ich in meinem Büro.«

»Zeugen?«

»Junger Mann, immer mit der Ruhe.« Petuchow lächelte. »Mein Mitarbeiter Andrej Kalinin wird bezeugen, wo ich mich am Montag aufgehalten habe.«

»Ihr Fahrer und Leibwächter?«, fragte Paulsen.

»Wenn Sie es so nennen wollen, Herr Hauptkommissar.«

»Sie haben sicher auch eine Erklärung dafür, weshalb Ihr Handy an einer Autobahnraststätte geortet wurde?«, fragte Paulsen. »Ach so, wenn wir schon dabei sind, Ihr Auto ist dort auch gesehen worden.«

Petuchows Augenlider zuckten nervös. »Tatsächlich? Dann muss ich mich im Tag geirrt haben. Montag, sagten Sie? Ich werde unverzüglich in meinem Terminkalender nachschauen und Ihnen dann Bescheid geben.« Er stand auf. »Ich wünsche Ihnen noch einen schö…«

»Herr Petuchow, setzen Sie sich bitte wieder«, fuhr Jutta Erichsen ihn scharf an.

»Frau Kommissarin, warum dieser raue Ton?« Petuchow setzte sich und sah Jutta Erichsen fragend an. »Was kann ich denn noch für Sie tun, Frau Kommissarin?«

»Hauptkommissarin«, sagte Jutta Erichsen ruhig.

Petuchow hob entschuldigend die Hände. »Das tut mir wirklich leid. Ich wollte Sie nicht verletzen, Frau Hauptkommissarin Erichsen.«

Jutta Erichsen reagierte nicht auf Petuchows Manöver. »In welchem Verhältnis stehen Sie zu Wladimir Schukow?«

Paulsen schob eines der Fotos der letzten Nacht über den Tisch. Petuchow beugte sich vor und warf einen kurzen Blick auf die Aufnahme. »Da habe ich mich wohl geirrt.«

»Meine Kollegin hat Ihnen eine konkrete Frage gestellt«, sagte Paulsen ruhig.

»Oh, ich dachte, Sie erwarten einen Kommentar zu diesem Foto. Wird mein Heimatland nicht gerne mit Polizeiübergriffen in Verbindung gebracht? Und was muss ich hier sehen. Unbescholtene Bürger werden Tag und Nacht überwacht?« Er schüttelte verständnislos den Kopf. »Aber ja, Sie möchten, dass ich Ihnen die Frage beantworte. Der gute Wladimir ist ein Freund. Beantwortet das Ihre Frage?«

Jutta Erichsen stand auf. »Wir unterbrechen die Vernehmung für kurze Zeit.« Paulsen folgte ihr.

»Der Typ ist aalglatt«, sagte Paulsen. »Der hat ja nicht mal mit der Wimper gezuckt, als ich ihm das Foto gezeigt habe.«

»So kommen wir nicht an ihn ran«, stimmte Enna ihm zu. »Wir brauchen Zeugen und Beweise.« Sie wandte sich an Jutta Erichsen. »Du kennst hier die Haftrichter. Kommen wir beim jetzigen damit durch?«

»Petuchow hat es ja nicht mal für nötig gehalten, seine Anwälte auf uns zu hetzen. Nein, die Beweislage ist zu dünn. Aber bis morgen können wir ihn natürlich hierbehalten.«

In diesem Augenblick klopfte jemand an die Tür und öffnete sie gleich darauf. Der junge Mann sah Jutta Erichsen an. »Darf ich kurz stören? Könnte wichtig sein.«

»Komm rein, Jonas.« Sie zeigte auf Enna und Paulsen. »Das sind die Kollegen aus Oldenburg.«

»Moin!«, sagte der junge Mann und hielt einen Asservatenbeutel hoch, in dem ein Speicherstick lag. »Der kommt aus der Kamera, die ihr heute Morgen reingebracht habt. Die Fotos wurden alle gelöscht, aber wir haben einiges wiederherstellen können.« Er legte einen Ordner auf den Tisch. »Zwanzig Fotos, die allerdings nicht alle vollständig sind. Vielleicht könnt ihr ja damit etwas anfangen.«

»Danke, Jonas. Wie weit seid ihr mit dem Laptop?«

»Das macht ein Kollege aus der IT-Technik. Ich war gerade noch bei ihm und er war nicht gut ansprechbar. Sobald es da etwas Neues gibt, bist du die Erste, die es weiß.« Er grinste. »Nach mir natürlich.«

Er nickte allen zu und verließ den Raum. Jutta Erichsen öffnete den Ordner, den der junge Mann dagelassen hatte, und legte alle zehn DIN-A4-Ausdrucke auf einen langen Tisch an der Wand. Enna und Paulsen standen hinter ihr und gingen die Fotos ab. Bei der vierten Aufnahme blieb Enna abrupt stehen. Paulsen trat neben sie und stieß einen lauten Pfiff aus.

»Wer ist das da neben Petuchow?«, fragte Jutta Erichsen.

Paulsen war weiter am Tisch entlanggegangen und bei den letzten Fotos stehen geblieben. »Hier sind auch noch drei Aufnahmen mit ihr.«

Jutta Erichsen schaute Enna fragend an.

»Das ist Christine Thaysen – die Tochter unseres Opfers«, sagte Enna.

Enna legte das Handy zur Seite. In der letzten Dreiviertelstunde hatte sie mit Dr. Sommer in Oldenburg und Hauptkommissar Hinrichsen in Hannover gesprochen, anschließend hatten sie sich zu einer Telefonkonferenz zu dritt getroffen. Sie lief zurück zu den Vernehmungsräumen. Paulsen und Jutta Erichsen warteten dort auf sie.

»Und?«, fragte Paulsen.

»Kollege Hinrichsen vom LKA Hannover kommt morgen nach Oldenburg. Der Staatsanwalt sieht gute Chancen, dass er Schiller in einem Zeugenschutzprogramm unterbringen kann. Er wird gleich mit seinem Kollegen hier in Hamburg sprechen. Es wird da um den Haftprüfungstermin von Schukow und Petuchow gehen.«

»Andrej Kalinin ist inzwischen auch hier im Präsidium«, sagte Jutta Erichsen.

»Jetzt können wir nur abwarten, was die Hausdurchsuchung bei Petuchow gebracht hat«, sagte Enna. »Und ob der Laptop von Schukow weiteres Material enthält.« Sie sah auf die Uhr. »Kurz vor fünf. Machen wir für heute Schluss und treffen uns morgen um ...?«

»Acht Uhr«, schlug Jutta Erichsen vor.

»Gute Idee, ich bin hundemüde«, sagte Paulsen und stand auf.

»Soll ich dich mit zum Hotel nehmen?«, fragte Paulsen, als sie zusammen auf dem Parkplatz des Polizeipräsidiums standen.

»Danke, aber ich wollte noch jemanden in Hamburg besuchen.« Enna sah leicht verlegen zur Seite und fügte schnell hinzu: »Wo ich schon mal hier bin.« Sie lächelte Paulsen an. »Du willst sicher gleich schlafen, oder?«

»Denke schon. Hast du noch mit Pia gesprochen?«

»Mache ich gleich im Auto.«

Paulsen schloss sein Fahrzeug auf. »Bis morgen!«

Enna wartete, bis er vom Hof gefahren war, und setzte sich auf den Fahrersitz. Pia meldete sich beim zweiten Klingeln. »Endlich hört man mal etwas von euch.«

»War ziemlich viel los heute.« Enna gab ihr einen Kurzbericht vom Tag und fragte, ob es etwas Neues in Oldenburg gebe.

»Jens und ich sind wieder alleine. Mia ist zurückbeordert worden. Irgendeine größere Sache. Jens hat die halbe Nacht an der Account-Sache gearbeitet und ist erst gegen Mittag gekommen. Bisher ist ihm wohl noch nicht der große Durchbruch gelungen. So, wie es in Hamburg gelaufen ist, spielt das sowieso keine große Rolle mehr, oder?«

»Jedes Puzzlesteinchen ist wichtig. Aber sag ihm, dass er erst mal aufhören kann. Bei der momentanen Beweislage bekommen wir auch einen Beschluss und können uns dann offiziell an den Provider wenden.«

»Das wird er nicht gerne hören«, sagte Pia. »Biss hat er ja, der neue Kollege.«

»Auf jeden Fall. Und bei dir? Bist du mit den Aufnahmen schon durch?«

»Zweimal komplett. Ich bin gerade beim dritten Durchgang. Vielleicht sollte ich mich jetzt auf Christine Thaysen konzentrieren. Es könnte sein, dass ich was gefunden habe. Lass mir noch etwas Zeit.«

»Ich denke, Paulsen und ich sind am frühen Nachmittag wieder in Oldenburg.«

»Holen wir Christine Thaysen zur Vernehmung?«, fragte Pia.

»Ich muss vorher mit Hinrichsen aus Hannover sprechen. Wir müssen ab sofort sehr vorsichtig sein und unser beider Aktionen koordinieren.«

»Okay, dann weiß ich Bescheid. Macht ihr euch noch einen schönen Abend in Hamburg?«

»Paulsen ist ins Hotel. Er hat die ganze Nacht nicht geschlafen.«

»Und du?«

Enna zögerte. Aaron und sie hatten sich während des Tages gegenseitig einige Whatsapp-Nachrichten zugeschickt, aber noch nicht darüber gesprochen, wann und wo sie sich treffen würden.

»Bist du noch dran, Enna?«

»Ja, es gab wohl eine kurze Unterbrechung der Leitung. Ich melde mich morgen Vormittag bei dir. Bis dann, Pia.«

Vierzig

»Hallo, Enna, bist du schon im Hotel?«

»Nein, Aaron, ich sitze hier im Auto vor dem Polizeipräsidium und wollte gerade losfahren. Wo bist du?«

»In meinem Hotelzimmer.«

»Ich könnte in einer Viertelstunde da sein. Was hältst du von einem Spaziergang um die Binnenalster?«

»Gute Idee! Ich warte vor dem Hotel auf deinen Anruf. Ist schwierig, hier einen Parkplatz zu finden.«

»Ich komme einfach mit dem Taxi. Bis gleich.«

»Hotel Vier Jahreszeiten, bitte.«

Enna lehnte sich erschöpft im Sitz des Taxis zurück und schloss die Augen. Der Tag hatte Kraft gekostet. Nur die Angst um Elias hatte sie heute und in den letzten Tagen durchhalten lassen. Dabei war sie sich keineswegs sicher, den richtigen Weg eingeschlagen zu haben.

»Wir wären denn da«, sagte der Taxifahrer.

Enna schreckte auf und griff nach drei Zehneuroscheinen in ihrer Tasche. »Stimmt so. Vielen Dank fürs Bringen.«

Der Taxifahrer nickte ihr freundlich zu. »Immer wieder gerne.«

Aaron kam über die Straße gelaufen. »Da bist du ja schon.« Er trat vor und schien nicht recht zu wissen, ob er Enna umarmen sollte.

Enna beugte sich vor und küsste ihn. »Ich bin nicht aus Zucker.«

Aaron lächelte und zog sie an sich. »Ich weiß, aber es ist alles noch so neu.«

Enna löste sich von ihm. »Gehen wir ein bisschen? Ich muss den Kopf freikriegen.« Sie griff nach seiner Hand und zog ihn mit auf den Gehweg, der rund um die Binnenalster führte.

»Seid ihr weitergekommen?«, fragte Aaron.

»Einen riesengroßen Schritt sogar.«

»Aber?«

»Wir bekommen es gerade mit sehr unangenehmen Menschen zu tun. Es wird sozusagen ernst. Sehr ernst sogar. Wenn die Ermittlungen scheitern …«

»Verstehe. Du denkst an Elias und Alina.«

Enna blieb stehen. »Steht mein Ehrgeiz mir im Weg? Kann ich nicht einfach einmal aufgeben? Bringe ich Elias in Gefahr?«

»Im Moment ist er in Sicherheit. Was wäre, wenn du den Fall abgibst? Würden diese Verbrecher einfach von euch ablassen? Ich glaube nicht, dass es dein Ehrgeiz ist, der dich antreibt. Folgst du nicht immer deinem Instinkt? Hast du damit schon mal komplett falschgelegen?«

»Da ging es aber immer nur um mich«, sagte Enna. »Das Risiko bin ich eingegangen, aber jetzt …«

»Ich würde dir so gerne helfen, aber ich weiß nicht …« Aaron brach ab. »Fährst du am Wochenende wieder ins Sauerland?«

»Auf jeden Fall. Ein klein wenig hoffe ich ja, dass ich Elias und Alina dann wieder mit zurücknehmen kann. Warum?«

Aaron zeigte nach vorne. »Lass uns weitergehen.«

»Warum?«, fragte Enna, als sie eine Weile schweigend nebeneinander hergegangen waren.

»Ich habe für diese Woche alle Termine abgesagt und mir auch Montag und Dienstag freigenommen. Ich dachte …«

»Aaron, ist das nicht unvernünftig?«

»Ganz ehrlich? Das ist mir im Moment vollkommen egal. Ich bin lange genug vernünftig gewesen. Nimmst du mich mit nach Oldenburg und später ins Sauerland?«

Enna blieb wieder stehen und zog Aaron an sich. Sie küsste ihn zärtlich. »Ja, ich nehme dich natürlich mit«, flüsterte sie. »Ich habe nur nicht gewagt, dich zu fragen.«

»Wow!« Enna sah sich in Aarons Suite um. »Weit weg von der Präsidentensuite ist das aber nicht.«

Nach dem Spaziergang um die Binnenalster waren sie ins Hotel gegangen, hatten eine Kleinigkeit gegessen und sich dann dazu entschlossen, in Aarons Suite zu gehen.

Enna trat ans Fenster. Vor ihr lag die Binnenalster. »Schau mal, die Fontäne auf dem See ist jetzt an.«

Aaron trat hinter sie und legte die Arme um ihre Taille. »Warte ab, bis es dunkel wird und sie von unten beleuchtet ist.«

»Hamburg ist schon schön«, sagte Enna. »Aber groß.«

»Ich muss nicht unbedingt in einer Millionenstadt leben.«

Enna wandte sich zu ihm um. »Lass es uns langsam angehen, Aaron.« Sie strich ihm mit der Hand über die Wange. »Einen Schritt nach dem anderen.«

Aaron nickte. »Ja, ich weiß.« Er hielt inne. »Vielleicht habe ich nur Angst, dass das alles ein Traum ist und ich gleich aufwache.«

Enna lächelte. »Ein Traum ist es schon, aber du wirst nicht aufwachen.«

»Versprochen?«

Enna wandte sich dem Panoramablick über die Binnenalster zu. Sie atmete tief durch. »In der Liebe gibt es keine Garantien,

Aaron. Aber was ich dir versprechen kann: Ich werde immer ehrlich zu dir sein.«

»Das reicht mir«, flüsterte Aaron. »Ich liebe dich!«

Enna schloss ihr Hotelzimmer auf und eilte ins Bad. Das Taxi hatte um kurz nach sechs vor dem Hotel Vier Jahreszeiten auf sie gewartet und sie wenig später in Winterhude abgesetzt.

Pünktlich um Viertel nach sieben saß sie im Frühstücksraum am Tisch mit Paulsen und fragte ihn, ob er gut geschlafen habe.

Er grinste breit. »Wie ein Baby. Allerdings war ich um kurz vor vier schon wach. Ich habe die Zeit genutzt und schon mal zwei Protokolle geschrieben.«

»Fleißig, Herr Kollege.«

»Und du? Warst du die ganze Nacht unterwegs?«

Enna sah ihn mit zusammengezogenen Augenbrauen an. »Wieso …?«

»Ich habe dich gesehen, wie du aus dem Taxi gestiegen bist.«

»Ach so! Ja, es ist gestern Abend spät geworden. Da habe ich bei einem Freund übernachtet.«

»Gut so«, murmelte Paulsen und fügte laut hinzu: »Wir sollten bei unserer Arbeit nicht unser eigenes Leben vergessen.« Er schenkte sich Kaffee nach. »Das kann ziemlich kurz sein.«

Jutta Erichsen stand am Flipchart und schrieb die Namen von Petuchow, Kalinin und Schukow auf den unteren Teil der Seite. Petuchow umrandete sie rot.

»Schiller und Bagus wurden also von Petuchow oder einem seiner Vasallen beauftragt«, sagte Jutta Erichsen und schrieb beide Namen über die drei schon vorhandenen. Sie verband Petuchow mit Schiller.

»Ganz oben muss Curt Thaysen hin«, schlug Enna vor.

Jutta reichte ihr den Filzstift, Enna schrieb den Namen aufs Blatt. Darunter notierte sie *Thaysen AG* und verband das

Unternehmen mit seinem Gründer. Unter dem Firmennamen platzierte sie Alexander Thaysen und seine Frau, daneben Christine Thaysen.

»Wo kommt die Escortdame hin?«, fragte Paulsen.

Enna tippte auf einen freien Platz zwischen Curt Thaysen und der folgenden Generation. Jasmin Kessler und Christine Thaysen wurden auf der einen Seite mit Curt Thaysen und auf der anderen mit Petuchow verbunden.

»Es gibt noch mehr Figuren auf dem Schachbrett, allerdings in erster Linie Opfer, wie Dr. Hagenbach. Verdächtig ist von ihnen niemand.«

»Wer von den beiden Frauen hat die Täter ins Haus von Thaysen senior gelassen?«, fragte Enna.

»Die Kessler hat ein Alibi«, warf Paulsen ein.

»Ich weiß. Vielleicht sollten wir es zur Sicherheit noch einmal überprüfen.« Enna tippte abwechselnd auf die Frauen. »Eine von ihnen hat Petuchow bei der Tat geholfen.«

»Was davon können wir beweisen?«, fragte Paulsen.

Jutta Erichsen zeigte auf ein paar Blätter vor sich auf dem Tisch. »Vielleicht sollte ich erst mal kurz die Ergebnisse aus der Technik einfließen lassen.«

Enna setzte sich zurück an den Tisch.

»Da haben wir zunächst das Handy von Schukow«, sagte Jutta Erichsen. »Er stand in der Vergangenheit regelmäßig mit Petuchow und Kalinin in Verbindung. Es gab längere Gespräche, deren Inhalt wir ja leider nicht kennen, aber auch regen …« Jutta Erichsen malte Anführungszeichen in die Luft. »… Schriftverkehr über den Messengerdienst Telegram. Auf den Handys von Petuchow und Kalinin haben wir dann die Gegenseite gefunden.« Sie tippte auf den Stapel Papier vor sich. »Ihr könnt das hier nachlesen. Die Übersetzung aus dem Russischen ist von einem Kollegen gemacht worden. Das muss noch ein vereidigter Übersetzer nachholen, aber fürs Erste wird es reichen.«

»Sind die Texte eindeutig?«, fragte Paulsen.

»Nicht alle, aber für euren Fall reicht es aus. Zum Beispiel hat Schukow direkt nach dem Einbruch eine Nachricht an Petuchow geschrieben. Es geht darum, dass sie nur knapp entwischt sind und dass sie das Gesuchte nicht gefunden haben.« Jutta Erichsen grinste. »Und von eurer Damenunterwäsche ist auch die Rede. Wollte Schukow wohl als kleinen Erfolg verkaufen, wo er und sein Kumpel ansonsten versagt haben.«

»Dann wäre das ja auch geklärt«, meinte Enna schmunzelnd. »Was habt ihr noch gefunden?«

»Dann kommen wir zu Schukows Laptop, der glücklicherweise nicht so gigantisch gesichert war wie der von Schiller. Rein oberflächlich gab es keine Dateien. Schukow hat wohl auch hier gerne gelöscht, allerdings nicht darauf geachtet, dass die Daten komplett entsorgt werden. Kurz und gut: Wir haben hier weitere Fotos gefunden, die Frau Thaysen im Gespräch mit Petuchow zeigen. Aufgrund der unterschiedlichen Kleidung gehen wir davon aus, dass es mindestens drei verschiedene Treffen waren.«

»Ich habe mich schon gestern gefragt, warum Schukow die beiden fotografiert hat«, sagte Paulsen. »Wollten sie Christine Thaysen damit unter Druck setzen?«

Enna nickte. »Davon gehe ich aus. Ob es tatsächlich zu einer Erpressung kam, wissen wir nicht. Unter Umständen war das nur eine Absicherung, falls etwas passiert wäre.«

»Sehe ich auch so«, sagte Jutta Erichsen und fuhr mit ihrem Bericht fort. »Schukows analoge Dokumente, die wir bei der Durchsuchung beschlagnahmt haben, müssen noch geprüft werden. Das wird ein paar Tage dauern.« Jutta Erichsen schlug die Seite ihres Notizbuchs um. »Kalinins Handy habe ich erwähnt, ein Laptop ist bei ihm nicht gefunden worden. Kommen wir zum mutmaßlichen Kopf der Gruppe: Boris Petuchow. Auf seinem Handy konnten wir sehen, dass er ein Gespräch mit Christine Thaysen geführt hat. Die Anfrage an seinen Provider ist raus. Ich vermute, dass wir noch weitere Gespräche finden werden. Das Telefonat hat fünf Minuten gedauert, es kann also kein Zufall gewesen sein. Über den Inhalt wissen wir auch hier nichts, sodass sich die Dame einfach herausreden kann, was übrigens auch für die Fotos gilt.«

Enna wollte zu einer Entgegnung ansetzen, als Jutta Erichsen ihren ausgestreckten Zeigefinger hob. »Wir haben aber noch etwas gefunden: Petuchow und Christine Thaysen haben sich ebenfalls über Telegram unterhalten.«

Enna beugte sich vor. »Das ist eine gute Nachricht. Um was ging es?«

»Da die Nachrichten auf Deutsch verfasst sind, war es für mich einfacher, sie durchzusehen. Die älteste Nachricht ist etwas über ein Jahr alt. Wir vermuten, dass Petuchow alles vor dieser Zeit gelöscht hat, oder er hat ein neues Handy bekommen und beim Übertragen sind die Daten nicht mit geladen worden. Ich habe die Nachrichten jetzt nur überflogen. Ihr werdet da mehr mit anfangen können, aber ich versuch es mal: Ein Teil der Nachrichten sind nur Verabredungen für Telefongespräche. Die lasse ich mal außen vor. Dann geht es um Christine Thaysens Schwierigkeiten mit ihrem Bruder, die sich offensichtlich immer mehr zugespitzt haben. Anscheinend hat er sie verdächtigt, nicht sauber gearbeitet zu haben. Er ist offensichtlich der Meinung gewesen, sie habe Geld unterschlagen. Ich musste da viel in die kurzen Sätze reininterpretieren, aber schaut sie euch selbst an. Außerdem sprechen sie über die finanzielle Unterstützung von Projekten. Petuchow scheint frisches Geld gehabt zu haben und Frau Thaysen hielt es wohl aufgrund des schwierigen Verhältnisses zu ihrem Bruder nicht für den geeigneten Moment, weitere Geschäfte mit Petuchow anzubahnen. Er setzt sie dann unter Druck, sie scheint nachzugeben. Das Problem ist dann vermutlich bei einem Treffen in Hamburg endgültig gelöst worden.«

»Das klingt ja, als wäre es ein Sechser im Lotto«, warf Paulsen ein. »Da wird sich Frau Thaysen nur schwer wieder rauswinden können.«

»So, ein letztes Thema umfasst wohl die Bemühungen von einem Benjamin …«

»Das ist der Sohn ihres Bruders«, sagte Enna.

»Okay, also sie teilt Petuchow mit, dass Benjamin Nachforschungen anstellt. Diese Nachrichten sind allerdings schon vor Monaten geschrieben worden.«

»Das kann durchaus sein«, sagte Enna. »Wir sind erst spät hinzugezogen worden. Der Fall hatte sozusagen ein längeres Vorspiel.«

»Verstehe. Auf jeden Fall waren das die letzten Textnachrichten. Ob sie weiter miteinander telefoniert haben, wissen wir, sobald die Daten der Telefongesellschaften da sind.«

»Habt ihr noch etwas auf Petuchows Laptop gefunden?«

»Eine ganze Reihe von Dokumenten, Daten und wahrscheinlich Zahlungsverläufe, mit denen wir aber noch nichts anfangen können.«

»Ich werde das Kollege Hinrichsen schicken. Vielleicht wird er schlau daraus.«

Jutta Erichsen klappte ihr Notizbuch zu. »Das alles sollte reichen, dass die drei erst mal in Untersuchungshaft kommen. Was ihr dann daraus macht, ist eure Sache. Ein langer Weg, vermute ich mal.« Sie schob den Stapel Papier über den Tisch und reichte Enna einen Datenstick. »Da ist alles drauf, was wir bisher aus den Geräten auslesen konnten.«

»Wie gehen wir weiter vor?«, fragte Paulsen an Enna gewandt.

»Ich denke, wir vernehmen jetzt noch einmal Schukow und Kalinin. Vielleicht schaffen wir es, einem von beiden etwas zu entlocken. Anschließend informieren wir den Staatsanwalt hier vor Ort und warten, ob die drei in Untersuchungshaft kommen.«

Jutta Erichsen nickte. »Die Haftprüfungstermine gehen um zwölf Uhr mittags los. So, wie ich den Haftrichter kenne, werden wir spätestens nach eineinhalb Stunden damit durch sein.«

Enna stand auf. »Auf geht's.«

Einundvierzig

Enna sah demonstrativ auf die Uhr. »Ihre Entscheidung, Herr Schukow. Ich warte jeden Augenblick auf einen Anruf.« Sie nahm ihr Handy hoch und legte es wieder auf den Tisch.

Seit einer Stunde vernahmen Enna und Paulsen Wladimir Schukow, der sich weigerte, mehr als das Nötigste zu antworten.

»Ich sage Ihnen ganz ehrlich: Über kurz oder lang wird einer aus Ihrer Gruppe mit uns kooperieren. Die Frage ist nicht, ob, sondern wer redet. Sie können sich selbst ausrechnen, was das für Ihr Strafmaß bedeuten kann. Unter Umständen kommen Sie als Kronzeuge infrage und können anschließend ins Zeugenschutzprogramm.«

»Lass ihn doch«, sagte Paulsen, als Schukow nicht reagierte. »Ich sag dir, Kalinin redet.« Auch er schaute auf die Uhr. »Ich gebe ihm noch eine halbe Stunde, dann haben die Kollegen ihn weichgekocht.«

»Gequirlte Scheiße!«, stieß Schukow hervor. »Ihr habt nichts.«

Paulsen lachte. »Sagt wer? Die helle Birne, die nicht einmal weiß, dass gelöschte Daten wiederhergestellt werden können? Wir haben schicke Fotos auf dem Speicherchip gefunden. Netterweise waren sie auch noch auf deinem Laptop. Weißt du, wie lange unsere Experten dafür gebraucht haben? Der Kollege konnte sich vor Lachen kaum halten.«

Schukow starrte Paulsen wütend an. »Halt's Maul, Bulle!«

»Ach weißt du, bei der langen Latte an Vergehen fällt Beamtenbeleidigung auch nicht mehr ins Gewicht. Schukow, du wanderst für fünfzehn Jahre in den Knast. Ist dir das klar?«

»Herr Schukow«, sagte Enna ruhig. »Mein Kollege hat recht. Die Beweislast ist inzwischen erdrückend. Da holt Sie auch der beste Anwalt nicht heraus.«

Schukow atmete flach. »Das werden wir ja sehen.«

Enna wandte sich an Paulsen. »Geben wir Herrn Schukow noch fünf Minuten zum Nachdenken?«

»Klar, warum nicht.«

Enna stand auf, Paulsen folgte ihr.

Vor der Tür wartete Jutta Erichsen auf sie. »Der Anwalt war jetzt bei Petuchow und sitzt gerade mit Kalinin zusammen. Ich denke, als Nächstes ist Schukow dran.«

Enna und Paulsen hatten Kalinin vernommen, es aber nach wenigen Minuten abgebrochen. Der Mann hatte sich strikt geweigert, auf irgendeine Frage zu antworten.

»Halte den Anwalt unter einem Vorwand auf«, sagte Enna. »Wir versuchen es gleich noch mal bei Schukow. Ich habe allerdings wenig Hoffnung, dass er redet.«

»Schon gar nicht, wenn dieser Anwalt bei ihm war«, sagte Jutta Erichsen. »Petuchow den Mord nachzuweisen wird nach der langen Zeit schwierig werden.«

»Die Haftprüfungstermine stehen?«

Jutta Erichsen nickte. »Wollt ihr noch einen Kaffee?« Sie zeigte auf das Tablett mit der Thermoskanne.

»Letzte Chance«, sagte Paulsen zu Schukow, als sie wieder im Vernehmungszimmer saßen.

»Und was bringt mir das?«, fragte Schukow.

Enna hob die Hände. »Das hängt davon ab, was Sie uns sagen werden.«

»Alles natürlich.«

»Fangen Sie einfach an und dann sehen wir weiter.«

»Woher weiß ich, dass ihr mich nicht reinlegen wollt und ich nachher mit leeren Händen dastehe?«

»Und wir? Der Staatsanwalt wird Ihnen keinen Deal anbieten, wenn er nicht weiß, was Sie zu sagen haben.«

»Risiko, würde ich sagen.« Schukow sah Enna grinsend an. »Entscheiden Sie sich. Ich habe einiges zu sagen. Das können Sie mir glauben.«

»Sie müssen schon wenigstens andeuten, um was es geht. Und wir brauchen mehr als nur Ihre Aussage. Fangen wir bei der entscheidenden Frage an: Wo waren Sie vor drei Jahren, als Curt Thaysen getötet wurde?«

»Ich war es nicht, wenn Sie das meinen.«

»Aber Sie wissen, wer es war?«

»So ist es«, sagte Schukow. »Was ist jetzt mit dem Deal?«

Enna stand auf. »Ich muss telefonieren.«

Im Vorraum rief sie den Staatsanwalt in Oldenburg an. Sie sprachen einige Minuten miteinander und kamen überein, dass Enna Schukow Straffreiheit anbieten konnte, sollte er nicht am Mord von Curt Thaysen beteiligt gewesen sein.

Zurück im Vernehmungsraum empfing sie Schukow mit einem Grinsen. Enna zögerte kurz, erklärte ihm aber schließlich, dass der Staatsanwalt zu einer Vereinbarung bereit wäre.

»Klingt doch gut«, sagte Schukow. »Bekomme ich das auch schriftlich?«

»Wenn Sie uns erst mal ein paar Details liefern, können wir das in die Wege leiten. Wer hat die Täter ins Haus gelassen? Was ist anschließend passiert?«

»Ja, das ist nicht ganz so einfach zu erklären«, sagte Schukow. »Soweit ich weiß, handelt es sich um …« Er stockte. »Ich kann mich darauf verlassen, dass Sie meine Informationen vertraulich behandeln?«

»Mann, rück raus damit«, fuhr ihn Paulsen an.

Schukow schreckte zurück. »Geht das vielleicht etwas netter?«

»Herr Schukow, bitte!«, sagte Enna. »Wir haben nicht ewig Zeit.« Ihr kam Schukows Verhalten inzwischen merkwürdig vor. Der plötzliche Kooperationswille war zu schnell gekommen und Schukows Worte klangen, als spiele er ihnen etwas vor.

»Es waren die Italiener. Das weiß ich aus sicherer Quelle.«

»Welche Italiener?«, fragte Paulsen bemüht ruhig.

»Mafia, was sonst. Wie heißen die da in Kalabrien? Sie kennen sich doch besser aus als unsereins.«

»Wollen Sie uns verarschen, Mann?«, fuhr Paulsen ihn an.

»Nein! Das würde ich mir nie erlauben.« Schukow grinste breit. »Du bist doch die Polizei.« Er kratzte sich an der Stirn. »Oder doch nicht?«

Enna hielt Paulsen zurück, der sich über den Tisch gebeugt hatte, um nach Schukow zu greifen.

Zwei Stunden später saß sie in Jutta Erichsens Büro und ging noch einmal die Unterlagen durch.

»Ist Paulsen schon nach Oldenburg gefahren?«, fragte Jutta.

»Ich konnte ihn gerade noch davon abhalten, Schukow zu schlagen. Ich wäre auch beinahe auf sein Schauspiel hereingefallen.«

»Vermutlich wollte er genau das provozieren. Eine blutige Nase und ein blaues Auge hätten wir vor dem Haftrichter nur schwer erklären können.«

Enna seufzte. »Ist ja noch mal gut gegangen. Und die drei sitzen erst mal sicher hier in Hamburg.« Sie warf einen Blick auf die Uhr. »Ich muss los.« Sie stand auf und umarmte ihre Kollegin. »Sehen wir uns bald mal wieder? Du könntest mit deinem Mann in Oldenburg vorbeischauen.«

»Oder du mit deinem Sohn bei uns.«

»Ich muss erst mal die nächsten Tage überstehen, dann sehe ich weiter. Ich melde mich morgen bei dir, wie wir weiter vorgehen. Die Staatsanwälte sind ja ohnehin in Kontakt.«

»Soll ich fahren?«, fragte Aaron, als Enna seine Reisetasche in den Kofferraum hievte.

»Wenn es dir nichts ausmacht ...«

»Nein, überhaupt nicht.«

Die ersten Kilometer saß Enna schweigend auf dem Beifahrersitz. Petuchow und seine beiden Helfer waren in Untersuchungshaft. Enna und Jutta Erichsen hatten vor der Sitzung dem Hamburger Staatsanwalt die Ermittlung im Detail erläutert und die Akten überreicht. Wie der Staatsanwalt später durchblicken ließ, war es nicht einfach gewesen, den Haftrichter zu überzeugen. Petuchows Anwalt hatte gleich nach der Verhandlung angekündigt, dass er Beschwerde einlegen und auf einen neuen Haftprüfungstermin dringen würde. Der Staatsanwalt hatte ihnen versichert, dass dies in den nächsten sieben Tagen sicher nicht zu der Entlassung der drei Männer führen würde.

»Denkst du über den Fall nach?«, fragte Aaron.

»Ja. Wir sind einen Schritt weiter, aber letztendlich geht es ja um den mutmaßlichen Mord an Curt Thaysen. Ich befürchte, dass wir das nicht nachweisen können.«

Aaron nickte nachdenklich. »Du hast im Moment einen verdammt gefährlichen Job. Das muss sehr belastend für dich sein.«

»Wenn es nur um mich ginge ...«

Ennas Handy klingelte. Beim Blick aufs Display erkannte sie die Nummer von Dr. Sommer. Sie nahm das Gespräch an und begrüßte den Staatsanwalt.

»Gratulation, Frau Andersen. Mein Kollege aus Hamburg hat mich gerade über die Haftprüfungstermine informiert. Peter Schiller ist übrigens heute nach Oldenburg verlegt worden.«

»Ich bin auf dem Weg nach Hause. Haben Sie bereits mit Herrn Hinrichsen gesprochen?«

»Ja, wir hatten ein längeres Gespräch. Er prüft gerade mit seinen Mitarbeitern die Daten, die Sie ihm geschickt haben, und wird um sechzehn Uhr bei mir sein. Sind Sie bis dahin in Oldenburg?«

»Das sollte kein Problem sein.«

»Wunderbar. Dann treffen wir uns in meinem Büro.«

Enna legte das Handy zur Seite.

»Schlechte Nachrichten?«, fragte Aaron.

»Nein, aber ich muss dich in Oldenburg gleich bei mir zu Hause absetzen und weiterfahren.«

»Ich könnte einkaufen gehen. Du hast doch sicher nach den letzten Tagen kaum etwas im Haus.«

»Wenn dir das nicht zu viel wird? Ich kann dir einen Schlüssel geben, dann bist du unabhängig.« Enna wunderte sich, wie leicht es ihr fiel, Aaron einen Hausschlüssel anzubieten. »Ich weiß aber nicht, wann ich zurück bin.«

Aaron lächelte. »Ich kann warten.«

Zweiundvierzig

Hinrichsen, ein großer Mann mit blonder Mähne, lächelte freundlich, als er Enna die Hand reichte. »Freut mich, Sie endlich persönlich kennenzulernen.«

Enna schluckte eine bissige Entgegnung herunter und antwortete stattdessen: »Ganz meinerseits.«

Der Staatsanwalt räusperte sich leise. »Herr Hinrichsen sagte mir schon, dass die Dateien, die Sie ihm heute geschickt haben, sehr aufschlussreich sind.«

»Oh, das freut mich«, sagte Enna und wandte sich an Hinrichsen. »Dann hat sich unsere Zusammenarbeit ja doch in die richtige Richtung entwickelt.«

Hinrichsen zog eine Augenbraue hoch, schien einen Augenblick zu überlegen, was er antworten sollte, und hob schließlich entschuldigend die Hände. »Ich muss mich für meine ursprünglich wohl sehr schroffe Art entschuldigen, Frau Andersen. Ich habe Sie und Ihre Arbeit unterschätzt.«

Dr. Sommer räusperte sich leise. »Dann wäre der Umstand jetzt ja geklärt.« Er bat Enna und Hinrichsen darum, Platz zu nehmen. »Wenn ich einmal zusammenfassen darf: Wir haben zwei mehr oder weniger zusammenhängende Fälle. Auf der einen Seite die seit Längerem geführten Ermittlungen des LKA

Hannover und auf der anderen Seite den Fall des hiesigen Cold-Case-Teams. Im Moment sieht es danach aus, als fokussierten sich beide Ermittlungen auf ein und dieselbe Person: Frau Christine Thaysen. Genau deshalb sitzen wir heute hier zusammen, um die Ermittlungen beider Teams zu koordinieren. Darf ich zunächst Sie, Herr Hinrichsen, bitten, den aktuellen Stand aus Ihrer Sicht zu skizzieren?«

Hinrichsen richtete sich auf dem Stuhl auf, nickte und holte noch einmal tief Luft. »Ich brauche in dieser Runde nicht zu erwähnen, wie schwierig Geldwäsche-Ermittlungen bei Großprojekten sind. Wir waren auf einem guten Weg durch einen von uns installierten V-Mann, haben allerdings jetzt durch die neue Datenlage einen entscheidenden Schritt gemacht.« Hinrichsen wandte sich an Enna. »Durch Ihr Datenmaterial wissen wir jetzt im Detail, nach was wir suchen müssen. Um es kurz zu machen: Ich habe Dr. Sommer heute gebeten, einen Durchsuchungsbeschluss für den Hauptsitz der Thaysen AG zu beantragen.«

Der Staatsanwalt tippte auf ein Dokument, das vor ihm auf dem Tisch lag. »Vor einer halben Stunde ist der Beschluss eingetroffen.«

»Sehr schön!«, sagte Hinrichsen. »Ich habe bereits für morgen um Punkt acht Uhr zwanzig Kollegen instruiert, die parallel den Firmensitz und die Privathäuser von Alexander und Christine Thaysen durchsuchen werden.«

Enna stöhnte innerlich auf. Warum hatte Dr. Sommer sie nicht vorgewarnt? Die Durchsuchung würde so viel Staub aufwirbeln, dass ihre Mordermittlung in den Hintergrund gedrängt werden würde.

»Frau Andersen?«, forderte Sommer sie auf.

»Auch wir sind an einem entscheidenden Punkt der Ermittlungen.« Enna zögerte kurz, bevor sie fortfuhr und den beiden Herren ihren Plan vorstellte.

Enna kam um kurz vor achtzehn Uhr im Büro an. In der Küche traf sie auf ihre wartenden Kollegen und berichtete über das Gespräch beim Staatsanwalt. »Wir warten also, bis das Haus von Christine Thaysen durchsucht wurde, und nehmen sie dann gleich darauf mit zur Vernehmung bei uns«, schloss Enna ab.

»Sie wird nicht mitkommen«, warf Pia ein.

»Dann nehmen wir sie vorläufig fest. Ich hoffe allerdings, dass sie mit uns spricht. Die Anwälte der Familie werden mit der Durchsuchung der Firmenzentrale ausreichend beschäftigt sein.«

»Unsere einzige und vermutlich letzte Chance, bevor die Kollegen aus Hannover zuschlagen«, sagte Paulsen.

Enna nickte. »Das sehe ich genauso. Ich gehe davon aus, dass die Durchsuchung des Firmensitzes Beweise im Hinblick auf die Geldwäsche bringen wird und auch dafür, dass Christine Thaysen dafür verantwortlich ist. Ich habe mit Hinrichsen und dem Staatsanwalt abgesprochen, dass wir drei Tage Zeit haben, um Christine Thaysen zu vernehmen. Sollte sie von Petuchow gezwungen worden sein, den Zugang zum Haus ihres Vaters zu ermöglichen, können wir ihr einen Deal vorschlagen. Allerdings nur in dieser Sache, und sie muss bei den Geldwäsche-Ermittlungen voll und ganz kooperieren.« Enna trank einen Schluck Kaffee. »Und wie ist der Stand hier?«

Jens Lange wollte als Erster berichten. »Mir hat das mit dem Provider keine Ruhe gelassen.« Er hob entschuldigend die Hände in Richtung Enna. »Sprich, ich habe mich nicht ganz an deine Anweisung gehalten und es weiter versucht.« Er machte eine kurze Pause und fuhr fort: »Also, ich habe die Providerdaten von Dr. Hagenbach einsehen können. Nicht offiziell, aber das ist ja nur noch Formsache. Der Kontakt lief über eine IP-Adresse in Hamburg-Wilhelmsburg, ein Internetcafé. Ob wir nachweisen können, dass Wladimir Schukow der

Absender dieser Nachrichten war, ist vermutlich Glückssache. Es käme auf einen Versuch an. Wenn er dort bekannt ist und vielleicht sogar noch der Rechner im Café vorhanden ist, besteht die Chance, dass wir auch dort fündig werden.«

»Danke, Jens.« Enna rollte innerlich die Augen über den übereifrigen Assistenten. Sie würde noch mal mit ihm über das Befolgen von Anweisungen sprechen müssen. »Ich gebe das nach Hamburg weiter. Jutta Erichsen wird sich darum kümmern.« Enna wandte sich an Paulsen. »Du wolltest noch einmal Jasmin Kesslers Alibizeugen befragen.«

»Er ist nicht in Oldenburg, soll aber nächste Woche Montag wieder im Lande sein.«

»Gut, warten wir ab, was morgen bei der Vernehmung herauskommt. Vielleicht erübrigt sich die Sache ja dann.«

»Ich habe auch noch was«, sagte Pia und öffnete ihren Laptop. »Ich bin jetzt dreimal alle Befragungen durchgegangen. Am Schluss habe ich mich auf Christine Thaysen konzentriert. Da ist mir was aufgefallen: Christine Thaysen hat in Paulsens und meiner Befragung gezögert, als es um die Beerdigung ihres Vaters ging.« Pia spielte die Passage kurz ab und fuhr fort: »Uns ist das bisher nicht aufgefallen, aber ich habe daraufhin Ben angesprochen. Und der hat mir gesagt, dass seine Tante gar nicht auf der Beerdigung war. Sie hatte angeblich gesundheitliche Probleme, was genau, wusste er nicht. Ben hat dann aber seine Mutter gefragt, die ihm erzählt hat, dass ihre Schwägerin in einer Klinik war. Eine kleine psychiatrische Privatklinik in Bad Zwischenahn. Sie hat sich nach dem Tod ihres Vaters wohl selbst dort eingewiesen.«

»Wie lange war sie da?«, fragte Enna.

»Drei Wochen, zumindest nach Auskunft von Bens Mutter.«

Paulsen sah Pia erstaunt an. »So hätte ich sie jetzt nicht eingeschätzt. Eher eiserne Lady ohne Emotionen. Warum hat sie nicht erwähnt, dass der Tod ihres Vaters ihr so zugesetzt hat? Das hätte sie doch entlastet.«

»Oder auch nicht«, sagte Enna. »Ich gehe davon aus, dass Christine Thaysen, vorausgesetzt, sie war der Lockvogel, nichts von dem eigentlichen Auftrag von Petuchows Männern wusste oder ahnte. Wenn wir weiter davon ausgehen, dass sie ihrem Vater zum Beispiel K.-o.-Tropfen verabreicht hat, dachte sie unter Umständen, selbst die Täterin zu sein. Oder ihr wurde klar, woran sie beteiligt gewesen war. Beides würde den Zusammenbruch erklären.«

Jens Lange hob zaghaft die Hand. »Ich habe mir die Aufnahmen auch angehört. Auf mich wirkt sie ziemlich clever und strukturiert. Hätte sie nicht geahnt, was diese Leute vorhaben?«

»Es wird einen Grund geben, weshalb sie mitgemacht hat«, sagte Pia. »Ich habe aber noch einen zweiten Punkt: Ich glaube, Bens Tante wusste von der Affäre ihres Vaters mit dieser Escort…dame.« Es schien Pia schwerzufallen, Jasmin Kessler als Dame zu bezeichnen. Sie öffnete den Laptop und spielte den Aufnahmeschnipsel ab.

»Da zögert sie wieder, als wir gefragt haben, ob ihr Vater eine neue Beziehung hatte.«

Pia suchte eine weitere Stelle der Aufnahme und spielte sie ab. »Hier noch einmal in einem anderen Zusammenhang. Sie antwortet ansonsten immer sehr konkret und auch ohne lange nachzudenken.«

»Du hast recht.« Enna schob ihre Kaffeetasse zur Seite und beugte sich leicht über den Tisch. »Bei mir hat Christine Thaysen sehr souverän gewirkt, als ich sie nach einer neuen Beziehung ihres Vaters gefragt habe.«

»Stimmt«, sagte Pia. »Allerdings ist sie danach ziemlich ausfällig geworden und hat dich schnell an die Luft gesetzt, als du nach weiteren Projekten ihres Vaters gefragt hast. Das wäre auch mein dritter Punkt. Ich denke, sie wusste um die Familienstiftung.« Pia suchte die Stelle in der Aufnahme und spielte sie ab.

Enna seufzte. »Du hast auch hier recht. Das klingt, als habe sie es bewusst inszeniert.«

»Was nicht unbedingt heißt, dass sie der Türöffner bei Curt Thaysen war«, gab Paulsen zu bedenken.

»Was denn noch alles?«, fragte Pia mit aufbrausender Stimme. »Alle Fäden laufen bei ihr zusammen. Und dann ist da noch die Sache mit dem Hund der Familie.«

»Es ist spät, Leute«, sagte Enna. »Wir sollten für heute Schluss machen. Morgen früh um sieben?«

Als alle nickten, stand Enna auf und reckte sich. »Ruht euch gut aus, morgen wird wieder ein anstrengender Tag.«

Aaron massierte Enna den Rücken. Sie schloss die Augen und genoss seine Berührungen. »Das tut gut. Weitermachen!«

»Ich habe vor langer Zeit einen Kurs gemacht. Wenn du dich oben etwas freimachst und dich auf den Boden legst, könnte ich dich richtig massieren.«

Enna zog ihre Bluse aus. »Gibt es etwas, was du nicht kannst?«, fragte sie schmunzelnd.

»So einiges.«

Enna legte sich auf den flauschigen Teppich, Aaron hockte sich neben sie und begann vorsichtig, sie am Haaransatz zu massieren. »Hast du zufällig Massageöl im Haus.«

»Im Badezimmerschrank ganz unten.«

Aaron stand auf und kam kurz darauf mit der Flasche in der Hand zurück.

»Zu mir oder zu dir?«, fragte Aaron, als sie im Flur vor Ennas Schlafzimmer standen.

»Zu dir. Es ist zwar enger, aber …« Enna brach ab. Aaron hatte gespürt, dass die Umgebung sie hemmte. Sie konnte sich nicht vorstellen, mit Aaron in dem gleichen Bett zu liegen, in dem sie jahrelang mit Simon geschlafen hatte.

»Das macht mir nichts«, sagte Aaron. »Wir können auch getrennt schlafen.«

Enna beugte sich vor und küsste ihn. »Nein, das können wir nicht.«

Aaron umarmte sie. »Darauf habe ich gehofft«, flüsterte er.

Aaron strich Enna eine Haarsträhne aus dem Gesicht. »Habe ich dir heute gesagt, wie sehr ich dich liebe?«

»Gefühlt ungefähr hundert Mal.«

»Darf ich es noch einmal sagen?«

Sie stupste ihn mit dem Finger auf die Nasenspitze. »Du darfst alles sagen, was du willst.«

Aaron sah ihr tief in die Augen. »Ich liebe dich, Enna Andersen. Mir ist so etwas noch nie passiert. Wenn du bei mir bist, scheint die Welt stehen zu bleiben. Alles erscheint plötzlich in einem anderen Licht, weicher und trotzdem heller. Ich könnte schreien vor Glück.« Aaron schluckte. »Wenn ich doch nur die richtigen Worte finden würde.«

Enna schmiegte sich an ihn. »Hast du doch schon«, flüsterte sie und küsste ihn zärtlich auf den Mund.

Dreiundvierzig

Enna empfing Christine Thaysen im Flur des Kommissariats. Paulsen und Pia waren um acht Uhr aufgebrochen und hatten vor Christine Thaysens Haus darauf gewartet, dass die Durchsuchung beendet war.

»Ich protestiere aufs Schärfste gegen diese Behandlung«, fuhr Christine Thaysen Enna an.

Enna zeigte auf die Treppe. »Gehen wir doch nach oben. Dort sehen wir weiter.« Sie führte sie ins Vernehmungszimmer und bot ihr einen Platz an. »Möchten Sie etwas trinken? Mineralwasser, Kaffee, Tee?«

»Ich möchte meinen Anwalt anrufen«, sagte Christine Thaysen.

Enna reichte ihr ein Telefon. »Bitte. Sie können hier ungestört sprechen. Ich komme in fünf Minuten wieder.«

Paulsen und Pia warteten in Jens' Büro auf Enna. »Wie hat sie reagiert, als ihr sie mitnehmen wolltet?«

»Gereizt«, antwortete Pia. »Aber das hängt wohl in erster Linie mit der Durchsuchung zusammen. Das steckt ja niemand so einfach weg.«

»Hat sie gefragt, weshalb ihr sie abholt?«

Paulsen schüttelte den Kopf. »Nein, aber ich denke, sie war kurz davor, sich zu weigern. Zwingen mussten wir sie allerdings nicht.«

Jens Lange kam herein und stellte Enna eine Thermoskanne mit Tee und eine mit Kaffee aufs Tablett. »Wasser, Tassen, Zucker und Milch stehen ja schon auf dem Tisch.«

»Danke, Jens.«

»Du willst nach wie vor alleine reingehen?«, fragte Pia.

»Ihr verfolgt es hier auf dem Bildschirm, und außerdem wird alles aufgezeichnet. Ich denke, alleine erreiche ich mehr. Sollte der Anwalt kommen, machen wir es zu zweit.« Enna warf einen Blick auf die Uhr. »Zwei Minuten noch. Dann gehe ich rein.«

Enna hob die Thermoskanne hoch. »Kaffee?«

Christine Thaysen nickte.

»Haben Sie Ihren Anwalt erreicht?«

»Dr. Geisen kommt, sobald …« Sie brach ab, schüttelte fast unmerklich den Kopf und zog die Kaffeetasse zu sich her.

Enna wartete, bis Christine Thaysen die Tasse wieder abgestellt hatte, und legte ihr anschließend das Foto vor, auf dem sie und Boris Petuchow an einem Tisch saßen.

Nach einer kurzen Schockstarre schob Christine Thaysen das Foto zurück auf Ennas Tischhälfte. »Was soll das?«

»Sie kennen diesen Herrn?«

»Wenn Sie mir sagen, wann und wo das Foto aufgenommen wurde, erinnere ich mich vielleicht.«

»Das Datum ist unten eingeblendet. Vermutlich ist die Aufnahme in Hamburg gemacht worden.«

Christine Thaysen warf einen kurzen Blick aufs Foto und lachte. »Das ist über drei Jahre her. Ich weiß nicht, ob ich den Kalender aus dem Jahr noch habe. Ansonsten schaue ich gerne nach.«

»Sie erkennen den Herrn also nicht wieder?«, fragte Enna.

»Nein!«

Enna legte ihr ein zweites Foto vor.

»Ja und? Dann werde ich wohl noch einmal mit diesem Mann gesprochen haben. Trotzdem erinnere ich mich nicht an ihn.«

Beim dritten Foto zuckte Christine Thaysen kurz zusammen. »Wissen Sie, wie viele Menschen ich jedes Jahr geschäftlich treffe? Das sind viele Hundert, manche davon nur wenige Minuten.«

Enna sammelte die Fotos ein und legte sie sorgfältig übereinander. »Erzählen Sie mir, wie Ihr Familienhund umgekommen ist.«

Christine Thaysen lachte. »Das ist jetzt nicht Ihr Ernst. Sie schleppen mich hierher, obwohl ich wirklich etwas Wichtigeres zu tun hätte, und fragen mich nach einem Hund, der von wer weiß wem vergiftet wurde?«

»Ihr Tierarzt konnte sich gut an Ihren Hund erinnern.«

Christine Thaysen schluckte schwer.

»Ihr Hund hatte Krebs und wurde von Dr. Kressmann eingeschläfert. Sie selbst haben den Hund in die Tierklinik gebracht.«

»Da muss der gute Mann sich falsch erinnern.«

Enna zog ein Blatt aus ihren Unterlagen. »Dann verstehe ich nicht ganz, warum Sie eine Rechnung von Dr. Kressmann beglichen haben, die genau seine Aussage bestätigt.« Sie schob Christine Thaysen die Rechnung über den Tisch.

»Das lässt sich alles erklären.«

»Frau Thaysen, welche Erklärung sollte das sein?«

Christine Thaysen atmete schwer ein. »Sind Sie wirklich so begriffsstutzig? Sollte ich meinen Kindern etwa erzählen, dass ich ihren geliebten Hund habe töten lassen?«

Enna lächelte. »Ihr Mann wird diese Version sicher gerne bestätigen?«

Christine Thaysen rollte mit den Augen. »Selbstverständlich. Ich verstehe ja, dass Sie krampfhaft nach etwas suchen, was Sie mir anhängen können, aber diese Methoden scheinen mir doch ausgesprochen fragwürdig.«

Enna griff nach der Rechnung und legte sie zurück in den Stapel.

»Seit wann wussten Sie von den Plänen Ihres Vaters?«

»Hören Sie doch auf mit diesem Genossenschaftsprojekt. Das ist Schnee von vorgestern. Und ich weiß nicht mehr, wann ich davon zum ersten Mal gehört habe.«

»Ich spreche von der Familienstiftung.«

Christine Thaysen stand auf und ging im Vernehmungsraum auf und ab. »Entschuldigen Sie, ich muss mich etwas bewegen. Mir ist kalt.«

Enna schenkte ihr Kaffee nach. »Setzen Sie sich bitte wieder.«

Mit genervtem Gesichtsausdruck zog Christine Thaysen den Stuhl wieder vor, zögerte kurz, bevor sie sich setzte. »Familien-was?«

»Stiftung. Ihr Vater war kurz davor, Ihre Anteile und die Ihres Bruders zurückzukaufen. Anschließend wollte er die Firma in eine Stiftung umwandeln. Die Verträge waren geschrieben, die konkrete Umsetzung stand kurz bevor.«

»Unsinn!«

»Die Rechtsanwälte einer renommierten Hamburger Kanzlei werden genau das bezeugen. Sie selbst wussten von den Plänen Ihres Vaters. Und zwar …« Enna zog erneut eines der Fotos heraus. »… von diesem Mann.«

Christine Thaysen sah demonstrativ auf ihre Armbanduhr. »Wir sollten dieses Gespräch nun wirklich beenden. Wenn Sie keine Fragen mehr haben …« Sie erhob sich.

»Frau Thaysen, würden Sie sich bitte wieder setzen.« Enna hatte ruhig, aber eindringlich gesprochen.

»Dr. Geisen gab mir den Rat, nicht mit Ihnen zu sprechen. Er sagte mir ausdrücklich, dass Sie mich hier nicht festhalten können.«

Enna lächelte. »Wollen Sie es wirklich darauf ankommen lassen?«

»Auf was, bitte schön? Drohen Sie mir gerade?«

Enna zeigte auf den Stuhl. »Setzen Sie sich!«

»Oder?«

Enna schwieg und sah Christine Thaysen direkt an. Die Sekunden schlichen dahin. Absolute Stille. Christine Thaysen schwankte leicht, ging einen halben Schritt zurück, seufzte dann theatralisch und zog den Stuhl wieder vor. »Sie haben noch Fragen?«

»Wo haben Sie sich am Abend aufgehalten, an dem Ihr Vater starb?«

»Zu Hause.«

»Sie waren alleine im Haus?«

»Nein, meine Kinder waren auch dort.«

»Und Ihr Mann?«

»Außer Haus.«

Enna legte ein weiteres Mal die Fotos auf den Tisch und reihte sie aneinander. »Interessiert es Sie nicht, wer diese Fotos gemacht hat und warum?«

»Paparazzi, wer sonst.«

»Passiert Ihnen das öfter?«, fragte Enna.

Christine Thaysen schwieg.

»Wir können Ihnen eine konkrete Verbindung zu Boris Petuchow nachweisen. Petuchow und seine Leute haben Ihren Vater mit dem Tode bedroht, sie haben dafür gesorgt, dass er nicht obduziert wurde, sie haben den Freund Ihres Vaters unter

Druck gesetzt und Polizeibeamte massiv bedroht. Das alles können wir lückenlos nachweisen.«

»Das möchte ich sehen«, stieß Christine Thaysen hervor.

»Seit wann wussten Sie von der Beziehung Ihres Vaters zu Frau Kessler?«

Christine Thaysen schwieg.

Enna zog das Protokoll der Chatnachrichten, die Christine Thaysen mit Boris Petuchow ausgetauscht hatte, aus dem Papierstapel. »Ich habe hier Nachrichten, die Sie an Boris Petuchow geschrieben haben. Und er an Sie. Möchten Sie sie sehen?«

Als Christine Thaysen nicht antwortete, schob Enna ihr das fünfseitige Protokoll über den Tisch. Schließlich stand sie auf und nahm ihre restlichen Unterlagen in die Hand. »Ich lasse Ihnen die Chatnachrichten gerne hier. Wir machen jetzt eine kurze Pause.«

Enna verließ den Raum und ging in Jens Langes Büro. Dort trat sie an den Bildschirm. »Was macht sie?«

»Hat sich keinen Millimeter bewegt.«

»Ich gebe ihr noch zehn Minuten, dann gehe ich wieder rein.«

»Wann haben Sie zum ersten Mal von der Familienstiftung gehört?«, fragte Enna. Seit einer halben Stunde lief die zweite Vernehmungsrunde nun schon, ohne dass Enna einen Schritt weitergekommen war. Christine Thaysen antwortete entweder gar nicht oder nur wortkarg.

»Zum mindestens fünften Mal: Ich wusste nichts von einer Stiftung.«

»Wieso hat Ihr Vater die Pläne des Genossenschaftsprojekts fallen lassen?«

»Noch einmal: Ich weiß es nicht. Curt konnte sehr sprunghaft sein.«

»Welche Verbindung haben Sie zu Boris Petuchow?«

»Ich kann mich nicht an diesen Mann erinnern.«

»Das Chatprotokoll sagt etwas anderes.«

»Das kann nur gefälscht sein. Ich hatte keinen Kontakt zu diesem Mann.«

»Frau Thaysen, die Beweise werden vor jedem Gericht dieses Landes Bestand haben. Die Fotos beweisen, dass Sie sich mehrfach mit Petuchow getroffen haben.«

»Das kann man alles manipulieren. Es gibt genügend Fotos von mir, die man in andere einbauen kann.«

»Das ist richtig, Frau Thaysen. Allerdings haben wir Experten, die solche Fälschungen erkennen. Auch die Fotos haben hundertprozentig vor Gericht Bestand.«

Christine Thaysen schwieg.

»Ich habe vorhin mit dem zuständigen Staatsanwalt gesprochen. Auch er denkt, dass die Beweise für eine Verurteilung reichen. Sie wissen, was das bedeutet?«

»Sie werden es mir gleich sagen.«

»Wieso waren Sie nicht auf der Beerdigung Ihres Vaters?«

Christine Thaysen starrte Enna wutentbrannt an. »Das geht Sie nichts an!«

»Sie haben sich selbst in eine Privatklinik in Bad Zwischenahn eingewiesen. Warum? Ist Ihnen klar geworden, was Sie getan haben, als Sie Petuchow Zugang zum Haus Ihres Vaters verschafft haben?«

Christine Thaysen sprang auf. »Was erlauben Sie sich?«, fauchte sie Enna an. »Ich hätte nie etwas getan, was meinem Vater geschadet hätte. Nie!« Das letzte Wort hatte sie geschrien.

»Setzen Sie sich wieder!«, sagte Enna energisch. »Sofort!«

Christine Thaysen sank zurück auf den Stuhl. Ihr war anzusehen, dass sie am Ende ihrer Kräfte war. Trotz des Wutausbruchs war ihr Gesicht aschfahl, ihre Augen matt. Sie atmete flach und schnell.

»Ich kann Ihnen ein Angebot machen.«

Christine Thaysen sah auf.

»Sie bekennen sich schuldig, Petuchow beziehungsweise seinen Männern Zugang zum Haus verschafft zu haben, nachdem Sie Ihren Vater ruhiggestellt hatten. Der Staatsanwalt geht in diesem Fall davon aus, dass Sie massiv unter Druck gesetzt wurden und zudem nicht wussten, was Petuchow vorhatte. Auch Ihr Klinikaufenthalt deutet auf den Umstand hin, dass Sie nichts von den Mordplänen wussten. Im Gegenzug erhalten Sie Straffreiheit und können mit Strafmilderung in dem Geldwäscheverfahren rechnen.«

Christine Thaysen starrte Enna fassungslos an. »Sie glauben allen Ernstes, dass ich dazu fähig wäre?«, flüsterte sie. »Fähig, meinen eigenen Vater zu ermorden?«

»Es kommt nicht darauf an, was ich glaube. Die Beweise sprechen eine überdeutliche Sprache. Möchten Sie es wirklich auf einen langen Indizienprozess ankommen lassen?«

»Ich habe mit dem Tod meines Vaters nichts zu tun.« Christine Thaysen hatte langsam und akzentuiert gesprochen. »Ich war das nicht. Wie können Sie nur annehmen, dass ich meinen eigenen Vater ermordet hätte?!«

Im Vernehmungsraum wurde es schlagartig still. Weder Enna noch Christine Thaysen bewegten sich. Ihre Blicke hielten sich gegenseitig fest.

In diesem Augenblick wurde die Tür hinter Enna geöffnet, jemand trat ein und räusperte sich leise.

Enna wandte sich ruckartig um. Pia stand in der Tür. »Jetzt nicht!«, fuhr Enna sie scharf an.

»Es ist wichtig. Sehr wichtig.«

Enna zögerte, stand aber schließlich auf und ging hinter Pia her.

Auf dem Flur standen Paulsen und Jens, beide mit ernster Miene.

Enna sah in die Runde. »Was ist denn los?«

Jens Lange reichte ihr ein Blatt. »Das ist gerade aus Hamburg gekommen. Die Kollegen dort konnten noch ein Foto rekonstruieren.«

Enna riss ihm das Foto aus der Hand. Im ersten Augenblick verstand sie nicht, sah auf und blickte Paulsen fragend an. Er nickte.

»Das eingeblendete Datum auf dem Foto stimmt mit dem in den Metadaten überein«, sagte Jens Lange. »Ich habe ausdrücklich noch einmal in Hamburg nachgefragt.«

»Kesslers Alibi war falsch«, murmelte Enna und fluchte: »Verdammt! Wie konnte das passieren?«

Paulsen stöhnte. »Ich hab Mist gebaut. Es gab keinerlei Widersprüche oder sonstige Anzeichen, dass er lügt. Ich hätte schwören können, dass er die Wahrheit sagt.«

»Wo ist die Kessler jetzt?«, fragte Pia.

Enna gab Jens Lange das Foto zurück. »Bei einer Freundin in der Nähe von München. Ich habe die Adresse kontrolliert und auch mit der Freundin gesprochen.«

»Was machen wir?«, fragte Jens.

Enna wandte sich an Paulsen. »Ich spreche mit dem Staatsanwalt wegen eines Haftbefehls. Kannst du die Kollegen in Bayern informieren?«

»Klar«, sagte Paulsen. »Und wenn ich selbst nach München fahre, um sie abzuholen.«

Vierundvierzig

Enna fuhr auf die Oldenburger Stadtautobahn auf. Auf dem Beifahrersitz saß Aaron, auf dem Rücksitz Pia. Die Digitaluhr im Armaturenbrett zeigte vier Uhr. Nur wenige Fahrzeuge waren am Sonntagmorgen um diese frühe Zeit unterwegs.

»Ich kann dich jederzeit ablösen«, sagte Aaron.

Enna nickte. »Alles gut. Ich bin hellwach. Versuch doch, noch etwas zu schlafen.« Sie sah in den Rückspiegel. Pia hatte sich ein Kopfkissen mitgebracht, mit dem sie sich jetzt am Seitenfenster anlehnte. Sie hatte ihre Augen geschlossen und schien bereits wieder eingeschlafen zu sein.

»Ich glaube nicht, dass ich das kann«, sagte Aaron leise. Er hatte die Sonnenblende heruntergeklappt und einen Blick in den Spiegel geworfen.

»Ich sag dir Bescheid, wenn du mich ablösen sollst.«

Aaron nickte.

Enna fuhr am Autobahnkreuz Oldenburg-Ost Richtung Osnabrück ab und beschleunigte das Fahrzeug. Bis zum Hotel im Sauerland würden sie über dreieinhalb Stunden brauchen. Am Tag zuvor hatte Pia Enna darum gebeten, mitfahren zu dürfen, nachdem sie darüber gesprochen hatten, dass es für Elias und Alina besser war, wenn sie noch einige Tage im Sauerland bleiben würden.

Ennas Gedanken wanderten zu den letzten beiden Tagen. Christine Thaysen war nach ihrer Vernehmung am Freitag von Beamten des LKA abgeholt worden, um sie zu den Vorwürfen der Geldwäsche zu vernehmen. Im Anschluss hatte der Haftrichter Untersuchungshaft angeordnet.

Nach den neuen Erkenntnissen schien Christine Thaysen am Todesabend ihres Vaters nicht in Greetsiel gewesen zu sein. Auch konnten sie ihr nicht nachweisen, dass sie von dem geplanten Mord gewusst oder ihn gar in Auftrag gegeben hatte. Im Team waren sie über Christine Thaysens Rolle uneinig gewesen. Pia war davon überzeugt, dass die Tochter von Curt Thaysen tief in den Mord verstrickt war, während Paulsen und Jens dazu neigten, der Frau zu glauben. Enna orientierte sich an den Fakten, die zumindest in diesem Fall darauf hinwiesen, dass Christine Thaysen keine direkte Schuld am Tod ihres Vaters traf.

Jasmin Kessler war am Freitag in der Nähe von München festgenommen worden und würde im Laufe des Sonntags nach Oldenburg verlegt werden. Montag früh würde sie von Enna und Paulsen vernommen werden.

Über den ganzen Samstag hatte Ennas Team die Fallakte für die Staatsanwaltschaft vorbereitet. Erst nachdem am späten Nachmittag das letzte Protokoll geschrieben und gegengelesen war, hatten sie sich auf den Weg nach Hause gemacht.

Enna schaute in den Rückspiegel. Pia schien immer noch zu schlafen. Aaron hatte auch seine Augen geschlossen, wechselte aber ab und zu seine Sitzhaltung.

»Nein, ich schlafe nicht«, sagte er, ohne aufzusehen.

»Hast du noch ein drittes, verstecktes Auge?«, fragte Enna schmunzelnd.

Er lächelte und öffnete die Augen. »Mag sein.«

»Wir sind schon kurz vor Osnabrück. Die Straßen sind bisher frei gewesen.«

»Wie lange sollen die drei eigentlich noch im Sauerland bleiben?«

»Gute Frage. Petuchow sitzt weiterhin in Untersuchungshaft, seine unmittelbaren Vertrauten auch.«

»Reicht das aus?«, fragte Aaron mit besorgter Stimme.

»Das Hamburger LKA wird Anfang der Woche Durchsuchungen in allen Wohnungen und Geschäftsräumen durchführen, die Petuchow zugeordnet werden. Ich hoffe, dass das ein entscheidender Schlag gegen Petuchows Organisation sein wird.«

»Du meinst, sie haben dann andere Probleme und werden dich und Elias in Ruhe lassen?«

»Ja, dann spielen wir hier in Oldenburg keine große Rolle mehr. Wenn dann noch die Hintermänner in Russland festgenommen werden, sind wir einen Riesenschritt weiter.«

»Glaubst du wirklich, dass diese Leute in Russland etwas zu befürchten haben?«

Enna nickte. »Der Kollege aus Hannover meinte, dass die Chancen nicht schlecht stehen. Aber das wird sich erst in den nächsten Wochen oder gar Monaten zeigen.«

»Du hast einen gefährlichen Job«, sagte Aaron leise. »Daran werde ich mich wohl gewöhnen müssen.«

Enna strich ihm kurz über die Schulter. »Normalerweise haben wir es nur mit relativ kleinen Fischen zu tun. Und die kommen nicht auf die Idee, Kriminalbeamte und ihre Angehörigen zu bedrohen. Das ist mir in dieser Form auch das erste Mal passiert.«

»Hast du deine Waffe eigentlich immer dabei?«

»Nicht immer, im Moment aber schon. Diese Menschen sind gefährlich, Aaron.«

Aaron nickte nachdenklich und schwieg.

Nach zweieinhalb Stunden Fahrt hielten sie an einer Raststätte. Enna und Aaron vertraten sich die Füße, während Pia Kaffee für alle holte.

Enna trank einen kräftigen Schluck aus dem warmen Pappbecher, bevor sie den Motor startete und zurück auf die Autobahn fuhr.

»Du hast Alina doch nicht gesagt, dass ich mitkomme?«, fragte Pia.

»Hätte ich das tun sollen?«

»Nein, das soll eine Überraschung sein.«

»Dachte ich mir schon.«

»Ist es eigentlich eine sehr einsame Gegend da?«, fragte Pia.

»Könnte man so sagen«, sagte Enna. »Eher etwas für Naturliebhaber und Wanderer. Habe ich dir noch keines der Drohnenvideos gezeigt, die Alina und Elias mir geschickt haben?«

»Nein, aber Paulsen hat mir davon erzählt.«

Enna reichte ihr das Smartphone nach hinten. »Gestern ist noch eins gekommen. Elias ist ganz verrückt nach der Drohne. Alina meint, er kann schon richtig gut mit dem Teil fliegen.«

Pia tippte aufs Display und suchte nach der letzten Nachricht.

»Das geht aber rasant nach oben«, sagte Pia staunend, als sie den kurzen Film gestartet hatte. »Ganz schön viele Bäume.«

Enna hielt ihre Hand nach hinten, um das Handy wieder in Empfang zu nehmen, sah aber im Rückspiegel, dass Pia weiter auf das Display starrte. »Hast du den Film schon gesehen?«, stieß sie hervor.

»Nein, bin ich noch nicht zu gekommen. Warum?«

»Ich weiß nicht.« Sie startete den Film neu. »Da ist was …«

»Sag schon, was ist los?«, fragte Enna, die im Rückspiegel Pia beobachtete.

Ihre junge Kollegin raufte sich die Haare und spielte das Video erneut ab. »Kannst du anhalten?«

Enna erschrak, sah zwischen Rückspiegel und Autobahn hin und her. »Ein Parkplatz. Zwei Kilometer noch. Was hast du gesehen?«

»Einen Mann, nein, zwei. Der eine versteckt sich hinter einem Baum, der andere … Ich weiß nicht, du musst dir das anschauen.«

Endlich, der Parkplatz. Kaum hatte Enna den Motor ausgeschaltet, griff sie bereits nach hinten und startete kurz darauf das Video.

Pia beugte sich zu ihr hinüber. »Da! Oben rechts. Stopp mal!«

Enna hielt das Video an und vergrößerte den Ausschnitt. Hinter einem Baum lugte ein Arm hervor. Sie ließ den Film weiterlaufen. Ein Mann schaute kurz hinter dem Baum hervor und schnellte zurück.

»Der trägt doch eine Waffe, oder?«, fragte Pia. »Hinten an seiner Jacke war es ausgebeult.«

»Verdammt, du könntest recht haben.« Ennas Stimme vibrierte.

»Und wenn du jetzt weiterlaufen lässt, geht da ein zweiter Mann über den Weg.«

Enna nickte, als sie die nächsten Sekunden des Filmes sah. Der Mann war nur kurz zu sehen, verhielt sich aber bemüht unauffällig.

»Am Ende fliegt die Drohne noch einmal ziemlich hoch«, sagte Pia. »Wenn mich nicht alles täuscht, steht da ein Wohnmobil auf dem Waldweg.«

Enna sah sich das Video bis zum Schluss an und reichte Pia das Handy. »Ruf Alina an und sag ihr, dass sie auf keinen Fall nach draußen gehen sollen.« Enna startete den Wagen. »Und danach rufst du bei den Kollegen vor Ort an. Sie sollen sofort einen Wagen zum Hotel schicken.«

Enna startete den Motor und fuhr mit hohem Tempo zurück auf die Autobahn.

»Wie lange brauchen wir noch?«, fragte Aaron, der sich bisher zurückgehalten hatte.

»Eine Dreiviertelstunde, wenn alles frei ist. Vielleicht schneller.«

Pia versuchte, Alina zu erreichen, schüttelte aber nach wenigen Sekunden den Kopf. »Ausgestellt, vermute ich.« Sie holte ihr eigenes Handy aus der Tasche, googelte nach der nächstgelegenen Polizeistation, wählte die angegebene Nummer und stellte das Handy laut. Es meldete sich ein Kollege aus der Kreisstadt, Pia erklärte in kurzen Worten, worum es ging, und bat darum, dass sofort ein Wagen zum Hotel fahren und dort auf sie warten sollte. Der leicht verschnupfte Beamte reagierte zunächst abweisend und schien ihre Angaben anzuzweifeln. Schließlich erfuhr Pia von ihm, dass beide zur Verfügung stehenden Fahrzeuge im Moment im Einsatz wären und er nicht wüsste, wann sie vor Ort sein könnten. Pia bat dringend darum, sofort zurückgerufen zu werden, sobald ein Wagen frei werden würde.

»Saftladen«, zischte Pia.

»Versuch es noch mal bei Alina.«

Pia nickte und griff wieder zum anderen Handy. »Nichts.«

»Ruf meine Schwiegermutter an. Das ist die zweite Nummer im Speicher.«

Pia wählte und schüttelte wieder den Kopf.

»Ruf im Hotel an. Die sollen sie suchen.«

»An der Rezeption ist besetzt«, sagte Pia.

»Versuch es weiter. Auch bei Alina und meiner Schwiegermutter.«

Enna drückte weiter aufs Gas und fuhr bis zur Autobahnabfahrt ausschließlich auf der linken Fahrbahn. Auf der Landstraße waren an diesem frühen Sonntagmorgen nur vereinzelt Fahrzeuge unterwegs. Enna zwang sich, sich auf die Straße zu konzentrieren und nicht an Elias und Alina zu denken.

Pia stöhnte laut. »Nichts. An der Rezeption geht jetzt niemand ran. Bei den beiden auch nicht.«

»Hast du deine Waffe dabei?«, fragte Enna mit einem schnellen Blick in den Rückspiegel.

»Nein. Du?«

»Ja. Ich glaube, ich habe sogar noch eine Schutzweste im Kofferraum.«

Enna fuhr mit überhöhter Geschwindigkeit durch die kleinen Orte und beschleunigte auf der Landstraße bis zur Grenze des Möglichen.

»Du bleibst nachher im Auto, Aaron. Wenn die Kollegen doch noch rechtzeitig eintreffen sollten, rufst du mich an und ich spreche dann mit ihnen.«

Pia versuchte zum gefühlt hundertsten Mal, Alina, Ennas Schwiegermutter oder das Hotel zu erreichen. Als sie noch zehn Kilometer vom Hotel entfernt waren, nahm Alina das Gespräch endlich an. Pia holte tief Luft und erklärte ihrer Freundin, was sie gesehen hatten, und bat darum, dass sie sofort alle auf eines der Zimmer gingen. Als Letztes fragte sie, wo das letzte Drohnenvideo aufgenommen worden war.

»Das war knapp«, stöhnte Pia. »Alina war mit Elias gerade auf dem Weg nach draußen. Sie gehen jetzt alle zusammen aufs Zimmer.«

Enna atmete erleichtert auf. »Gut!«

Pia hantierte mit ihrem Handy. »Ich weiß jetzt, wo das Video aufgenommen worden ist.«

»Okay, das schaue ich an, wenn wir da sind.« Enna sah in den Rückspiegel. »Ich gehe alleine vor. Du hältst dich im Hintergrund, Pia. Ist das klar?«

»Ich könnte aber doch …«

»Nein!«, fiel Enna ihr ins Wort. »Du hast weder eine Waffe noch eine Schutzweste. Ich lasse mein Handy an und dann bleiben wir ständig in Kontakt. Du bleibst hundert Meter hinter mir. Kann ich mich darauf verlassen?«

Pia nickte, schien aber nicht überzeugt zu sein.

Enna bog in die Zufahrt zum Hotel ein, hielt zweihundert Meter vor dem eigentlichen Parkplatz und wollte gerade aussteigen, als Aaron sie davon abhielt.

»Und wenn das ganz normale Urlauber sind?«, fragte er.

»Dann bin ich die Erste, die sich bei den Männern entschuldigt. Ich kann aber nicht riskieren, dass das Petuchows Männer sind.« Enna stieg aus, zog sich die Schutzweste an und orientierte sich mithilfe von Google Maps und Pias Handy.

Ihre Kollegin zeigte auf eine Lichtung, die etwa fünfhundert Meter vom Hotel entfernt lag. »Da müssen die beiden die Drohne gestartet haben.«

»Und das da ist der Waldweg, auf dem das Wohnmobil stand?«

»Würde ich sagen. Das sind noch einmal, ich schätze, zweihundert Meter?«

»Mindestens«, sagte Enna. »Es ist aber weder gesagt, dass das Wohnmobil etwas mit diesen beiden Männern zu tun hat, noch, dass die Männer jetzt dort noch zu finden sind.« Sie steckte sich ihr Headset ins Ohr und wählte Pias Nummer. »Ich gehe jetzt los.«

Enna lief durch ein kleines Wäldchen mit alten Buchen auf die Lichtung zu, blieb hin und wieder stehen, sagte leise ihren Standort durch, drehte sich einmal langsam im Kreis und ging weiter. Kurz vor der Lichtung machte sie Pause und wartete, bis Pia ihre Position erreicht hatte, bevor sie sich vorsichtig weiter vorarbeitete.

Auf der Lichtung war niemand zu sehen. Enna ging am Rand entlang und weiter durch einen dichten Tannenwald auf den Weg zu, wo das Wohnmobil gestanden hatte.

»Ich bin jetzt kurz vor dem Weg«, flüsterte sie ins Mikro.

»Okay. Ich sehe dich.«

Enna trat auf den Weg, schaute nach rechts und gleich darauf nach links. Kein Wohnmobil.

»Negativ!«, raunte sie ins Mikro. »Ich gehe jetzt Richtung Osten.«

»Okay.«

Enna ging den Weg entlang. Er wurde schnell schmaler und war nach wenigen Hundert Metern durch eine Schranke versperrt.

»Ich drehe um. Hier geht es nicht weiter.«

»Alles klar. Ich warte hier auf dich.«

Enna ging auf Pia zu und zeigte in die andere Richtung des Weges. Nach knapp fünf Minuten erreichte sie eine Straße und wartete auf Pia.

»Von hier sind sie gekommen«, sagte Pia mit Blick auf ihr Smartphone. »Was machen wir jetzt?«

»Wir gehen zurück zum Auto und warten auf die Kollegen.«

»Wenn sie denn kommen«, murmelte Pia.

Auf halbem Weg meldete sich Aaron bei Enna. »Hier ist gerade ein Wohnmobil vorbeigefahren. Sie sind Richtung Hotel unterwegs.«

»Bleib im Auto. Wir sind gleich da.«

Während sie den Weg entlangliefen, warf Pia einen Blick auf Google Maps. »Bleib mal stehen«, rief sie.

Enna stoppte und wandte sich Pia zu.

»Sie werden wohl kaum auf den Hotelparkplatz gefahren sein. Viel zu öffentlich.« Pia zeigte auf die Internetkarte. »Da führt kurz vor dem Parkplatz ein Weg in den Wald. Wenn das wirklich keine harmlosen Urlauber sind, werden sie da reingefahren sein. Von da aus scheint man auch einen guten Blick aufs Hotel zu haben.«

Enna nickte.

Pia zeigte auf eine kleine Abzweigung. »Wenn wir hier abbiegen und später noch hundert Meter durch den Wald laufen, müssten wir genau an dem Waldweg rauskommen.«

»Ja, dann los!« Enna lief als Erste und Pia folgte ihr wenige Meter später.

Bald sahen sie das kleine Wohnmobil durch die Bäume schimmern. Auch wenn Enna sich nicht sicher war, ob es das Fahrzeug aus dem Video war, gab sie Pia ein Zeichen und suchte Schutz hinter einem Baum. Aaron schickte sie eine Nachricht, ob der Streifenwagen schon eingetroffen sei. Wenige Sekunden später verneinte er die Frage. In diesem Augenblick ging die Tür des Wohnmobils auf und ein Mann mit einem Fernglas in der Hand kam heraus. Enna erkannte ihn an seiner Jacke, duckte sich weg und überlegte fieberhaft, welche Optionen sie hatte. Sie waren in einem Bundesland, in dem sie als Polizistin nicht ohne Weiteres aktiv werden durfte. Sie hatte darüber hinaus keine Möglichkeit, präventiv tätig zu werden. Es lag nichts gegen den Mann oder die Männer vor. Die einzig legale Aktion wäre, wenn sie die Männer bei einer Straftat überraschen würde. Aber genau darauf wollte es Enna nicht ankommen lassen.

Sie schrieb Pia eine Nachricht, stand auf und ging direkt auf das Wohnmobil zu. Der Mann stand immer noch im Schutz des Fahrzeugs und schien sich per Smartphone zu orientieren.

Als Enna näher kam, drehte er sich abrupt zu ihr um.

Sie blieb vor ihm stehen und sah ihn freundlich an. »Guten Tag. Kennen Sie sich hier in der Gegend aus?«

»Nein, ich kann Ihnen nicht helfen«, sagte der Mann mit einem deutlich hörbaren russischen Akzent.

»Sie machen hier Urlaub?«, fragte Enna.

Der Mann schüttelte abweisend den Kopf. »Gehen Sie weiter!«

»Warum?«, fragte Enna. »Das ist hier öffentliches Gelände. Oder haben Sie etwas zu verbergen?« Sie musterte ihn eine Weile. »Beobachten Sie jemand?«

Der Mann starrte sie wütend an. »Sie sollen weitergehen. Haben Sie mich nicht verstanden?«

Enna griff mit der linken Hand nach ihrem Handy. »Ich sollte wohl die Polizei anrufen.« Sie tat so, als wenn sie etwas auf das Display tippte.

Der Mann machte einen Schritt auf sie zu und fuhr sie an: »Gehen Sie!«

»Warum?«, fragte Enna erneut. Ihre rechte Hand hatte sie inzwischen unter ihrer Jacke auf die Pistole gelegt, bereit, sie jeden Moment aus dem Holster zu ziehen. »Das ist ein freies Land.« Sie entschloss sich, den Mann weiter zu provozieren. »Kommen Sie aus Russland?« Enna trat zwei Schritte zur Seite, um das Nummernschild besser sehen zu können. Schließlich hob sie das Handy und tat so, als ob sie ein Foto davon machte.

Der Mann sah sich um, als warte er auf jemanden. »Löschen Sie das Foto! Sofort!«, schrie er Enna an.

»Nein, das werde ich nicht tun.« Sie ließ das Handy in ihre Tasche gleiten und zog gleich darauf ihren Ausweis. »Polizei. Weisen Sie sich bitte aus.«

Der Mann ließ das Fernglas fallen, griff in die Seitentasche seiner Jacke, zog eine Waffe und drückte ab. Ein dumpfer Knall, Enna spürte den Schmerz in ihrer Brust und wurde durch den Aufprall der Kugel nach hinten geworfen. Sie rollte sich ab, zog in der Drehung ihre Waffe und schoss. Der Mann zuckte zusammen, ließ seine Pistole fallen und drückte mit beiden Händen auf die Stelle am Bauch, wo Enna ihn getroffen hatte. In diesem Augenblick preschte Pia vor, warf sich mit aller Kraft auf den Mann und drehte ihm die Arme auf den Rücken.

Fünfundvierzig

Eine Viertelstunde später trafen Rettungswagen und Notarzt vor Ort ein, kurz danach erschien der erste Streifenwagen. Der Angreifer wurde mit dem Rettungswagen ins nächstgelegene Krankenhaus gefahren. Die Polizeibeamten sicherten die Gegend und warteten auf ihre Kollegen vom Kriminaldauerdienst.

Enna und Pia wurden mehrfach befragt, Ennas Waffe und die Schutzweste sichergestellt. Gegen zehn erschien der zuständige Staatsanwalt auf dem Gelände, sprach mit Enna und rief anschließend seinen Kollegen in Oldenburg an. Inzwischen hatten mehrere Beamte die Gegend nach dem zweiten Mann abgesucht und ihn in einem nahe gelegenen Wäldchen gestellt.

Erst gegen Mittag konnte Enna sich wieder frei bewegen. Elias rannte auf sie zu, als sie sich alle im Aufenthaltsraum des Hotels trafen. Die Koffer waren bereits gepackt, nach dem Mittagessen fuhren sie nach Hause – Enna, Aaron und Elias im einen Auto, Ennas Schwiegermutter mit Pia und Alina im anderen.

»Tut es noch sehr weh?«, fragte Aaron, nachdem sie die Autobahn erreicht hatten. Enna saß hinten neben Elias, der nach der Aufregung des Tages in seinem Kindersitz eingeschlafen war.

»Ein paar blaue Flecken wird es schon geben«, sagte Enna.

Aaron schwieg.

»Ich musste was machen«, fuhr Enna fort. »Das war die einzige Chance.«

»Wieso wussten diese Leute überhaupt, wo Elias und Alina sich aufhielten?«

»Das habe ich mich auch schon gefragt. Pia hat mir vorhin versichert, dass sie nicht mit ihrem Handy mit Alina telefoniert hat. Meine Schwiegermutter hat ihr Telefon auch nicht benutzt.«

»Alina?«

Enna nickte. »Ich vermute es. Pia wird sie, wenn sich die Aufregung gelegt hat, danach fragen. Ich werde ihr auf jeden Fall morgen eine neue SIM-Karte für ihr Handy besorgen und ihr Handy von Jens untersuchen lassen.«

»Wie geht es weiter?«

»Die beiden Männer kommen in Untersuchungshaft. Der Staatsanwalt versucht, das Verfahren gegen sie nach Oldenburg zu verlegen.«

»Das meine ich nicht«, sagte Aaron.

»Aaron, was soll ich dir sagen? Ich kann einfach nicht ausschließen, dass Petuchow noch weitere seiner Leute auf uns angesetzt hat. Wir können nur hoffen, dass es nicht so ist.«

»Was wollten diese Männer, bitte schön? Elias oder Alina entführen und euch dann erpressen? Das ist doch alles absurd.«

»Vielleicht erfahren wir von den Typen, was für einen Auftrag sie genau hatten. Letztlich zeigt das, wie sehr wir Petuchow schon in die Enge getrieben haben.«

Aaron seufzte leise. »Ein verrückter Tag.«

Am Montagmorgen betrat Enna gegen acht Uhr das Polizeigebäude. Pia würde tagsüber bei Alina und Elias bleiben, bis Enna wieder zu Hause war. Eine neue Waffe würde ihr im Laufe des Tages ins Büro gebracht werden.

In der Küche warteten bereits Paulsen und Jens auf sie.

Paulsen schenkte Enna eine Tasse Kaffee ein. »Pia hat mich gestern noch angerufen.«

»Ich weiß. Habt ihr noch Fragen?«

Jens beugte sich leicht vor. »Wie konnte das passieren?«

Enna setzte sich zu den beiden an den Tisch. »Alina hat mit ihrer Mutter in Polen telefoniert. Leider mit ihrem eigenen Handy. Ich hätte es ihr wegnehmen müssen.«

»Verdammt«, murmelte Paulsen. »Wie dumm kann man sein?«

»Sie dachte, dass ein Anruf in Polen kein Problem wäre. Aber gut, es ist passiert und wir können daraus nur lernen.« Sie wandte sich an Paulsen. »Was ist mit Frau Kessler?«

»In einer Stunde sollte sie hier sein.«

»Okay.« Enna drehte sich zu Jens hin. »Ich brauche eine neue Schutzweste. Kannst du dich darum kümmern?«

Jasmin Kessler hatte in der letzten halben Stunde geschwiegen. Ennas Fragen wurden von ihrem Rechtsbeistand beantwortet.

»Ich möchte noch einmal festhalten«, betonte der Anwalt, »dass meine Mandantin zur Verabreichung der K.-o.-Tropfen gezwungen wurde. Ihr wurde versichert, dass es sich bei der Aktion lediglich um eine Einschüchterung von Herrn Curt Thaysen handeln würde.«

»Nach jetzigem Stand der Ermittlung wird Ihre Mandantin der Beihilfe zum Mord beschuldigt«, sagte Enna. »Sie hat über viele Wochen Informationen an die Beschuldigten in Hamburg geliefert. Sie hatte während dieser Zeit ausreichend Möglichkeiten, sich an die Polizei zu wenden.«

»Meine Mandantin ist mit dem Tod bedroht worden. Sie wusste nicht ein noch aus.«

Enna wandte sich direkt an Jasmin Kessler. »Kennen Sie die Tochter von Curt Thaysen?«

Der Anwalt beugte sich zu Jasmin Kessler hinüber und sprach flüsternd mit ihr. Schließlich nickte sie. »Ja, natürlich weiß ich, wer sie ist.«

»Haben Sie jemals persönlich mit ihr gesprochen?«

Wieder beugte sich der Anwalt zu seiner Mandantin und sprach leise mit ihr.

»Ja«, sagte sie schließlich.

»Zu welcher Gelegenheit haben Sie Frau Thaysen kennengelernt?«

Der Anwalt nickte Jasmin Kessler zu. »Sie ist auf mich zugekommen. Vorher kannte ich sie nur von Fotos.«

»Was wollte Frau Thaysen von Ihnen?«

»Mich aushorchen. Natürlich hat sie das nicht direkt gesagt, sondern so getan, als ob sie sich um ihren Vater Sorgen machen würde. Aber letztlich wollte sie wissen, was ihr Vater vorhatte.«

»Das hat Frau Thaysen so gesagt?«

»Nein, sag ich doch. Sie hat herumgeredet. Aber zwei Wochen später standen dann diese Typen vor meiner Tür. Die Thaysen hat sie geschickt, da bin ich mir sicher.«

»Was passierte dann?«

Dieses Mal beugte sich Jasmin Kessler zu ihrem Anwalt hinüber und sprach leise mit ihm. Er nickte schließlich.

»Sie haben mir gedroht. Aber das habe ich Ihnen ja alles schon erzählt.«

»Gut, kehren wir noch einmal zu dem besagten Abend zurück. Was passierte, nachdem Sie Curt Thaysen die K.-o.-Tropfen verabreicht hatten?«

»Curt wurde müde und schlief ziemlich schnell ein. Ich musste dann eine Nummer anrufen und gleich wieder auflegen. Kurz danach waren diese Leute da.«

Paulsen legte Jasmin Kessler Fotos von Schukow und Kalinin vor. »Erkennen Sie hier jemanden wieder?«

»Die beiden waren das.« Sie zeigte auf Kalinin. »Der hat mich in den Wochen vorher bedroht.«

»Was passierte dann?«, fragte Enna.

»Sie haben mich weggeschickt. Ich bin nach Hause gefahren. Was da passiert ist, weiß ich nicht. Und ich wusste auch vorher nicht, was diese schrecklichen Männer vorhatten.«

»Haben Sie weiteren Kontakt zu Christine Thaysen gehabt?«

Jasmin Kessler nickte. »Ich habe sie angerufen, als diese Typen das von mir verlangt haben.«

Enna horchte auf. Sie hatte nicht mit dieser Wendung gerechnet. »Sie sprechen von den K.-o.-Tropfen?«

»Ja, ich habe ihr erzählt, was sie von mir verlangten.«

Enna sah aus dem Augenwinkel, dass Paulsen genauso verblüfft auf Jasmin Kesslers Aussage reagierte wie sie. »Was hat Frau Thaysen daraufhin gesagt?«

»Es hätte alles seine Richtigkeit. Ich solle machen, was die Leute mir gesagt haben.«

Kesslers Anwalt beugte sich vor und legte einen Datenstick auf den Tisch. »Meine Mandantin hat dieses Gespräch seinerzeit aufgezeichnet. Sie ist sich bewusst, dass das rechtlich nicht einwandfrei war, aber die Umstände haben sie dazu gezwungen.«

Enna nickte Paulsen zu, der aufstand und den Vernehmungsraum verließ. Kurz darauf erschien er mit einem Laptop. Enna startete die Aufnahme. Jasmin Kessler begrüßte Christine Thaysen, die sie dann barsch fragte, warum sie sie anrufen würde. Jasmin Kessler erklärte ihr, was Schukow von ihr verlangt habe, und fragte mit flehender Stimme, was sie jetzt machen solle.

»Was gibt es da zu überlegen?«, fuhr Christine Thaysen Jasmin Kessler an. »Tun Sie einfach, was Ihnen gesagt wurde. Diese Leute wissen schon, was sie machen.«

»Und wenn Curt etwas passiert?«, fragte Jasmin Kessler mit zitternder Stimme. »Was wollen diese Leute von Curt? Warum soll ich …«

»Hören Sie auf, sich darüber Gedanken zu machen«, zischte Christine Thaysen sie an. »Sie machen jetzt, was von Ihnen verlangt wird. Ist das klar?«

»Ja«, presste Jasmin Kessler hervor.

»Und rufen Sie hier nie wieder an! Haben Sie das verstanden?«

»Ja.«

Die Verbindung wurde unterbrochen. Paulsen stellte die Aufnahme aus. Eine Weile saßen sie schweigend voreinander, bis Enna sich räusperte. »Und Sie hatten danach keinen weiteren Kontakt mehr zu Frau Thaysen?«

»Nein, nie wieder.«

Sechsundvierzig

Christine Thaysen kooperierte auf Anraten ihrer Anwälte in Bezug auf die Geldwäschevorwürfe mit der Staatsanwaltschaft, bekannte sich schuldig und sagte beim Prozess gegen Petuchow aus. Am Ende der dreimonatigen Verhandlung wurde sie zu zwei Jahren Haft ohne Bewährung verurteilt. Im Prozess um den Tod ihres Vaters legte die Staatsanwaltschaft ihr Mitwisserschaft und Unterstützung beim Mord an ihrem Vater zur Last. Sie verweigerte die Aussage und ließ durch ihren Anwalt ihre Unschuld beteuern. Sie habe nicht gewusst, was Petuchows Männer geplant hatten. Das Gericht folgte der Argumentation der Staatsanwaltschaft und verurteilte Christine Thaysen zu weiteren drei Jahren Haft ohne Bewährung.

Ihrem Mann Michael Thaysen konnte nicht nachgewiesen werden, dass er mit den Geschäften von Petuchow etwas zu tun hatte. Das Verfahren gegen ihn wurde eingestellt.

Jasmin Kessler sagte vollumfänglich aus und wurde zu einem Jahr auf Bewährung verurteilt.

Peter Schiller wurde aus der Untersuchungshaft entlassen und in einer geheimen Wohnung des LKA untergebracht. Nach dem Prozess bekam er einen Platz im Zeugenschutzprogramm.

Alfred Bagus wurde am gleichen Tag wie Schiller entlassen. Der Staatsanwalt verzichtete auf eine Anklage und beließ es bei einem Strafbefehl, in dem eine einjährige Bewährungsstrafe ausgesprochen wurde. Schiller versicherte, dass keiner von Petuchows Leuten je Kontakt zu Alfred Bagus gehabt hatte. Der Staatsanwalt beurteilte die Gefahr für Bagus gering, hielt seinen Namen aber trotzdem unter Verschluss.

Wladimir Schukow und Andrej Kalinin verweigerten weiter die Aussage und wurden wegen Mordes an Curt Thaysen zu langen Haftstrafen verurteilt. Die Substanz, mit der Curt Thaysen getötet wurde, konnte nicht ermittelt werden.

Mischa Mironow, der Mann, der auf Enna geschossen hatte, lag drei Wochen im Krankenhaus und wurde anschließend nach Oldenburg überführt. In einem gesonderten Prozess wurde er wegen Mordversuchs zu sieben Jahren Haft verurteilt. Der zweite Mann kooperierte nach einem Monat in Untersuchungshaft mit der Staatsanwaltschaft. Er gestand, dass sie sich bereits sechs Tage im Sauerland aufgehalten hatten. Sie hatten den Auftrag gehabt, Alina und Elias zu beobachten und auf weitere Anweisungen zu warten. Seinen Auftraggeber kannte er nach eigenen Angaben nicht, da Mironow den Kontakt gehalten hätte. Der Mann, ein russischer Staatsbürger, erhielt zwei Jahre auf Bewährung und wurde in sein Heimatland ausgewiesen.

Boris Petuchow war nicht nachzuweisen, dass er den Mord in Auftrag gegeben hatte. Im Geldwäscheprozess schwieg er über seine Hintermänner, wurde aber aufgrund der Beweislage zu einer zehnjährigen Haftstrafe verurteilt.

Das Landeskriminalamt arbeitete eng mit russischen Behörden zusammen, die aufgrund der in den Monaten nach Petuchows Festnahme erlangten Informationen mehrere Personen in Moskau anklagen und zu Gefängnisstrafen verurteilen konnten.

Die Thaysen AG zahlte Strafen in zweistelliger Millionenhöhe und konnte sich noch zwei Jahre am Markt halten, bevor Alexander Thaysen Insolvenz anmeldete.

Dr. Hagenbach sagte im Prozess gegen Petuchow aus und verließ im darauffolgenden Jahr Deutschland in Richtung Norwegen.

Der Notar Dr. Joachim Scheringer erholte sich von seinem Herzinfarkt und sagte anschließend im Prozess aus.

Epilog

Pia steckte den Kopf durch Ennas Küchentür. »Störe ich?« Sie hatte Alina besucht, und jetzt warteten Pia und Enna auf Paulsen, der angeboten hatte, sie abzuholen.

»Nein, komm doch rein.«

»Elias hört sich eine CD an, soll ich dir ausrichten.« Pia schmunzelte. »Der Kleine hat mir ununterbrochen von Aaron erzählt. Er kommt morgen?«

»Ja, für drei Tage. Elias nimmt ihn immer so in Beschlag, dass ich manchmal tatsächlich um etwas Zeit mit Aaron kämpfen muss.«

»Ist doch super, wenn er ihn so mag.«

Enna nickte. »Hast du Benjamin mal wiedergesehen?«

»Ja, vorgestern waren wir zusammen beim Italiener.«

»Wie geht es ihm?«

»Er ist immer noch geschockt, wie sehr seine Tante in die beiden Fälle verstrickt ist. Aber auch froh, dass weder seine Mutter noch sein Vater etwas mit dem Tod seines Großvaters zu tun haben.«

»Vielleicht gibt er den beiden ja noch eine Chance. Es ist nie zu spät dazu.«

»Ehrlich gesagt, habe ich ihm fast das Gleiche geraten. Aber ich weiß nicht, ob er das schon kann. Ben hat davon gesprochen, wieder nach Lateinamerika zu gehen. Er sucht gerade nach einem neuen Projekt.«

»Ich würde ihm wünschen, dass er Ruhe findet«, sagte Enna. »Vielleicht ist das ja sein Weg.«

Enna hörte, wie ein Auto vorfuhr. Sie ging zum Küchenfenster und sah, wie Paulsen vor dem Haus parkte. »Unser Chauffeur ist da.«

Kurz darauf klingelte es an der Tür. Elias und Alina kamen aus ihren Zimmern, Enna ließ Paulsen ins Haus.

»Hat hier jemand ein Taxi bestellt?«, rief Paulsen in den Flur hinein.

Alina trat neben Pia, sie küssten sich zum Abschied.

»Junge Liebe«, murmelte Paulsen schmunzelnd.

Pia ließ sich auf das Sofa fallen und reckte sich. »Das war aber schweineteuer, oder?«

Paulsen lachte. »Nein, das war ein Ausstellungsstück.«

Pia sah sich in Paulsens Wohnung um. »Coole Bude, Paulsen. Hätte ich dir gar nicht zugetraut.«

Enna stand schmunzelnd in der Tür, Jens hielt immer noch die mitgebrachte Weinflasche in der Hand.

Der Fall war seit zwei Wochen abgeschlossen. Und endlich hatte Paulsen Pias Drängeln nachgegeben und die Kollegen zu einer Wohnungsbesichtigung eingeladen.

»Setzt euch doch«, sagte Paulsen. »Ich hole nur kurz etwas.«

Kurz darauf kam er mit einem Tablett zurück, auf dem vier Sektgläser und eine Flasche Champagner standen. Geübt löste er den Korken, bis der mit einem leisen Knall in die Luft flog. Ein kleiner Schwall Champagner ergoss sich über Paulsens Hand. Er schenkte ein und verteilte die Gläser.

»Ihr wisst, dass ich kein großer Redner bin, aber bevor Pia mir das die nächsten zwei Jahre vorwirft, sage ich doch lieber ein paar Worte.« Er hob sein Glas. »Vor gar nicht so langer Zeit wurde ich vor die Wahl gestellt, nach Oldenburg zu gehen oder den Polizeidienst zu verlassen. Schweren Herzens habe ich meine Sachen gepackt und bin in diese Stadt gefahren. Lange habe ich mir hier nicht gegeben. Es war für mich eine Art Bewährungszeit, die ich möglichst schnell absitzen wollte.« Paulsen holte tief Luft und fuhr fort: »Wie ihr wisst, ist es anders gekommen. Ich habe mich inzwischen für Oldenburg entschieden, für unser Team und für jeden Einzelnen von euch.« Er schluckte schwer. »Und das war die richtige Entscheidung.«

Er hob sein Glas. »Danke, dass ihr gekommen seid. Trinken wir auf unser Team und darauf, dass wir uns nicht kleinkriegen lassen. Weder von den Schlaubergern in den Etagen über uns ...« Er zeigte an die Decke. »... noch von den bösen Buben da unten.« Paulsen stampfte einmal mit dem Fuß auf. »Prost! Auf unsere Einheit!«

Hat Ihnen dieses Buch gefallen? Möchten Sie informiert werden, wenn Anna Johannsen ihr nächstes Buch veröffentlicht? **Dann folgen Sie der Autorin auf Amazon.de!**

1) Suchen Sie auf Amazon.de oder in der Amazon App nach dem eben gelesenen Buch.
2) Klicken Sie auf den Namen **der Autorin**, um auf die Autorenseite zu gelangen.
3) Klicken Sie auf den »Folgen«-Button.

Noch schneller gelangen Sie zur Autorenseite, indem Sie diesen QR-Code mit Ihrem Smartphone oder Tablet scannen:

Wenn Sie dieses Buch auf einem Kindle eReader oder in der Kindle App lesen, wird Ihnen automatisch angeboten, **der Autorin** zu folgen, sobald Sie die letzte Seite des Buches erreicht haben.

Made in the USA
Middletown, DE
12 December 2021

55382205R00208